U0560409

CHONGWENGUAN

读古人书　友天下士

百余年前，崇文书局于武昌正觉寺开馆刻书，成晚清四大书局之一。所刻经籍，镌工精雅，数量众多，流布甚广，影响巨大。为赓续前贤，昌明国学，弘扬文化，本社现致力于传统典籍的出版。既专事文献整理，效力学术，亦重文化普及，面向大众。或经学，或史论，或诸子，或诗词，各成系列，统一标识，名之为"崇文馆"。

崇文馆

中国古典诗词校注评丛书

纳兰词全集 【汇校汇注汇评】

闵泽平 编著

长江出版传媒 崇文书局

前　言

纳兰性德是清代最杰出的词人之一,三百多年来,一直备受人们喜爱。梁启超认为他应当坐上清代词坛的头把交椅;王国维对他更为推崇,强调纳兰是天赋之才、豪杰之士,奋起百世之下,"北宋以来,一人而已"。近二三十年来,纳兰词影响越来越大,相关著述越来越丰富。当年纳兰性德的词集问世时,曹寅说是"家家争唱《饮水词》";如今,几乎是"人人争说《饮水词》"了。

纳兰性德(1655—1685)字容若,号楞伽山人,满洲正黄旗人。他原名纳兰成德,为避当时太子"保成"之名讳而改为性德,后来太子将名字换成了我们所熟悉的"胤礽",纳兰也就回改成我们一般人所不熟悉的成德。所以他的朋友喜欢称他为成容若,如严绳孙给纳兰性德遗作所写的序,就称为"成容若遗稿序";他的研究者,自然可以算在朋友之列,也就经常称他成容若,如冒广生《小三吾亭词话》中就说:"论满洲人词者,有男中成容若,女中太清春之语。"

这里称容若为"满洲"词人之首,现在不清楚其间是否有微言大义,因为我们经常见到的,是把纳兰性德与陈维崧、朱彝尊等人放在"国朝"的范围内相提并论,如谢章铤《赌棋山庄词话》说:"长短调并工者,难矣哉! 国朝其惟竹垞、迦陵、容若乎? 竹垞以学胜,迦陵以才胜,容若以情胜。"强调他非汉族身份的,如王国维,虽然曾经说容若"未染汉人风气"(《人间词话》),但我们都知道,他绝对不可能有轩轾。他同时也说过,容若属于"方兴之族"。

成容若所属的王朝行将结束时,他的特殊身份还是得到了关注。如李佳在《左庵词话》中就说:"八旗词家,向推纳兰容若《饮水》《侧帽》二词,清微淡远。"有人曾经问李佳为什么不辑录一部"八旗词选",他回答说自己不是没有这个想法,"然国朝二百余年,八旗中词人,纳兰成德容若外,以词名者颇罕,搜辑殊非易易,非区区力量所能及也"。李佳反复强调的,就是成容若的"八旗"出身,虽然在李佳的时代,八旗已今非昔比。

成容若属于八旗中显赫的正黄旗,在后世人看来,他们这一族与满清皇族的关系始终太紧密了。努尔哈赤曾经娶容若的高祖金台什之妹孟古格格为妻,孟古格格则生下了皇太极;容若的父亲明珠又娶努尔哈赤的小儿子阿济格之女和舍里氏(康熙皇帝的堂姑母)为妻。不过,正如黄天骥先生所言,"一部纳兰氏的演变盛衰史,关联着满族从野蛮社会进入文明社会的发展史"(《纳兰性德和他的词》)。以容若祖先叶赫部为首的海西女真,就是为努尔哈赤的建州女真所吞并,而金台什是死于兼并战争之中。所以当容若回到龙兴之地吉林时,他的感情其实很复杂,并不全是骄傲与自豪,反而带有沉重的叹息,如其在词中强调说"莫将兴废话分明"(《浣溪沙》),"须知今古事,棋枰胜负,翻覆如斯。叹纷纷蛮触,回首成非。剩得几行青史,斜阳下、断碣残碑"(《满庭芳》),他心中所想,似乎可以触摸得到。

当然,这一切毕竟都成为了历史。再血腥的融合过程,在尘埃落定之后都会被遮盖得严严实实。如今留给纳兰这一家族的就只有荣耀与辉煌,容若父亲明珠权势之显赫,令人瞠目结舌,自然不用赘述。对于文学爱好者而言,更吃惊的则是这样一个权势滔天、富贵逼人的家庭,怎么会诞生如此情真而又如此忧悒的一个词人?在他们看来,容若的生活风光得让人嫉妒,顺利得让人痛心。只要是他所惦记的,似乎都可以轻而易举地得到,还有什么能让他惆怅而又惋惜呢?

十七岁的容若,进入了太学。翌年,他应顺天乡试,顺利地成为举人。虽然后来因病未能参与廷试,但所有人包括他自己都知道,这一天很快就会到来。在等待的日子,他就声名鹊起了。在大名鼎鼎的学术权威徐乾学的帮助下,容若编纂了满清第一部阐释儒家经义的大型丛书《通志堂经解》。这部共计一千八百卷的皇皇巨著,收集了宋元以来一百四十多种解释儒家经典的书籍,在清政府由武攻转向文治的重要时刻,适时地出现了,其学术影响与政治价值自然不可低估。也许正是它的影响太大了,后来的乾隆皇帝怀疑其间有些猫腻,在上谕中,他气愤地说:

"朕阅成德所作序文,系康熙十二年,计其时成德年方幼稚,何以即能淹通经术?向时即闻徐乾学有代成德刊刻《通志堂经解》之事,兹令军机大臣详查成德出身本末,乃知成德于康熙十一年壬子科中式举人,十二年癸丑科中式进士,年甫十六岁。徐乾学系壬子科顺天乡试副考官,成德由其取中。夫明珠在康熙年间,柄用有年,势焰熏灼,招致一时名流,如徐乾学等,互相交结,植党营私。是以伊子成德年未弱冠,即夤缘得取科名,自由关节,乃刻《通志堂经解》,以见其学问渊博。古称皓首穷经,虽在通儒,非义理精熟毕生讲贯者,尚不能罩心阐扬,发明先儒之精蕴。而成德以幼年薄植,即能广搜博采,集经学之大成,有是理乎?"(《纂修四库全书档案》)

这或许是因嫉妒而导致的污蔑,因为学者们考证,进士及第的容若已经二十二岁了,虽然二十二岁依然显得过于年轻。也正是在二十二岁这一年,二甲第七名的容若正式步入仕途,他先被授予三等侍卫,后来被授予二等侍卫,再后来是一等侍卫,直到他三十一岁去世的时候。九年的仕宦生涯,做了九年的侍卫,而他的一生也只是个侍卫,这怎能不让人痛惜?尤其是出身豪门而又才华横溢、能文能武的一个杰出词人,终其一生居然只是一个侍卫,这怎是"痛惜"两字所能了得?于是在他的赠别词中,我们看到了一些愤激的情绪,也发现了一些消沉的情怀。所谓"诸公衮衮皆虚掷"(《摸鱼儿》),所谓"衮衮门前题凤客,竟居然、润色朝家典"(《金缕曲》),这些愤世嫉俗的话,本不应该出自于钟鸣鼎食之家,现在竟然出现了,一下子拉近了与蹭蹬者的距离,所以让我们感到了几分真切与亲切。

也有学者指出,能当上侍卫,其实是一件相当荣耀的事。如果父兄不为皇帝重视,子弟根本不能挨上侍卫的边。康熙把中了进士的纳兰性德留在身边,显然有对这既精文翰又擅骑射的年轻亲贵留心观察、以便委以重任的意思(黄天骥《纳兰性德和他的词》)。如此说来,康熙北巡、南巡乃至度假,都把容若带在身边,显然在展示自己对后者的亲昵。大家也都明白康熙皇帝的暗示,"咸谓君将不久于宿卫,行付以政事以展其中之所欲施"(韩菼《纳兰君神道碑》),容若自己似乎也有些不好意思,感到"承恩席宠,溢分逾涯"(纳兰性德《忠孝二箴序》)。所以,即使侍卫的生活枯燥一些,单调一些,琐碎一些,容若也应该感到自豪与幸福。但我们惊讶地发现,他在词中倾诉的是无聊,是无奈,是劳顿与疲惫。"山一程,水一程","风一更,雪一更"(《如梦令》),这些都不是他所想要的生活。

容若需要的,或许就是知己以及与知己的长相厮守。顾贞观在《饮水词序》中说:"非文人不能多情,非才子不能善怨。"纳兰性德是才华横溢的翩翩公子,既多情又善怨,所以能把他的哀怨写得婉丽凄清,如泣如诉,三百年后,仍令人心悸不已。而论者每每提到纳兰词,也盛称其以情真横放而杰出。这情真首先关乎爱情,虽然他有许多词只是"美人香草可怜春,凤蜡红巾无限泪",沿袭传统题材说说而已,但也有许多情词是有感而发。纳兰词中最凄婉之处,最令人不可卒读之处,就是这一部分。这使我们有必要介绍一下他的情感生活。

康熙十三年(1674),二十岁的纳兰性德娶两广总督卢兴祖之女为妻。新婚之喜悦,婚后之甜蜜,偶见于词中,自可想见,如"被酒莫惊春睡重,赌书消得泼茶香"(《浣溪沙》)等。但这甜蜜与幸福,很快就变成了回忆,让词人只得在怅惋中慢慢咀嚼与回味。三年后,卢氏因难产去世,词人悲痛欲绝,写下了大量悼亡之作。这些作品,情长意重,动人心魄。前人称道纳兰词"深于情"、"缠绵幽咽,不能终听"、"幽艳哀断"等等,大多是针对这类作品而来。正是由于这些悼亡作品极缠绵婉约之致,纯以情真意切取胜,所以容若才得以与清词诸大家并峙,甚至超轶诸家。前人说"国朝诗人而兼擅倚声者,首推竹垞、迦陵,后此则樊榭而已。然读三家之词,终觉才情横溢,般演太多……(纳兰性德)词则卓然冠乎诸公之上,非其学胜,其天趣也"(赵函《纳兰词序》)。容若不般演,也不用为赋新词而强说愁,因为这怅惋正是从他的心底涌出,所以是天趣,最能触动人的心灵深处。

卢氏卒后三年,即康熙十九年,二十六岁的容若娶官氏为继室。对于官氏,词人感情较为复杂。一方面,他不能忘情于卢氏,总希望天上人间与之重见;另一方面,官氏给他带来家的温馨,也使他分外留恋。"多情不是偏多别,别离只为多情设。蝶梦百花花梦蝶,几时相见,西窗剪烛,细把而今说。"(《青玉案》)"粉香看又别,空剩当时月。月也异当时,凄清照鬓丝。"(《菩萨蛮》)"春归归不得,两桨松花隔。旧事逐寒潮,啼鹃恨未消。"(《菩萨蛮》)这些痴情苦语,也当为后者而发。

在卢氏之前,容若曾有一位侍姜颜氏,但词人较少提及。在官氏之后,即康熙二十三年(1684)冬后,容若另有侍姜沈宛。此年的容若情绪格外低沉,似乎想逃避于温柔之乡以消磨心中苦楚。在给顾贞观的信中,他说:"从前壮志,都已灰尽。昔人言,身后名不如生前一杯酒,此言大是。弟是以甚慕魏公子之饮醇酒、近妇人也。沦落之余,方欲葬身柔乡,不知安得如鄙人之愿否?"这沈宛确乎是他的温柔之乡,两人情意相投,也带给容若一段幸福时光。但幸福的日子总是短暂的,由于难以言说的原因,两人仅仅相处了四个月左右,沈宛就回归江南了。沈宛离去不久,容若就因寒疾离开了人世。

容若"以口写心,清新秀俊,自然超逸,情词共胜,无懈可击"(罗慕华《纳兰性德》),他的这些情词如此细腻动人,把相思与爱恋写得如此真切,以至于人们认定,在卢氏诸女之外,他还有一位初恋的对象。在清人笔记中,他的初恋就是他的表妹,而这位表妹又被选入了深宫,从此成为路人。

在悲香哀粉诸作之外,容若肺腑之语也常见于赠别唱酬之作。前人称其深于情,也有偏指这类作品的,如谢章铤《赌棋山庄词话》所言"固不必刻画《花间》,俎豆《兰畹》,而一声《河满》,辄令人怅惘欲涕",这里使人怅惘欲涕的,则是容若与顾贞观的酬唱之作。容若所交游的,如严绳孙、顾贞观、秦松龄、陈维崧、姜宸英等,都是一时俊杰,且大多年长其三十岁左右。容若与之交游,任情任性,推心置腹,其唱和词作也能以诚动人,尤为难得。酬唱之作,很容易流于虚情假意。而容若身为朱衣公子,却能以诚待人,"先生之待人也以真,其所为词,亦正得一真字,此其所以冠一代排余子也"(张任政《纳兰性德年谱自序》)。"盖惟文人最真,亦惟文人最假,其入世稍深,经历既广,所谓真性情者渐渐渐灭,而酬酢征逐之事乃多,故其为词非性情语而市井语也。""作酬酢语而见真性情,吾于古今则未见其人,非不为也,实不能也。然作出世语而真者尚多,作不入世语而真者实少,千余年惟南唐李后主及纳兰容若二人而已。"(周太玄《倚琴楼词话》)容若赎救吴兆骞一事,可见其交友之道。

"真",正是纳兰词艺术魅力之所在。"待人真,作词真,写景真,抒情真,虽力量未充,然以其真,故感人甚深。"(唐圭璋《纳兰性德评传》)在其抒写爱情与友情的作品之外,依然能够拨动人们心弦的,还是他的真诚。没有虚伪,没有做作,只是实实在在地吐露自己的感受。这些感受,大多为哀怨与忧愁,似乎与具体的现实无所关联,甚至在许多人看来可能是无病呻吟,因为他的生活是如此优裕。然而精神上的苦痛,与生俱来的忧郁,其实潜藏在每个人的心底,它们与物质追求是否满足了无关涉,这也正是愁苦之词总能穿越时空,激发我们共鸣的重要原因。"心事如落花,春风吹已断"(纳兰性德《拟古》之十三),也是人之常情。

纳兰之词,版本较多。此词辑录整理,以《通志堂集》(华东师范大学出版社 2008 年版)为底本,参校它本。其间异文,多来自《今词初集》(康熙十七年刻本)、《清平初选后集》(康熙十七年刻本)、《东百堂词选》(康熙十七年刻本)、《古今词汇》(康熙十八年刻本)、《百名家词钞》(康熙二十三年前后绿荫堂刻本)、《瑶华集》(康熙二十五年天藜阁刻本)、《饮水诗词集》(康熙三十年刻本,张纯修编,书中简称张刻本)、《草堂嗣响》(康熙四十八年辟疆园刻本)、《古今词选》(康熙五十年瘦饮楼刻本)、《精选国朝诗余》(乾隆二十七年刻本)、《昭代词选》(乾隆三十二年经锄堂刻本)、《国朝词雅》(嘉庆三年刻本)、《国朝词综》(嘉庆七年刻本)、《饮水词钞》(嘉庆小仓山刻本,袁通编,书中简称袁刻本)、《纳兰词》(道光十二年结铁网斋刻本,汪元治编,书中简称汪刻本)。

本书共收录纳兰词三百四十九首。其中三百首来自《通志堂集》,另四十八首为冯统一先生从他本中辑出(《饮水词》,广东人民出版社 1984 年版)。此外,赵秀亭、冯统一《饮水词笺校》(中华书局 2011 年版)辑录佚词一首,为诸本所无。作品的排列,大致以编年为序。未编年作品,则以《通志堂集》所录,以词牌为序。纳兰词作,明确说明作年者甚少。其编年,大多为考索推测,或据其行踪,或据其唱和赠答,或据早年词选著录情况,或据词中所言之事,或据词中所抒写之情等等。但既然为推断,不无臆测,尤其是词中所言之事与所抒之情,理解不一,论断各自不同。如《摊破浣溪沙》"一霎灯前醉不醒",为悼亡之词,据"又听鹧鸪啼遍了",论定其作于卢氏亡故后之次年,如是者甚众。

本书题解,意在梳理词之意绪,尽量对所绘之景、所言之事及所蕴涵之情感,用简洁的语言给予说明。书中题解,泛论之处不少,但亦有自得之见。如容若名作《木兰花令·拟古决绝词》,对于它的主旨,向来有两种说法。一种是论交友之道当始终不渝,另一种说法认为是以女子的口吻在驳斥薄情郎,从词中所用典故及词意来看,似乎不无不可。但作者说他是"拟《古决绝词》",非拟《决绝词》或"拟古"。古辞《白头吟》是因为变心而提出分手;元稹的《古决绝词》,则是相思难耐,无法承受,恨不得决绝来求得解脱,所谓"有此迢递期,不如死生别。天公隔是妒相怜,何不便教相决绝"。这显然是一种遁词,终究是以极端的方式表达他们的执著罢了。容若所模拟的,从各方面来看,应该是后者。

又如《采桑子》"土花曾染湘娥黛"一词,历来猜测较多,或以为写隐秘的恋情,或以为悼亡,或以为咏物。主张咏物者,也没有论定所咏为何物。但词中明言"不是犀椎是凤翘",意思是说看这古物的模样,不明就里的人还以为它是一只凤翘,哪里会把它当作犀椎?或者说,轻轻敲击,其声响分明如凤翘的战栗撞击。可见所咏之物为方响之一种的犀椎。

本书的注释,主要注明词中用典、名物及其各版本间的异文。对于词句出处,用力颇多。自李勖《饮水词笺》(南京中正书局 1937

年版)至张草纫《纳兰词笺注(修订本)》(上海古籍出版社2003年版)及赵秀亭、冯统一《饮水词笺校》(中华书局2011年版),对于语句出处诠释较为详细,同者虽不能不同,但偶有发明,亦有所不同。如《临江仙》"夜来带得些儿雪"一词,说明"东风回首不胜悲"为牟融《送罗约》之原句。又如《忆王孙》"西风一夜剪芭蕉",词中言"读《离骚》",所用之典为《世说·任诞篇》:"王孝伯言名士不必须奇才,但使常得无事,痛饮酒,熟读《离骚》,便可成名士。"

纳兰词版本既多,异文亦多。注释对词中录异文尽量加以说明。凡他本所录与底本有差异者,皆在注释中说明。但对异文出处,仅举出一处给予提示,重出者则用"等"字强调。冯统一《饮水词》对纳兰词异文,曾有详细的校勘;后来,赵秀亭、冯统一《饮水词笺校》有进一步校订;此外,张草纫《纳兰词笺注》也检校出不少异文,这都为本书异文的说明提供了直接的帮助。

本书的汇评,主要汇集了清代以来重要评论家对该词的具体评述。其来源有词话,有词选,有评传。今人词选中,以黄天骥《纳兰性德和他的词》(广东人民出版社1983年10月版)、盛冬玲《纳兰性德词选》(三联书店香港分店1997年版)、张草纫《纳兰词笺注》、张秉戍《纳兰词笺注》(北京出版社1996年)及赵秀亭、冯统一《饮水词笺校》为伙。张秉戍《纳兰性德词新释辑评》(中国书店2001年)与赵秀亭、冯统一《饮水词笺校》对历代评述均有辑录。

去年重阳兄策划此书,其时颇为踊跃。谁知此后诸事缠扰,几欲退却。经重阳兄的多次敦促,此书终得以顺利完成,在此深表感谢。由于时间紧迫,疏漏之处尚多,望方家不吝指正。

目　录

编年词

4

未编年词

编年词

采桑子^①

桃花羞作无情死，感激东风。吹落娇红，飞入闲窗伴懊侬。　　谁怜辛苦东阳瘦^②，也为春慵。不及芙蓉^③，一片幽情冷处浓^④。

【题解】

开篇一扫吟咏桃花之陈言，奇逸之气，溢于楮墨，自成警句。灿烂的桃花因得以飞入闲窗，陪伴伤心人共度残春，终不为无情之物，故对吹落它的东风心存感激；伤心人别有怀抱，日渐消瘦而无处倾诉，最终只如芙蓉自怜幽独，风流自赏。赵秀亭等以芙蓉为全词之眼，认定纳兰借此抒写未能参与殿试的遗憾，或为一说。

【注释】

①采桑子：《百名家词钞》作"罗敷媚"。

②东阳：沈约曾做东阳（今属浙江）太守。《南史·沈约传》载其与徐勉书云："百日数旬，革带常应移孔；以手握臂，率计月小半分。以此推算，岂能支久？"贺铸《满江红》："谁念东阳消瘦骨，更堪白纻衣衫薄。"

③芙蓉：或以为指芙蓉镜。段成式《酉阳杂俎续集》："相国李公下第游蜀，遇一老妪，言：郎君明年芙蓉镜下及第。明年，果然状头及第。"

④幽情：《草堂嗣响》作"幽香"。

【汇评】

朱庸斋《分春馆词话》卷三："饮水词以其情之真且深，为他人所少有也。论者每谓饮水词中多悼亡之作，细读之，觉其哀感玩艳，凄惋怆痛，然实非皆为悼其亡妻者，盖其词不少相思阻隔、恋情怆伤，甚至经历风波曲折之意。……当不可能为妻室而发，极可能与相恋者分别阻隔，后此女子终于死去，不久又丧妻，至今读者误二为一。试观《采桑子》'桃花羞作无情死'……倘以此词参之，则个中人呼之欲出耳。"

赵秀亭、冯统一《饮水词笺校》："康熙十一年，性德举顺天乡试，十二年二月应礼部春闱,中式。三月方殿试,因病未与。词即缘此而作。'桃花'见时令,'懊侬'说心情,下片切病况。《通志堂集》有《幸举礼闱以病未与廷试》诗。"

临江仙

谢饷樱桃

绿叶成阴春去也①,守宫偏护星星②。留将颜色慰多情。分明千点泪,贮作玉壶冰。　　独卧文园方病渴③,强拈红豆酬卿。感卿珍重报流莺④。惜花须自爱,休只为花疼。

【题解】

容若病中得到他人馈赠之樱桃,赋此词谢之。词尾"惜花须自爱,休只为花疼"云云,并劝对方好生保重,不要一味牵挂自己,含意颇令人玩味。又词中所用典故较多,故历来多有申说,亦不无附会。或以为馈赠者为宫女,且为容若之曾相恋者,并以"守宫砂"为佐证。或以为馈赠者为其座师徐乾学,以樱桃暗许之为进士,后为容若婉拒。

【注释】

①杜牧《怅诗》:"狂风落尽深红色,绿叶成阴子满枝。"

②《尔雅·释木》:"守宫槐叶昼聂宵炕。"郭璞注:"槐叶昼日聂合而夜炕布者,名为守宫槐。"郝懿行义疏:"《御览》引晋儒林祭酒杜行斋说:'在朗陵县南,有一树,似槐,叶昼聚合相著,夜则舒布而守宫也。'"星星,同"猩猩"。

③《史记·司马相如列传》载司马相如曾为孝文园令,患有消渴疾,后称病闲居。

④李商隐《百果嘲樱桃》:"珠实虽先熟,琼莩纵早开。流莺犹故在,争得讳含来。"

赵秀亭、冯统一《饮水词笺校》："苏雪林论性德与宫女相恋,此词为主要证据。其云词写恋人赠容若以'内府樱桃',守宫典故惟宫女可用,恋人为宫女'万无疑义'。实此词非为恋情之作,词'绿叶成阴'句,除见时令,亦暗用杜牧《叹花》诗意,有'误期'之事。……(徐)乾学为性德乡试主考,性德为其门生;初必以成进士期之,孰料竟因病失于垂成,因饷樱桃,示已以进士视之,见亦贺亦慰之情。性德此阕,即缘此而作。……或以为樱桃为帝王所赐,而由宫女分送臣下,性德作此词谢分送之宫女。按,既为帝王所赐,则当致谢帝王,无致谢他人之理。且臣下谓帝王所赠,只可称'赐',绝无称'饷'之可能。"

张草纫《纳兰词笺注》："近见赵秀亭、冯统一《饮水词笺校》提出不同意见,谓饷樱桃者为性德之座师徐乾学。……故对座师称'卿',未免失礼。而且以情侣之间表示相思的红豆回赠,亦太觉不伦。"

摸鱼儿

送座主德清蔡先生①

问人生、头白京国,算来何事消得。不如罨画清溪上②,蓑笠扁舟一只。人不识。且笑煮、鲈鱼趁著莼丝碧③。无端酸鼻。向岐路消魂,征轮驿骑,断雁西风急。　　英雄辈,事业东西南北④。临风因泣⑤。酬知有愿频挥手,零雨凄其此日⑥。休太息。须信道、诸公衮衮皆虚掷⑦。年来踪迹⑧。有多少雄心,几翻恶梦,泪点霜华织。

【题解】

康熙十一年(1672),纳兰性德举顺天乡试,时蔡启僔与徐乾学为主考。明年,蔡、徐二人以"副榜不及汉军"遭劾,去职归乡。容若赋此词送蔡师,颇有为其鸣不平之意。上片安慰座师，说奔逐于京都名利场中，耗得满头白发，有什么值得留念的呢？还不如斜风细雨，驾一叶扁舟，啸傲清溪，品尝家乡风味。下片说自己虽然知道，古往今来，做一番事业都免不了奔波劳顿，那些衮衮诸公也支撑不了多久，可送别之际，依然为座师的黯然离去心酸洒泪。

【注释】

①座主：唐宋时进士称主试官为座主。至明清，举人、进士亦称其本科主考官或总裁官为座主。蔡先生，蔡启僔（1619—1683），字石公，号昆旸，浙江德清人。康熙九年（1670）状元，历任右春坊、右赞善、翰林院检讨等，有《游燕草存园集》。事见韩菼《蔡检讨墓志铭》。

②苕画：苕画溪，在浙江长兴。德清与长兴旧时均属乌程。

③《世说新语·识鉴》："张季鹰辟齐王东曹掾，在洛见秋风起，因思吴中莼菜羹、鲈鱼脍，曰：'人生贵得适意尔，何能羁宦数千里以要名爵？'遂命驾便归。"

④《礼记·檀弓》："今丘也，东西南北之人也。"

⑤苏轼《次韵刘贡父省上诗》："不用临风苦挥泪，君家自与竹林齐。"

⑥《诗经·东山》："我来自东，零雨其濛。"

⑦杜甫《醉时歌》："诸公衮衮登台省，广文先生官独冷。"

⑧柳永《八声甘州》："叹年来踪迹，何事苦淹留。"

【汇评】

黄天骥《纳兰性德和他的词》："这词的主题，也和上首（《金缕曲·西溟言别赋此赠之》）一样，在送别中透露出对现实的不满，但在写法上，和上一首则有所不同，这首词较多强调惜别之情。上片在安慰蔡启僔不必怀恋京城之后，便描写别离时的情景。下片也是如此，作者鼓励对方几句，又回复到表现伤别的情愫。最后几句，一面劝蔡开放怀抱，不必羡慕那些暂时得意的衮衮诸公；一面道出近来自己的心绪。从'有多少雄心，几翻恶梦'的语句中，我们可以看到他对前途的看法。"

盛冬玲《纳兰性德词选》："这首《摸鱼儿》就是蔡离京归南时容若送行之作。容若对他这位座主的为人和学问都很钦佩，而且怀着知遇之恩。词中在对蔡表示同情和慰藉的同时,流露出对当政的衮衮诸公的不满以及对仕途风波的感慨。不平之气,跃然纸上。"

采桑子

冷香萦遍红桥梦,梦觉城笳①。月上桃花,雨歇春寒燕子家②。　　箜篌别后谁能鼓③,肠断天涯。暗损韶华,一缕茶烟透碧纱。

【题解】

词为羁旅怀人之作。风雨消歇之际,最易牵惹出故园之意、相思之情,何况正值燕子双飞、落花独立之际?梦魂飞越千里,至清香弥漫的红桥,与伊人相伴。醒来惟有胡笳呜咽之声,从城头缓缓传来。伊人的清香似乎可以嗅闻,蓦然之间风烟万里,羁旅天涯,这是何等怅恨。而想到闺中之人别后愁思难遣,韶华虚掷,更觉凄然。

【注释】

①城笳:《昭代词选》作"闻鸦"。

②陆游《东篱杂书》:"巷陌秋千梦,帘栊燕子家。"

③卢仝《楼上女儿曲》:"谁家女儿楼上头,指挥婢子挂帘钩。林花撩乱心之愁,卷却罗袖弹箜篌。箜篌历乱五六弦,罗袖掩面啼向天。相思弦断情不断,落花纷纷心欲穿。"

【汇评】

陈廷焯《云韶集》卷十五:"凄绝入神。"

赵秀亭、冯统一《饮水词笺校》:"康熙十一年秋,严绳孙离无锡,北上进京。十二年春,与性德在京相识,遂订交。绳孙北上途中作《风入松》词云:'别时不敢分明语,魇春山,暗损韶华。'性德此词用严绳孙词句。绳孙在京,又有《减字木兰花》词云:'华灯影里,才饮香醪五醉矣。试问梅花,春在红桥第几家。'性德词首句'红桥',亦自严词出。盖词作于与严绳孙相交未

7

久,聊慰其思乡之绪耳。此词见于《今词初集》,可证其作期在康熙十六年前。"

张秉戌《纳兰词笺注》:"这又是一首伤离念远之作。上景下情。景象的描绘由虚到实,虽未言愁而愁自见。抒情之笔又直中见曲,且再以景语绾住。其黯然伤神之情状极见言外了。"

虞美人

　　黄昏又听城头角①,病起心情恶。药炉初沸短檠青,无那残香半缕恼多情。　　多情自古原多病②,清镜怜清影。一声弹指泪如丝③,央及东风休遣玉人知④。

【题解】
　　词写病中幽思。东风骀荡,使病人心情颇为焦虑,她不愿意对方看见自己憔悴的模样,但又抑制不住自己的思念之情,这浓浓的思念更加重了病情。在春光流逝中,她因焦虑而日渐清瘦。"一声弹指",当指时光转瞬即逝,词中不无美人迟暮之感。学者或以为是指顾贞观《弹指词》,似乎较为勉强。

【注释】
①吴潜《满江红》:"向黄昏、断送客魂消,城头角。"
②贺铸《减字木兰花》:"多情多病,万斛闲愁量有剩。"
③王之望《醉花阴》:"弹指片声中,不觉流年,五十还加二。"
④谢逸《虞美人》:"此情莫与玉人知。引起旧家离恨、泪珠垂。"

【汇评】
　　张秉戌《纳兰词笺注》:"思致深细而出语浅近。纳兰主张词要抒写'性灵',又当有风人之旨。而其作法上有的可借兴象、有的可直抒胸臆。本篇就是直抒胸臆的一首佳作。词虽显率露,但不失情真境婉,很有稼轩词的风调。玩词意,此篇像是写给好友顾贞观的。"

浣溪沙①

谁道飘零不可怜？旧游时节好花天，断肠人去自今年②。　　一片晕红才著雨③，几丝柔绿乍和烟④。倩魂销尽夕阳前。

【题解】

容若于北京西郊冯氏园林赏海棠，想起龚鼎孳相关词句，有感而赋此词，不无花残人去、物是人非之意。龚鼎孳卒于康熙十二年(1673)，词中言"断肠人去自今年"，则作期当为康熙十三年(1674)。不过，龚鼎孳咏西郊海棠词多首，其副题分别为"朱右军司马招集西郊冯氏园看海棠"、"上巳前一日西郊冯氏园看海棠"、"同韶九西郊冯氏园看海棠"、"西郊海棠已放，风复大作，对花怅然"等，词中所忆看海棠之具体词句，多有争议。或以为指龚之《罗敷媚》"今年又向花间醉"；或以为之其《菩萨蛮》四首其中之一首。揣摩词意，与下首最为接近："爱花岁岁看花早，今年花较去年老。生怕近帘钩。红颜人白头。那禁风似箭。更打残花片。莫便踏花归。留他缓缓飞。"

【注释】

①汪刻本有副题"西郊冯氏看海棠，因忆香严词有感"。冯氏园，明代冯宝之园林，在阜成门外。香严词，指龚鼎孳之词作，其词集初名《香严词》，后定本名为《定山堂诗余》。龚鼎孳(1615—1673)，字孝升，号芝麓，安徽合肥人。崇祯七年(1634)进士，入清后官至刑部尚书等。有《定山堂集》。

②今：汪刻本下有双行小字校"经"。

③才著：汪刻本作"疑著"。

④几丝柔绿乍和烟：汪刻本作"晚风吹掠鬓云偏"，又有双行小字校"几丝柔柳乍和烟"。乍，《草堂嗣响》作"又"。

【汇评】

徐轨《词苑丛谈》卷五："《侧帽词》有西郊冯氏园看海棠《浣溪沙》

云……盖忆《香严词》有感作也。王俨斋以为柔情一缕，能令九转肠回，虽'山抹微云君'，不能道也。"

张任政《纳兰性德年谱·丛录》："观容若此词，似不胜重来之感。"

黄天骥《纳兰性德和他的词》："龚鼎孳在《香严词》里的《暮山溪》有句云：'重来门巷，尽日飞红雨。'本篇的意境与词相近，可能作者是记起了龚鼎孳的这首词，因感而赋。下阕既写眼前的海棠花，又由花想起了那已经离去经年的人的面貌。末句说自己在黄昏时分，对着这重来的门巷，倍增惆怅。整首词吐嘱轻圆，自然流畅。"

盛冬玲《纳兰性德词选》："容若'忆香严词'，当是指《罗敷媚·朱右军司马招集西郊冯氏园看海棠》。龚词是写盛开枝头的海棠，意谓以垂暮之年对此嫣红，不胜白发红颜之感，因而自伤老大。容若此作则是写飘落在风中的海棠，意谓红颜亦自无常，因叹青春易逝，情调更为颓伤。"

浣溪沙

十八年来堕世间①，吹花嚼蕊弄冰弦②，多情情寄阿谁边？　紫玉钗斜灯影背③，红绵粉冷枕函偏④。相看好处却无言⑤。

【题解】

词写新婚喜悦之情、恍惚之感。张草纫以为作于与卢氏成婚之时，赵秀亭等以为作于与沈宛相聚之日。前者以卢氏十八岁嫁与纳兰性德为依据，后者着眼于柳枝、霍小玉的歌伎身份。上片说佳人宛如仙女，来人间与自己相聚，不由得喜不自胜。下片说两人相依，乃是前缘命定。

【注释】

①《太平广记》引《洞冥记》及《朔别传》："朔未死时，谓同舍郎曰：'天下人无能知朔，知朔者唯太王公耳。'朔卒后，武帝得此语，即召太王公问之曰：'尔知东方朔乎？'公对曰：'不知。''公何所能？'曰：'善星历。'帝问：'诸星皆具在否？'曰：'诸星具，独不见岁星十八年，今复见耳。'帝仰天叹曰：

'东方朔生在朕旁十八年,而不知是岁星哉。'"李商隐《曼倩辞》:"十八年来堕世间,瑶池归梦碧桃间。"

②李商隐《柳枝五首·序》:"柳枝,洛中里娘也……生十七年,涂装绾髻未尝竟,已复起去,吹叶嚼蕊,调丝擪管,作天海风涛之曲,幽忆怨断之音。"冰弦,琴弦。史达祖《燕归梁》:"今宵素壁冰弦冷,怕弹断、沈郎魂。"

③蒋防《霍小玉传》:"(霍小玉)寻求既切,资用屡空,往往私令侍婢潜卖箧中服玩之物,多托于西市寄附铺侯景先家货卖。曾令侍婢浣沙将紫玉钗一只,诣景先家货之。路逢内作老玉工,见浣沙所执,前来认之曰:'此钗,吾所作也。昔岁霍王小女将欲上鬟,令我作此,酬我万钱。我尝不忘。汝是何人,从何而得?'浣沙曰:'我小娘子,即霍王女也。家事破散,失身于人。夫婿昨向东都,更无消息。悒怏成疾,今欲二年。令我卖此,赂遗于人,使求音信。'"

④枕函偏:汪刻本作"枕函边"。

⑤汤显祖《牡丹亭·惊梦》:"是那处曾相见,相看俨然,早难道这好处相逢无一言。"

【汇评】

况周颐《蕙风词话》卷五:"《饮水词》有云'吹花嚼蕊弄冰弦',又云'乌丝阑纸娇红篆'。容若短调,轻清婉丽,诚如其自道所云。"

赵秀亭、冯统一《饮水词笺校》:"此阕似为沈宛作,参见前同调'欲问江梅瘦几分'阕之'说明'。'吹花嚼蕊'、'天海风涛',皆切沈宛身份。另,'十八年'、'紫玉钗'语皆见于唐传奇蒋防撰《霍小玉传》,'红绵'句情境亦与小玉故事仿佛。小玉,亦歌女也,以词为沈宛而作,庶当无误。康熙二十三年岁杪,顾贞观作伐,沈宛至京,归性德为妾,词即作于此时。又,汤显祖《紫钗记》传奇亦演霍小玉故事,故词句又化用《紫钗记》曲文。性德藏书中有《紫钗记》,见《谦牧堂书目》。"

张草纫《纳兰词笺注》:"叶舒崇《皇清纳腊室卢氏墓志铭》:'年十八,归余同年生成德,姓纳腊氏,字容若。'据词中所云,可推知此词作于康熙十三年作者与卢氏新婚之时。"

山花子

昨夜浓香分外宜,天将妍暖护双栖①。桦烛影微红玉

11

软②,燕钗垂③。　　几为愁多翻自笑,那逢欢极却含啼。央及莲花清漏滴④,莫相催。

【题解】

烛影轻摇,燕钗低垂,红玉香软,双栖双宿,论者或以为词写新婚之夜。但词中说"央及莲花清漏滴",是祈求这更漏滴得再慢一些,好让这幸福的时光能多停留一会儿;又说"愁多翻自笑""欢极却含啼",当是对欢聚期待已久,又对未来毫无信心,所以对当下的这一刻更为珍惜。

【注释】

①妍暖:晴朗暖和。韩愈《游青龙寺赠崔大补阙》诗:"须知节候即风寒,幸及亭午犹妍暖。"

②桦烛:以桦木皮卷裹的蜡烛。卢延让《观新岁朝贺》:"元日燕脂色,朝天桦烛香。"红玉,红色宝石,此处喻美人的肌肤。施肩吾《夜宴曲》:"被郎嗔罚琉玻盏,酒入四肢红玉软。"

③燕钗:燕子形的钗头。韩偓《梅花》:"龙笛远吹胡地月,燕钗初试汉宫妆。"

④莲花清漏:即莲花漏,古代一种计时器。李肇《唐国史补》卷中:"初,惠远из山中不知更漏,乃取铜叶制器,状如莲花,置盆水之上,底孔漏水,半之则沉。每昼夜十二沉,为行道之节,虽冬夏短长,云阴月黑,亦无差也。"

【汇评】

赵秀亭、冯统一《饮水词笺校》:"此阕似为新婚之作。"

雨中花

送徐艺初归昆山①

天外孤帆云外树。看又是、春随人去②。水驿灯昏③,关城月落,不算凄凉处。　　计程应惜天涯暮。打叠起、伤心无数。中坐波涛④,眼前冷暖,多少人难语。

【题解】

词为送徐乾学之子归乡,情绪颇为低落。上片言孤帆一片,与春皆去,一路尽是月落灯昏,不胜凄凉。下片说自己的默默关注,或许会给黯然而归的友人一丝安慰。其作期,或以为作于康熙十三年(1674),徐树毅受徐乾学牵连而回昆山;或以为作于康熙二十三年(1684),徐树毅为落第而归。词中有"眼前冷暖,多少人难语",当是由顺境顿入逆境,故以前者为是。

【注释】

①副题袁刻本无"徐"字。徐艺初,名树毅,字艺初,徐乾学之子,江苏昆山人,康熙二十四年进士。

②吴文英《忆旧游》:"送人犹未苦,苦送春随人去天涯。"

③水驿:水路驿站。姜夔《解连环》:"水驿灯昏,又见在、曲屏近底。"

④中坐:座中。李贺《申胡子觱篥歌》:"心事如波涛,中坐时时惊。"

【汇评】

赵秀亭、冯统一《饮水词笺校》:"徐树毅为徐乾学长公子,性德卒,树毅曾为作挽诗。此词慰其落第而作……则此词乃作于康熙二十三年。"

张草纫《纳兰词笺注》:"康熙十二年,徐乾学由于十一年任顺天府乡试副试官时'坐取副榜不及汉军镶级',为给事中杨雍建弹劾,与主试蔡启僔一起降一级调用,于是年九月回昆山编《一统志》。……徐艺初可能于次年暮春回昆山。"

望海潮

宝珠洞①

漠陵风雨②,寒烟衰草③,江山满目兴亡④。白日空山,夜深清呗,算来别是凄凉。往事最堪伤,想铜驼巷陌,金谷风光⑤。几处离宫，至今童子牧牛羊。　　　荒沙一片茫茫，有桑干一线⑥，雪冷雕翔。一道炊烟，三分梦雨⑦，忍看林表斜阳。归雁两三行，见乱云低水，铁骑荒冈。僧饭黄昏，松门凉月拂衣裳。

【题解】

词人登临京西之翠微山，见寒烟苍翠，衰草连天，抚今追昔，触目皆是兴亡之景，故言辞不无凄凉之意。想铜驼街、金谷园，曾涌现多少风流人物，如今都被风吹雨打去。当年的宫阙，也成为放牧之处。永定河外，细雨濛濛，归雁匆匆，远处有铁骑身影朦胧。惟有僧人，最为悠闲，饭罢漫步寺门，对凉月，迎清风。

【注释】

①宝珠洞：北京西郊八大处平坡山之上。余棨昌《古都变迁记》："宝珠洞当山之翠微处，洞深广丈余，洞中石黑白点渗之如珠，故名。"

②漠陵：汪刻本作"汉陵"。

③陈人杰《沁园春》："正夕阳枯木，低回征路，寒烟衰草，迤逦离情。京洛风尘，吴兴山水，等是东西南北人。"

④辛弃疾《念奴娇》："虎踞龙蟠何处是，只是兴亡满目。"

⑤周邦彦《瑞鹤仙》："寻芳遍赏，金谷里，铜驼陌。"铜驼巷，在今河南洛阳故城中。《太平御览》卷一五八引陆机《洛阳记》："洛阳有铜驼街，汉铸铜驼二枚，在宫南四会道相对。俗语曰：'金马门外集众贤，铜驼陌上集少年。'"金谷园，石崇在洛阳所筑之别业。刘禹锡《杨柳枝》："金谷园中莺乱飞，铜驼陌上好风吹。"

⑥桑干：桑干河，永定河之上游。朱彝尊《最高楼》："望不尽、军都山一面，流不尽、桑干河一线。"

⑦梦雨：濛濛细雨。李商隐《重过圣女祠》诗："一春梦雨常飘瓦，尽日灵风不满旗。"

【汇评】

赵秀亭、冯统一《饮水词笺校》："康熙八年，严绳孙曾作《望海潮》'钱塘怀古'词,一时传诵。性德此词,结构字句多与严词相近。如严词'一道愁烟,三分流水,恼人惟有斜阳'三句,性德作'一道炊烟,三分梦雨,忍看林表斜阳',尤见趋仿痕迹。此词当为性德早年习作,作期当在康熙十四年前。"

风流子

秋郊即事①

　　平原草枯矣,重阳后、黄叶树骚骚。记玉勒青丝②,落花时节,曾逢拾翠③,忽听吹箫④。今来是、烧痕残碧尽⑤,霜影乱红凋。秋水映空,寒烟如织,皂雕飞处⑥,天惨云高。　　人生须行乐,君知否? 容易两鬓萧萧。自与东君作别⑦,划地无聊⑧。算功名何许,此身博得,短衣射虎⑨,沽酒西郊。便向夕阳影里,倚马挥毫⑩。

【题解】

　　词写行猎场面。秋高气爽、黄叶纷飞之时,纵马驰骋于一望无际的平原,自是人间乐事。春日花落之际,玉勒雕鞍,青丝骢马,曾与佳人缓步于此。如今重来,天高云淡,秋水映空,寒烟漠漠,猎鹰盘旋,别是一番情怀。人生得意,当及时行乐。春日以来,仕途不顺,徒增烦恼,想来博取功名,还不如驰猎沽酒更为洒脱。

【注释】

　　①副题《今词初集》等作"秋尽友人邀猎",《昭代词选》等作"秋郊射猎",《草堂嗣响》无。

　　②韩翃《少年行》:"千点斓斒玉勒骢,青丝结尾绣缠骎。"

　　③拾翠:拾取翠鸟羽毛作首饰,后多指游春女子。曹植《洛神赋》:"或采明珠,或拾翠羽。"

　　④忽听:汪刻本等作"忽忆"。

⑤烧痕:野火的痕迹。赵长卿《蝶恋花》:"绿尽烧痕芳草遍。不暖不寒,切莫辜良宴。"

⑥皂雕:一种黑色猛禽。王昌龄《城傍曲》:"邯郸饮来酒未消,城北原平掣皂雕。"

⑦东君:司春之神。辛弃疾《满江红·暮春》:"可恨东君,把春去、春来无迹。"

⑧划地:依旧。辛弃疾《新荷叶·再题傅岩叟悠然阁》词:"岁晚渊明,也吟草盛苗稀。风流划地,向尊前、采菊题诗。"

⑨杜甫《曲江三章》之三:"短衣匹马随李广,看射猛虎终残年。"

⑩《世说新语·言语》:"桓宣武北征,袁虎时从,被责免官。会须露布文,唤袁倚马前令作。手不辍笔,俄得七纸,殊可观。"

【汇评】

田茂遇《清平初选后集》卷九:"豪情云举,相见秋岗盘马时。"

况周颐《蕙风词话》卷五:"意境虽不甚深,风骨渐能骞举,视断调为有进。更进,庶几沉著矣。歇拍'便向夕阳'云云,嫌平易无远致。"

黄天骥《纳兰性德和他的词》:"这词从回忆春天郊游写到秋郊行猎,进一步又写到自己射猎时的心情。他觉得射猎行乐,自由自在,猎后可以饮酒吟诗,这生活比求取功名有意思得多。"

眼儿媚

咏红姑娘①

骚屑西风弄晚寒②,翠袖倚阑干。霞绡裹处,樱唇微绽,鞓鞓红殷③。　　故宫事往凭谁问,无恙是朱颜。玉墀争采④,玉钗争插,至正年间⑤。

【题解】

萧洵《元故宫遗录》载:"金殿前有野果,名红姑娘,外垂绛囊,中空,有子如丹珠,味酸甜可食,盈盈绕砌,与翠草同芳,亦自可爱。"纳兰此词,当由此而引发。严绳孙有同调同题之作,其中"生生长长,故宫衰草,同对斜阳"下自注:"《元故宫遗录》:金殿前有此果。"容若词上片描述金殿前红姑娘之可爱,绿叶似翠袖,花冠如晚霞,果实同红玛瑙。下片扣住元宫殿,畅想当日必定是莺歌燕舞,如今都为风吹雨打去。词作于早期,或以为即康熙十四年(1675)。

【注释】

①红姑娘:酸浆草的别名,果色绛红,酸甜可食。《饮水词·丛录》:"按,红姑娘一名洛神珠,一名灯笼草,即酸浆草也。元棕搁殿前有草名红姑娘,见《清吟堂集》咏红姑娘题注。"

②骚屑西风弄晚寒:张刻本作"西风骚屑弄轻寒"。刘向《九议·思古》:"风骚屑以摇木兮,雪吸吸以澍戾。"

③靺鞨:即靺鞨芽,红玛瑙,产于靺鞨。

④玉墀:宫殿前的石阶。汉武帝《落叶哀蝉曲》:"罗袂兮无声,玉墀兮尘生。"

⑤至正:元顺帝年号(1341—1370)。

【汇评】

赵秀亭、冯统一《饮水词笺校》:"红姑娘,学名酸浆草,又有称洛神珠、灯笼草者,野草而已。果虽曰可食,其实苦涩不适于口,儿童偶或吮吸,更多作玩物视之,以晶圆红润,又有薄壳为可爱也。词云'争采'、'争插',皆诗家想象过甚之辞。性德与严绳孙相识于康熙十二年,词或作于相交未久,盖为早期之作。"

剪梧桐①

自度曲

新睡觉,正漏尽、乌啼欲晓②。任百种思量,都来拥枕,薄衾颠倒。土木形骸③,分甘抛掷④,只平白、占伊怀袍。听萧萧、一剪梧桐⑤,此日秋声重到⑥。　　若不是、忧能伤人,甚青镜、朱颜易老⑦。忆少日清狂,花间马上,软风斜照。端的而今⑧,误因疏起,却懊恼、殢人年少⑨。料应他、此际闲眠,一样积愁难扫⑩。

【题解】

词写作者心中的懊恼之情。拂晓醒来,反侧不眠,窗外梧桐叶在秋风中萧瑟,往日种种情事都在此间涌上心头。当日年少轻狂,沉醉于花间马上,不自修饰,耽误佳人一往情深。如今只剩下一种相思,两处闲愁。

【注释】

①剪梧桐:汪刻本作"湘灵鼓瑟"。

②正漏尽:汪刻本作"听漏尽"。"欲晓"两字后,汪刻本多两句:"屏侧坠钗扶不起,泪浥余香悄悄。"

③《晋书·嵇康传》:"康早孤,有奇才,远迈不群。身长七尺八寸,美词气,有风仪,而土木形骸,不自藻饰。人以为龙章凤姿,天质自然。"

④分甘抛掷:汪刻本作"自甘憔悴"。

⑤听萧萧:汪刻本作"看萧萧"。

⑥声重:汪刻本作"光应"。

⑦"甚青镜、朱颜易老":汪刻本作"怎青镜、朱颜便老",且下有"慧业重来偏命薄,悔不梦中过了"两句。

⑧端的:确实。沈唐《念奴娇》:"厚约深盟,除非重见,见了方端的。而今无奈,寸肠千恨堆积。"

⑨殢人:汪刻本作"误人"。殢,困扰。

⑩积愁:汪刻本作"百愁"。

【汇评】

赵秀亭、冯统一《饮水词笺校》:"此阕似为薄情少恩、贻误女子青春而生悔。'平白占伊'、'殢人年少'皆此意。'误因疏起',谓早年未曾著意于情感。容若娶卢氏之前,先纳庶妻颜氏,时约在康熙十二年。十四年,颜氏产容若长子富格。颜氏长期别居海淀双榆树,性德眷顾甚少。此阕或即为颜氏而作。"

满庭芳

题元人芦洲聚雁图

似有猿啼，更无渔唱，依稀落尽丹枫。湿云影里，点点宿宾鸿^①。占断沙洲寂寞^②，寒潮上、一抹烟笼^③。全不似，半江瑟瑟，相映半江红^④。　　楚天秋欲尽，荻花吹处，竟日冥濛。近黄陵祠庙^⑤，莫采芙蓉。我欲行吟去也^⑥，应难问、骚客遗踪。湘灵杳^⑦，一尊遥酹^⑧，还欲认青峰^⑨。

【题解】

朱耷曾作《芦洲聚雁图》，其自题云："夜窗剪烛听雨，偶阅叔升钱君所画古木寒鸦小景，因写《芦洲聚雁图》以记之。黄德谦曰：'似潇湘水云景也。昔年过二妃庙，今复观此图，恍若重游，但少苦竹丛深耳。'予遂添丛篁中其间，殊有天趣，并赋诗一绝：'夜窗听雨话巴山，又入潇湘水竹间。满渚冥鸿谁得似，碧天飞去又飞还。'"此画曾为容若收藏，是词亦即其题作，紧扣潇湘景色与相关传说，写其迷濛萧远之状。

【注释】

①宾鸿：鸿雁。《礼记·月令》："鸿雁来宾。"

②苏轼《卜算子》："拣尽寒枝不肯栖，寂寞沙洲冷。"

③杜牧《泊秦淮》："烟笼寒水月笼沙，夜泊秦淮近酒家。"

④白居易《暮江吟》："一道残阳铺水中，半江瑟瑟半江红。"

⑤黄陵祠庙：黄陵庙，传说为舜二妃娥皇、女英之庙，在今湖南湘阴县北。李远《黄陵庙词》："黄陵庙前莎草春，黄陵女儿蒨裙新。"

⑥《楚辞·渔父》："屈原既放，游于江潭，行吟泽畔。"

⑦《楚辞·远游》："使湘灵兮鼓瑟，令海若舞冯夷。"

⑧遥酹：张刻本作"遥筹"。

⑨钱起《湘灵鼓瑟》:"曲终人不见,江上数峰青。"

【汇评】

赵秀亭、冯统一《饮水词笺校》:"严绳孙《南浦》'题元人芦洲聚雁图'词选入《今词初集》,性德此作与严词作于同时,作期在康熙十二年至十四年(康熙十四年后严绳孙南归,不在京中)。"

河　传①

春残,红怨②,掩双环③。微雨花间昼闲④,无言暗将红泪弹⑤。阑珊,香销轻梦还。　　斜倚画屏思往事,皆不是,空作相思字⑥。记当时,垂柳丝,花枝,满庭胡蝶儿。

【题解】

词以白描手段,展示了一幅"香销粉泪尽"的画面。春日将去,落红满地,深闺紧锁。正是销魂时节,佳人百无聊赖,无言斜倚画屏,追忆往日垂柳边与情人赏花戏蝶之景,念及今日之孤苦,不禁粉泪盈盈。

【注释】

①《瑶华集》有副题"春暮"。

②"春残,红怨":《瑶华集》等作"春暮,如雾";《百名家词》等作"春浅,红怨"。

③双环:《词汇》作"双镮"。

④微雨:《瑶华集》等作"语影"。

⑤无言暗将:《瑶华集》等作"背人偷将"。

⑥辛弃疾《满江红》:"相思字,空盈幅。相思意,何事足。"

【汇评】

赵秀亭、冯统一《饮水词笺校》:"此词见于《今词初集》,为康熙十五年前作。"

张秉戍《纳兰词笺注》:"读这首词仿佛看一组连续的、跳跃着的画面,画面所绘都是眼前的真实情景,只是下片'记当时'之后,用虚拟之景,这便更加倍地写出思怀往事的情景。全篇荡漾着一种淡淡的哀伤,写尽了'思往事'的刻骨铭心的寂寞情怀。"

盛冬玲《纳兰性德词选》:"此作句题韵密,句型既富于变化,韵脚又再三变换,形成了一种急促的节拍。跳跃着的词句,勾出了一个又一个美丽的画面。这些画面如分开来看,是各自静止的;但用'春怨'这一中心词串连起来,却有了动态,忽而是空间的转换,忽而是时间的推移,衔接巧妙,节奏分明。欣赏这样的作品,诗情、画意、乐感融合在一起,我们不禁要感叹作者的匠心独运;同时,对不同门类艺术的相通之处也可领会于心了。"

忆王孙

刺桐花底是儿家^①,已拆秋千未采茶。睡起重寻好梦赊,忆交加^②,倚著闲窗数落花。

【题解】

词以女子口吻,写闲情闺思,颇绮丽,有江南情歌遗风。首句言"家在刺桐花下",已有邀约之态;下句回忆"交加"之梦,将绮靡之思推进一层。

【注释】

①花底:汪刻本作"花下"。朱庆馀《南岭路》:"经冬来往不踏雪,尽在刺桐花下行。"儿家,我家,多用于女子口吻。张先《更漏子》:"耳畔向人轻道:柳阴曲,是儿家,门前红杏花。"

②交加:男女相偎。韦庄《春秋》:"睡怯交加梦,闲倾潋灔觞。"

【汇评】

林花榭《读词小笺》:"王荆公诗'细数落花因坐久',闲趣也。纳兰云'倚著闲窗数落花',乃无聊也。虽同言一事,而情自有别。"

赵秀亭、冯统一《饮水词笺校》:"'刺桐花'云云,皆设想之词。性德词中,多有此类。此词当作于早期,疑为康熙十五年前作。"

御带花

重九夜①

晚秋却胜春天好②,情在冷香深处。朱楼六扇小屏山③,寂寞几分尘土。虬尾烟销④,人梦觉、碎虫零杵。便强说欢娱,总是无憀心绪。　　转忆当年,消受尽、皓腕红萸⑤,嫣然一顾。如今何事,向禅榻茶烟⑥,怕歌愁舞⑦。玉粟寒生⑧,且领略、月明清露。叹此际凄凉,何必更、满城风雨⑨。

【题解】

词写重九之夜的无聊心绪。相比于春天,晚秋更有它的独胜之处。众芳摇落之后,还有暗香传来,沁人心脾。但词人却无心欣赏,强作欢娱,也不觉宛似当年。零碎的虫鸣和断续的砧杵声,反复把他从浅梦中搅醒。当年佳人在侧,皓腕如霜雪,手把茱萸,嫣然一笑,至今梦牵魂绕。可惜人事境迁,自己也进入了"怕歌愁舞懒逢迎"的时节,只能在禅榻用茶烟消磨风雨。前人曾用"满城风雨近重阳"说尽恓遑,而此时此际,不用满城风雨,自己已经无法承受这凄凉。

【注释】

①重九:重阳节。陶潜《九日闲居》诗序:"余闲居,爱重九之名。秋菊盈园,而持醪靡由,空服九华,寄怀于言。"

②吴文英《烛影摇红》:"飞尽西园,晚秋却胜春天气。"

③毛并《谒金门》:"闲掩屏山六扇,梦好强教惊断。"

④虬尾:盘香。毛滂《临江仙》:"香残虬尾细,灯暗玉虫偏。"

⑤红萸:茱萸。朱敦儒《水调歌头》:"幸遇重阳佳节,高处红萸黄菊,好把醉乡寻。"

⑥杜牧《题禅院》:"今日鬓丝禅榻畔,茶烟轻飏落花风。"

⑦陆游《朝中措》:"怕歌愁舞懒逢迎,妆晚托春酲。"

⑧玉粟:皮肤因受寒凉而呈粟状。梅鼎祚《玉合记·邂逅》:"绿鬟云散袅金翘,双钏寒生玉粟娇。"

⑨潘大临有残句:"满城风雨近重阳。"

【汇评】

赵秀亭、冯统一《饮水词笺校》:"性德友人丁炜《紫云词》亦有《御带花》一阕,副题为'重九夜,用侧帽词韵'。若此词果为《侧帽词》中作品,则当作于康熙十五年前。"

疏　影

芭　蕉

湘帘卷处。甚离披翠影,绕檐遮住。小立吹裙①,曾伴春慵②,掩映绣床金缕③。芳心一束浑难展④,清泪裹⑤、隔年愁聚。更夜深⑥、细听空阶雨滴,梦回无据⑦。　　正是秋来寂寞,偏声声点点⑧,助人难绪。缊被初寒⑨,宿酒全醒⑩,搅碎乱蛩双杵。西风落尽庭梧叶⑪,还剩得、绿阴如许。想玉人、和露折来⑫,曾写断肠诗句⑬。

【题解】

词以赋体手法铺写芭蕉,不仅写出芭蕉摇曳之态,更抓住"雨打芭蕉"这一传统意象,反复渲染,写出秋夜声声点点带给离人的愁绪。上片写春来慵懒,卷起湘帘,佳人独立风中,让裙裾与芭蕉叶一起在风中舞动。芭蕉叶为风所卷裹,而芳心也随之不得施展。夜来雨急,点点滴滴,空阶滴到天明,让人难以入梦。下片说西风扫尽梧桐叶,满目萧索中,唯独芭蕉叶依然绿阴如故。前人曾言"芭蕉叶上独题诗"(韦应物《闲居寄诸弟》),想必这芭蕉叶也为离人写满了断肠诗句。词当作于早期。

【注释】

①吹裾：汪刻本作"吹裙"。张炎《好事近》："风吹裙带下阶迟，惊散双蝴蝶。"

②曾伴：《瑶华集》等作"常伴"。晏几道《采桑子》："日日春慵，闲倚庭花晕脸红。"

③绣床：汪刻本等作"秀妆"。

④李群玉《新荷》："增在春波底，芳心卷未舒。"

⑤清泪裹：汪刻本有双行小字校"裹"为"里"。

⑥更夜深：《瑶华集》等作"到夜深"。

⑦柳永《尾犯》："夜雨滴空阶，孤馆梦回，情绪萧索。"

⑧朱淑真《闷怀》："芭蕉叶上梧桐雨，点点声声有断肠。"

⑨初寒：《瑶华集》等作"寒生"，《昭代词选》作"生寒"。

⑩全醒：《瑶华集》等作"全消"。

⑪庭梧叶：《瑶华集》等作"梧桐叶"。

⑫和露：《百名家词钞》作"和泪"。

⑬底本原为"曾写断肠句"，据《瑶华集》等增补。

【汇评】

赵秀亭、冯统一《饮水词笺校》："此阕见于《今词初集》，各本异文颇多，当为早期之作。或作于康熙十五年前。沈时栋有《疏影》'芭蕉步朱竹垞原韵'词，可知《疏影》'芭蕉'词由朱彝尊原倡，性德词亦步朱氏词韵之作。"

生查子

鞭影落春堤，绿锦郭泥卷①。脉脉逗菱丝②，嫩水吴姬眼。　　啮膝带香归③，谁整樱桃宴④。蜡泪恼东风，旧垒眠新燕。

康熙十五年(1676)春,纳兰性德进士及第,是词即作于此时,写其登科后的喜悦心情。扬鞭策马,遨游郊外,春光明媚,心旷神怡。踏花归来,余香扑鼻,踌躇四顾,其乐无极。

【注释】

①鄣泥:马鞯,垫在马鞍下,垂于马背的两旁以挡尘土。吕温《宗礼欲往桂州苦雨因以戏赠》:"知汝使车行意速,但令骢马著鄣泥。"鄣,张刻本等作"障"。

②菱丝:菱蔓。李贺《南园十三首》之九:"泻酒木栏椒叶盖,病容扶起种菱丝。"

③啮膝:良马名。高明《琵琶记·杏园春宴》:"飞龙、赤兔、騕褭、骅骝、紫燕、骕骦、啮膝……正是青海月氏生下,大宛越睒将来。"

④樱桃宴:往时庆贺新进士及第的宴席。王定保《唐摭言·慈恩寺题书游赏赋咏杂记》:"新进士尤重樱桃宴。乾符四年,永宁刘公第二子覃及第……独置是宴,大会公卿,时京国樱桃初出,虽贵达未适口,而覃山积铺席,复和以糖酪者,人享蛮榼一小盎,亦不啻数升。"

【汇评】

赵秀亭、冯统一《饮水词笺校》:"是阕为及第后春游词,作于康熙十五年暮春。首二句出游。三四句言郊景明媚,五六句言归来宴贺,末二句言心情振奋,顿觉已非旧时之人,所谓'洞房花烛夜,金榜题名时'。据此词,可知性德早年原有积极用世之心,非如后之悲斫沮丧。"

张秉戌《纳兰词笺注》:"上片写骑马游经春堤,堤岸与春水之景。下片写归来之伤情。本来'樱桃宴'意味着仕进得意,但诗人却心绪索寞,面对'东风'、'旧垒'、'新燕'而伤情。那面前的'蜡泪'犹如自家的眼泪,撩人恼人,这正是所谓伤心人别有怀抱了。"

水龙吟

再送荪友南还①

人生南北真如梦②，但卧金山高处③。白波东逝，鸟啼花落，任他日暮④。别酒盈觞，一声将息，送君归去。便烟波万顷，半帆残月，几回首⑤，相思否。　　可忆柴门深闭⑥。玉绳低⑦、蕉灯夜语⑧。浮生如此，别多会少，不如莫遇。愁对西轩，蕉墙叶暗，黄昏风雨。更那堪、几处金戈铁马⑨，把凄凉助⑩。

【题解】

是词见载于《东白堂词选》，其刊于康熙十七年(1678)。康熙十五年(1676)夏，严荪友曾南归，词当作于此际。世事悠悠，人生如梦，分离总是难以避免。友人此去高卧金山，面对江水东逝，鸟啼花落，又与谁共赏共游？斜阳日暮，执手相别，唯有一声珍重，伴君而去，只留下无限相思。往日柴门深闭、蕉灯夜语的情景，又涌现心头。令人感叹，当初还不如不相识相知，何况友人将去之处，还有战火飘及。"人生南北"、"不如莫遇"等，即纳兰前作《送荪友》诗"人生何如不相识，君老江南我江北。如何相逢不相合，更无恨别衡胸臆"之意，故副题曰"再送"。

【注释】

①严绳孙(1623—1702)，字荪友，江苏无锡人，一说昆山人。康熙十八年(1679)举博学鸿词科，授翰林院检讨，迁右春坊中允等。有《秋水集》。

②佚名《青玉案》："人生南北如歧路，世事悠悠等风絮。"

③金山：指江苏镇江西北之金山，位于严绳孙故里附近。周必大《二老堂杂志》："此山大江环绕，每风四起，势欲飞动，故南朝谓之浮玉。"

④东逝：《精选国朝诗余》作"东适"；鸟啼，作"鸟鸣"。刘商《送王永二

首》之一:"君去春山谁共游,鸟啼花落水空流。"

⑤回首:《精选国朝诗余》作"回眸"。

⑥深闭:《精选国朝诗余》作"深扃"。

⑦玉绳:星名。《太平御览》卷五引《春秋纬·元命苞》:"玉衡北两星为玉绳。"唐彦谦《克复后登安国寺阁》:"惆怅建章鸳瓦尽,夜来空见玉绳低。"

⑧史达祖《绮罗香》:"记当日、门掩梨花,翦灯深夜语。"

⑨那堪:《精选国朝诗余》作"那看"。

⑩把凄凉助:《东白堂词选》等作"助人凄凉"。

【汇评】

陈淏《精选国朝诗余》:"是再送之意,说得旷达。"

张草纫《纳兰词笺注》:"此词多酸楚,与严所作《进士纳兰君哀词》'岁四月,余将以归,入辞容若,时坐无余人,相与叙生平聚散,究人事之始终。语有所及,怆然伤怀',及作者《送苏友》《暮春别严四苏友》二诗内容一致,当作于康熙二十四年严第二次南归时。"

金人捧露盘

净业寺观莲,有怀苏友①

藕风轻,莲露冷,断红收。正红窗、初上帘钩②。田田翠盖③,趁斜阳、鱼浪香浮④。此时画阁垂杨岸,睡起梳头。旧游踪,招提路⑤,重到处,满离忧。想芙蓉、湖上悠悠。红衣狼藉,卧看桃叶送兰舟⑥。午风吹断江南梦,梦里菱讴。

【题解】

康熙十五年(1676)夏,严绳孙南归后不久,容若于净业寺观赏莲荷,想起与友人同游此处的情形,于是赋词相寄,表达思念之情。上片描述观赏净业寺之莲荷。秋风四起，荷叶狼藉，不禁想起"莲叶何田田"的江南，记起了正在江南故里的友人。下片说净业寺是旧处重游，荷花尚在，而友人已经远在芙蓉湖上，在梦魂牵绕的江南水乡，悠然地欣赏着烂漫的采莲之曲。

【注释】

①净业寺：《日下旧闻考》卷五十三引《燕都游览志》："净业寺，从德胜门西循城下西行，径转得此寺。"

②唐彦谦《怀友》："金井凉生梧叶秋，闲看新月上帘钩。"

③《古诗》："江南可采莲，莲叶何田田。"

④姜夔《惜红衣》："虹梁水陌。鱼浪吹香，红衣半狼藉。"

⑤招提：梵语，原为"四方"之意，后北魏太武帝造伽兰，创招提之名，遂为寺院之别称。孟浩然《夜泊庐江闻故人在东寺以诗寄之》："闻君寻寂乐，清夜宿招提。"

⑥桃叶送：《清平初选后集》等作"少妾荡"。桃叶，桃叶渡，在江苏南京。

【汇评】

赵秀亭、冯统一《饮水词笺校》："此词见于《清平初选后集》，可知必作于康熙十六年之前。康熙十二年，严绳孙（苏友）与性德结识。康熙十四年，绳孙曾客居性德家中。明珠府第在德胜门海子岸，距净业寺甚迩，性德曾与苏友在净业湖观荷。康熙十五年初夏，苏友南归，词或即作于是年盛夏初秋。"

菩萨蛮

新寒中酒敲窗雨①，残香细袅秋情绪②。才道莫伤神，青衫湿一痕③。　　无聊成独卧，弹指韶光过④。记得别伊时，桃花柳万丝。

【题解】

此篇是怀人之作。赵秀亭等以为词当为怀严绳孙而作,作于康熙十五年(1676)夏秋之际,以康熙十五年八月六日纳兰性德《致严绳孙书》等为证,可备一说。《致严绳孙书》有云:"别后光阴,不觉已四月,重来之约,应成空谈。明年四月十七,算吾咏'正是去年别君时'也。"词上片写别后相忆。秋意渐浓,日转萧瑟,坐听窗雨,举杯独饮,念及知己远去,不觉神伤。下片由思念之苦唤起当日分别的记忆。拥衾独卧,思绪万千,韶光似水流年。当日分别,桃花灼灼,杨柳依依,如今秋雨绵绵,令人倍觉惆怅。

【注释】

①吴文英《风入松》:"料峭春寒中酒,交加晓梦啼莺。"

②细裛:《今词初集》、汪刻本等作"细学"。

③"青衫"两句:《今词初集》、汪刻本等作"端的是怀人,青衫有泪痕"。青衫,白居易《琵琶行》:"坐中泣下谁最多,江州司马青衫湿。"

④"无聊"两句:《词汇》、汪刻本等作"相思不似醉,闷拥孤衾睡"。

【汇评】

黄天骥《纳兰性德和他的词》:"这词也是写思念之苦。秋雨敲窗,拥衾醉卧,想到春天分手的情景,更是愁肠寸断。'才道莫伤神,青衫湿一痕'。诗人才对自己说:不要黯然神伤,应该放开怀抱,岂料在不知不觉间又泪湿青衫。这两句,把伤心人的心理状态写得很细腻。"

张秉戌《纳兰词笺注》:"此篇写春日与伊人别后的苦苦相思。……小词翻转跳宕,屈曲有致,其相思之苦情表现得至为深细。"

好事近

马首望青山①,零落繁华如此②。再向断烟衰草,认藓碑题字③。　　休寻折戟话当年④,只洒悲秋泪。斜日十三陵下,过新丰猎骑⑤。

词发怀古之幽思。西风残照中,过前明十三陵而有兴废沧桑之感。秋风起而落叶下,草木繁华憔悴亦如世事兴废。当年显赫一时,如今只剩下残垣断壁,为衰草苔藓所覆盖。词或作于康熙十五年(1676)。

【注释】

①王维《赠徐中书望终南山歌》:"驻马兮双树,望青山兮不归。"

②阮籍《咏怀诗》其三:"秋风吹飞藿,零落从此始。繁华有憔悴,堂上生荆杞。"

③顾贞观《忆秦娥》:"双崖碧,古今多少,藓碑题迹。"

④杜牧《赤壁》:"折戟沉沙铁未销,自将磨洗认前朝。"

⑤王维《观猎》:"忽过新丰市,还归细柳营。"

【汇评】

张草纫《纳兰词笺注》:"康熙十五年十月,作者曾扈驾到昌平祭祀十三陵。据《清实录》,康熙十五年十月:'戊午,幸昌平。过前明十三陵。上一一躬亲酹酒。'十三陵就在北京城郊,性德往游的机会甚多,因此此词也可能作于康熙十五年以前。"

于在春《清词百首》:"作者是一位骑马射猎的好手。这首词是写他在北京市昌平县一带打猎中的感受。昌平县在北京这个上千年的古都城外围,明朝遗留的古迹十三陵就在那里。时间是秋天,地点是像北方这样一个历史遗址,作者当时的感想是多样的。他写情同时写景,描绘出一幅情景交融的秋郊行猎画卷。"

盛冬玲《纳兰性德词选》:"明亡未久,明陵荒凉残破,景象已大非往昔,而且陵区任由满族官兵在那里驰射行猎。遗民见此,自当痛哭流涕。但容若出身于满族簪缨之家,在新朝官居禁近,何以也会对之大洒悲秋之泪?我们应该这样去理解:王朝的倏忽,世事的忽盛忽衰,使感情灵敏而又深受佛、道二家学说影响的他,联想起万物荣枯无定,人生好景不长,一切如梦如幻,因而无限怅惘,独怆然而涕下。"

菩萨蛮

飘蓬只逐惊飙转,行人过尽烟光远。立马认河流,茂陵风雨秋^①。　　　寂寥行殿锁^②,梵呗琉璃火^③。塞雁与宫鸦^④,
山深日易斜。

【题解】

词写路过十三陵时的感触,或当与《好事近》"马首望青山"同作于康熙
十五年(1676)。庄严肃穆的明皇陵,曾经被视为圣地,如今变得一派空旷
萧条,只有塞雁与宫鸦偶尔点缀其间。斜阳过后,幽幽的灯火隐约闪现,更
增添几分萧索气氛。世事漫似流水,人生恰如飘蓬,词人伫立此间,烟光残
照中,不胜兴亡之悲。

【注释】

①茂陵:汉武帝刘彻陵,此处指明十三陵。李贺《金铜仙人辞汉歌》:
"茂陵刘郎秋风客,夜闻马嘶晓无迹。"

②李商隐《旧顿》:"东人望幸久咨嗟,四海于今是一家。犹锁平时旧行
殿,尽无宫户有宫鸦。"

③梵呗:佛家作法事时的歌咏赞颂之声。慧皎《高僧传·经师论》:"原
夫梵呗之起,亦肇自陈思。"琉璃火,琉璃灯,寺庙中所点的玻璃制作的
油灯。

④韩偓《故都》:"塞雁已侵池御宿,宫鸦犹恋女墙啼。"

【汇评】

张秉戌《纳兰词笺注》:"此为过明皇陵的感怀之作。其不胜今昔之感,
兴亡之叹,黍离之悲,清晰可见,唯用景语化出,故觉婉曲有致,情味深浓,
厚重有力。"

清平乐

弹琴峡题壁^①

泠泠彻夜^②,谁是知音者?如梦前朝何处也,一曲边愁难

写。　　极天关塞云中,人随落雁西风^③。唤取红襟翠袖,莫教泪洒英雄^④。

【题解】

词或作于康熙十五年(1676)十月。词人途经弹琴峡,听水声潺潺,响若弹琴,恍然有所感。千百年来,这声音一直没有停息,它究竟为谁而鸣?谁又懂得它的寂寞呢?不惜歌者苦,但伤知音稀。多少英雄,极目远塞,泪洒西风。他们的怅惘与辛酸,似乎都包含在这琴声中了。

【注释】

①《大清一统志·顺天府》:"弹琴峡,在昌平州西北居庸关内,水流石罅,声若弹琴。"

②泠泠:清脆之水声。陆机《招隐诗》:"山溜何泠泠,飞泉漱鸣玉。"又用以形容琴声。刘长卿《听弹琴》:"泠泠七丝上,静听松风寒。"

③落雁:汪刻本作"雁落"。

④红襟:汪刻本作"红巾"。辛弃疾《水龙吟》:"情何人唤取,红巾翠袖,揾英雄泪。"

【汇评】

盛冬玲《纳兰性德词选》:"弹琴峡在今北京市昌平县西北境,处居庸关内。容若扈从至此,在苍劲的秋风中,极目关塞,忽起兴亡之感,遂写下了这一首气韵苍凉的《清平乐》,并用以题壁。"

忆王孙

西风一夜剪芭蕉,满眼芳菲总寂寥^①。强把心情付浊醪,读《离骚》^②,洗尽秋江日夜潮^③。

【题解】

词中言读《离骚》以解忧闷,读者多以为词人别有怀抱。其实,这里是反用王恭之典,称自己想做清闲之名士而心有不甘。词人心潮起伏,或是朝廷方多故,故学者以为有请缨无路之意。

【注释】

①满眼芳菲总:汪刻本作"倦眼经秋耐"。

②《世说·任诞篇》:"王孝伯言名士不必须奇才,但使常得无事,痛饮酒,熟读《离骚》,便可成名士。"

③洗尽秋:汪刻本作"愁似湘"。

【汇评】

黄天骥《纳兰性德和他的词》:"从这首词看,纳兰性德的情绪相当苦闷。他说自己抵受得住寂寞,这是反话,实际上是说自己在政治上不甘寂寞。因此,才会痛饮熟读《离骚》,才会心潮起伏,思绪汹涌。"

赵秀亭、冯统一《饮水词笺校》:"三藩乱起,湖湘沦入战火,性德原有投笔立功之志。其《送荪友》诗曾云:'平生纵有英雄血,无由一溅荆江水。荆江日落阵云低,横戈跃马今何时。'此阕末句汪刻本作'愁似湘江日夜潮',亦有请缨无路之意。此词当作于康熙十五年前。"

玉连环影①

何处②?几叶萧萧雨③。湿尽檐花④,花底人无语。掩屏山⑤,玉炉寒,谁见两眉愁聚倚阑干。

【题解】

词写雨中相思。春来无绪,对屏山而难眠。玉炉烟起,带来丝丝凉意。双眉紧蹙,独倚栏杆。望屋檐外细雨纤纤,染湿鲜花朵朵,思绪飘向远方。

【注释】

①《瑶华集》有副题"雨"。

②晏几道《醉落魄》:"若问相思何处歇? 相逢便是相思彻。"

③孟郊《巫山高二首》之二:"但飞萧萧雨,中有亭亭魂。"

④檐花:屋檐前的花。白居易《伤春词》:"深浅檐花千万枝,碧纱窗外

啭黄鹂。"

⑤丘宓《诉衷情》:"思往事,耿无眠。掩屏山。"

【汇评】

黄天骥《纳兰性德和他的词》:"这词写的是一个人孤独无聊的神态。在零星细雨中,屋里炉香燃尽,他也懒得再点,默默地靠着栏杆,不知在想什么?"

赵秀亭、冯统一《饮水词笺校》:"此词见收康熙十七年刊《清平初选后集》,当作于康熙十五年前后。"

玉连环影

才睡,愁压衾花碎。细数更筹①,眼看银虫坠②。梦难凭,讯难真,只是赚伊终日两眉颦③。

【题解】

此首与上篇同调之作,情感相通,思绪连贯,或当作于同时。前篇写其怅然无绪,倚楼眺望,若有所怀;此篇则述其寂寞难耐,辗转不眠,勉强入睡又陡然惊醒,嗣后睡意全无。前篇,缠绵雨中,闺中人暗念羁旅者不知身处何方;此篇,漫漫长夜,羁旅者忖思闺中人情何以堪。

【注释】

①更筹:夜间报更用的计时竹签。欧阳澈《小重山》词:"无眠久,通夕数更筹。"

②银虫:灯烛之花。

③陈师道《菩萨蛮》:"想得两眉颦,停针忆远人。"

【汇评】

张秉戌《纳兰词笺注》:"常见之题,寻常之语,而能情致含婉,流美动人。此系本篇之独到处。词先写自己一方相思惆怅,孤独无眠。最后突发奇想,一下转到了描绘对方相思的情景,说她整日里相思而致眉头频敛。如此跳跃之笔,不惟灵动,且更显思致深厚了。"

金缕曲①

赠梁汾②

德也狂生耳! 偶然间、缁尘京国③,乌衣门第。有酒惟浇赵州土④,谁会成生此意?不信道、遂成知己。青眼高歌俱未老⑤,向樽前、拭尽英雄泪⑥。君不见,月如水。　　共君此夜须沉醉。且由他、蛾眉谣诼⑦,古今同忌。身世悠悠何足问,冷笑置之而已。寻思起、从头翻悔。一日心期千劫在⑧,后身缘、恐结他生里⑨。然诺重,君须记。

【题解】

词作于康熙十五年(1676)。顾贞观和词有附跋:"岁丙辰,容若年二十有二,乃一见即恨识余之晚,阅数日,填此曲为余题照。"(《弹指词》卷下)。是词为容若成名之作,慷慨淋漓,跌宕生姿,与他词之凄婉缠绵颇为不同,将重交谊、笃友情之执著展露无遗。故傅庚生以为"其率真无饰,至令人惊绝。率真则疏快而不滞,不滞则见赋于天者,可以显现而无遗,生香天色,此其是已"(《中国文学欣赏举隅》)。上片言风尘京洛,乍逢知己,青眼相加,门第并不能成为障碍;下片说两人以心相许,郑重约为知己,哪怕横遭风波,情谊不会动摇。他人嗤笑质疑,但冷笑置之而已。顾贞观有《金缕曲·酬容若见赠次原韵》,可对读:"且住为佳耳。任相猜、驰笺紫阁,曳裾朱第。不是世人皆欲杀,争显怜才真意。容易得、一人知己。惭愧王孙图报薄,只千金、当洒平生泪。曾不直,一杯水。歌残击筑心逾醉。忆当年、侯生垂老,始逢无忌。亲在许身犹未得,侠烈今生已已。但结托、来生休悔。俄顷重投胶在漆,似旧曾、相识屠沽里。名预籍,石函记。"

【注释】

①金缕曲:《今词初集》等作"贺新郎"。

②赠梁汾:《今词初集》作"赠顾梁汾杵香小影"。徐轨《词苑丛谈》作"题顾梁汾侧帽投壶图",故容若之作传为"侧帽词"。梁汾,顾贞观(1637—1714),字华峰(一作封),号梁汾,江苏无锡人。康熙五年(1666)举顺天府乡试,擢内国史院典籍,康熙二十三年(1684)致仕。有《积书岩集》、《弹指词》。康熙十五年(1676)馆于纳兰相国家,与容若遂成忘年交。

③陆机《为顾彦先赠妇》:"京洛多风尘,素衣化为淄。"

④李贺《浩歌》:"买丝绣作平原君,有酒惟浇赵州土。"

⑤《晋书·阮籍传》:"籍又能为青白眼。见礼俗之士,以白眼对之。"杜甫《短歌行赠王郎司直》:"青眼高歌望吾子,眼中之人吾老矣。"

⑥张榘《贺新郎》:"髀肉未消仪舌在,向樽前、莫洒英雄泪。"

⑦屈原《离骚》:"众女嫉余之蛾眉兮,谣诼谓余以善淫。"

⑧心期:心许相交。陶潜《酬丁柴桑》诗:"实欣心期,方从我游。"

⑨孟棨《本事诗·情感第一》:"开元中,颁赐边军纩衣,制于宫中。有兵士于短袍中得诗曰:'沙场征戍客,寒苦若为眠。战袍经手作,知落阿谁边? 畜意多添线,含情更著绵。今生已过也,重结后身缘。'兵士以诗白于帅,帅进之。玄宗命以诗遍示六宫曰:'有作者勿隐,吾不罪汝。'有一宫人自言万死。玄宗深悯之,遂以嫁得诗人,仍谓之曰:'我与汝结今身缘。'边人皆感泣。"

【汇评】

徐轨《词苑丛谈》卷五:"金粟顾梁汾舍人,风神俊朗,大似过江人物。……画《侧帽投壶图》,长白成容若题《贺新凉》一阕于其上云云,词旨嵚崎磊落,不啻坡老、稼轩。都下竞相传写,于是教坊歌曲间,无不知有《侧帽词》者。"

谢章铤《赌棋山庄词话》卷七:"纳兰容若深于情者也。固不必刻画《花间》,俎豆《兰畹》,而一声《河满》,辄令人怅惘欲涕。情致与《弹指》最近,故两人遂成莫逆。读两家短调,觉阮亭脱胎温、李,犹费拟议。其中赠寄梁汾《贺新凉》、《大酺》诸阕,念念以来生相订交,情至此,非金石所能比坚。"

况周颐《蕙风词话》卷五:"《香海棠馆词话》及《薇省词钞》梁汾小传后,载顾、成交谊綦详。阅武进汤曾辂先生(大奎、贞愍之祖)《炙砚琐谈》一段甚新,为他书所未载,亟录如左:纳兰成德侍中与顾梁汾相从最密。尝填《贺新凉》词为梁汾题照,有云:'一日心期千劫在,后身缘、恐结他生里。然诺重,君须记。'梁汾答词亦有'托结来生休悔'之语。侍中殁后,梁汾旋亦归里。一夕,梦侍中至,曰:'文章知己,念不去怀。泡影石光,愿寻息壤。'是夜,其嗣君举一子,梁汾就视之,面目一如侍中,知为后身无疑也,心窃喜甚。弥月后,复梦侍中别去。醒起,急询之,已卒矣。"

金缕曲

简梁汾①

洒尽无端泪。莫因他、琼楼寂寞②,误来人世。信道痴儿多厚福,谁遣偏生明慧③。莫更著④、浮名相累。仕宦何妨如断梗,只那将、声影供群吠⑤。天欲问,且休矣。　情深我自判憔悴⑥。转丁宁、香怜易爇,玉怜轻碎。羡杀软红尘里客⑦,一味醉生梦死。歌与哭、任猜何意。绝塞生还吴季子⑧,算眼前、此外皆闲事。知我者,梁汾耳。

【题解】

康熙十五年(1676)末,顾贞观填写两首《金缕曲》,寄予吴汉槎,容若见之,颇为感激,遂挺身而出,允为奔走营救,使吴汉槎得以生入榆关。是词即作于此间,说他定把生还吴汉槎,作为眼下急切之事,也安慰顾贞观不要因吴季子一事心情过于沉重,不要因外界的纷扰影响两人的友情。

【注释】

①汪刻本副题作"简梁汾,时方为吴汉槎作归计"。

②苏轼《水调歌头》:"我欲乘风归去,又恐琼楼玉宇,高处不胜寒。"

③偏生:《昭代词选》作"天生"。

④莫更著:袁刻本作"孰更著";汪刻本作"就更著",下有双行小字校"谁更著"。

⑤王符《潜夫论》："谚曰：'一犬吠形，百犬吠声。'世之疾此，固久矣哉。"

⑥判：汪刻本作"拚"，袁刻本作"拌"。

⑦吴文英《金盏子》："卜筑西湖，种翠萝犹傍，软红尘里。"

⑧吴季子，吴兆骞（1631—1684），字汉槎，吴江人，以顺治十四年（1657）江南乡试案，流放宁古塔（今黑龙江省宁安县），康熙二十年（1681）放还。有《秋笳集》。

【汇评】

顾贞观《弹指词》："余寄吴汉槎宁古塔以词代书云……二词成容若见之，为泣下数行，曰：'河阳生别之诗，山阳死友之传，得此而三。此事三千六百日中，弟当以身任之，不俟兄再嘱也。'余曰：'人寿几何，请以五载为期。'恳之太傅，亦蒙见许。而汉槎果以辛酉入关矣。"

谢章铤《赌棋山庄词话》卷七："汉槎，梁汾友耳。容若感梁汾词，谋赎汉槎归，曰：'三千六百日中，吾必有以报梁汾。'厥后卒能不食其言，遂有'绝塞生还吴季子，算眼前此外皆闲事'句。嗟乎！今之人，总角之友，长大忘之；贫贱之友，富贵忘之。相勖以道义，而相失以世情；相怜以文章，而相妒以功利。"

瑞鹤仙

丙辰生日自寿，起用《弹指词》句，并呈见阳①

马齿加长矣②。枉碌碌乾坤，问女何事③。浮名总如水。拚尊前杯酒，一生长醉。残阳影里，问归鸿、归来也未。且随缘、去住无心，冷眼华亭鹤唳④。　　无寐。宿醒犹在，小玉来言⑤，日高花睡。明月阑干，曾说与，应须记。是蛾眉便自供人嫉妒⑥，风雨飘残花蕊。叹光阴、老我无能，长歌而已。

【题解】

此词作于康熙十五年(1676)十二月十二日,为容若二十二岁生日时自赋。副题说他《弹指词》句意,顾贞观曾作《金缕曲·丙午生日自寿》:"马齿加长矣。向天公、投笺试问,生余何意?不信懒残分芋后,富贵如斯而已。惶愧杀、男儿堕地。三十成名身已老,况悠悠、此日还如寄。惊伏枥,壮心起。直须姑妄言之耳,会遭逢、致君事了,拂衣归里。手散黄金歌舞就,购尽异书名士。累公等、他年谥议。班范文章虞褚笔,为微臣、奉敕书碑记。槐影落,酒醒未。"顾贞观康熙五年(1666)举顺天府乡试第二,寻擢内国史院典籍,时年三十,故在词中感叹"三十成名身已老"。容若本自年轻,但此年及第后一直赋闲,连功成身退都做不了,心中未免不平,因而出语愤激,致有冷眼旁观之讥,终以才高受妒自慰,并与张纯修共勉。

【注释】

①丙辰:康熙十五年(1676)。"起用《弹指词》句",袁刻本作"起用《弹指词》语句"。《弹指词》,顾贞观词集名。见阳,即张纯修,字子敏,号见阳,辽阳人,隶汉军正白旗,累官安徽庐州府知府,有《语石轩词》一卷。

②《春秋榖梁传·僖公二年》:"荀息牵马操璧而前曰:'璧则犹是也,而马齿加长矣。'"

③问女:汪刻本等作"问汝"。

④刘义庆《世说新语·尤悔》:"陆平原(陆机)河桥败,为卢志所谮,被诛,临刑叹曰:'欲闻华亭鹤唳,可复得乎?'"

⑤小玉:侍女。白居易《长恨歌》:"金阙西厢叩玉扃,转教小玉报双成。"

⑥屈原《离骚》:"众女嫉余之蛾眉兮,谣诼谓余兮善淫。"

【汇评】

赵秀亭、冯统一《饮水词笺校》:"性德丙辰中进士,原拟翰苑之选,竟不能得。康熙十五年一年间,全然赋闲,未得诠选。词中'叹光阴、老我无能',即由此生慨。作此词时,梁汾在京,与容若相识未久。"

雨霖铃

种　柳

横塘如练①。日迟帘幕②,烟丝斜卷。却从何处移得,章台仿佛③,乍舒娇眼④。恰带一痕残照,锁黄昏庭院⑤。断肠处、又惹相思,碧雾濛濛度双燕。　　回阑恰就轻阴转⑥。背风花、不解春深浅⑦。托根幸自天上⑧,曾试把⑨、霓裳舞遍。百尺垂垂,早是酒醒,莺语如剪。只休隔⑩、梦里红楼,望个人儿见。

【题解】

词当是写实,记容若移植栽柳的过程与感受,与所谓相思无关。所用故实,如章台、娇眼等,只是绾合柳树而已,并无隐情。上片说春日迟迟之时,词人从他处移来一株柳树,植于庭院之中,想象其柳絮飞舞之日,必另是一番景色。下片说等到百尺垂垂,柳条依依,这柳树必将给回廊带来几分阴凉,再有黄莺驻留,更增添无数春色。

【注释】

①上片《瑶华集》作"横塘如练。日长人静,虾须低卷。知他春色何许,章台望罢,困酣娇眼。落照凄迷,又暗锁隔水庭院。断肠处絮乱思繁,碧雾溶溶度双燕"。

②《诗经·豳风·七月》:"春日迟迟,采蘩祁祁。"

③《古今诗话》:"汉张敞为京兆尹,走马章台街,街有柳,终唐世曰章台柳。"雍陶《春咏》:"殷勤最是章台柳,一树千条管带春。"

④苏轼《水龙吟》:"萦损柔肠,困酣娇眼,欲开还闭。"

⑤何梦桂《喜迁莺》:"留春不住。又早是清明,杨花飞絮。杜宇声声,黄昏庭院,那更半帘风雨。"

⑥回阑恰就轻阴转：《瑶华集》作"茅斋尽日墙阴转"；转，汪刻本等作"软"。

⑦不解：《瑶华集》作"不辨"。

⑧托根：《瑶华集》作"移根"。

⑨曾试：袁刻本作"会试"。

⑩休隔：《瑶华集》作"修遮"。

【汇评】

赵秀亭、冯统一《饮水词笺校》："严绳孙有《雨霖铃》'和成容若种柳'词，收入《今词初集》，容若此词作期当在康熙十五年之前。"

东风第一枝

桃花①

薄劣东风②，凄其夜雨，晓来依旧庭院。多情前度崔郎，应叹去年人面③。湘帘乍卷，早迷了、画梁栖燕。最娇人、清晓莺啼④，飞去一枝犹颤。　　背山郭、黄昏开遍。想孤影、夕阳一片。是谁移向亭皋⑤，伴取晕眉青眼⑥。五更风雨，莫减却、春光一线⑦。傍荔墙、牵惹游丝，昨夜绛楼难辨。

【题解】

词咏桃花。上片说夜来风雨，清晨莺啼燕啭，桃花依旧笑春风。下片写夕阳中，山郭下，桃花片片，飘向亭皋，更使春光无限。

【注释】

①副题《精选国朝诗余》作"种桃"。

②张元干《踏莎行》："薄劣东风，天斜落絮，明朝重觅吹笙路。"

③孟棨《本事诗·情感》载：崔护清明郊游，至村居求饮。有女持水至，含情倚桃伫立。明年清明再游访，人去室空矣，遂题诗："去年今日此门中，

人面桃花相映红。人面不知何处去,桃花依旧笑春风。"

④莺啼:《精选国朝诗余》作"啼莺"。严仁《一落索》:"清晓莺啼红树,又一双飞去。"

⑤王安石《移桃花》:"枝柯蔫绵花烂漫,美锦千两敷亭皋。"

⑥佯取:《精选国朝诗余》作"佯取"。

⑦杜甫《曲江二首》之一:"一片花飞减却春,风飘万点正愁人。"

【汇评】

陈溟《精选国朝诗余》:"咏梅名作极多,题桃此为佳构。"

赵秀亭、冯统一《饮水词笺校》:"高士奇《疏香词》有《花发沁园春》'和容若种桃'词,即此词。作期当在康熙十六年前。"

鬓云松令①

枕函香,花径漏②。依约相逢,絮语黄昏后。时节薄寒人病酒,划地梨花,彻夜东风瘦③。　　掩银屏,垂翠袖。何处吹箫,脉脉情微逗。肠断月明红豆蔻,月似当时,人似当时否④?

【题解】

词写刻骨相思而造成的迷离之感。一夜东风起,满地梨花堆积,分明提示着人们春天已过去,但小径旁边随风起舞的柳条,还残留着丝丝春意。佳人早已远离,但仔细嗅去,枕上分明还留有她的余香,在黄昏中,她仿佛缓步走来。当年银屏掩映,翠袖低垂,在隐约缥缈的箫声中,正值豆蔻年华的她含情脉脉,让人怦然心动。如今明月依旧,她还是当年那副纯真的神态吗?

【注释】

①鬓云松令:《词雅》、《草堂嗣响》无"令"字。《词汇》等作"苏幕遮"。

②花径:《昭代词选》作"花低"。杜甫《腊日》:"侵脸雪色还萱草,漏泄春光有柳条。"

③"划地梨花,彻夜东风瘦":《草堂嗣响》作"划地东风,彻夜梨花瘦"。划地:无端地。

④"月似当时,人似当时否":《草堂嗣响》作"月似当初,人似当初否"。秦观《水龙吟》:"多情但有,当时皓月,向人依旧。"

【汇评】

赵秀亭、冯统一《饮水词笺校》:"此阕见于《今词初集》,语颇轻倩,早年之作,应在康熙十六年前。"

盛冬玲《纳兰性德词选》:"这阕词的主旨可用李商隐赠杜牧的一句诗来表示:'刻意伤春复伤别。'不同的是词中的主人公是个女性。她伤别,是出于对恋人深深的爱,所以在朦胧的梦境中又同他相会;她伤春,则出于对青春年华的惋惜,所以见到月明花红,也会触景生情,伤心不已。"

张秉戍《纳兰词笺注》:"这首词虽迷离恍惚,但层次分明。词是写怀念所爱之人的痴情。由于他对伊人相思近痴了,所以上片就从这痴情入幻的感受写起,先写室外情景,他觉得仿佛在落花时节,病酒之后的黄昏与她相遇了。此中情景都是想象之语,而以实笔出之。下片则是转回到室内的描写。他孤单单地又听到了脉脉传情的箫声,而此时正月照那红豆蔻,于是又联想到曾与她同处在月下的情景,而今月色依然,人却分离,她还依稀如旧么?这反诘的收束,将其如痴如幻的情怀表达得更为深透,更为动人了。"

金缕曲

再赠梁汾,用秋水轩旧韵①

酒浇青衫卷②。尽从前、风流京兆③,闲情未遣。江左知名今廿载,枯树泪痕休泫④。摇落尽、玉蛾金茧⑤。多少殷勤

43

红叶句，御沟深、不似天河浅[6]。空省识，画图展[7]。　　高才自古难通显。枉教他、堵墙落笔[8]，凌云书扁[9]。入洛游梁重到处[10]，骇看村庄吠犬。独憔悴、斯人不免[11]。衮衮门前题凤客[12]，竟居然、润色朝家典。凭触忌，舌难剪。

【题解】

副题说明是"再赠梁汾"，当作于《金缕曲·赠梁汾》后不久，大约在康熙十六年(1677)初。词意亦有一脉相承之处，既对顾贞观的才高受屈、流落不偶深表同情，同时又对人才广受抑制的现象表示出不满。此阕故实教上阕更为密集，主题由安慰转向鸣不平，情绪也由慷慨转为低沉，笔锋更为犀利。"衮衮门前题凤客，竟居然、润色朝家典。凭触忌，舌难剪。"言人之不敢言，故能引起广泛共鸣。

【注释】

①秋水轩：明末清初孙承泽之旧宅。康熙十年(1671)，周亮工之子周在浚借居其中，与曹尔堪、龚鼎孳酬唱，后辑录为《秋水轩唱和词》，计二十六家一百七十六阕。嗣后，大江南北有赓和之者。副题，《昭代词选》无"旧"字。

②吴文英《恋绣衾》："少年娇马西风冷，旧春衫、犹涴酒痕。"

③《汉书·张敞传》："又为妇画眉，长安中传张京兆眉怃。有司以奏敞。上问之，对曰：'臣闻闺房之内，夫妇之私，有过于画眉者。'上爱其能，弗备责也。然终不得大位。"

④《世说新语·言语》："桓公北征经金城，见前为琅琊时种柳，皆已十围，慨然曰：'木犹如此，人何以堪！'攀枝执条，泫然流泪。"

⑤吴绮《柳含烟·咏柳》："江南路，柳丝垂，多少齐梁旧事，玉蛾金茧只菲菲，挂斜晖。"

⑥范摅《云溪友议》："卢渥舍人应举之岁，偶临御沟，见一红叶，命仆搴来，叶上乃有一绝句。置于巾箱，或呈于同志。及宣宗既省宫人，初下诏，许从百官司吏，独不许贡举人。渥后亦一任范阳，获其退宫人，睹红叶而吁嗟久之，曰：'当时偶题随流，不谓郎君收藏巾箧。'验其书迹，无不讶焉。诗

曰：'流水何太急，深宫尽日闲。殷勤谢红叶，好去到人间。'"

⑦杜甫《咏怀古迹五首》之三："画图省识春风面，环佩空归月夜魂。"

⑧杜甫《莫相疑行》："集贤学士如堵墙，观我落笔中书堂。"

⑨《晋书·王献之传》："太元中，新起太极殿，安欲使献之题榜，以为万代宝，而难言之，试谓曰：'魏时凌云殿榜未题，而匠者误钉之，不可下，乃使韦仲将悬橙书之。比讫，须鬓尽白，才余气息。还语子弟，宜绝此法。'献之揣知其旨，正色曰：'仲将，魏之大臣，宁有此事！使其若此，有以知魏德之不长。'"

⑩《晋书·陆机传》："晋太康末，俱入洛，司徒张华一见而奇之，遂为之延誉，荐之诸公。"《史记·司马相如列传》："（相如）以赀为郎，事孝景帝，为武骑常侍，非其好也。会景帝不好辞赋，是时梁孝王来朝，从游说之士齐人邹阳、淮阴枚乘、吴庄忌夫子之徒，相如见而说之，因病免，客游梁。"

⑪杜甫《梦李白》："冠盖满京华，斯人独憔悴。"

⑫《世说新语·简傲》："嵇康与吕安善，每一相思，千里命驾。安后来值康不在。喜出户延之，不入。题门上作'凤'字而去。喜不觉，犹以为欣，故作'凤'字，凡鸟也。"

【汇评】

唐圭璋《纳兰容若评传》："当时满汉之界甚严，居朝中，颇有不学无术之满人，而高才若西溟、梁汾诸人，反沉沦于下。于是容若既怜友人之落魄，复愤当朝之措施失当。观其《金缕曲》云：'衮衮门前诸凤客，竟居然、润色朝家典。凭触忌，舌难剪。'此种愤世之情，竟毫无顾忌，慷慨直陈，而为友之真诚，尤可景仰。"

金缕曲

疏影临书卷。带霜华、高高下下①，粉脂都遣。别是幽情嫌妩媚，红烛啼痕休泫。趁皓月、光浮冰茧②。恰与花神供写照③，任泼来、淡墨无深浅。持素障，夜中展。　　残釭掩过看逾显。相对处、芙蓉玉绽，鹤翎银扁④。但得白衣时慰藉⑤，一任浮云苍犬⑥。尘土隔、软红偷免。帘幕西风人不寐，恁清光、肯惜鹔鹴裘典⑦。休便把，落英剪。

【题解】
　　是词再用秋水轩韵，作期与前词当相去不甚远。词中情怀略有差异，亦多孤傲不平之气。全词以梅写人，以梅花之清幽高洁象征人之不坠流俗。上片说梅花静静矗立在霜华中，淳朴安宁，上上下下找不到一丝脂粉，别有一番清幽和妩媚。月光把它萧索的影子印在书卷上，竟似一幅随手画出的写意图。下片说残灯掩映下，梅花清幽的姿态更为动人，仔细端详，恰似刚刚绽放的芙蓉，缀满银白色的花瓣。有这样的梅花相伴，任凭白云苍狗，哪怕典衣贳酒，也不会对软红香尘有丝毫眷念。

【注释】
　　①杜牧《题宣州开元寺》："高高下下中，风绕松桂树。"
　　②王嘉《拾遗记·员峤山》："有冰蚕长七寸，黑色，有角有鳞，以霜雪覆之，然后作茧，长一尺，其色五彩，织为文锦，入水不濡，以之投火，经宿不燎。"
　　③柳永《瑞鹧鸪》："天将奇艳与寒梅，乍惊繁杏腊前开。暗想花神、巧作江南信，鲜染燕脂细翦裁。"
　　④鹤翎：比喻白色的花瓣。王建《于主簿厅看花》："叶稠枝粉压摧，暖风吹动鹤翎开。"
　　⑤檀道鸾《续晋阳秋·恭帝》："王宏为江州刺史，陶潜九月九日无酒，于宅边东篱下菊丛中摘盈把，坐其侧。未几，望见一白衣人至，乃刺史王宏送酒也。即便就酌，醉而后归。"李白《九日登山》诗："因招白衣人，笑酌黄花菊。"
　　⑥杜甫《可叹》："天上浮云如白衣，斯须改变如苍狗。"
　　⑦《西京杂记》："司马相如初与卓文君还成都，居贫愁懑，以所著鹔鹴裘就市人阳昌贳酒，与文君为欢。"

【汇评】
　　赵秀亭、冯统一《饮水词笺校》："此为秋夜赏菊词。苑中白花盛开，空中皓月朗照，于花月交映之际，帘幕低垂之时，清赏无寐，自是雅人高致。

46

性德友人徐倬有同调'剪'字韵'灯下菊影'词,时和者甚众,疑容若此阕亦和徐氏之作。"

大 酺

寄梁汾①

只一炉烟,一窗月,断送朱颜如许②。韶光犹在眼,怪无端吹上,几分尘土③。手捻残枝,沉吟往事,浑似前生无据④。鳞鸿凭谁寄,想天涯只影,凄风苦雨⑤。便研损吴绫,啼沾蜀纸,有谁同赋⑥。 当时不是错,好花月、合受天公妒。准拟倩、春归燕子,说与从头,争教他、会人言语⑦。万一离魂遇,偏梦被、冷香萦住。刚听得、城头鼓⑧。相思何益?待把来生祝取,慧业相同一处⑨。

【题解】

此词大约作于康熙十六年(1677)顾贞观南归后不久,距离前两首《金缕曲》"赠梁汾"、"再赠梁汾",时日不会太长,因为词意较为连贯,都表达出了两人友情的坚贞,那是前缘命定,并不会受到外界风风雨雨的影响。不过,由于顾贞观的远行,此词更侧重于思念之情的摹写。上片说与好友结识后,颇为投契,感觉十分熟识,好似前生的老友。梁汾南行,自己惘然若失,只有用书信来告慰凄风苦雨中的友人。下片说两人的这份情谊,连天公都有些嫉妒了,算得上是惠业文人聚一起。可惜友人南归,自己不能相随。恨不得让燕子学会言语,把自己的思念传达;或者如离魂倩女,远随而至。

【注释】

①《今词初集》无副题。

②只：《今词初集》等作"怎"。朱颜，《昭代词选》作"朱弦"。

③韶光：《今词初集》等作"韶华"。苏轼《水龙吟》："春色三分，二分尘土，一分流水。"

④白居易《临水坐》："手把杨枝临水坐，闲思往事似前身。"

⑤凄风：《昭代词选》作"西风"。《左传·昭公四年》："春无凄风，秋无苦雨。"

⑥研：在物体上碾研，使其密实而光亮。周邦彦《虞美人》："研绫小字夜来封，斜倚曲栏凝睇、数归鸿。"

⑦准拟：《今词初集》等作"只索"。赵佶《燕山亭》："凭寄离恨重重，这双燕，何曾会人言语。"

⑧听得：《今词初集》等作"听得"。

⑨慧业：来生有智慧的业缘。《宋书·谢灵运传》："太守孟𫖳事佛精恳，而为灵运所轻。尝谓𫖳曰：'得道应须慧业文人，生天当作灵运前，成佛必在灵运后。'"王彦泓《龙友尊慈七十寿歌》："故应不羡生天福，慧业文人聚一家。"

【汇评】

赵秀亭、冯统一《饮水词笺校》："此阕见于《今词初集》。康熙十六年春，梁汾南归，词当作于梁汾既归之后。词中'天公妒'，亦即《金缕曲》'古今同忌'意，全词情致皆与《金缕曲》相似。性德逝后，梁汾有《望海潮》词云：'品题真负当年。倩泪痕和酒，滴遍长眠。香令还家，粉郎依旧，知他一笑幽泉。慧业定生天，生怕柔肠侠骨，难忘人间。莫更多情，漫劳天上葬神仙。'"

南楼令①

金液镇心惊②，烟丝似不胜。沁鲛绡③、湘竹无声④。不为香桃怜瘦骨⑤，怕容易，减红情。　　将息报飞琼⑥，蛮笺署小名。鉴凄凉、片月三星⑦。待寄芙蓉心上露⑧，且道是，解朝醒⑨。

开篇所言"金液",可解释为丹药,也可以解读为美酒。解读为丹药者,认为此词是卢氏病后容若所作,有乞求神仙援手之意。但与词中所言"红情"等语词口吻不合,且结尾分明说道要以花露之水一解宿醉,可见当以后者为是。上片说忐忑心悸,形销骨立,或许可以借美酒,图一醉以平息心情。下片说自己寄来信一封,表明凄凉的心意,聊作安慰,并准备呈上解酒的良方,使对方免于病酒之苦。词意颇为晦涩,"鲛绡""湘竹"表明似乎有变故发生,但看来词人对变故束手无策,唯有道一声珍重。

【注释】

①南楼令:汪刻本作"唐多令"。

②金液:美酒。白居易《游宝称寺》:"酒嫩倾金液,茶新碾玉尘。"

③鲛绡:丝巾。陆游《钗头凤》:"春如旧,人空瘦,泪痕红浥鲛绡透。"

④湘竹:湘妃竹。白居易《江上送客》:"杜鹃声似哭,湘竹斑如血。"

⑤李商隐《海上谣》:"海底觅仙人,香桃如瘦骨。"

⑥飞琼:许飞琼。许浑《记梦》:"晓入瑶台露气清,座中唯有许飞琼。尘心未尽俗缘在,十里下山空月明。"

⑦秦观《南歌子》:"天外一钩残月,带三星。"《赌棋山庄词话》:"昔少游赠营伎陶心儿《南歌子》,末云:'天外一钩残月带三星。'盖暗藏'心'字。东坡见之,笑曰:'此恐被他姬厮赖耳。'"

⑧王仁裕《开元天宝遗事》:"贵妃每宿酒初消,多苦肺热,尝凌晨独游后苑,傍花树,以手举枝,口吸花露,藉其露液润于肺也。"

⑨朝醒:汪刻本作"朝醒"。

【汇评】

赵秀亭、冯统一《饮水词笺校》:"此阕写卢氏病重时事,时在康熙十六年春。卢氏死于产后亏虚或并发症。上阕言激烈求医,下阕言寄希望于神仙援手,其绝望之情已见。"

青衫湿遍①

悼　亡

青衫湿遍,凭伊慰我,忍便相忘。半月前头扶病②,剪刀声、犹在银釭③。忆生来、小胆怯空房④。到而今、独伴梨花影,冷冥冥、尽意凄凉。愿指魂兮识路⑤,教寻梦也回廊。

咫尺玉钩斜路⑥,一般消受,蔓草残阳⑦。判把长眠滴醒,和清泪、搅入椒浆。怕幽泉、还为我神伤。道书生薄命宜将息,再休耽、怨粉愁香。料得重圆密誓,难禁寸裂柔肠。

【题解】

纳兰性德前妻卢氏卒于康熙十六年(1677)五月三十日,此词作卢氏卒后于半月之间。起手写记起卢氏临终前的安慰之语,禁不住泪水湿透青衫。你说要我们从此两相忘,可你的一片真情,又如何忘记得了?半月前你扶着病体,在灯下缝制衣服的情形,又闪现在眼前。你生性胆小,一个人待在空房子里就会害怕。如今独自躺在幽暗的灵柩中,与清冷的梨花为伍,这无尽的黑暗与凄凉,你又如何承受得了?真希望能够为你的魂魄引路,让你寻梦般地回到回廊——往日我们相拥的地方。下片继续写对亡妻的不舍与牵挂。词人说你我虽近在咫尺,同样面临夕阳残照,荒原蔓草,但毕竟阴阳殊途。我想用串串热泪,把你从长眠中唤醒,又怕醒来的你嗔怪,说我这书生的薄命应该好好保重,不能再耽于儿女之情了。可记起当年厮守终身的誓言,又怎能不悲痛欲绝?

【注释】

①青衫湿遍:一本作"青衫湿"。汪刻本有按语:"此调为自度曲。"周之琦《怀梦词》中有和此调者,题曰:"道光乙丑余有骑省之戚,偶效纳兰容若为此,虽非宋贤遗谱,其音节有可述者。"

②前头:《草堂嗣响》作"前还"。

③犹在:汪刻本作"犹共"。

④常理《古离别》:"小胆怯空房,长眉满镜愁。"

⑤识路:《草堂嗣响》作"归路"。

⑥玉钩斜:隋炀帝葬埋宫女的地方。

⑦残阳:汪刻本作"斜阳"。

【汇评】

赵秀亭、冯统一《饮水词笺校》:"此阕作于卢氏初逝时,时为康熙十六年。"

盛冬玲《纳兰性德词选》:"这一首《青衫湿遍》是作者在丧妻之后不到半月的时间内写的。遽然死别的悲痛尚未被时间所冲淡,刻骨铭心的思念难以自制,真是柔肠寸断,此情涌向笔底,写来字字凄怆。"

鹊桥仙

七 夕①

乞巧楼空,影娥池冷,佳节只供愁叹②。丁宁休曝旧罗衣,忆素手、为予缝绽。　　莲粉飘红,菱丝翳碧③,仰见明星空烂④。亲持钿合梦中来⑤,信天上、人间非幻。

【题解】

词为七夕悼念亡妻而作。上片写物是人非,触景伤情。爱妻一去,便带走了所有的欢愉,连天上人间齐欢欣的七夕,也从此冷冷清清,凄凄惨惨。那些她一针一线缝制的旧罗衣,也就此深藏在箱底,怕翻捡出来,勾起难堪的回忆。下片写因思成梦,移情入景。梦中爱妻手持金钿而来,分明是在告诉他"但令心似金钿坚,天上人间会相见"。

①七夕：农历七月初七日夜晚。《荆楚岁时记》载："七月七日为牵牛、织女集会之夜。是夕，人家妇女结彩缕，穿七孔针，或金银鍮石为针，陈瓜果于庭中以乞巧。"

②佳节只供愁叹：汪刻本作"说著凄凉无算"。

③菱丝翳碧：汪刻本作"菱花掩碧"。

④仰见明星空烂：汪刻本作"瘦了当初一半"。

⑤亲持钿合梦中来：汪刻本作"今生钿盒表予心"。白居易《长恨歌》："惟将旧物表深情，钿合金钗寄将去。钗留一股合一扇，钗擘黄金合分钿。但令心似金钿坚，天上人间会相见。"

【汇评】

盛冬玲《纳兰性德词选》："容若集中共有两首七夕词。《台城路·塞外七夕》联系行客不归、闺人愁绝，刻画的是生离的痛苦。这一首《鹊桥仙》则专就丧妻之痛立意，诉说的是死别的悲哀。全词写的虽然是对亡妻的怀念，但始终紧紧扣住'七夕'这个题目，用典娴熟自如，能切合抒情的需要，体现了较高的艺术技巧。"

张秉戍《纳兰词笺注》："此篇约作于爱妻亡故之后，词中表达了楼空人去，物是人非的伤感，又进而生发出梦幻般的奇想。亦虚亦实、饶有浪漫特色。"

眼儿媚

中元夜有感①

手写香台金字经②，惟愿结来生。莲花漏转③，杨枝露滴④，想鉴微诚。　　欲知奉倩神伤极⑤，凭诉与秋擎。西风不管，一池萍水，几点荷灯。

词写于康熙十六年(1677)七月十五日。词中用荀粲之典,说爱侣亡后,自己黯然神伤,千般情怀无由诉说,来生结缘已不能消解心中凄楚,恨不得立时追随而去。荀粲之妻死后,荀粲年余即卒,可见此词当作于此年而非次年的中元之夜。上片多用佛语,词意胶结。下片略加点染,令人凄恻。

【注释】

①中元:农历七月十五日。旧俗僧寺作盂兰盆会,民间祭祀亡故亲人。

②手写香台金字经:张刻本作"香台手写金字经"。香台,佛殿。韦应物《登宝意寺上方旧游》:"翠岭香台出半天,万家烟树满晴川。诸僧近住不相识,坐听微钟记往年。"金字经,佛经。元稹《清都夜境》:"闲开蕊珠殿,暗阅金字经。"

③莲花漏:古代一种计时器,此处关涉佛教。张乔《寄清越上人》:"大道本来无所染,白云那得有心期。远公独刻莲花漏,犹向空山礼六时。"

④杨枝露滴:暗喻佛家能使万物复苏的甘露。《晋书·佛图澄传》:"爱子斌暴病死,乃告澄。澄取杨枝沾水,洒而咒之,就执斌手曰:'可起矣!'因此遂苏。"

⑤《三国志·魏志》卷十《荀恽》裴松之注引《晋阳秋》云:"(荀粲)妇病亡,未殡。傅嘏往吊唁,粲不哭而神伤。"

【汇评】

张草纫《纳兰词笺注》:"作者妻子卢氏死于康熙十六年五月,此词可能作于该年七月十五日中元夜。

张秉戌《纳兰词笺注》:"旧俗中元节是祭祀亡灵的时候,作者于此时又痛苦地怀念起已故的妻子,于是发之为词,不胜悲悼。词围绕着中元节特有之习俗落笔,只在结处摹景,用西风之无情反衬自己悼念亡妻的深情,使所抒之悲痛情感更浓厚深重。"

沁园春

丁巳重阳前三日①,梦亡妇淡妆素服,执手哽咽,语多不复能记。但临别有云:"衔恨愿为天上月,年年犹得向郎圆。"妇素未工诗,不知何以得此也。觉后感赋。

瞬息浮生,薄命如斯,低徊怎忘?记绣榻闲时,并吹红雨②;雕阑曲处,同倚斜阳③。梦好难留,诗残莫续,赢得更深哭一场④。遗容在,只灵飙一转,未许端详。　　重寻碧落茫茫⑤。料短发、朝来定有霜。便人间天上,尘缘未断;春花秋叶,触绪还伤⑥。欲结绸缪,翻惊摇落,减尽荀衣昨日香⑦。真无奈,倩声声邻笛,谱出回肠⑧。

【题解】

词写于康熙十六年(1677)九月,为亡妻而作。前人多以此为记梦之作,并将之与苏轼的《江城子·记梦》相提并论,实则该词对梦境着墨不多,与苏词并无太多相近之处。词人所着力于描绘的,是梦醒后对往日生活细节的回忆,以及由此带来的伤感怅惋。梦中亡妇执手哽咽,固然令人心碎,而由此牵动出的"并吹红雨"、"同倚斜阳",那些属于两人共有的画面,对词人而言才如梦境一般难以挽留,才让他深哭一场。春花秋月,往事尽在心头。他上穷碧落下黄泉,四处所寻觅的,也是期待回到这样温馨的场面中。亡妇前来反复叮咛,是梦;往日情事,更如梦。

【注释】

①丁巳重阳前三日:指康熙十六年(1677)农历九月初六,即重阳节前三日。卢氏亡于该年五月三十日。

②记绣榻闲时:袁刻本作"记绣床倚遍",汪刻本作"自那番摧折"。并吹红雨,汪刻本作"无衫不泪"。李贺《将进酒》:"况是青春日将暮,桃花乱落如红雨。"

③"雕阑曲处,同倚斜阳":汪刻本作"几年恩爱,有梦何妨"。同倚,袁刻本作"同送"。

④"梦好难留,诗残莫续":汪刻本作"最苦啼鹃,频催别鹄"。更阑,汪刻本作"更深"。吴融《水鸟诗》:"为谢离鸾见别鹄,如何禁得向天涯。"

⑤白居易《长恨歌》:"上穷碧落下黄泉,两处茫茫皆不见。"

⑥秋叶:汪刻本作"秋月"。还伤,汪刻本作"堪伤"。

⑦摇落:汪刻本作"漂泊"。减尽荀衣昨日香,汪刻本作"两处鸳鸯各自凉"。《太平御览》卷七〇三引习凿齿《襄阳记》:"刘季和曰:'荀令君(荀彧)至人家,坐处三日香。'"

⑧倩声声邻苗:汪刻本作"把声声檐雨"。谱出回肠,汪刻本作"谱入愁乡"。邻笛,晋向秀《思旧赋序》:"余与嵇康、吕安居止接近。其人并有不羁之才,然嵇志远而疏,吕心旷而放。其后各以事见法。……余适将西迈,经其旧庐。于时日薄虞渊,寒冰凄然。邻人有吹笛者,发声寥亮。追思曩昔游宴之好,感音而叹,故作赋云。"

【汇评】

黄天骥《纳兰性德和他的词》:"词人怀念亡逝的妻子,心情十分痛苦。他叹息妻子寿命太短,回忆过去一起时的恩爱生活,叙述丧妻后自己的苦恼。他对着妻子的遗照,似乎觉得灵风飘动,思路便越走越远,他想到天上去找她,又想到她在阴间或许也苍老了,他想到即使在人间天上,两情如一,但眼前人亡物在,触景伤情。……这首词,感情真挚,缠绵悱恻,凄婉动人,但也过于哀伤了。"

钱仲联《清词三百首》:"苏轼《江城子·记梦》是记梦中相见之词。性德这词,也说'梦好难留',不是说梦,而是指过去团圆日子,即'记绣榻闲时'四句所写的情景,一去不返。全词都是就醒时说。情词深挚,可与前面几首参读。"

盛冬玲《纳兰性德词选》:"此词有序,观之知是容若于丁巳重阳前三日梦见亡妻后感赋而作。生离,还有他日团圆的希望;死别,则人间天上,从此相见无因。偶尔梦中一遇,相对倾诉衷肠,纵然惝恍迷离,醒来也会对尚能记起的每一细节都追怀不已。梦境中短暂而又不甚分明的团聚,是对永诀后刻骨相思的安慰,但执手哽咽,本已黯然神伤,事后既知连这也不过是镜花水月,那就更添惆怅,倍觉凄凉了。'赢得更深哭一场'、'料短发、朝来定有霜',正是作者伤心的自白。"

严迪昌《清词史》:"'碧落'重逢,原是水月空花之想,苦忆转为短梦,聊胜虚幻之求,然而最终也只是'赢得更深哭一场'而已。词境惨淡,词心戚戚。"

于中好①

十月初四夜风雨，其明日是亡妇生辰②。

尘满疏帘素带飘③，真成暗度可怜宵。几回偷拭青衫泪④，忽傍犀奁见翠翘。　　惟有恨，转无聊。五更依旧落花朝。衰杨叶尽丝难尽，冷雨凄风打画桥⑤。

【题解】

这首悼亡之词，语虽凄婉，却不凄厉。揣测其语气，当为卢氏卒后不久。词人开篇就说，没有想到我真的成为了一个可怜之人，在寂寞中度过漫漫长夜。虽然爱侣离去之日，就已经做好了思想准备，可当这一天真正来临时，自己还是无法面对。瞥见亡妻用过的饰物，望着无人打理而布满灰尘的帘幕，惟有偷偷揩拭眼泪。又是一年落花季节，又是风雨飘过画桥。花落人亡，思念却无法断绝。凄风苦雨，平添多少愁绪。

【注释】

①于中好：《草堂嗣响》、汪刻本作"鹧鸪天"。
②生辰：《草堂嗣响》作"忌辰有感"。
③疏帘：《草堂嗣响》作"珠帘"。
④偷拭：汪刻本作"偷湿"。
⑤凄风打画桥：汪刻本作"西风幂画桥"。

【汇评】

赵秀亭、冯统一《饮水词笺校》："据'真成'语，卢氏卒未必久，词即作于康熙十六年。康熙十六年至二十三年间之十月初四，除十八年、二十年两年外，清圣祖皆出巡在外。性德任侍卫，在康熙十六年七月底明珠升大学士之后。是年秋十月，圣祖出塞，性德尚未随行。"

张秉戍《纳兰词笺注》："这是一首悼亡之作。作年未详。词序云'其明日是亡妇生辰'，可知十月初五是为其亡妻卢氏之生日。自然这又引发了诗人对亡妻深深的怀念,遂赋此词以寄哀思。全词亦景亦情,交织浑融。上片写室内,写亡妻逝去后的尘帘飘带、妆奁翠翘等遗痕遗物,由此触发了对亡妻的深深的悼念,致使通宵不眠,清泪偷弹。下片又扩展到室外,用室外之景进一步烘托出难耐的愁情。室外景象依然,同样的'落花朝',同样的'画桥',但却生死殊途,物是人非了,故而今日只有长恨复长恨,痛苦难消,百无聊赖。"

生查子①

惆怅彩云飞②,碧落知何许。不见合欢花③,空倚相思树④。　　总是别时情⑤,那待分明语⑥。判得最长宵⑦,数尽厌厌雨⑧。

【题解】

此词一本有副题"感旧",显然感怀的是当日别离之痛。昔日合欢,今日相思,别离之情景,最令人撕心裂肺,不愿提及却总难忘记。所爱之人,真如彩云流散,不知飞向何处,只剩下自己一人中霄伫立,听那连绵细雨点点滴滴,从夜半到天明。他词中有以"彩云飞"暗指妻子亡故,此词抑或是悼亡,故有碧落不知何处之感。

【注释】

①《瑶华集》有副题"感旧"。

②李白《宫中行乐词八首》之一:"只愁歌舞散,化作彩云飞。"

③不见:《瑶华集》作"当日"。

④空倚:《瑶华集》作"今日"。

⑤别时:《瑶华集》作"离时"。

⑥那待:汪刻本等作"那得"。

⑦判得最长宵:《瑶华集》作"只合断肠人"。

⑧数尽:《瑶华集》作"听尽"。厌厌,连绵不绝。冯延巳《长相思》词:"红满枝,绿满枝,宿雨厌厌睡起迟。"

【汇评】

张草纫《纳兰词笺注》："此词有'惆怅彩云飞,碧落知何许'之语,当作于康熙十六年妻子卢氏去世后。"

盛冬玲《纳兰性德词选》："愁人失眠,最难禁中宵听雨。这位女子却宁愿长夜不寐,在点点滴滴的雨声中辗转反侧,回忆别时况味,以此自苦并自慰。作者用这种倒提之笔,把离情之苦、相思之深表现得更为生动真切,其手法值得借鉴。"

菩萨蛮

晶帘一片伤心白①,云鬟香雾成遥隔②。无语问添衣,桐阴月已西。　　西风鸣络纬③,不许愁人睡。只是去年秋,如何泪欲流。

【题解】

此词当为悼亡之作。月色皎洁,词人徘徊难眠,想起阴阳相隔的爱侣,不仅黯然神伤。当年杜甫月夜怀人,毕竟有相见之日。爱侣一去,冷暖自知,再也听不到嘘寒问暖的喁喁之声。想起去年此时的关怀,对照今日眼前的孤寂,如何不潸然泪下。

【注释】

①晶帘:即水精帘。李白《玉阶怨》:"却下水精帘,玲珑望秋月。"

②杜甫《月夜》:"香雾云鬟湿,清辉玉臂寒。"

③络纬:莎鸡。俗称络丝娘、纺织娘。陆龟蒙《子夜四时歌·秋》:"愁听络纬唱,似与羁魂语。"

【汇评】

黄天骥《纳兰性德和他的词》："秋夜,诗人对着月色,无法入睡,想起了远隔关山的妻子。最后两句,暗喻年年离别。去年,离别的眼泪还可以强忍;今年,虽然景色依然,伤心人却无法压抑自己的感情了。"

盛冬玲《纳兰性德词选》:"容若与卢氏伉俪情笃,卢氏死后,容若'悼亡之吟不少,知己之恨尤深'(叶舒崇《皇清纳腊室卢氏墓志铭》)。这些'悼亡之吟'出自肺腑,其心愈苦,其情愈真,是纳兰词集中十分引人注目的部分。这首《菩萨蛮》作于清康熙十六年(1677)秋,距卢氏之死约三个月。'无语问添衣,桐阴月已西',因一个细节又惹起无尽哀思,夜深人独,凄然泪流。容若写下当时的感受,有恨海难填之痛。"

生查子①

　　东风不解愁,偷展湘裙衩②。独夜背纱笼,影著纤腰画。　　爇尽水沉烟,露滴鸳鸯瓦③。花骨冷宜香,小立樱桃下。

【题解】

　　李商隐《无题·八岁偷照镜》,学者多认为写初恋的朦胧与叹息,从八岁写到十五岁,不仅写出这位少女的生平经历,也写出注视者情感深化的历程。容若的这首词,不再明确地以时间或成长的过程为线索,变幻的是空间场所,从东风中到灯下及花间,凸显一个模糊的背影,似乎是承接"十五泣春风,背面秋千下"而来,其情绪与李商隐的这首无题诗并无二致。我们所听到的,都是一声长长的叹息,或许是在叹息一段无果的初恋,也可能是在叹息才华空负。

【注释】

　　①《瑶华集》有副题"无题",《清平初选后集》有副题"闺意"。

　　②湘裙:湘地丝绸所做的裙衩,《清平初选后集》作"纹钗"。李商隐《无题》:"十岁去踏青,芙蓉作裙钗。"

　　③白居易《长恨歌》:"鸳鸯瓦冷霜华重,翡翠衾寒谁与共。"

【汇评】

　　赵秀亭、冯统一《饮水词笺校》:"此阕只写一女子夜间孤零形象,初在灯下,复又移于花下。其心情,则已由'东风不解愁'一句示出。此词见于《今词初集》,当作于康熙十六年。"

鹧鸪天

离　恨①

背立盈盈故作羞②,手挼梅蕊打肩头③。欲将离恨寻郎说,待得郎归恨却休。　　云澹澹,水悠悠,一声横笛锁空楼④。何时共泛春溪月,断岸垂杨一叶舟。

【题解】

容若词中多处以"盈盈"写女子娇羞袅娜之态,都饶有风致,别具烂漫灵动之趣。此词写离情,写相思,不同于以往的低徊黯然,而显得轻盈活泼,不失民歌风味。开篇所言"故作羞",可见是不知愁滋味而强作愁,"手挼梅蕊打肩头"亦可见年轻之态,故虽与情郎分离而并未谙尽孤独滋味,所以情郎归来就会将离情抛之脑后。风淡云轻,笛锁空楼,并没有让她有太多沉重之感。想到情郎一旦归来,可以在断岸边,垂柳下,与他一叶扁舟,共泛春溪,这种期待带来的更是甜蜜。

【注释】

①离恨:《精选国朝诗余》作"春闺"。

②《古诗十九首》之二:"盈盈楼上女,皎皎当窗牖。"

③晏几道《玉楼春》:"手挼梅蕊寻香径。正是佳期期未定。"又王彦泓《临行阿琐欲书写前诗遂口占》:"可有绣帘楼上看,打将瓜子到肩头。"

④赵嘏《长安晚秋》:"残星几点雁横塞,长笛一声人倚楼。"

【汇评】

陈焯《精选国朝诗余》:"尽饶别趣。"

赵秀亭《纳兰丛话》:"性德词多用王彦弘诗中语,而每能化污为洁,转浊成清。其'手挼梅蕊打肩头',即自次回'打将瓜子到肩头'出,然一雅致,一俗恶；一写闺中静好，一状头楼倡女，情趣高下，了然可见。"

菩萨蛮

　　榛荆满眼山城路，征鸿不为愁人住①。何处是长安②，湿云吹雨寒。　　丝丝心欲碎，应是悲秋泪。泪向客中多，归时又奈何。

【题解】

　　词写乡关之思。奔波于山城，满眼尽是荆棘榛莽。抬头远望，见日不见长安。秋色渐浓，乡情日重，而征鸿自顾南飞，不为离人稍作停留。客中不胜凄凉，可是佳人已去，归后又能如何，依然是满腹凄楚。

【注释】

　　①戴叔伦《湘南即事》："沅湘日夜东流去，不为愁人住少时。"
　　②张祜《昭君怨二首》之一："举头唯见日，何处是长安。"

【汇评】

　　张草纫《纳兰词笺注》："词中有'泪向客中多，归时又奈何'之语，当作于妻子卢氏去世后不久。卢氏于康熙十六年五月三十日产后病故。"

　　张秉戌《纳兰词笺注》："此篇写乡关客愁。身在塞上而心念故园。'征鸿'尚可春来秋往，征人却无归期，遂令眼前之景皆化作愁人之思，情与景偕，伤感之至。"

菩萨蛮

　　黄云紫塞三千里①，女墙西畔啼乌起②。落日万山寒，萧萧猎马还③。　　笳声听不得④，入夜空城黑。秋梦不归家，残灯落碎花⑤。

【题解】

此词亦写秋思,或与上篇同时而作。此篇言"秋梦不归家",上首说"归时又奈何",且都着力于山城秋色。不过上一首情感低徊,湿云吹送寒气,丝丝心碎,更为婉致;此首更为苍凉,落日万山,萧萧猎马,气势非凡。

【注释】

①紫塞:北方边塞。崔豹《古今注》上《都邑》:"秦筑长城,土色皆紫,汉塞亦然,故称紫塞焉。"李益《石楼山见月》:"塞连年戍,黄砂碛路穷。"

②刘禹锡《金陵五题·石头城》:"淮水东边旧时月,夜深还过女墙来。"

③《诗经·小雅·车攻》:"萧萧马鸣,悠悠旆旌。"

④卢纶《送韦判官得雨中山》:"人语马嘶听不得,更堪长路在云中。"

⑤戎昱《桂州腊夜》:"晓角分残漏,孤灯落碎花。"

【汇评】

盛冬玲《纳兰性德词选》:"这一阕作于塞外的《菩萨蛮》,较容若平居说愁伤别所作,骨力就似乎显得遒劲一些。"

清平乐

角声哀咽,襆被驮残月①。过去华年如电掣,禁得番番离别。　　一鞭冲破黄埃,乱山影里徘徊。蓦忆去年今日,十三陵下归来。

【题解】

词写行役之苦,或当作于康熙十六年(1677)。号角哀鸣声中,马裹行囊,昼夜兼程。猛下一鞭,才冲破阵阵黄尘,又进入群山之中。这样日复一日,感觉自己的大好年华就如此这般在奔波中虚掷。怨念刚刚萌发,又猛然想起,去年今日,自己正从十三陵归来。

【注释】

①襆被:用包袱裹上衣被。《晋书·魏舒传》:"入为尚书郎。时欲沙汰

郎官,非其才智者罢之。舒曰:'吾即其人也。'樸被而出。同僚素无清论者咸有愧色,谈者称之。"

【汇评】

张秉戌《纳兰词笺注》:"此篇抒发了行役的凄凉伤感、伤离之意,怀人之情满纸可见。上片前二句写旅途的艰辛凄清,描绘其天复一天地在哀角声中、马背行囊上度过。后二句慨叹年华尽在番番的别离中飞逝。前景后情,极见伤感。下片仍是前景后情,前二句写眼前之景,是为黄昏日暮、黄尘阵阵,山影重重,行路匆匆,如此景况则更令人不胜怅惘。后二句忽以追忆去年今日之情景收束,其惘然失落、怀归之意便倍加翻出。跌宕婉曲,转折入深,这在小令中是极难得的。"

忆江南①

宿双林禅院有感②

心灰尽,有发未全僧③。风雨消磨生死别,似曾相识只孤檠④。情在不能醒。　　摇落后,清吹那堪听。淅沥暗飘金井叶⑤,乍闻风定又钟声。薄福荐倾城。

【题解】

此阕与下首同调同题,皆夜宿双林禅院时所作,皆为悼亡卢氏。不过,容若何以夜宿双林禅院,却有争议。一说卢氏灵柩暂厝此处,则两阕均当作于卢氏亡故后至下葬前这一期间,自是无疑。一说纳兰家庙在龙华寺,应当为卢氏厝枢之处,但创作时间依然可以被推定这一段。此阕有"似曾相识只孤檠",意指又一年灯下独坐,当是卢氏卒后之次年;又说枯黄的梧桐叶飘零于井栏之上,则其时为秋天。容若说经过一番风雨冲刷,似乎应该使去年的生离死别之痛有所减弱,但时间的流逝并没有让自己从苦痛中解脱出来,依然沉浸在苦痛之中,心依然如死灰。听着悠悠的钟声,依然为薄命人伤心不已。

【注释】

①忆江南:袁刻本作"望江南"。

②双林禅院:孙承泽《天府广记》三十八《寺庙》:"西域双林寺在阜成门外二里沟,万历四年建,佛作西番变相。"

③陆游《衰病有感》:"在家元是客,有发亦如僧。"

④孤檠:即孤灯。晏殊《浣溪沙》:"无可奈何花落去,似曾相识燕归来。"

⑤王昌龄《长信怨》:"金井梧桐秋叶黄,珠帘不卷夜来霜。"

【汇评】

赵秀亭《纳兰丛话》:"性德有双调《望江南》二首,俱作于双林禅院。……此二词,显然为悼怀卢氏之作。其可怪者,何为屡栖佛寺又何为每至佛寺辄生悼亡之感。久久寻思,始得恍然,盖卢氏卒于清康熙十六年(1677)五月,葬于十七年七月,其间一年有余,灵柩必暂厝于双林禅院也。性德不时入寺守灵,遂而有怀思诸作。《望江南》第一阕有'暗飘金井叶'句,当为清康熙十六年(1677)秋作;第二阕有'忆年时'句,则必作于清康熙十七年(1678)。据《日下旧闻》、《天府广记》等载,双林禅院在阜成门外二里沟,初建于万历四年。"

张草纫《纳兰词笺注》:"《饮水词笺校》谓双林禅院为卢氏厝枢之处。然而据《青衫湿遍·悼亡》:'咫尺玉钩斜路,一般消受,蔓草斜阳。'可见卢氏厝枢之处,离性德家近在咫尺。什刹海近旁有龙华寺,据李雷《纳兰性德》一书说,龙华寺为纳兰家庙。因此卢氏厝枢之处,可能在龙华寺。后姜宸英在性德家中任西席,亦馆于龙华寺,以其近也。此词为悼念卢氏而作,可无疑。可能近于康熙十六年秋季。"

望江南^①

宿双林禅院有感

挑灯坐,坐久忆年时^②。薄雾笼花娇欲泣^③,夜深微月下杨枝。催道太眠迟。　　　憔悴去,此恨有谁知。天上人间俱怅望④,经声佛火两凄迷。未梦已先疑。

【题解】

　　这首词当作于上首之前。是词写挑灯独坐,思绪万千,不胜物是人非事事休之感;前词有对孤灯而“似曾相识”,似乎是承接此阕而来。是词写伊人虽去,可心理上还没有接受这一现实,颇为恍惚,故在经声佛火中不胜迷糊,疑心自己身处梦中,固执地认为亡妻还在身旁尚未离去,即使离去也终有天上人间相见之日,这都是丧妻未久的反应;前词则沉浸于苦痛不能自拔,词人显然已经接受了这一事实,也曾认为恢复理性后会振作起来,但他低估了这一变故对自己的打击力度。

【注释】

　　①望江南:汪刻本等作“忆江南”。
　　②年时:去年。孔尚任《桃花扇·拜坛》:“年时此日,问苍天,遭的什么花甲。”
　　③程垓《满江红》:“薄霭笼花天欲暮,小风送角声初咽。”
　　④崔颢《七夕》:“仙裙玉佩空自知,天上人间不相见。”

【汇评】

　　赵秀亭、冯统一《饮水词笺校》:“双林禅院即卢氏厝柩之处。全阕皆怀念卢氏,上片忆去年,每逢深夜,妻即催寝;下片言眼前,唯经声佛火而已。前《寻芳草》‘萧寺纪梦’一阕,亦作于此寺,时亦相近,盖在康熙十六年卢氏卒后至十七年七月安葬之前。”

浣溪沙

寄严荪友①

藕荡桥边埋钓筒②,苎萝西去五湖东③,笔床茶灶太从

容④。　　　况有短墙银杏雨,更兼高阁玉兰风⑤。画眉闲了画芙蓉⑥。

【题解】

　　此词作于康熙十六年(1677),时严绳孙隐居故里,容若赋词寄赠与他,表达了对其悠闲生活的向往。词中以元代处士倪瓒相比拟,称颂其孤舟箬笠,飘摇五湖之间,也不无劝勉之意。银杏、玉兰,亦以之标许其品格。故学者赵秀亭等称引高士奇之言,以为"容若此词亦以云林赞严氏"。嗣后,容若又与严绳孙手书,亦明言"古人谓好官不过多得金耳,吾哥但得为饱暖闲人,又何必复萌宦情耶"。这与"画眉闲了画芙蓉"之语颇相类。所谓"画芙蓉",亦即画美人,取"芙蓉如面柳如眉"之意。

【注释】

　　①副题《瑶华集》无"严"字。

　　②藕荡桥:在严绳孙故里无锡。顾贞观《离亭燕·藕荡莲》自注云:"地近杨湖,暑月香甚。其旁为扫荡营,盖元明间水战处也。苏友往来湖上,因号藕荡渔人。"埋,《瑶华集》作"作";笛,作"翁"。

　　③苎萝:苎萝山,在浙江诸暨。五湖,范蠡泛舟处,大约在太湖一带。"苎萝西去五湖东",《瑶华集》作"批襟濯足碧流中"。

　　④《新唐书·陆龟蒙传》:"不乘马,升舟设篷席,赍束书、茶灶、笔床、钓具往来,时谓江湖散人。"倪瓒《清閟阁集》卷十一:"元处士倪云林先生名瓒,无锡人,孤舟箬笠,载竹床茶灶,飘摇五湖三泖间。""笔床茶灶太从容",《瑶华集》作"江南好梦绕吴宫"。

　　⑤高阁:《瑶华集》作"小阁";玉兰,作"玉箫"。

　　⑥闲了:《瑶华集》作"才了"。《汉书·张敞传》:"然敞无威仪,时罢朝会,过走马章台街,使御史驱,自以便面拊马。又为妇画眉,长安中传张京兆眉怃。"

【汇评】

　　赵秀亭、冯统一《饮水词笺校》:"严苏友于康熙十五年春夏间南归,原无再出仕意。性德康熙十六年十二月寄严书云'息影之计可能遂否',即指此。此词上片亦出于同一背景。后严氏应博学鸿儒试,实出被迫无奈。此词见《今词初集》，故当作于康熙十六年。又，高士奇曾云：'严藕渔负卓荦之才，高尚其志，徜徉山水数十年，所怀狷洁，玄晏富贵不动其心，诗酒笔墨自娱而已。梁溪人争以倪云林目之。'容若此词亦以云林赞严氏。"

张秉戍《纳兰词笺注》："此篇作法别致，即全从对面写来，全是想象之语。作者满怀深情地描绘了南归故里的苏友的生活情景，不言自己对友人的怀念，而是写对方归隐之放情自乐。此种写法便显得更为深透，更加倍地表达出思念友人的情怀。"

虞美人

春情只到梨花薄，片片催零落。夕阳何事近黄昏①，不道人间犹有未招魂。　　银笺别记当时句②，密绾同心苣③。为伊判作梦中人④，长向画图清夜唤真真⑤。

【题解】

词为悼亡。上片语带双关，以景寓情。暮春时节，洁白的梨花片片飞落，好像在为春天的逝去而哭泣，又似乎在为那些新亡之人而招魂。下片抒写感喟。当日海誓山盟，以为既结同心，当能生能同室，死则同穴，没想到转眼阴阳殊途。为了能再次相逢，我甘愿做痴梦中人，对着画像天天念你的名字，希望能够把你从画中唤出。

【注释】

①夕阳：《昭代词选》、汪刻本作"斜阳"。李商隐《乐游原》："夕阳无限好，只是近黄昏。"

②别记：汪刻本作"别梦"。

③密绾同心苣：《昭代词选》作"珍重郎来意"。同心苣，有同心苣状图案的同心结。牛峤《菩萨蛮》词："窗寒天欲曙，犹结同心苣。"

④为伊判作：《昭代词选》作"郎今亦是"。

⑤长向画图清夜：《昭代词选》作"还向图画影里"。长，汪刻本作"索"。真真，杜荀鹤《松窗杂记》："唐进士赵颜于画工处得一软障，图一妇人甚丽，

颜谓画工曰：'世无其人也，如可令生，余愿纳为妻。'画工曰：'余神画也，此亦有名，曰真真，呼其名百日，昼夜不歇，即必应之，应则以百家彩灰酒灌之，必活。'颜如其言，遂活，步下言笑，饮食如常。"范成大《戏题赵从善两画轴》："情知别有真真在，试与千呼万唤看。"

【汇评】

张秉戌《纳兰词笺注》："这首词以春到梨花，又风吹花落之兴象写对伊人（或其妻子、恋人）的刻骨相思。上片侧重写景，结处点出相思，清丽灵动。下片写追忆之怀。前二句承上片意脉勾画当日之密意浓情。结句则化实为虚，写想象中的情景，意蕴悠然，颇具浪漫特色。"

赵秀亭、冯统一《饮水词笺校》："此亦怀亡妻之作。卢氏卒于康熙十六年五月三十日，梨花期已过，词至早当作于康熙十七年。"

蝶恋花

辛苦最怜天上月，一昔如环，昔昔都成玦①。若似月轮终皎洁，不辞冰雪为卿热②。　　无那尘缘容易绝③，燕子依然，软踏帘钩说④。唱罢秋坟愁未歇⑤，春丛认取双栖蝶⑥。

【题解】

词为月下悼亡之作，前人曾评之为"思幽近鬼"，实则是痴念苦想而感。望月怀远，是古诗词的传统题材，但人既在远方，总有几分团聚的希望，也多少给诗词带来几分温馨。对于词人而言，则只有绝望与感慨了。他感慨快乐幸福的日子是那样短暂，正如天上的月亮，只有一夕团圆，其他夜夜全是遗憾。他感叹这种遗憾无法避免，正如天上的月亮不能始终圆满，即使他想如荀粲那样，哪怕是用自己的身体来为对方送去温暖，却依然无法换来两人的长相厮守。尘缘如此之短，再凄苦的词作也无法表达出他的悲伤。他唯一企盼的，就是与妻子同化为蝴蝶，在花丛中双宿双飞了。

【注释】

①昔:同"夕"。《列子·周穆王》:"昔昔梦为国君,昔昔梦为人仆。""都成",汪刻本作"长如"。玦,半环形之玉。

②若似:汪刻本作"但似"。《世说新语·惑溺》:"荀奉倩(粲)与妇至笃,冬月妇病热,乃出中庭,自取冷还,以身熨之。"

③无那尘缘:汪刻本作"无奈钟情"。无那,即无奈之意。

④李贺《贾公闾贵婿曲》:"燕语踏帘钩,日虹屏中碧。"

⑤李贺《秋来》:"秋坟鬼唱鲍家诗,恨血千年土中碧。"

⑥《山堂肆考》:"俗传大蝶必成双,乃梁山伯、祝英台之魂,又韩凭夫妇之魂。"李商隐《偶题二首》之二:"清月依微香露轻,曲房小院多逢迎。春丛定见饶栖鸟,饮罢莫持红烛行。"

【汇评】

唐圭璋《纳兰容若评传》:"此亦悼亡之词。'若似'两句,极写浓情,与柳词'衣带渐宽'同合风骚之旨。'一昔'句可见尘缘之短,怀感之深。末二句誓死不渝,情尤真挚。"

于在春《清词百首》:"作者自己只活到三十二岁,可是,他的妻子比他还早死几年。他的许多题明是悼念亡妻的词。这一首虽没有题明,看起来也是悼亡的作品,而且是最动人感人的。"

盛冬玲《纳兰性德词选》:"这首《蝶恋花》是容若的代表作之一,历来受到论者和选家的重视。词上阕因月起兴,以月为喻,回忆当初夫妇短暂的幸福生活,则曰'若似月轮终皎洁,不辞冰雪为卿热',真是深情人作深情语。下阕借帘间燕子,花丛双蝶来寄托哀思,设想亡妻孤魂独处的情景,则曰'唱罢秋坟愁未歇,春丛认取双栖蝶'这又是伤心人作伤心语。纳兰词既凄婉又清丽的风格,在这里得到了充分的体现,称它为传世的名篇,是当之无愧的。"

浪淘沙①

红影湿幽窗,瘦尽春光,雨余花外却斜阳②。谁见薄衫低髻子,抱膝思量③。　　　莫道不凄凉,早近持觞。暗思何事断人肠。曾是向他春梦里,瞥遇回廊④。

【题解】

此词见载于《今词初集》,或以为当作于康熙十六年(1677)前后。一本有副题"无题",说明内容与不能明说、不愿明说又不得不说的情事有关。"回廊"也是容若词中反复出现的一个地方,似乎代表着他难堪的情事,每次出现在词中,就使他黯然肠断。而这里是春梦"瞥遇"回廊,虽然终于遇见了苦苦等待的人,但那只是惊鸿一瞥,如今想来真是恍如梦中,这又怎能不让人倍感凄凉?情人的身影如此模糊,难道连那些刻骨铭心的情感也被搁置起来而变得模糊了吗?而那雨后夕阳之下,一袭春衫,低头抱膝,沉思不语的瘦弱身影,又有谁去怜惜呢?

【注释】

①浪淘沙:《昭代词选》作"浪淘沙令"。《瑶华集》有副题"无题"。

②秦观《画堂春》:"东风吹柳日初长,雨余芳草斜阳。"

③抱膝:《词雅》作"衔指"。《国朝综录》等作"还惹"。白居易《寒食夜》:"抱膝思量何事在,痴男騃女唤秋千。"

④王彦泓《瞥见》:"别来清减转多姿,花影长廊瞥见时。"

【汇评】

陈廷焯《云韶集》卷二十四:"容若词不减飞涛(丁澎),然一则精丽中有飞舞之致,一则纤绵中得凄婉之神,笔路又各别。"

盛冬玲《纳兰性德词选》:"所恋之人既不可即,又不可望,就只能去想、去梦了。在花落春瘦之时,容若不由自主地又深深思念,暗暗断肠,实在是无可奈何。"

浣溪沙

伏雨朝寒愁不胜①,那能还傍杏花行。去年高摘斗轻盈^②。　　漫惹炉烟双袖紫,空将酒晕一衫青。人间何处问多情。

【题解】

去年春日,杏花飞满头之时,曾与佳人同处嬉游。今年春来,细雨连绵,轻身上树摘花的佳人已不可见,倍觉惆怅,只得独酌遣闷。

【注释】

①彭孙遹《阮郎归》:"几回欲去又消停,朝寒不自胜。"

②吴伟业《浣溪沙·闺情》:"断颊微红眼半醒,背人蓦地下阶行,摘花高处赌身轻。"

【汇评】

盛冬玲《纳兰性德词选》:"杏花又开,而去年曾上树摘花的那个可爱的恋人已不可见了。作者对花伤情,不觉惘然若失。"

赵秀亭、冯统一《饮水词笺校》:"据汪刻本另首小注,此词见于顾刻《饮水词》,则词之作期不晚于康熙十六年。"

菩萨蛮^①

惜春春去惊新燠^②,粉融轻汗红绵扑^③。妆罢只思眠,江南四月天。　　绿阴帘半揭,此景清幽绝。行度竹林风^④,单衫杏子红^⑤。

【题解】

词为江南四月仕女图。初夏时节,天气转暖,绿荫成幄。佳人半卷帘幕,让清风吹拂,虽身着单衣,已然轻汗微透,粉脸晕红。

【注释】

①《清平初选后集》有副题"初夏"。

②惜春春去惊新燠:《清平初选后集》等作"淡花瘦玉轻妆束"。燠,暖、

热。李清照《点绛唇》:"惜春春去,几点催花雨。"

③红绵:《清平初选后集》作"红襟"。扑,粉扑。蔡伸《浣溪沙》:"綮枕随钗云鬓乱,红绵扑粉玉肌香。"

④祖咏《宴吴王宅》:"砌分池水岸,窗度竹林风。"

⑤《西洲曲》:"单衫杏子红,双鬓鸦雏色。"

【汇评】

赵秀亭、冯统一《饮水词笺校》:"此词见于《清平初选后集》(康熙十七年刊),当作于康熙十六年,时性德未曾去过江南,疑为题画之作。"

水调歌头

题岳阳楼图①

落日与湖水,终古岳阳城②。登临半是迁客③,历历数题名。欲问遗踪何处④,但见微波木叶⑤,几簇打鱼罾。多少别离恨,哀雁下前汀。　　　忽宜雨,旋宜月,更宜晴。人间无数金碧⑥,未许著空明。淡墨生绡谱就⑦,待俏横拖一笔⑧,带出九疑青⑨。仿佛潇湘夜,鼓瑟旧精灵。

【题解】

岳阳楼之景色,前人多有题咏。所题既为岳阳楼图,自然首先想起了前人对岳阳楼与洞庭湖的咏叹。以下说岳阳楼景色无时不佳,淡妆浓抹总是相宜,丹青难以谱写出其丽色。

【注释】

①岳阳楼:在今湖南岳阳西门。相传三国吴鲁肃于此建阅兵台,唐开元四年(716)中书令张说谪守巴陵时建楼,宋庆历五年(1045)滕子京守巴陵时重修,后迭有兴废。

②崔季卿《晴江秋望》:"尽日不分天水色,洞庭南是岳阳城。"

③范仲淹《岳阳楼记》："北通巫峡,南极潇湘,迁客骚人,多会于此。"

④何处:《昭代词选》作"何在"。

⑤《九歌·湘夫人》："袅袅兮秋风,洞庭波兮木叶下。"

⑥金碧:山水画。

⑦生绡:生绢,古代多用以作画。

⑧待俏:《清平初选后集》等作"待倩"。

⑨九疑:《清平初选后集》作"九嶷",即九嶷山,在湖南宁远。

【汇评】

赵秀亭、冯统一《饮水词笺校》："此词见于《清平初选后集》,作期不晚于康熙十六年。另,今存性德此词手书扇面,词后署:'题画,书为孟公道兄正,松花江渔成德。''孟公'为何人,未悉。"

盛冬玲《纳兰性德词选》："这是一首意境空灵、格调超逸的题画词。词中结合画面所见的景色,融入了不少有关岳阳楼、洞庭湖的典故名句,流畅自如,不露痕迹。全词音节铿锵,一气呵成,而又余音袅袅,回响不绝。"

忆桃源慢

斜倚熏笼①,隔帘寒彻,彻夜寒于水②。离魂何处,一片月明千里③。两地凄凉多少恨④,分付药炉烟细。近来情绪,非关病酒⑤,如何拥鼻长如醉⑥。转寻思、不如睡也,看道夜深怎睡。　　几年消息沉浮,把朱颜、顿成憔悴。纸窗风裂,寒到个人衾被。篆字香消灯地冷⑦,忽听寒鸿嘹唳⑧。加餐千万,寄声珍重,而今始会当时意。早攧人、一更更漏⑨,残雪月华满地。

【题解】

词为怀人之作,因见载于《今词初集》,作期当在康熙十七年(1678)之前。红颜未老,就谙尽离别滋味。一片明月,千里相思。分别多年,音容渺茫,消息隔绝,幽思成疾,终日与药炉为伴,朱颜日渐憔悴。夜深不眠,篆字香消,灯烛黯淡,正独自伤心凄楚,忽听得飞鸿一声,便希望带去自己的祝福。当日离别的叮咛,如今才一一体会。

【注释】

①白居易《后宫词》:"红颜未老恩先断,斜倚熏笼坐到明。"

②彻夜寒于水:袁刻本作"听尽哀鸿唳"。于,《今词初集》等作"如"。

③许浑《凌歊台送韦》:"故山迢递故人去,一夜月明千里心。"

④凄凉:袁刻本等作"凄清"。

⑤李清照《凤凰台上忆吹箫》:"新来瘦,非干病酒,不是悲秋。"

⑥《晋书·谢安传》:"安本能为洛下书生咏,有鼻疾,故其声浊,名流爱其咏而弗能及,或手掩鼻以效之。"唐彦谦《春阴》:"天涯已有销魂别,楼上宁无拥鼻吟。"

⑦灯炧:灯烛。韩偓《无题》:"小槛移灯炧,空房锁隙尘。"

⑧李绅《宿扬州》:"嘹唳塞鸿经楚泽,浅深红树见扬州。"

⑨程垓《摊破江城子》:"酒又难禁花又恼,漏声远,一更更,总断魂。"

【汇评】

盛冬玲《纳兰性德词选》:"这是一阕怀人词。词中提到'两地凄凉多少恨',显然是说相思之情。从'几年消息沉浮'句看,所思之人不仅多年未能见面,而且难通信息,这就不会是指自家眷属;如说是悼亡之作,则卢氏在世时与容若并无久别之事,无需'寄声珍重',叮咛'加餐千万'。细细体味词意,可推断当为追怀早年恋人而作。全词篇幅较长,但徐徐道来,强烈的伤感伴着深情的回忆荡胸而出,以真挚自然胜。"

青衫湿

悼 亡

近来无限伤心事,谁与话长更? 从教分付①,绿窗红泪,早雁初莺②。　　当时领略③,而今断送,总负多情。忽疑君到,漆灯风飐,痴数春星④。

【题解】

词写妻子卢氏归葬后的怅然心绪。痛失爱侣,知己难以寻觅,心中无限伤心之事,再也无处倾诉。春去秋来,花开花落,早雁初莺,风暖杏黄,万般感喟也无人慰抚。倘若先前知晓今日凄楚,必定加倍珍惜爱人当时的细心与体贴,不辜负这番情意。夜黑如漆,微风吹拂,星星点点,跳动闪烁,恍惚中,爱侣似乎又回到了身边。难怪顾贞观有云"一种凄婉处,令人不忍卒读"。

【注释】

①从教:听任。分付:托付。京镗《念奴娇》:"古今陈迹,从教分付弦管。"

②《南史·萧子显传》:"若乃登高极目,临水送归,风动春朝,月明秋夜,早雁初莺,开花落叶,有来斯应,每不能已。"

③王彦泓《予怀》:"也知此后风情减,只悔从前领略疏。"

④佚名《沈彬圹篆》:"佳城今已开,虽开不葬埋。漆灯犹未灭,留待沈彬来。"

【汇评】

张草纫《纳兰词笺注》:"此词写于康熙十七年七月作者的妻子卢氏落葬后不久。"

赵秀亭、冯统一《饮水词笺校》:"是阕当作于卢氏卒葬后未久。词中多春令节物,当为康熙十七年春间之作,时卢氏灵柩暂厝双林禅院。"

海棠月①

瓶 梅

重檐淡月浑如水②。浸寒香③、一片小窗里。双鱼冻合④,

似曾伴、个人无寐。横眸处、索笑而今已矣⑤。　　与谁更拥灯前髻⑥。乍横斜、疏影疑飞坠。铜瓶小注⑦，休教近、麝炉烟气⑧。酬伊也，几点夜深清泪。

南歌子

暖护樱桃蕊①，寒翻蛱蝶翎。东风吹绿渐冥冥，不信一生憔悴、伴啼莺②。　　素影飘残月③，香丝拂绮棂④。百花迢递玉钗声，索向绿窗寻梦、寄余生。

【题解】

词为悼念卢氏而作，作期当作于康熙十七年(1678)春。又是一年春来到，翻飞的蛱蝶犹带着丝丝寒意，而和暖的春风已经开始呵护绽放的花蕊了。就在春风吹绿的时候，伴随着莺啼燕唤，浸入词人心田的却是阵阵凄凉。更令他悲怆的是，佳人已去，他的余生将这样在每年一度的折磨中度过了。夜晚时分，朦胧的月色里柳丝飘拂，词人似乎看见妻子的身影飘然而至，耳畔还有玉钗撞击的声响，但这终究只是他的梦而已。而这梦，则是他唯一的寄托了。

【注释】

①刘商《杂言同豆卢郎中郭南七里桥哀悼姚仓曹》："桥下东流水，芳树樱桃蕊。"

②刘弇《清平乐》："去年紫陌朱门，今朝雨魄云魂。断送一生憔悴，知他几个黄昏。"

③杜审言《和康五庭芝望月有怀》："雾灌清辉苦，风飘素影寒。"

④绮棂：《昭代词选》作"倚棂"。

【汇评】

陈廷焯《云韶集》卷十五："'不信'二字真妙，真有情人语。凄艳欲绝。"

朱庸斋《分春馆词话》卷三："先写寒、暖之于物的感受不同，写出春天之特征。'冥冥'暗示春去无踪。过片后写梦醒情景，末句作尽语，然已非欧、晏之法矣。"

南歌子

翠袖凝寒薄①，帘衣入夜空②。病容扶起月明中，惹得一丝残篆，旧薰笼。　　暗觉欢期过，遥知别恨同。疏花已是不禁风③,那更夜深清露,湿愁红。

【题解】

　　张草纫据"病容"等词推测,可能作于康熙十六年(1677)五月卢氏产后患病期间(《纳兰词笺注》),但言及"欢期过"、"别恨同",当为倾诉病中相思之苦。前面说黑夜沉沉,寒气渐重,室内女子强扶病体,斜靠床头,隔着帘幕,望月怀人,香残燃尽,熏笼将灭,犹自不肯歇息。后面由花及人,生发出无限的叹息。花已残,叶已疏,微风一过,自将凋落。自己的这副娇弱的身体,本不堪疾病折磨,又加上离愁别恨,如何挨得过这漫漫长夜?

【注释】

①杜甫《佳人》:"天寒翠袖薄,日暮倚修竹。"

②陆龟蒙《寄远》:"画扇红弦相掩映,独看斜月下帘衣。"

③已是:《草堂嗣响》作"已自"。

【汇评】

　　盛冬玲《纳兰性德词选》:"这首词写病中女子的相思之情,别离之苦,情调尤为凄婉,此即所谓'哀感玩艳,得南唐二主之遗'(陈维崧评纳兰词语)。"

　　张秉戌《纳兰词笺注》:"此篇写离恨。情景浑融交织,凄惋哀怨。从'暗觉欢期过,遥知别恨同'二句来看,这词大约是为曾与之相恋的女子而作。但全从对方落笔,写她苦苦相思的情态。"

山花子

　　风絮飘残已化萍,泥莲刚倩藕丝萦①。珍重别拈香一瓣,记前生。　　人到情多情转薄②,而今真个悔多情。又到断肠回首处,泪偷零。

多情却似总无情,人到情多转无情。爱到深处,这浓烈的情感,无论怎样都觉得难以表现出来,越是多情,便越显得无情;情到浓处,这纯洁的情感便经不起丝毫损伤,爱得越深,失去爱后的伤害便越大,巨大的痛苦往往使人变得麻木。想到失去爱侣后那种撕心裂肺的痛苦,词人禁不住开始埋怨自己,为什么当初要爱得那么深沉?每每回首往事,泪水便不由自主地随风飘零,即使时间也难以治愈这巨大的伤痕,好比柳絮飘残又被绿水托起,红藕香残而丝丝相连。他极力想忘记过去,但那一缕情思总是会从心底泛起。唯一能够治愈这相思之苦的,只有拈香一瓣,来生再续前缘,今生则注定要在断肠中度过了。

【注释】

①温庭筠《张静婉采莲歌》:"船头折藕丝暗牵,藕根莲子相留连。"

②杜牧《赠别二首》其二:"多情却似总无情,唯觉樽前笑不成。"

【汇评】

张秉戌《纳兰词笺注》:"从'记前生'句来看,这首词是写怀念亡妻的。词以景起,由景而引发了伤情。这里说自悔'多情'。其实并非真悔,而是欲寻解脱愁怀的淡语。如此抒写便更为深透了。"

山花子

欲话心情梦已阑①,镜中依约见春山②。方悔从前真草草,等闲看。　　环佩只应归月下③,钿钗何意寄人间④。多少滴残红蜡泪,几时干⑤。

【题解】

词写梦醒时分的伤感。梦中亡妻前来相会,极为喜悦,正要把妻子离去后阑珊的心事好好诉说,梦却已破碎。醒来不胜酸楚,惝然四望,室内尽是妻子用过的遗物,梳妆镜中似乎又露出了她的容颜。但词人清楚地知道,斯人已逝,一切都已经无法更改,纵使月下归来,也只是她的魂魄而已,何况所谓"天上人间会相见"只是安慰之词。早知会成生离死别,就应该好好珍惜相聚的日子,免得如今在风中流泪,痛悔不已。

【注释】

①欲话:汪刻本作"欲语"。辛弃疾《南乡子》:"别后两眉尖,欲说还休梦已阑。"

②春山:春日黛青之山色,借指女子之眉。牛峤《菩萨蛮》:"愁匀红粉泪,眉剪春山翠。"

③杜甫《咏怀古迹五首》之三:"画图省识春风面,环佩空归月夜魂。"

④白居易《长恨歌》:"惟将旧物表深情,钿合金钗寄将去。钗留一股合一扇,钗擘黄金合分钿。但令心似金钿坚,天上人间会相见。"

⑤李商隐《无题》:"春蚕到死丝方尽,蜡炬成灰泪始干。"

【汇评】

黄天骥《纳兰性德和他的词》:"这是一首悼亡词。诗人梦见亡妻,醒后惟见遗物,心情十分痛楚,所以写来凄婉动人。"

摊破浣溪沙

一霎灯前醉不醒,恨如春梦畏分明①。淡月淡云窗外雨,一声声②。　　人道情多情转薄,而今真个不多情。又听鹧鸪啼遍了,短长亭③。

【题解】

《山花子》"风絮飘残已化萍"一词,有"人到情多情转薄,而今真个悔多情",与此词"人道情多情转薄,而今真个不多情"两句,极为相似,学者或认为两首词同时所作,甚至可能为同一首之修订,不无道理。前词明确说道"记前生",当是悼亡之作;此首说只愿沉醉春梦中而不愿醒来,其情其境与前首相同,不过较为含蓄婉曲,将其哀思寄托于淡云疏雨之间。又听鹧鸪啼遍长短亭,表明这一年来思念不能须臾忘怀,则作期当在卢氏亡故次年。

【注释】

①张泌《寄人》:"倚柱寻思倍惆怅,一场春梦不分明。"

②温庭筠《更漏子》:"梧桐树,三更雨,不道离情最苦。一叶叶,一声声,空阶滴到明。"

③胡翼龙《鹧鸪天》:"风月夜,短长亭。也须闻得子规声。"

【汇评】

赵秀亭、冯统一《饮水词笺校》:"此词下片与卷二《山花子》'风絮飘残'阕下片类似,当为同时之作,作期或在卢氏卒后一、二年。"

金缕曲

生怕芳樽满①。到更深、迷离醉影②,残灯相伴③。依旧回廊新月在,不定竹声撩乱。问愁与④、春宵长短。人比疏花还寂寞⑤,任红蕤、落尽应难管⑥。向梦里,闻低唤⑦。　　此情拟倩东风浣⑧。奈吹来、余香病酒,旋添一半⑨。惜别江郎浑易瘦⑩,更著轻寒轻暖⑪。忆絮语、纵横茗碗。滴滴西窗红蜡泪,那时肠、早为而今断。任枕角,欹孤馆⑫。

【题解】

词写孤馆春寒,肠牵梦断,独自难以成眠。借酒消愁,图一醉而不得,停灯向晓,抱影望月,忆及往日情事,不胜物是人非之感。"回廊"于词中反复出现,当是承载着词人温馨的记忆。然而此时,惟有新月相伴了。窗前絮语,书房赌茶,曾带来多少慰藉,如今也只剩下无数凄寒。

【注释】

①骆宾王《别李峤得胜字》:"芳尊徒自满,别恨转难胜。"

②迷离:《词汇》作"昔腾"。

③吕群《题寺壁二首》之一："赖有残灯火，相依坐到明。"

④愁：汪刻本双行小字校"谁"。

⑤人比疏花还寂寞：《今词初集》等作"燕子楼空弦索冷"。

⑥"任红蕤、落尽应难管"：《今词初集》等作"任梨花、落尽无人管"，《昭代词选》作"便梨花、落尽无人管"。

⑦"向梦里，闻低唤"：《今词初集》等作"谁领略，真真唤"，《词雅》作"向梦里，闲低唤"。王彦泓《满江红》："几度卸妆垂手望，无端梦觉低声唤。"

⑧拟倩：《词汇》等作"拟向"。

⑨旋添：《今词初集》等作"还添"。

⑩江郎浑易瘦：《今词初集》等作"江淹消瘦了"。

⑪更著：《今词初集》等作"怎耐"，《词汇》等作"怎奈"。王诜《玉楼春》："轻寒轻暖夹衣天，午雨乍晴寒食路。"

⑫任枕角：汪刻本等作"任角枕"。

【汇评】

赵秀亭、冯统一《饮水词笺校》："此词初见《今词初集》，字句与《通志堂集》多异文，看'校订'即可知。然此词所怀何人，甚至是男是女，读《通志堂集》本，似欠明晰。看《今词初集》之异文，则可爽然。'燕子楼空弦索冷'，'谁领略，真真唤'之辞，皆切恋人亡逝事，可知此词原为悼亡之作。然卢氏卒于康熙十六年夏，词有'春宵长短'句，词之作期，须在康熙十七年春。此词又见《古今词汇》，《古今词汇》刊于康熙十八年，亦可证必为十七年作。……《今词初集》与卓氏《古今词汇》收此词之字句几无区别，原因即在此。以古书序跋署时判断刊行时间或收载作品限期，往往有误，此亦一例。"

盛冬玲《纳兰性德词选》："远行归来，与家中亲人久别重逢，灯下相对，欣慰之余，言及客况难堪，相思情深，或者小有嘘唏，毕竟温情为多。唐人所谓'何当共剪西窗烛，却话巴山夜雨时'，盼望的就是这种境界。容若这阕《金缕曲》却云'忆絮语、纵横茗碗。滴滴西窗红蜡泪，那时肠、早为而今断'，原来正当剪烛西窗，对面絮语之时，又已在为即将到来的下一次离别而伤心了。在孤馆独宿，离思缭乱之时忆及当初的这一景象，更觉情多恨深，因欲'问愁与、春宵长短'。"

菩萨蛮

　　为春憔悴留春住,那禁半霎催归雨。深巷卖樱桃①,雨余红更娇。　　黄昏清泪阁②,忍便花飘泊③。消得一声莺,东风三月情④。

【题解】

　　据赵秀亭等考证,此词为容若赠与高士奇的。词写春愁,为传统题材,但“雨余红更娇”一句,极富新意,也极有表现力,摹写樱桃之鲜嫩如在眼前。

【注释】

①陆游《临安春雨初霁》:“小楼一夜听春雨,深巷明朝卖杏花。”

②邵叔齐《扑蝴蝶》:“攀枝嗅蕊,露陪清泪阁。”

③忍便:《百名家词钞》作“忍共”。

④东风:《昭代词选》作“春风”。

【汇评】

　　林花榭《读词小笺》:“‘深巷卖樱桃,雨余红更娇’,尤引起人一片遐思。”

　　顾随《驼庵诗话》:“‘深巷卖樱桃,雨余红更娇’,最易引起人爱好是鲜,而最不耐久也是鲜。如果藕、鲜菱,实际没有什么可吃,没有回甘。耐咀嚼非有成人思想不可。纳兰除去伤感以外,没有一点什么,除去鲜,没有一点回甘。新鲜是好的,同时还要晓得苍秀。”

　　赵秀亭、冯统一《饮水词笺校》:“此词手迹尚存,为书赠高士奇者。高士奇与性德为文字交,但这是他任内廷供奉之前,之则‘夙兴夜寝,此兴渐阑’(高氏《清吟堂词序》)。按,高士奇入内廷在康熙十六年,比性德充侍卫略早。此词作期当不晚于康熙十七年。”

好事近

何路向家园,历历残山剩水①。都把一春冷淡,到麦秋天气。　　料应重发隔年花②,莫问花前事。纵使东风依旧,怕红颜不似。

【题解】

词写行役在外的羁旅情怀。离家万里,怅然无绪,山一程,水一程,令人疲惫,尤其是在暮春时节,更让人提不起半点精神。或许明年春暖花开时,就会回到家园。但归去后又能如何呢? 即使风景依旧,人却非昨日之人了。论者以为"重发隔年花",为妻子卢氏亡故次年所作,可备一说。

【注释】

①范成大《万景楼》:"剩山残水不知数,一一当楼供胜绝。"

②马令《南唐书·昭惠周后传》:"(后主)又尝与后移植梅花于瑶光殿之西,及花时,后已殂,因成诗见意……云:'失却烟花主,东风自不知。清香更何用,犹发去年枝。'"

【汇评】

赵秀亭、冯统一《饮水词笺校》:"首句言行役在外,第二句言沿途所经为战后荒残之地,第三、四句言一春未归,已至春尽夏初之时,康熙二十年二至五月,性德扈从至遵化、科尔沁;康熙二十一年二至五月,又随驾至吉林,均与词境相合。"

张草纫《纳兰词笺注》:"作者妻子卢氏于康熙十六年五月三十日产后病故,故此词当作于十七年。据《清实录》,康熙十七年五月,'乙巳,上至巩华城','甲寅,上幸西郊观禾',又据徐乾学所作作者墓志铭,'上之幸……西山、汤泉及畿辅……未尝不从',可证此词当作于十七年五月。"

寻芳草

萧寺记梦①

客夜怎生过？梦相伴、倚窗吟和②。薄嗔佯笑道③，若不是恁凄凉，肯来么？　　来去苦匆匆，准拟待、晓钟敲破。乍偎人、一闪灯花堕，却对着、琉璃火④。

【题解】

此为记梦之词，写梦中的欢会调笑与醒后的惆怅。客居他乡，夜半枯坐，梦中伊人前来相伴，倚窗吟诗唱和。她娇嗔笑语道："若不是看你孤零零惨兮兮的，才不会来呢。"可惜好梦不长，原以为晨钟敲响才会让甜梦破碎，谁知伊人来去匆匆，灯花一落，即杳然而去。剩下从梦中惊醒的词人，惨然地对着幽幽的灯烛。此词或以为写别离情思，或以为梦见亡妻，当以后者为是。

【注释】

①萧寺：佛寺。李肇《国史补》："梁武帝造寺，命萧子云飞白大书一'萧'字。"

②吟和：汪刻本作"冷和"。

③薄嗔：佯汪刻本作"薄瞋"。

④琉璃火：琉璃灯。周密《武林旧事》卷二"元夕"云："灯之品极多，每以'苏灯'为最，圈片大者径三四尺，皆五色琉璃所成。"

【汇评】

盛冬玲《纳兰性德词选》："容若身为侍卫，经常入值宫禁或扈从出巡，饱尝了不得与爱妻团聚的别离之苦，因此离情别思之作在《纳兰词》中占了很大的比重。这一阕《寻芳草》写因思念而梦归，然而梦中来去匆匆，未能惬意。这在一定程度上反映了平时生活中的缺憾。结尾言梦醒时伊人不见、独对佛灯一盏,境界空寂,似乎有佛家色空之说的折光。"

赵秀亭、冯统一《饮水词笺校》:"据'薄嗔'、'偎人'语,知所梦为亡妻。卢氏既丧,一年始葬。旧习,其柩应暂厝寺庙。视'肯来么'三字,副题所云'萧寺',即卢氏厝灵之庙宇。词作于康熙十七年七月之前。"

浣溪沙

抛却无端恨转长,慈云稽首返生香①,妙莲花说试推详②。　　但是有情皆满愿③,更从何处著思量。篆烟残烛并回肠。

【题解】

词人在佛前稽首祈求,希望亡妻得以复活生还。只要有情者皆能相拥到白头,他就真相信佛法无边了。

【注释】

①慈云:佛教语,比喻慈悲心怀如云之广被众生。崔子忠《送僧归滇南》:"兵戈前路息,万里忆慈云。"返生香,《海内十洲记》曰:"山多大树,与枫木相类,而花叶香闻数百里,名为反魂树。扣其树,亦能自作声,声如群牛吼,闻之者,皆心震神骇。伐其木根心,于玉釜中煮,取汁,更微火煎,如黑饧状,令可丸之。名曰'惊精香',或名之为'震灵丸',或名之为'反生香',或名之为'震檀香',或名之为'人鸟精',或名之为'却死香'。一种六名,斯灵物也。香气闻数百里,死者在地,闻香气乃却活,不复亡也。以香熏死人,更加神验。"

②妙莲花:《妙法莲花经》。

③王彦泓《和于氏诸子秋词》:"但是有情皆满愿,妙莲花说不荒唐。"

【汇评】

赵秀亭、冯统一《饮水词笺校》:"汪刻本此阕排在同调之'大觉寺'一首后,似皆在大觉寺题内。推其内容,亦相符。据'返生香'句,知作于其妻卢氏卒后,时约在康熙十七年或略前。"

荷叶杯

帘卷落花如雪①,烟月。谁在小红亭?玉钗敲竹乍闻声②,风影略分明③。　　化作彩云飞去④,何处?不隔枕函边,一声将息晓寒天⑤,断肠又今年。

【题解】

词为悼亡之作。"断肠又今年",则当为卢氏卒后之次年,即康熙十七年(1678)。上片说自己在落花如雪深的季节,仿佛又看见妻子的身影隐约出现在小红亭。下片说枕空函虚,妻子确实已经化作彩云飞去,惟有当日留下的一声将息,陪伴自己度过这凄冷的时节。

【注释】

①赵功可《绮寮怨》:"倚阑干、一扇凉风,看平地、落花如雪深。"
②高适《听张立本女吟》:"自把玉钗敲砌竹,清歌一曲月如霜。"
③陈后主《自君之出矣》之一:"思君若风影,来去不曾停。"
④李白《宫中行乐词八首》之一:"只愁歌舞散,化作彩云飞。"
⑤胡翼龙《南歌子》:"只寄一声将息、当相思。"

【汇评】

盛冬玲《纳兰性德词选》:"上阕写旧日情事,活泼生动,风致嫣然。下阕道今日相思,托意梦境,也清婉可观。"

赵秀亭、冯统一《饮水词笺校》:"是阕见于《今词初集》,当作于康熙十七年,后阕同调之'知己一人谁是'亦同时之作。"

荷叶杯

知己一人谁是?已矣。赢得误他生①,有情终古似无情②，别语悔分明③。　　莫道芳时易度④，朝暮。珍重好花天。为伊指点再来缘⑤，疏雨洗遗钿。

【题解】

容若《南乡子·为亡妇题照》有"别语忒分明"，此词作"别语悔分明"，均是悼念亡妻，不堪思念之苦。什么样的临别之语，让他在伊人已去之后还难以释怀呢？前词说"卿自早醒侬自梦"，此词说"为伊指点再来缘"，可见亡妻临别所言，大约是此生已休，他生再聚，是希望再结来生缘；而容若所念念不忘的，却是"再来缘"而非"再生缘"，这一生的情缘他仍然舍不得放弃。所以他感叹良辰美景奈何天，感叹朝朝暮暮在眼前，感叹多情总比无情苦。

【注释】

①李商隐《马嵬》："海外徒闻更九州，他生未卜此生休。"

②有情：汪刻本作"多情"。杜牧《赠别二首》其二："多情却似总无情，唯觉尊前笑不成。"

③别语悔分明：汪刻本作"莫问醉耶醒"。

④莫道芳时易度：汪刻本作"未是看来如雾"。芳时：花开时节，即良辰美景之时。

⑤《绿窗新话》卷上《玉箫再生为韦妾》："韦皋未仕时，寓姜使君门馆，待之甚厚，赠小青衣曰玉箫，美而艳。凡数年，皋归觐，不敢与俱，乃与玉箫约，七年复来相取，因留玉指环，并赠诗曰：'黄雀衔来已数春，今朝留赠与佳人。长江不见鱼书至，为遣相思梦入秦。'皋愆期不至，玉箫叹曰：'韦家郎不来矣。'绝食而卒。后皋镇蜀，时祖山人有少翁之术，能致逝者精魄形见。见玉箫曰：'承写经供佛之力，旬日便当托生，后十二年，再为侍妾。'后因诞日，东川卢尚书献歌姬为寿，年十二，名玉箫。遽呼视之，宛然旧人，中指有玉环隐起焉。"

【汇评】

赵秀亭、冯统一《饮水词笺校》："康熙十七年七月，卢氏葬京西北郊皂英屯。叶舒崇撰《卢氏墓志铭》有'于其没也，(成德)悼亡之吟不少，知己之恨尤深'之句，叶氏似曾见此词。"

浪淘沙①

闷自剔残灯②,暗雨空庭③。潇潇已是不堪听,那更西风偏著意④,做尽秋声⑤。 城柝已三更,欲睡还醒⑥。薄寒中夜掩银屏⑦,曾染戒香消俗念⑧,莫又多情⑨。

【题解】

秋雨潇潇,空庭寂寥,灯下独坐,西风夜来,不胜落寞。城头传来三更鼓,犹自不能入梦来。曾经想方设法消去世情,如今依然为闲愁所困。词或作于康熙十七年(1678)前后,陈维崧有《浪淘沙·和容若韵》,可对看:"凤脛蜡残灯,抹丽中庭。临歧摘阮要人听。不信一行金雁小,有许多声。今夜怯凉更,茶沸笙瓶。梦中梦好怕他醒。依旧刺桐花底去,无限心情。"

【注释】

①浪淘沙:《昭代词选》作"浪淘沙令"。《瑶华集》有副题"无题"。

②残灯:《昭代词选》作"银灯"。陈人杰《沁园春》:"渠自无谋,事犹可做,更剔残灯抽剑看。"

③暗雨:《瑶华集》等作"夜雨"。

④偏著:《瑶华集》等作"不解"。杨泽民《扫花游》:"客舍凄清,那更西风送雨。"

⑤做尽:《瑶华集》作"又做"。

⑥欲睡还醒:《瑶华集》作"冷湿银瓶";汪刻本双行小字校作"冷浸银屏"。

⑦薄寒中夜掩银屏:《瑶华集》作"柔情深后不能醒"。

⑧曾染戒香消俗念:《瑶华集》作"若是多情兴不得"。戒香:佛教说戒时所点燃之香。

⑨莫又:《瑶华集》作"素性";汪刻本作"怎又"。

【汇评】

张秉戍《纳兰词笺注》:"诗人自悔多情,欲从中自救,故'曾染戒香'去消解之。但秋夜秋声却偏偏又触动了他的多情。本来是多情，偏要学无情，结果陷入多情的烦恼中，如此矛盾的心情，使诗人又平添了更多的愁苦。这是翻转层进的表达方法，使所要抒发的感情更加深透，更能启人联想。"

菩萨蛮

为陈其年题照①

乌丝曲倩红儿谱②，萧然半壁惊秋雨③，曲罢髻鬟偏④，风姿真可怜。　　须髯浑似戟⑤，时作簪花剧⑥。背立讶卿卿，知卿无那情⑦。

【题解】

康熙十七年(1678)闰三月二十四日，僧大汕在扬州曾为陈维崧画像。是年秋，陈维崧携此像入京，才人名士多有题咏。容若此词，即是一例。词人先称颂陈维崧之词流播海内，尤为歌女所喜爱，照应画像陈其年填词之姿与丽人吹箫之态，随后聚焦于其髯须，强调他戴花为戏，时作惊人之举，渲染其有伟丈夫之风而不失诙谐柔情。近人缪荃孙有此阕抄本(见李勖《饮水词笺》)，名为《陈其年填词图卷》，字句有所不同："乌丝词付红儿谱，洞箫按出霓裳舞。舞罢髻鬟偏，风姿最可怜。倾城与名士，千古风流事。低语属卿卿，卿卿无那情。"

【注释】

①陈其年：陈维崧(1625—1682)，字其年，号迦陵，江苏宜兴人。康熙十八年(1679)试鸿词科，授翰林院检讨。词与朱彝尊齐名，辑有《湖海楼词》。容若所题之画，为《迦陵填词图》，图有题字云："岁在戊午闰四月廿四日，为其翁维摩传神，释汕。"谢章铤《赌棋山庄词话》："《迦陵填词图》为释大汕作，掀髯露顶，旁坐丽人拈洞箫而吹。"

②乌丝:陈维崧词初刊名为《乌丝词》,约刊于康熙八年,为居京华时所填之词。季振宜《乌丝词序》:"使同青乌,集曰乌丝。"红儿,杜红儿,唐代名妓,善歌。张先《熙州慢》:"持酒更听,红儿肉声长调。"

③徐乾学《陈检讨维崧墓志铭》:"(陈维崧)所居在城北,市廛库陋,才容膝,蒲帘土锉,摊柱其中而观之。"李贺《李凭箜篌引》:"女娲炼石补天处,石破天惊逗秋雨。"

④岑参《醉戏窦子美人》:"朱唇一点桃花殷,宿妆娇羞偏髻鬟。"

⑤蒋永修《陈检讨迦陵先生传》:"其年少清癯,冠而于思,须侵寅及颧准,天下学士大夫号为陈髯。"又《南史·褚彦回传》:"公主谓曰:公须髯如戟,何无丈夫意?"

⑥徐乾学《陈检讨维崧墓志铭》:"遇花间席上,尤喜填词。兴酣以往,常自吹箫而和之,人或指以为狂。"

⑦无那:无限。李煜《一斛珠》:"绣床斜凭娇无那,烂嚼红茸,笑向檀郎唾。"

【汇评】

张秉戍《纳兰词笺注》:"这首词作于康熙十七年(1678),作者二十四岁之时。词写得很别致,很风趣,颇有开玩笑的味道。表面看来似是写陈其年不乏风流旖旎、声华裙屐之好,其实是赞赏其年之人格与创作的。上片说其年之词令歌儿舞女谱唱,世人为之震惊,仿佛侧艳柔媚之至。但下片一转'须髯浑似戟,时作簪花剧'便道出了其年既饱湖海豪气,又不无绮艳,既刚且柔的风格和特色。故此篇是借题照,借旗亭北里之景,品评、称赞了其年其人其作。"

菩萨蛮

过张见阳山居,赋赠①

车尘马迹纷如织,羡君筑处真幽僻。柿叶一林红,萧萧四面风。　　功名应看镜②,明月秋河影。安得此山间,与君高卧闲。

【题解】

康熙十八年(1679)三月十五日,朱彝尊、陈维崧等人与容若有西山之游,宿于张纯修处。是年秋,张纯修已经出任阳江令。是词作于秋日,柿叶红遍,秋风四起,则作期当至晚为康熙十七年(1678)。词中感叹功业未就,所谓"挂冠易事耳,看镜叹勋业"(陆游《秋郊有怀》),亦与纯修其时处境吻合。

【注释】

①张见阳山居:当在西山京郊一带。毛际可《张见阳诗序》:"曩者岁在己未,余谬以文学见征,旅食京华。张子见阳联骑载酒,招邀作西山游,同游者为施愚山、秦留仙、朱锡鬯、严苏友、姜西溟诸公,分韵赋诗,极一时盛事。"

②杜甫《江上》:"勋业频看镜,行藏独倚楼。"

【汇评】

张秉戍《纳兰词笺注》:"大约张见阳在京中曾隐居西山一带,诗人过见阳山居之所。有感于居处的幽僻,遂赋此词抒怀写志。此篇一面表达了对见阳山居的羡慕之情;一面表达了视功名为虚幻,如同镜花水月一般;一面也表达了渴望归隐林下,过悠闲自适的生活。词质而显,但情深意切,不失为佳作。"

菩萨蛮

宿滦河①

玉绳斜转疑清晓②,凄凄月白渔阳道③。星影漾寒沙,微茫织浪花。　　金笳鸣故垒,唤起人难睡。无数紫鸳鸯④,共嫌今夜凉。

词作于康熙十七年(1678)秋,扈从康熙宿滦河时所作,主要写月下滦河一带的秋景。玉绳低转,星斗微茫,寒沙荡漾,角声呜咽,月光下驿路泛出一道白色。鸳鸯双栖双宿,离人难眠,偏怪今夜凄冷。

【注释】

①滦河:在今河北省东北部。

②玉绳:星名,原指北斗第五星之北两星,此处代指北斗星。王夫之《薑斋诗话》附录《夕堂永日绪论外编》:"有代字法,诗赋用之,如月曰'望舒',星曰'玉绳'之类。"

③月白:袁刻本作"白月"。渔阳,辖地在今津京一带。

④徐延寿《南州行》:"河头浣衣处,无数紫鸳鸯。"

【汇评】

赵秀亭、冯统一《饮水词笺校》:"清圣祖谒遵化陵,多经滦河。此阕为性德秋冬间随谒之作。检《康熙实录》及《康熙起居注》,明言曾驻跸滦河岸者二次,一次为康熙十七年十月二十日、二十二日,另一为康熙二十年十一月三十日。当以十七年十月更合词境节令。"

于中好①

谁道阴山行路难②,风毛雨血万人欢③。松梢露点沾鹰绁,芦叶溪深没马鞍。　　依树歇,映林看,黄羊高宴簇金盘。萧萧一夕霜风紧④,却拥貂裘怨早寒。

【题解】

词写扈从行猎与欢宴场面,对塞外瑰丽风光与奇异习俗描写颇为生动。风毛雨血,万人齐声欢呼的盛大场面令人难忘。猎鹰盘旋,溪没马鞍的行猎过程也让人印象深刻。而席地围坐,痛饮高歌的欢宴,尤其让人留恋。这里的一切都让人新奇,甚至连清晨的寒气都与他处不同。

①于中好:汪刻本作"鹧鸪天"。

②李白《上皇西巡南京歌十首》之四:"谁道君王行路难,六龙西幸万人欢。"

③班固《两都赋》:"风毛雨血,洒野蔽天。"

④佚名《点绛唇》:"赋雪归来,绿窗一夜霜风紧。"

【汇评】

赵秀亭、冯统一《饮水词笺校》:"此为扈从行猎词,词中描写,多为写实。康熙十七年九月、十月,清圣祖巡行近边,至遵化及景忠山,与此词节令相合。"

虞美人①

凭君料理花间课②,莫负当初我。眼看鸡犬上天梯③,黄九自招秦七共泥犁④。　　瘦狂那似痴肥好⑤,判任痴肥笑。笑他多病与长贫,不及诸公衮衮向风尘⑥。

【题解】

康熙十七年(1678),顾贞观与吴绮共编校《饮水词》。容若赋此词,引为同道,并有愤世之意。开篇即申言郑重托付之意,希望对方不要辜负当初引为知己的一番心意,并反复强调两人均是畸零之人,本不肯苟同,亦不愿随波逐浪。他人但愿飞黄腾达,我辈不能为俗物败坏兴趣。此中自有佳趣,可为知己者言。

【注释】

①汪刻本有副题"为梁汾赋"。

②花间:赵承祚所编《花间集》。课,作品。

③王充《论衡·道虚》:"(淮南)王遂得道,举家升天,畜产皆仙,犬吠于天上,鸡鸣于云中。"

④黄九：黄庭坚。秦七，秦观。《禅林僧宝传》卷二十六："黄庭坚鲁直作艳语，人争传之。秀呵曰：'翰墨之妙，甘施于此乎？'鲁直笑曰：'又当置我于马腹中耶？'秀曰：'汝以艳语动天下人淫心，不止马腹，正恐生泥犁中耳。'"

⑤《南史·沈昭略传》："尝醉，晚日负杖携家宾子弟至娄湖苑，逢王景文子约，张目视之曰：'汝是王约邪？何乃肥而痴。'约曰：'汝沈昭略邪？何乃瘦而狂。'昭略抚掌大笑曰：'瘦已胜肥，狂又胜痴，奈何王约，奈汝痴何。'"

⑥衮衮向：汪刻本作"健饭走"。杜甫《醉时歌》："诸公衮衮登台省，广文先生官独冷。"

【汇评】

黄天骥《纳兰性德和他的词》："纳兰性德请顾贞观替他编选词集，并向他表明自己对现实的态度。他愿意和顾贞观一起去写那些被人视为小道的长短句，而对官迷禄蠹则投以轻蔑的目光。这词以嬉笑怒骂的手法表现出对现实的不满，笔锋比较犀利。"

盛冬玲《纳兰性德词选》："容若以词名家，临终时犹有'性喜作诗余，禁之不能'（见徐乾学《通志堂集序》）之语。虽然享年不永，但留给后世的三百四十多首词作，精力所萃，大有可观。……这首《虞美人》即是为梁汾赋，表示了不慕荣利，不负故我，淡泊自守的信念和继承发展词学传统，在词坛自张一军的决心。"

临江仙

寄严荪友

别后闲情何所寄①，初莺早雁相思②。如今憔悴异当时。飘零心事，残月落花知。　　生小不知江上路，分明却到梁溪③。匆匆刚欲话分携，香消梦冷，窗白一声鸡④。

是词大约写于康熙十七年(1678)前后,寄与严绳孙,表达对他的相思相忆之情。自从友人南归,初莺早雁,秋夜月明,春朝风动,无不引起他的思念。这种情绪是如此强烈,以至于他的梦魂也悄然踏上了陌生道路,飘飘悠悠寻觅到友人故里,与友人相聚。只可惜刚刚找到友人,还来不及倾诉别后之情,就被鸡鸣从梦中叫醒,这真令人怅惘。

【注释】

①闲情:《昭代词选》作“相思”。

②萧子显《自序》:“若乃登高极目,临水送归,风动春潮,月明秋夜,早雁初莺,开花落叶,有来斯应,每不能已也。”

③梁溪:流经无锡的一条河流,借指苏友的家乡。

④洪适《满江红》:“酒醒时、枕上一声鸡,东方白。”

【汇评】

傅庚生《中国文学举隅》:“仙品、鬼才,何由判耶? 试别举他例以明之。温飞卿《商山早行》‘鸡声茅店月,人迹板桥霜’云云,吟哦之余,觉有清清洒洒之致,是仙品。纳兰容若《临江仙》‘别后闲情何所寄’云云,寓目之顷,俄有踽踽悸悸之情,是鬼才也。”

张草纫《纳兰词笺注》:“此词可能作于康熙十六年卢氏去世后,故曰‘如今憔悴异当时’。”

临江仙①

长记碧纱窗外语②,秋风吹送归鸦③。片帆从此寄尺涯。一灯新睡觉,思梦月初斜。 便是欲归归未得,不如燕子还家。春云春水带轻霞。画船人似月④,细雨落杨花⑤。

【题解】

词写羁旅情怀。上片追忆当日送别的场景。碧纱窗外,执手相看,喁喁叮嘱的情景反复萦绕在心头,尤其在漂泊天涯的舟中,夜半醒来,面对孤灯,抱膝而坐,抬头眺望斜挂天边的月牙儿。下片倾诉身不由己的无奈之感。有家难归,不由羡慕北归的燕子。南方虽好,春水春云,皓腕凝雪,画船雨眠,细雨落花,都令人陶醉,但都消释不了自己对家的惦念。

【注释】

①《瑶华集》有副题"无题"。

②《瑶华集》等作"长记曲阑干外语"。

③《瑶华集》等作"西风吹逗窗纱"。

④韦庄《菩萨蛮》:"春水碧于天,画船听雨眠。垆边人似月,皓腕凝霜雪。未老莫还乡,还乡须断肠。"

⑤李白《杨叛儿》:"乌啼隐杨花,君醉留妾家。"

【汇评】

赵秀亭、冯统一《饮水词笺校》:"此词见于《今词初集》,作期当不晚于康熙十七年。词为送人南还之作,所送何人,难以确考。"

盛冬玲《纳兰性德词选》:"此词上阕言及秋风,下阕却云春水春云、细雨杨花。虽然前后时序不一,但并不矛盾,因为一则追写分别之时、既别之初,一则拟想重逢之后。……全词看似未曾着意经营,然而疏宕清丽,不失为集中佳构之一。"

天仙子①

梦里蘼芜青一翦②,玉郎经岁音书远③。暗钟明月不归来④,梁上燕,轻罗扇⑤,好风又落桃花片⑥。

【题解】

此词写得轻清婉丽,既能写出闺中人内心的惆怅寂寞,显示淡淡哀愁而不失凄惋,多檃栝前人语句而又明白如话,绰约蕴藉,故论者以为其遣词造句多与五代词人相近。蘼芜,向来同女子凄苦的命运联系在一起。"上山采蘼芜,下山逢故夫",这是被抛弃者的不甘;"相逢咏蘼芜,辞宠悲团扇"(谢朓《和王主簿季哲怨情诗》),这是被遗忘者的凄楚。情人一去,音信渺茫,桃花落尽,柳絮翻飞,犹自未归,等待闺中人的命运是什么呢?梦里一翦蘼芜,如何不叫她心痛!秋后的团扇,或许就是她的归宿。

【注释】

①《清平初选后集》有副题"闺思"。《国朝词综》有副题"渌水秋亭夜"。

②蘼芜:香草名。《玉台新咏·古诗八首》之一:"上山采蘼芜,下山逢故夫。"

③玉郎:古代对男子之美称,或为女子对丈夫,或对情人之爱称。五代前蜀牛峤《菩萨蛮》:"门外柳花飞,玉郎犹未归。"后蜀鹿虔扆《临江仙》:"一自玉郎游冶去,莲凋月惨仪形。"书远:汪刻本作"书断"。顾夐《遐方怨》:"辽塞音书绝,梦魂长暗惊。玉郎经岁负娉婷,教人争不恨无情。"

④暗钟:即夜晚之钟声。

⑤轻罗:《清平初选后集》作"生罗"。轻罗扇:质地极薄的丝织品所制之扇,为女子夏日所用。诗词中常以此隐喻女子之孤寂。

⑥好风又落:《清平初选后集》作"好风落尽",《今词初集》等作"好风吹落"。

【汇评】

张渊懿、田茂遇《清平初选后集》卷一:"雅隽绝伦。"

陈廷焯《词则·大雅集》卷五:"不减五代人手笔。"

陈廷焯《云韶集》卷十五:"措辞遣句,直逼五代人。"

黄天骥《纳兰性德和他的词》:"这首词表现了思念丈夫的妻子从等待到失望的情绪。"

如梦令

纤月黄昏庭院,语密翻教醉浅。知否那人心,旧恨新欢相半①。谁见,谁见,珊枕泪痕红泫②。

　　词写经年相见,思极而怨,喜极而泣。一别经年,今日得以相聚,在新月下,在黄昏时刻,在庭院中,时而举杯相饮,时而喁喁低语,缠绵的情话比醇厚的浓酒还让人陶醉。喜悦之中,佳人心中也夹杂着丝丝余恨,恨君没有早日归来,在寂寞中度过了多少凄楚的夜晚。珊瑚枕上那千行眼泪,不是相思之泪,而是恨君之泪。

【注释】

　　①欧阳修《渔家傲》:"一别经年今相见,新欢旧恨知何限。"

　　②李绅《长门怨》:"珊瑚枕上千行泪,不是思君是恨君。"

【汇评】

　　赵秀亭、冯统一《饮水词笺校》:"《台城路》(咏妆台),唱和之作甚多,陈维崧、朱彝尊、曹贞吉、高士奇等皆有之。其作期当不早于鸿博名士齐集都下之时,即康熙十七年。又诸人之作皆述及秋季景物。按,琼岛原无寺,'本朝顺治八年,毁山之亭殿,立塔建寺',方得有玲声。康熙十八年七月二十八日'地震,白塔颓坏','二十年重建,加庄严焉'(引自高士奇《金鳌退食笔记》),然二十年七月朱彝尊典江南乡试,二十一年五月陈维崧卒,故词"之作期,唯在康熙十七年。"

如梦令

　　正是辘轳金井①,满砌落花红冷。蓦地一相逢②,心事眼波难定③。谁省,谁省,从此簟纹灯影④。

【题解】

　　词写一见钟情的场景。落花时节,辘轳声中,蓦然相逢,秋波一转,便情迷意乱,陷入相思苦恋之中,夜夜萦怀难眠。"新系青丝百尺绳,心在君家辘轳上。我心皎洁君不知,辘轳一转一惆怅"(顾况《短歌行》)。自己虽有意,却不知晓对方是否有情,这不免让人有些惆怅。

【注释】

①辘轳金井：装有辘轳的水井。张籍《楚妃怨》："梧桐叶下黄金井，横架辘轳牵素绠。美人初起天未明，手拂银瓶秋水冷。"

②彭孙遹《醉春风》："蓦地相逢乍，三五团圆夜。"

③韩偓《偶见背面是夕兼梦》："此夜分明来入梦，当时惆怅不成眠。眼波向我无端艳，心火因君特地然。"

④苏轼《南堂五首》之五："扫地烧香闭阁眠，簟纹如水帐如烟。"

【汇评】

盛冬玲《纳兰性德词选》："在落花满阶的清晨，作者与他所思恋的女子蓦地相逢，彼此眉目传情，却无缘交谈。从此，他的心情就再也不能平静了。此作言短意长，结尾颇为含蓄，风格与五代人小令相似。"

如梦令

黄叶青苔归路，屧粉衣香何处①。消息竟沉沉②，今夜相思几许。秋雨，秋雨，一半因风吹去③。

【题解】

词写秋夜相思。黄叶飘零，青苔丛生，当年与伊人聚会之所面目全非，佳人也一去杳无踪迹。缠绵秋雨，一半都为秋风吹去，而他的相思愁情，却不能减弱些许。

【注释】

①"黄叶青苔归路，屧粉衣香何处"：《词汇》作"木叶纷纷归路，残月晓风何处"。

②竟沉沉：汪刻本作"半沉沉"，《词汇》作"竟浮沉"。韩偓《长信宫》："天上梦魂何杳杳，宫中消息太沉沉。"

③朱彝尊《转应曲》："秋雨，秋雨，一半回风吹去。晚凉依旧庭隅，此夜愁人无睡。无睡，无睡，红蜡也飘秋泪。"

陈廷焯《云韶集》卷十五："容若词深得五代之妙。如此阕及下《酒泉子》一阕,尤为神似。"

台城路①

洗妆台怀古②

六宫佳丽谁曾见③,层台尚临芳渚④。露脚斜飞⑤,虹腰欲断,荷叶未收残雨⑥。添妆何处。试问取雕笼,雪衣分付⑦。一镜空蒙,鸳鸯拂破白萍去。 相传内家结束⑧,有帕装孤稳,靴缝女古⑨。冷艳全消,苍苔玉匣,翻出十眉遗谱。人间朝暮。看胭粉亭西⑩、几堆尘土。只有花铃,缒风深夜语。

【题解】

此词咏萧观音事。金露亭、荷叶殿、脂粉亭及虹桥等,皆为洗妆台周遭景致;孤稳等契丹语词,更使得辽后萧观音身份呼之欲出;词尾暗用辛弃疾《摸鱼儿》"君不见玉环飞燕皆尘土"之典,也绾合辽后身份。不过,学者早已考证出,洗妆台与萧观音毫无关涉。赵秀亭等详加考核,以琼华岛白塔之兴废,认定词作于康熙十七年(1678)。

【注释】

①台城路:汪刻本作"齐天乐"。

②副题《词雅》作"辽后妆洗台"。洗妆台,金章宗为李宸妃筑,在今北京北海琼华岛上,历来多误以为辽后萧观音之梳妆楼。

③白居易《长恨歌》:"回眸一笑百媚生,六宫粉黛无颜色。"

④《元故宫遗录》:"出掖门,皆丛林,中起小山,仿佛仙岛。山上复为层台,回阑邃阁,高出空中。"

⑤李贺《李凭箜篌引》:"吴质不眠倚桂树,露脚斜飞湿寒兔。"

⑥高士奇《台城路》自注："梳妆台旧有玉虹、金露亭及荷叶亭。"

⑦《太平御览》卷九二四引郑处诲《明皇杂录》："开元中,岭南献白鹦鹉,养之宫中。久之,颇聪慧,洞晓言词。上及贵妃皆呼为雪衣娘。"

⑧辽臣耶律乙辛假托萧观音作《十香词》,中有"青丝七尺长,挽作内家妆。"

⑨周春《辽诗话》引王鼎《焚椒录》："宫中为(懿德皇后)语曰:'孤稳压帕女古靴,菩萨唤作耨斡磨。'盖言以玉饰首,以金饰足,以观音作皇后也。"孤稳,玉;女古,黄金;耨斡磨,观音:皆契丹语音。

⑩高士奇《金鳌退食笔记》："脂粉亭在荷叶殿西,后妃添妆之所也。"

【汇评】

赵秀亭、冯统一《饮水词笺校》："《台城路》(咏妆台),唱和之作甚多,陈维崧、朱彝尊、曹贞吉、高士奇等皆有之。其作期当不早于鸿博名士齐集都下之时,即康熙十七年。又诸人之作皆述及秋季景物。按,琼岛原无寺,'本朝顺治八年,毁山之亭殿,立塔建寺',方得有玲声。康熙十八年七月二十八日'地震,白塔颓坏','二十年重建,加庄严焉'(引自高士奇《金鳌退食笔记》),然二十年七月朱彝尊典江南乡试,二十一年五月陈维崧卒,故"之作期,唯在康熙十七年。"

于中好①

小构园林寂不哗,疏篱曲径仿山家。昼长吟罢风流子②,忽听楸枰响碧纱③。　　添竹石,伴烟霞。拟凭尊酒慰年华。休嗟髀里今生肉④,努力春来自种花。

【题解】

此词为其所筑小园而作。上片写其草堂落成后的悠闲生活。结庐都市,无车马之喧。疏篱曲径,一如隐居山间。闲来吟诗下棋,自是惬意。下片写其磊落之志。以竹石为伍,以烟霞为伴,种花饮酒,虽极清净,有潇洒出尘之姿,但终究是事业无成,功业未就,不无遗憾。

①于中好:《瑶华集》等作"鹧鸪天"。《瑶华集》有副题"小园"。

②昼长:《瑶华集》作"春窗"。风流子,词牌名。佚名《蓦山溪》:"欢同鱼水,永遇乐倾杯,风流子、洞仙歌,曲唱千秋岁。"

③忽听楸枰响碧纱:《瑶华集》作"一鸡声中日上纱"。楸枰,棋盘。陆游《自嘲》:"遍游竹院寻僧语,时拂楸枰约客棋。"

④《三国志·蜀志·先主传》:"荆州豪杰归先主者日益多,表疑其心,阴御之。"裴松之注引司马彪《九州春秋》:"备住荆州数年,尝于表坐起至厕,见髀里生肉,慨然流涕。还坐,表怪问备,备曰:'吾长身不离鞍,髀肉皆消。今不复骑,髀里肉生。日月若驰,老将至矣,而功业不建,是以悲耳。'"

【汇评】

赵秀亭、冯统一《饮水词笺校》:"性德曾在其宅中筑茅屋,词即缘此事而作。……草堂落成在康熙十七年内,词即作于堂成之际。"

浣溪沙

大觉寺

燕垒空梁画壁寒①,诸天花雨散幽关②,篆香清梵有无间③。 蛱蝶乍从帘影度,樱桃半是鸟衔残。此时相对一忘言④。

【题解】

词写容若游览大觉寺时所感。古刹内一片空寂,壁画森严,清香飘拂空中,梵音若隐若现。寺院外,蝴蝶翩翩起舞,鸟儿衔着樱桃飞来飞去,一片忙碌。词人若有所感。大觉寺,所指难以确定,或以为在京郊,或认为在河北。词或作于康熙十八年(1679)三月。

【注释】

①薛道衡《昔昔盐》:"暗牖悬蛛网,空梁落燕泥。"

②诸天花雨：诸天为赞叹佛说法之功德而散花如雨。向子諲《如梦令》："谁识芗林秋露，胜却诸天花雨。"

③清梵：僧尼诵经的声音。刘长卿《送少微上人游天台》："秋夜闻清梵，余音逐海潮。"

④陶渊明《饮酒》之五："此中有真意，欲辨已忘言。"

【汇评】

黄天骥《纳兰性德和他的词》："纳兰性德在空寂的寺院中，看到蝴蝶飞逝、樱桃半残的情景，忽然悟出一番道理，觉得好景不常，人生若寄。这反映了作者思想消极的一面。"

浣溪沙

郊游联句

出郭寻春春已阑(陈维崧)，东风吹面不成寒(秦松龄)①，青村几曲到西山(严绳孙)。　　并马未须愁路远(姜宸英)，看花且莫放杯闲(朱彝尊)②，人生别易会常难(纳兰成德)。

【题解】

康熙十八年(1679)春，诸多才子名士齐聚京城，应举鸿儒。张见阳招集陈维崧诸人宴于其山庄，遂有此联句(张一民：《张纯修与纳兰性德交游考》，载《承德民族师专学报》1997年第4期)。

【注释】

①志南《绝句》："沾衣欲湿杏花雨，吹面不寒杨柳风。"秦松龄(1637—1714)，字汉石，又字次椒，号留仙，又号对岩，江苏无锡人。顺治十二年(1655)进士，官国史馆检讨等。有《苍岘山人集》。

②朱彝尊(1629—1709)，字锡鬯，号竹垞，浙江秀水人。康熙十八年(1679)举博学鸿儒，授翰林院检讨，入直南书房。有《曝书亭集》。

张草纫《纳兰词笺注》:"康熙十八年开博学鸿儒科,陈、秦、严、姜、朱诸人皆聚集于北京。此联句当作于暮春同游西山之时。"

金缕曲

慰西溟①

何事添凄咽。但由他、天公簸弄,莫教磨涅②。失意每多如意少,终古几人称屈。须知道、福因才折。独卧藜床看北斗③,背高城、玉笛吹成血。听谯鼓,二更彻。　　丈夫未肯因人热④,且乘闲、五湖料理,扁舟一叶⑤。泪似秋霖挥不尽,洒向野田黄蝶。须不羡、承明班列⑥,马迹车尘忙未了,任西风、吹冷长安月。又萧寺⑦,花如雪⑧。

【题解】

康熙十八年(1679),叶方蔼、韩菼举荐姜宸英参加博学鸿儒科而未果,姜颇为失落,容若赋此词而劝慰。上片说西溟经此颠仆,乃是天意,人才自古如此,好事每要多磨,希望他不要受到影响,而从此心灰意冷。下片说大丈夫本来就是要自强自立,不要因人借势。更何况虚名荣耀,也不值得孜孜以求。不如乘扁舟一叶,遨游五湖。严绳孙有"赠西溟次容若韵"之《金缕曲》,可对读:"画角三声咽,倩星前、梵钟敲破,三生慧业。身后虚名当日酒,未觳消磨才杰。君莫叹、兰摧玉折。多少青蝇相吊罢,鲍家诗、碧溅秋坟血。听鬼唱,几时彻。更谁灸手真堪热。只些儿、翻云覆雨,移根换叶。我是漆园工隐儿,也任人猜蝴蜨。凭寄语、四明狂客。烂醉绿槐双影畔,照伤心,一片琳宫月。归梦令,逐回雪。"

【注释】

①姜宸英(1628—1699),字西溟,号湛园,浙江慈溪人。康熙三十六年

进士,后因顺天乡试案,下狱病卒。有《苇间诗集》《湛园未定稿》等。

②《论语·阳货》:"不曰坚乎? 磨而不磷;不曰白乎? 涅而不缁。"

③藜床:藜茎编的床榻。杜甫《寒雨朝行视园树》诗:"衰颜动觅藜床坐,缓步仍须竹杖行。"

④《东观汉记·梁鸿传》:"比舍先炊已,呼鸿及热釜炊。鸿曰:'童子鸿不因人热者也。'灭灶更燃火。"

⑤《史记·货殖列传》:"范蠡既雪会稽之耻,乃乘扁舟浮于五湖。"

⑥承明:承明庐,位于承明殿旁,为侍臣值宿所居。白居易《垂钓》:"三登甲乙第,一入承明庐。"

⑦萧寺:佛寺。姜宸英为纳兰所写《祭文》云:"于午未间,我蹶而穷,百忧萃止,是时归兄,馆我萧寺。"

⑧范云《别诗》:"昔去雪如花,今来花如雪。"

【汇评】

郭则沄《清词玉屑》卷一:"容若慰西溟《金缕曲》亦极沉痛,直语语打入西溟心坎,自是世间有数文字。"

黄天骥《纳兰性德和他的词》:"这词集中表现一个'慰'字,作者想到失意人的寂寞孤独,表示理解隐退者的苦衷,并从自己对仕宦的体会,劝说对方死了做官的心等等,都是围绕着安慰失意者这一主题反复敷写。其间,劝勉、牢骚、担忧、怀念、鼓励各种情绪纵横开阖,穿插交织。语如贯珠,而又沉郁苍劲。有些句子,像'独卧藜床看北斗,背高城、玉笛吹成血',写得慷慨悲怆,气势不凡。"

金缕曲

姜西溟言别,赋此赠之①

谁复留君住。叹人生、几番离合,便成迟暮。最忆西窗同剪烛,却话家山夜雨②。不道只、暂时相聚。滚滚长江萧萧木③,送遥天、白雁哀鸣去。黄叶下,秋如许。　　曰归因甚添愁绪④。料强似、冷烟寒月，栖迟梵宇。一事伤心君落魄，两鬓飘萧未遇。有解忆、长安儿女⑤。裘敝入门空太息⑥，信古来、才命真相负。身世恨，共谁语。

【题解】

　　康熙十八年(1679)，姜宸英因母丧而归。严绳孙有《金缕曲》"送西溟奔母丧南归次韵"："此恨何当住。也须知、王和生死，总成离阻。真使通都闻恸哭，废尽蓼莪诗句。算母子、寻常欢聚。杭稻登场春韭绿，便休论、万里封侯去。须富贵、竟何许。片帆触处成悲绪。问从今、樯乌埭燕，几番风雨。不尔置君天禄阁，未算人生奇遇。甚一种、世间儿女。画荻教成羞半豹，早高堂，鸾诰偏无负。天可问，倘相语。"但容若此作，全不提及母丧之事，只从西溟不得志而归立论，为其落魄而伤心，为其不遇而黯然，与陈维崧《贺新郎》"送西溟南归和容若韵时西溟丁内艰"所言"如此人还如此别"，较为相似。词人感叹相聚之日甚暂，相聚不到一年，又在黄叶飘零的秋天分离，无限怅然，只待来日相会再述。西溟此次黯然归乡，固然令人痛惜，不过家中"有解忆"之儿女，总强似萧寺离索苦居，也算是一种补偿。如此，则对其离家求宦，似有别议。

【注释】

①副题《百名家词钞》等无"姜"字。

②李商隐《夜雨寄北》："君问归期未有期，巴山夜雨涨秋池。何当共剪西窗烛，却话巴山夜雨时。"

③衮衮：《估计词选》作"滚滚"。杜甫《登高》："无边落木萧萧下，不尽长江滚滚来。"

④《诗经·豳风·东山》："我东曰归，我心西悲。"

⑤杜甫《月夜》："遥怜小儿女，未解忆长安。"

⑥《战过策·秦策一》："(苏秦)说秦王书十上而说不行。黑貂之裘敝，黄金百斤尽，资用乏绝，去秦而归。赢縢履蹻，负书担橐，形容枯槁，面目黧黑，状有归色。归至家，妻不下纴，嫂不为炊，父母不与言。苏秦喟然叹曰……"

潇湘雨

送西溟归慈溪

长安一夜雨,便添了、几分秋色。奈此际萧条,无端又听,渭城风笛①。咫尺层城留不住②,久相忘、到此偏相忆。依依白露丹枫③,渐行渐远,天涯南北。　　凄寂。黔娄当日事④,总名士、如何消得。只皂帽蹇驴,西风残照⑤,倦游踪迹。廿载江南犹落拓,叹一人、知己终难觅。君须爱酒能诗,鉴湖无恙⑥,一蓑一笠⑦。

【题解】

是词亦写于康熙十八年(1679)秋,与上篇同时而作。前两首赠西溟,多为其鸣不平,安慰与鼓励之意甚浓。是词略有不同,多抒写依依惜别之情,虽犹为其落拓江湖而惋惜,却无不劝勉之意,所用黔娄及贺知章事,隐约可见容若之倾向。长安夜雨后,秋色更浓。此际相别,耳畔似乎又回荡起《渭城曲》。西风残照中,友人乘蹇驴,黯然回归故里。多年漂泊,不免倦游。斜风细雨,一蓑一笠,亦是人间乐事。

【注释】

①王维《送元二使安西》:"渭城朝雨浥轻尘,客舍青青柳色新。劝君更进一杯酒,西出阳关无故人。"

②层城:京城。陈子昂《感遇》诗之二十六:"宫女多怨旷,层城闭

蛾眉。"

③严参《沁园春》:"人间征路熹微,看处处丹枫白露晞。"

④黔娄:齐人,家贫而不仕,死时衾不蔽体。事见《高士传》等。陶渊明《咏贫士》之四:"安贫守贱者,自古有黔娄。"

⑤李白《忆秦娥》:"音尘绝,西风残照,汉家陵阙。"

⑥鉴湖:在浙江省绍兴市西南,贺知章隐居之所。西溟故里慈溪,在绍兴东北。

⑦张志和《渔歌子》:"青箬笠,绿蓑衣,斜风细雨不须归。"

【汇评】

盛冬玲《纳兰性德词选》:"据容若死后西溟所作祭文,知戊午之年(1678)西溟曾南还故里,这一首《潇湘雨》即作于分袂送别之时。词上半写依依惜别的心情,换头后则感叹西溟的落魄不遇,并加慰勉。全词拳拳之意,溢于言表,从中可见容若之重于交谊。"

赵秀亭、冯统一《饮水词笺校》:"康熙十八年,西溟丁内艰回籍。时西溟已年逾五十,故性德婉劝其放弃出仕之求。"

点绛唇

小院新凉,晚来顿觉罗衫薄。不成孤酌,形影空酬酢①。 萧寺怜君,别绪应萧索。西风恶②,夕阳吹角③,一阵槐花落。

【题解】

姜宸英曾馆于德胜门北之千佛寺,秦松龄有《金缕曲》"和容若韵简西溟时西溟寓千佛寺"。容若赠西溟词多有提及萧寺,如"又萧寺,花如雪"、"栖迟梵宇"等。容若死后,姜宸英所作祭文也有"馆我萧寺"之语。故是词可能为姜宸英所作,写词人于秋日萧索之际,人单影只,怅然无绪,不由想起了友人。陈维崧有《点绛唇》"和成容若韵":"并坐燕姬,琵琶膝上圆冰薄。轻拢浅抹,巧把羁愁豁。竟去摇鞭,点草霜鬃渴。西风恶,数声城角,冷雁濛濛落。"词当作于康熙十八年(1679)秋,姜宸英回归故里之后。

【注释】

①李白《月下独酌》:"花间一壶酒,独酌无相亲。举杯邀明月,对影成三人。"

②黄机《忆秦娥》:"秋萧索,梧桐落尽西风恶。"

③陆游《浣溪沙》:"懒向沙头醉玉瓶,唤君同赏小窗明,夕阳吹角最关情。"

【汇评】

张秉戌《纳兰词笺注》:"此篇是念友之作。从'萧寺怜君'句看,可能是写给姜宸英的。词极空灵清丽,极含婉深致。上片从自己的身体感受去写,小院孤酌,形影相吊,怀人之意可见。下片转从对方落笔,这便更透过一层。结句含悠然不尽之意,令人遐思,启人联想。"

虞美人

绿阴帘外梧桐影,玉虎牵金井①。怕听啼鴂出帘迟②,恰到年年今日两相思。　　凄凉满地红心草③,此恨谁知道。待将幽忆寄新词,分付芭蕉风定月斜时。

【题解】

赵秀亭等以所用典故"红心草",推测为悼亡之作(《饮水词笺校》)。张草纫以句中"两相思"、"寄新词"之语,认定为离别的恋人而作(《纳兰词笺注》)。张秉戌则以为在两者之间(《纳兰词笺注》)。但既然是年年今日才两相思,为特定的日子所作,或当属悼亡。金蟾啮锁,玉虎牵丝,与之相随的是相思成灰。梧桐青霜,难免令人想起旧楼新垄两依依,自然凄凉满地。

【注释】

①玉虎:井上的辘轳。李商隐《无题四首》之二:"金蟾啮锁烧香入,玉虎牵丝汲井回。贾氏窥帘韩掾少,宓妃留枕魏王才。春心莫共花争发,一

寸相思一寸灰。"

②张炎《高阳台》："莫开帘,怕见飞花,怕听啼鹃。"

③沈亚之《异梦录》："姚合曰:'吾友王炎者,元和初,夕梦游吴侍吴王。久之,闻宫中出辇,鸣筲吹箫击鼓,言葬西施。王悼悲不止,立诏词客作挽歌。炎遂应教诗曰:'西望吴王国,云书凤字牌。连江起珠帐,择水葬金钗。满地红心草,三层碧玉阶。春风无处所,凄恨不胜怀。词进,王甚嘉之。及寤,能记其事。'"

【汇评】

张秉戌《纳兰词笺注》："这首词像是悼念亡妻的,又像是怀念某意中人的。词极空美,极凄惋。上片说又到了'年年今日两相思'的时候,所以宁愿幽居独处,不忍步出帘外。下片说相思不绝,遗恨绵长,然而,如此凄绝哀痛的情怀无人知晓;孤单寂寞,如何排遣呢?只有挨到夜深人静的时候,赋新词自慰了。词之境界哀婉幽怨,情致绵密。"

赵秀亭、冯统一《饮水词笺校》："词用'红心草'典,知为悼亡之作。词云'年年',作期当不早于康熙十八年。'今日',必为纪念之期,婚日、忌日、葬日,或为其一。"

蝶恋花

又到绿杨曾折处①,不语垂鞭②,踏遍清秋路③。衰草连天无意绪④,雁声远向萧关去。　　不恨天涯行役苦,只恨西风,吹梦成今古。明日客程还几许,沾衣况是新寒雨。

【题解】

此词或以为是悼亡之作,或以为是抒写塞上行之离愁别恨,或以为是两者融合,即塞上行时思怀亡妻。首句即言"又到绿杨曾折处",词中又言衰草连天,大雁南去,行役天涯,当是康熙十八年(1679)八月去梭龙之时。"绿杨曾折处",是指他此年三月曾扈驾至奉天,秋日再出榆关,自然是"又到",只不过此时情绪分外低落。凄风苦雨,路途遥远,心情自是灰暗。行役天涯,已觉格外凄苦,而世事无常,梦想失落,更使人难堪。

【注释】

①吴文英《桃源忆故人》:"潮带旧愁生暮,曾折垂杨处。"

②温庭筠《赠知音》:"景阳宫里钟初动,不语垂鞭上柳堤。"

③李贺《马诗二十三首》之五:"大漠山如雪,燕山月似钩。何当金络脑,快走踏清秋。"

④秦观《满庭芳》:"山抹微云,天连衰草,画角声断谯门。"

【汇评】

陈廷焯《云韶集》卷十五:"情景兼胜,亦有笔力。一味凄感。"

琵琶仙

中　秋

碧海年年①,试问取、冰轮为谁圆缺②?吹到一片秋香③,清辉了如雪。愁中看、好天良夜④,争知道、尽成悲咽⑤。只影而今,那堪重对,旧时明月。　　花径里、戏捉迷藏⑥,曾惹下萧萧井梧叶。记否轻纨小扇,又几番凉热。只落得⑦,填膺百感,总茫茫、不关离别。一任紫玉无情⑧,夜寒吹裂。

【题解】

中秋团圆之际,又想起亡妻,心中有无限悲凉。上片说青天中那一轮明月,到底是为谁而圆缺呢?月华明晰如雪,暗香浮动,如此好天良夜,带给词人的却是悲伤与哽咽。此时的他人单影只,怎堪面对天上的圆月?下片说旧时明月,曾见证多少温馨时刻,逢迎花径,戏捉迷藏,如今茕茕子立,百感交集。

【注释】

①李商隐《嫦娥》:"嫦娥应悔偷灵药,碧海青天夜夜心。"

②冰轮：明月。朱庆馀《十六夜月》："昨夜忽已过，冰轮始觉亏。"

③史达祖《西江月》："一片秋香世界，几层凉雨阑干。"

④柳永《少年游》："好天良夜，深屏香被，争忍便相忘。"

⑤争知道：诸本作"知道"，据《草堂嗣响》补。

⑥戏：《草堂嗣响》作"几"。元稹《杂忆五首》之三："忆得双文胧月下，小楼前后捉迷藏。"

⑦只落得：汪刻本作"止落得"。

⑧紫玉：笛箫。苏轼《鹧鸪天》："明朝酒醒知何处，肠断云间紫玉箫。"

【汇评】

谢章铤《赌棋山庄词话》卷七："《琵琶仙》系白石自度腔，容若中秋阅即填此调，因第六句比原作少一字，原作载《词律》第十六卷一百字类，仲安皆以为谱律不载，疑其为自度曲，非也。"

赵秀亭、冯统一《饮水词笺校》："此为中秋怀念亡妻之作。《采桑子》'海天谁放冰轮满'阕有'但值凉宵总泪零'，此阕有'又几番凉热'句，均非卢氏逝去当年口气，疑二词作于同年，最早应为康熙十八年。"

采桑子

海天谁放冰轮满①，惆怅离情。莫说离情，但值良宵总泪零。　　只应碧落重相见②，那是今生。可奈今生③，刚作愁时又忆卿。

【题解】

词中言"碧落重相见"，则当为悼念爱侣之作。上片说爱妻亡故之后，每逢良辰，离情满怀，怅恨悠悠，尚是寻常蹊径；下片企盼碧落重逢，自是天外落笔，可谓情至之语，而随即一顿，言重逢已是来生之事，而今生无奈，便觉满纸萧索。结句脱口而出，情真语真，与"才下眉头，却上心头"同一机杼，不过一凄婉，一悠然。

【注释】

①冰轮：月亮。朱庆馀《十六夜月》："昨夜忽已过，冰轮始觉亏。"

②碧落：道教语，指青天。白居易《翰林中送独孤二十七起居罢职出院》："碧落留云住，青冥放鹤还。银台向南路，从此到人间。"

③可奈：怎奈。李煜《采桑子》："可奈情怀，欲睡朦胧入梦来。"

【汇评】

张秉戍《纳兰词笺注》："爱妻的早亡使诗人无日不伤悲，特别是会逢良辰美景之时，他更是痛苦难耐了。所以此时他正逢高天朗月，其凄怀又起，怅恨悠悠了。此系上片所抒之情景。下片转入痴想，料想应与亡妻天上重见，然而怎可实现呢，于是又转念自解，那岂是今生可得，故而还是回到现实中来苦受煎熬，愁上添愁了。"

菊花新

用韵送张见阳令江华①

愁绝行人天易暮，行向鹧鸪声里住②。渺渺洞庭波，木叶下、楚天何处③。　　折残杨柳应无数④，趁离亭笛声吹度。有几个征鸿⑤，相伴也、送君南去。

【题解】

康熙十八年(1679)，张纯修任湖南江华县令，容若赋此词相送。上片写张纯修将去之地，楚天清秋，洞庭木叶，鹧鸪声里，残阳如血，一派萧索景象，叮咛关怀之情可见。下片写自己折柳送别，长亭外数声风笛，天际里几个征鸿，惜别难舍之意犹浓。

【注释】

①副题汪刻本等无"用韵"两字。张见阳，张纯修。江华，在今湖南省西南部。

114

②鹧鸪:古人谐其鸣声为"行不得也哥哥"。陈旅《题雨竹》诗:"江上鹧鸪留客住,黄陵庙下泊船时。"

③屈原《九歌·湘夫人》:"袅袅兮秋风,洞庭波兮木叶下。"

④《三辅黄图·桥》:"灞桥在长安东,跨水作桥,汉人送客至此桥,折柳赠别。"

⑤郑谷《淮上与友人别》:"数声风笛离亭晚,君向潇湘我向秦。"

【汇评】

张秉戌《纳兰词笺注》:"送别总是令人伤感的,故诗词中举凡送别题材的作品也总是伤离怨别者居多。本篇亦为送别之作,其感伤之情也是泄洒满纸。唯其作法别见特色,即用笔有虚有实。上片出之以虚,是写想象之景,写见阳将赴任之地的苍茫凄清之景;下片是实笔出之,写此时此地之景。一虚一实,轻灵而不失深婉,将送别、惜别的深挚情意表达得淋漓尽致。"

蝶恋花

散花楼送客①

城上清笳城下杵②。秋尽离人,此际心偏苦。刀尺又催天又暮③,一声吹冷蒹葭浦④。　　把酒留君君不住⑤。莫被寒云,遮断君行处。行宿黄茅山店路,夕阳村社迎神鼓。

【题解】

是词作于康熙十八年(1679)秋,为送张见阳赴江华令任时所作。清秋时节,送客远行。置酒楼中,把杯挽留。寒声四起,催促人去。从此友人鸡声茅月,荒山野店,栖尽荒凉,而词人望断寒云,亦自凄苦。

【注释】

①副题张刻本作"送见阳南行"。

②于濆《沙场夜》：“城上更声发，城下杵声歇。”

③杜甫《秋兴八首》之一：“寒衣处处催刀尺，白帝城高急暮砧。”

④张乔《春日游曲江》：“日暖鸳鸯拍浪春，兼葭浦际聚青蘋。”

⑤苏轼《江城子》：“雪意留君君不住，从此去，少清欢。”

⑥黄茅山店：荒村小店。苏席《鹧鸪天》：“醉眠小坞黄茅店，梦倚高城赤叶楼。”

【汇评】

李琏生评注《蝶恋花》(《中国历代诗词分调评注》)："此词为送张纯修南行而作，时当康熙十八(1679)张去任江华令。起句自然：'城上清笳城下杵'，定下全词凄冷情调。寒衣催刀尺，给别离更添寒意。结束二句，词人视线和思念追随朋友的行踪远去。"

河渎神

风紧雁行高，无边落木萧萧①。楚天魂梦与香消，青山暮暮朝朝②。　　断续凉云来一缕，飘堕几丝灵雨③。今夜冷红浦溆④，鸳鸯栖向何处⑤。

【题解】

词为寄赠之作，赵秀亭等以为寄予张见阳南任江华令，虽属猜测，却与词意相通。楚天清秋，风急天高，落木萧萧，浮云掠过，丝丝雨落，今夜羁旅者栖息何处？词人上言“朝朝暮暮”，下言“鸳鸯”，可见所寄赠者为亲昵之人。

【注释】

①杜甫《登高》：“无边落木萧萧下，不尽长江滚滚来。”

②《文选》载宋玉《高唐赋序》云：“昔者楚襄王与宋玉游于云梦之台，望高唐之观，其上独有云气，崒兮直上，忽兮改容，须臾之间，变化无穷。王问玉曰：‘此何气也？’玉对曰：‘所谓朝云者也。’王曰：‘何谓朝云？’玉曰：‘昔

者先王尝游高唐,怠而昼寝,梦见一妇人,曰:"妾,巫山之女也,为高唐之客。闻君游高唐,愿荐枕席。"王因幸之,去而辞曰:"妾在巫山之阳,高丘之阻,旦为朝云,暮为行雨,朝朝暮暮,阳台之下。"旦朝视之,如言,故为立庙,号曰朝云。'"

③灵雨:好雨。《诗经·鄘风·定之方中》:"灵雨既零,命彼信人。"亦常指君王的恩泽,如杨巨源《春日奉献圣寿无疆词十首》:"灵雨含双阙,雷霆肃万方。"

④浦溆:水边,张刻本作"浦淑"。

⑤栖向:《昭代词选》作"飞向"。

【汇评】

赵秀亭、冯统一《饮水词笺校》:"此词用语多及湘楚,殆为寄张见阳词。见阳任江华令,因有'灵雨'之辞。'鸳鸯'云云,则颇涉调侃,据知见阳为携眷南行。词当作于康熙十八年秋见阳离京后不久。"

河渎神

凉月转雕阑,萧萧木叶声干①。银灯飘落琐窗闲②,枕屏几叠秋山③。　　朔风吹透青缣被④,药炉火暖初沸⑤。清漏沉沉无寐,为伊判得憔悴⑥。

【题解】

词写相思成疾而无怨无悔,令人叹惋。秋风萧瑟,木叶飘零,寒月低徊,银灯黯淡,好一个寂静清冷的世界。在这样凄凉的寒夜中,唯一让孤独的闺中人感受到丝丝暖意的,是那药炉上跳动的火苗。虽然病中陪伴她的,只有低沉的清漏之声,但她依然痴情一片,不改初衷,执著地等待着。

【注释】

①柳永《倾杯乐》:"空阶下、木叶飘零,飒飒声干。"

②琐窗:镂刻有连琐图案的窗棂。晏几道《浣溪沙》:"绿柳藏乌静掩

关,鸭炉香细琐窗闲,那回分袂月初残。"

③枕屏:枕前屏风。欧阳修《玉楼春》:"云垂玉枕屏山小,梦欲成时惊觉了。"

④青缣:青色的细织。白居易《冬夜与钱员外同直禁中》:"连铺青嫌被,对置通中枕。"

⑤王彦泓《述妇病怀》:"无奈药炉初欲沸,梦中已作殷雷声。"

⑥柳永《凤栖梧》:"衣带渐宽终不悔,为伊消得人憔悴。"

【汇评】

盛冬玲《纳兰性德词选》:"下面二阕《河渎神》都是写秋夜相思之情,或系同时之作。二词化用前人诗词成句颇为得法,似乎召之即来,挥之即去,能任意取以表达自己的思想感情,而不露明显的斧凿痕。"

点绛唇

咏风兰①

别样幽芬,更无浓艳催开处。凌波欲去②,且为东风住③。　　忒煞萧疏,争奈秋如许④。还留取,冷香半缕,第一湘江雨⑤。

【题解】

词为题画之作。康熙十八年(1679)秋,张见阳在湖南阳江令上任,纳兰题词相赠,张氏有和词《点绛唇·咏兰和容若韵》:"弱影疏香,乍开犹带湘江雨。随风拂处。似共骚人语。九畹亲移,倩作琴书侣。清如许,纫来几缕,结佩相朝暮。"两词咏风兰时,均紧扣楚地风情,不无骚人雅旨。

【注释】

①副题张刻本作"题见阳画兰"。

②曹植《洛神赋》:"凌波微步,罗袜生尘。"

③洪咨夔《点绛唇》："花事无多，笙歌缩取东风住。"

④争奈：汪刻本作"怎耐"。卢祖皋《卜算子》："瘦骨从来不奈秋，一夜秋如许。"

⑤王建《寄远曲》："美人别来无处所，巫山月明湘江雨。"

【汇评】

唐圭璋《纳兰容若评传》：他若《咏黄葵》云"为孤情澹韵，判不宜春，矜标格，开向晚秋时候"，《咏风兰》云"别样幽芬，更无浓艳催开处"，《咏梅》云"别样清幽，自然标格，莫近东墙"，则就花之神情描写而隐有寄托者。所谓"孤情澹韵"、"别样幽芬"、"自然标格"，皆一面写花，一面自道也。

施议对编选《纳兰性德集》：歌词咏风兰，说明是一首咏物词，而另有副题——《题见阳画兰》，则以题画为标榜。画者张纯修，字子敏，号见阳，辽阳人，隶汉军正白旗，累官安徽庐州府知府，有《语石轩词》一卷。与容若为异姓昆弟。康熙十八年(1679)，张见阳出任湖南江华县令。其间，容若为题画。谓"别样"，除了说"幽芬"，以为香味不寻常，此外，主要在描摹其姿态。谓其不求浓艳，于风中摇曳，有如仙子，凌波微步，但她却并不随仙子远去，而陪伴春风暂住。这是上片，说花中风兰。下片转入画中。谓萧疏如许，一派高秋景象，令人叫绝。且一、二花瓣，仿佛散发出缕缕清香。似此画作，堪称湘江第一。

踏莎行①

倚柳题笺②，当花侧帽③，赏心应比驱驰好。错教双鬓受东风，看吹绿影成丝早。　　金殿寒鸦④，玉阶春草⑤，就中冷暖和谁道。小楼明月镇长闲，人生何事缁尘老⑥。

【题解】

康熙十六年(1677)秋冬间，容若充乾清门三等侍卫，十八年秋张纯修出令阳江，是词当作于此后，透露出不堪驱使，厌倦扈从生涯的情绪。上片说傍柳题诗，穿花劝酒，自是赏心乐事。可惜时日无多，这样的生活还没有充分享受，就不得不早早出仕，奔波宦途，耗费青春岁月。下片说金殿之寒鸦，玉阶之春草，看起来光鲜荣耀，备受人羡慕，其凄苦愁怨却无处诉说。小楼明月的悠闲生活，才是他所喜欢的，可眼下又不得不在风尘中穿梭，如何不让人感到疲惫？

【注释】

①汪刻本等有副题"寄见阳"。

②刘过《沁园春》："傍柳题诗，穿花劝酒，嗅蕊攀条得自如。"

③《周书·独孤信传》："在秦州，尝因猎，日暮驰马入城，其帽微侧。诘旦而吏人有戴帽者，咸慕信而侧帽焉。"

④王昌龄《宫词》："玉颜不及寒鸦色，犹带昭阳日影来。"

⑤王维《杂诗》："愁心视春草，畏向玉阶生。"

⑥缁尘：黑色灰尘，或喻世俗污垢。谢朓《酬王晋安》诗："谁能久京洛，缁尘染素衣。"

【汇评】

张秉戍《纳兰词笺注》："从词意看，像是一篇寄赠之作。词中表达了作者对侍卫护从生涯的厌倦，对'倚柳题笺，当花侧帽'安闲自适生活的渴望。而这种情怀又难以'和谁道'，不无愁苦寂寞，遂呈寄友人一叙深隐的衷肠。"

盛冬玲《纳兰性德词选》："容若'生长华阀，淡于荣利'（徐乾学《通志堂集序》），'虽处贵盛，闲庭萧然'（严绳孙《成容若遗稿序》），'身游廊庙，恒自托于江湖'（吴绮《饮水词序》），其襟怀雅旷，为人无贵族习气，是当时师友们所共知、共许的。容若本人所作诗词也屡屡流露出不愿受名缰利锁的羁绊，唯求返璞归真得享自然的想法。这恐怕不是故作姿态的矫情之说。这一首《踏莎行》强调'赏心应比驱驰好'、'人生何事缁尘老'，在一定程度上反映了他的真实思想。"

梦江南

新来好①，唱得虎头词②。一片冷香唯有梦③，十分清瘦更无诗。标格早梅知④。

【题解】

康熙十八年(1679)前后,顾贞观有咏梅词给予纳兰容若,词云:"物外幽情世外姿,冻云深护最高枝。小楼风月独醒时。一片冷香惟有梦,十分清瘦更无诗。待他移影说相思。"是词即嗣后所作,词中多檃栝顾词原句,既表达了对顾词的击节叹赏以及欣喜之情,又以词中所咏早梅清瘦、冷香之标格,赞美了顾贞观其人其词。

【注释】

①新来:近来。张祜《伤迁客殁南中》:"肠断相逢路,新来客又迁"

②虎头:东晋画家顾恺之,小字虎头,此借顾贞观,两人同姓。

③高观国《金人捧露盘》:"冷香梦,吹上南枝。"

④王彦泓《题徐云闲故姬遗照》:"未许丹青浣玉颜,天然标格小梅边。"

【汇评】

张秉戌《纳兰词笺注》:"这首词五句中有两句是顾贞观的词句,写法别致。况周颐在《蕙风词话》续编里说:'以梁汾咏梅句喻梁汾词。赏会若斯,岂易得之并世。'"

凤凰台上忆吹箫

除夕得梁汾闽中信,因赋①

荔粉初装,桃符欲换,怀人拟赋然脂②。喜螺江双鲤,忽展新词③。稠叠频年离恨④,匆匆里、一纸难题。分明见、临缄重发,欲寄迟迟⑤。　　心知⑥。梅花佳句,待粉郎香令,再结相思⑦。记画屏今夕,曾共题诗⑧。独客料应无睡,慈恩梦、那值微之⑨。重来日、梧桐夜雨,却话秋池⑩。

【题解】

    是词为纳兰容若于除夕日得到顾贞观书信后所写,表达了他的欣喜之情及对两人友情的珍惜。上片说在新桃换旧符之际,得到友人千里之外的书信,喜不自禁。从来信中,词人分明看到了友人浓郁的相忆之情,虽是一笺薄纸,却承载了厚厚的情意,可以想到友人临发信前匆匆说不尽的情怀。下片说自己其实也正在惦记友人,当年元稹与白居易的佳话,并不会让他们专美独享。等到相聚之日,我们再来共享异地同日赋诗以写友情的温馨。词中提及顾贞观的咏梅词,当作于其《梦江南》"新来好"后不久。

【注释】

    ①副题《瑶华集》作"辛酉除夕得顾五闽中消息"。

    ②"荔粉初装,桃符欲换,怀人拟赋燃脂":《瑶华集》作"神燕慵图,朱泥罢印,新诗待拟燃脂"。

    ③忽展新词:《瑶华集》作"忽送相思"。

    ④稠叠:《瑶华集》作"惆怅"。

    ⑤分明见:《瑶华集》作"料应是"。张籍《秋思》:"复恐匆匆说不尽,行人临发又开封。"

    ⑥心知:《瑶华集》作"谁知"。

    ⑦待粉郎:《瑶华集》作"与粉郎"。"再结相思",《瑶华集》作"一样凄迷",其下有双行小字云:"辛稼轩在闽中之三山有'梅花相思'之句,'粉郎香令'梁汾集中语。"粉郎,用何晏事;香令,用荀彧事。何晏面白如傅粉,荀彧怀异香,三日不散。另辛弃疾《定风波》:"极目南云无过雁,君看,梅花也解寄相思。"

    ⑧曾共题诗:《瑶华集》作"共赋鸡丝"。

    ⑨独客料应无睡:《瑶华集》作"剔尽残灯无焰"。那值微之,《瑶华集》作"风又东西"。微之,元稹。孟棨《本事诗·微异第五》:"元相公稹为御史,鞫狱梓潼。时白尚书在京,与名辈游慈恩,小酌花下,为诗寄元曰:'花时同醉破春愁,醉折花枝当酒筹。忽忆故人天际去,计程今日到梁州。'时元果及襄城,亦寄《梦游》诗曰:'梦君兄弟曲江头,也向慈恩院里游。驿吏唤人排马去,忽惊身在古梁州。'千里神交,合若符契,友朋之道,不期至欤。"

⑩秋池:《瑶华集》作"桃溪"。李商隐《夜雨寄北》:"问君归期未有期,巴山夜雨涨秋池。何当共剪西窗烛,却话巴山夜雨时?"

【汇评】

赵秀亭、冯统一《饮水词笺校》:"是年(康熙二十年)七月,梁汾奔母丧南归,十月,吴汉槎自塞外抵京。梁汾先有信致汉槎:'晤期非秒冬即早春',实年底梁汾又至京。……大约上元后不久,梁汾又南返,在苏浙近三年,至康熙二十三年九月始再入京。此词副题之'除夕',实为康熙十八年或十七年之除夕,时梁汾在福州,依福建按察使吴兴祚。"

一丛花

咏并蒂莲①

阑珊玉佩罢霓裳②,相对绾红妆。藕丝风送凌波去③,又低头、软语商量④。一种情深,十分心苦,脉脉背斜阳。

色香空尽转生香,明月小银塘。桃根桃叶终相守,伴殷勤、双宿鸳鸯⑤。菰米漂残⑥,沉云乍黑,同梦寄潇湘。

【题解】

词为酬唱之作,当作于康熙十八年(1679)秋,时顾贞观南下返京后不久,同时酬唱者还有严绳孙等。诸作之中,容若词最为低沉伤感。"一种情深,十分心苦",写尽郁悒之情。所谓桃根桃叶、鸳鸯双宿等,皆用来形容友情,期待始终不渝。此外,严绳孙之词与容若情怀最为接近,但绘景摹态不如纳兰词生动贴切,可对读:"画桡昨夜过横塘,两两见红妆。丝牵心苦浑闲事,甚亭亭、别是难忘。淡月层城,影娥池馆,生小怕凄凉。而今稽首祝空王,便落也双双。露寒烟远知何处,妥红衣、忽认余香。那夜帘栊,双纹绣帖,有尔伴鸳鸯。"

渔　父

收却纶竿落照红①，秋风宁为剪芙蓉。人淡淡，水蒙蒙，吹入芦花短笛中。

【题解】

词为题画之作，赵秀亭等以为作于康熙十八年(1679)。徐釚(1636—1708)于康熙十四年(1675)作《枫江渔父图》，康熙十七年(1677)携图入京，后名流多有题咏。此即其一。毛际可《枫江渔父图记》云："图修广不盈幅，烟波浩荡，有咫尺千里之势。舟中贮酒一瓮，图书数十卷，虹亭(徐釚)纶竿箬笠，箕踞徜徉。"

【注释】

①纶竿：钓竿。徐积《渔歌子》："渔唱歇，醉眠斜。纶竿襏笠是生涯。"

124

唐圭璋《梦桐词话》卷二:"余尚补得五阕,其一阕为《渔歌子》,风致殊胜。词见徐虹亭《枫江渔父》图。当时题者颇众,如屈大均、王阮亭、施愚山、彭羡门、严荪友、李劬庵、归孝仪,及益都冯相国,皆有七绝咏之,惟容若题小令,词云……一时胜流,咸为此词可与张志和《渔歌子》并传不朽。"

金菊对芙蓉

上元①

金鸭消香②,银虬泻水③,谁家夜笛飞声④。正上林雪霁,鸳瓮晶莹。鱼龙舞罢香车杳,剩尊前、袖掩吴绫⑤。狂游似梦,而今空记,密约烧灯⑥。　　追念往事难凭。叹火树星桥,回首飘零⑦。但九逵烟月⑧,依旧笼明。楚天一带惊烽火,问今宵、可照江城⑨。小窗残酒,阑珊灯炧,别自关情⑩。

【题解】

词当作于康熙十九年(1680)元宵夜。雪霁之后,天街如水,月影似冰,火树银花,一夜鱼龙翻舞,当年与友人狂欢的细节又涌上心头。京城热闹非凡,香车宝马亦如往昔,但友人远在楚地,正处烽火之中,不免让人惦记,不知道他所在的江城,是否也是灯火通明。词中所牵挂者,一般认为是时任江华令的张纯修。

【注释】

①上元:上元节,即元宵节。

②金鸭:鸭形的铜香炉。戴叔伦《春怨》诗:"金鸭香消欲断魂,梨花春雨掩重门。"

③银虬:银漏壶底部的流水龙头。王维《送张舍人佐江州同薛据十

韵》："清晨听银蚪,薄暮辞金马。"

④夜笛:汪刻本等作"玉笛"。李白《春夜洛城闻笛》："谁家今夜暗飞声,散入春风满洛城。"

⑤鱼龙舞罢香车杳:《瑶华集》作"风箫声动鱼龙舞";"剩尊前、袖掩吴绫",作"遍天街、月影如冰"。掩,汪刻本作"拥"。辛弃疾《青玉案》："东风夜放花千树。更吹落、星如雨。宝马雕车香满路。风箫声动,玉壶光转,一夜鱼龙舞。"

⑥狂游似:《瑶华集》作"幽欢疑";空记,作"犹记";密约,作"嫩约"。

⑦飘零:《瑶华集》作"堪惊"。

⑧《三辅黄图》："长安城面三门,四面十二门,皆通达九逵,以相经纬。"

⑨"楚天一带惊烽火,问今宵、可照江城":《瑶华集》作"锦江烽火连三月,与蟾光、同照神京"。

⑩别自关情:《瑶华集》作"红泪偷零"。李中《吉水作尉酬高援秀才见赠》："风骚谁是主,烟月自关情。"

【汇评】

张草纫《纳兰词笺注》："此词描写元宵灯火,而最后叙述对湖南友人的思念。盖友人可能是张见阳。张见阳于康熙十八年秋被任为湖南江华县县令。故此词可能作于康熙十九年上元节。此时清兵已收复湖南,但三藩治乱尚未完全结束。"

百字令①

绿杨飞絮,叹沉沉院落,春归何许②。尽日缁尘吹绮陌,迷却梦游归路③。世事悠悠,生涯未是,醉眼斜阳暮④。伤心怕问,断魂何处金鼓⑤。　　夜来月色如银,和衣独拥,花影疏窗度⑥。脉脉此情谁得识,又道故人别去⑦。细数落花,更阑未睡,别是闲情绪⑧。闻余长叹,西廊惟有鹦鹉⑨。

【题解】

词为故友远行而作。在绿叶成荫、柳絮漫天飞舞的时刻，友人踏上征尘，前往金戈铁马之处，这无不令词人揪心。在银色的月光下，词人为离别的愁绪所困扰，和衣独坐，细数落花，长吁短叹。

【注释】

①百字令：《瑶华集》作"念奴娇"，且有副题"寄友"。

②绿杨：《瑶华集》作"杨花"；院落，作"庭院"；何许，作"何处"。贺铸《如梦令》："莲叶初生南浦，两岸绿杨飞絮。"

③缁尘吹：《瑶华集》作"黄尘飘"。

④未是：《瑶华集》作"泛泛"，汪刻本"非是"。

⑤断魂：《瑶华集》作"断肠"。

⑥夜来：《瑶华集》作"夜丙"；独拥，作"高卧"；疏窗，作"斜街"。

⑦朱敦儒《念奴娇》："除却清风并皓月，脉脉此情谁识。"

⑧王安石《北山》："细数落花因坐久，缓寻芳草得归迟。"

⑨闻余：《瑶华集》作"闻人"。

【汇评】

张草纫《纳兰词笺注》："此词有'断魂何处金鼓'及'又道故人别去'之句，故人可能指张纯修。张纯修于康熙十八年任湖南江华县令，时三藩之乱尚未平息。此词可能作于十九年暮春。"

赵秀亭、冯统一《饮水词笺校》："此为送友词。'金鼓'句当指三藩之乱。词应作于三藩战乱方炽之际。康熙十五年四月严绳孙回南，词之作期，可据以参考。"

金缕曲①

亡妇忌日有感

此恨何时已。滴空阶、寒更雨歇，葬花天气②。三载悠悠

127

魂梦杳，是梦久应醒矣。料也觉、人间无味。不及夜台尘土隔③，冷清清、一片埋愁地。钗知约，竟抛弃④。　　重泉若有双鱼寄⑤。好知他、年来苦乐，与谁相倚。我自中宵成转侧，忍听湘弦重理。待结个、他生知己。还怕两人俱薄命⑥，再缘铿、剩月零风里。清泪尽，纸灰起。

【题解】

此词作于康熙十九年（1680）农历五月三十日，为卢氏亡故三周年之时。开篇即言爱妻亡故之后，遗恨不穷，正所谓"天长地久有时尽，此恨绵绵无绝期"。伤心时刻，又逢一夜寒雨，点点滴滴落在空旷的石阶上，一声声从夜半滴到黎明。当年葬花时节，爱侣故去，如今已经三载，悠悠生死别多年，魂魄不曾来入梦，想必是她也觉得这人世间无甚滋味，甚至还不如一土之隔的阴间，那一片埋愁消恨之处，所以不愿转回。天上人间终相厮守的盟誓，就这样渐成空言。倘若泉下有知，理当捎个音信，让我知晓你的境况："夜台无李白，沽酒与何人。"在没有我的阴间，谁又能与你相携相依呢？我虽然重结连理，一想到阴间孤零零的你，就整夜难眠，只好一心企盼来生再续前缘，可又担心来生命薄缘浅，难偿凤愿，又一次在孤单中痛苦地度过余生。

【注释】

①金缕曲：《草堂嗣响》作"贺新郎"。且副题无"有感"二字。

②"滴空阶、寒更雨歇"：《草堂嗣响》作"滴寒更、空阶雨歇"。何逊《临行与故游夜别》："夜雨滴空阶，晓灯暗离室。"

③夜台：坟墓。陆机《挽歌》："按辔遵长薄，送子长夜台。"

④白居易《长恨歌》："惟将旧物表深情，钿合金钗寄将去。钗留一股合一扇，钗擘黄金合分钿。但令心似金钿坚，天上人间会相见。"

⑤《饮马长城窟行》："客从远方来，遗我双鲤鱼，呼儿烹鲤鱼，中有尺素书。"

⑥晏几道《木兰花》："欲将恩爱结来生，只恐来生缘又短。"

唐圭璋《纳兰容若评传》："柔肠九转，凄然欲绝。"

盛冬玲《纳兰性德词选》："这又是一阕悼亡之作。作者在卢氏夫人逝世三周年的忌日，追念亡妻，不禁悲从中来，转侧难眠。因想打破人世冥间的界限，通问近来消息；又想跨越今生来世的鸿沟，结个他生知己。词意悲切，而不加修饰，只如家常相对，倾诉衷肠。其一往情深、哀不自胜之处，感人至深。"

钱仲联《清词三百首》："悼亡词，要用血和泪写成，情感真挚，哀思缠绵，语言要自然朴素，不尚涂泽。说真挚，但不要庸俗，著名的元稹《遣悲怀》诗，虽真实，但夹杂一些庸俗的东西。千古的词家绝作，只有苏轼的《江城子·记梦》了，情挚而又形象突出，双方人物活动在梦中与梦外。饮水词中悼亡之作较多，有人物活动，更突出的是主观抒情，极哀怨之致，这一阕可为代表。语言方面，有些典故和代词，但比较为人们所熟知和常用，于全词无碍。"

浣溪沙

已惯天涯莫浪愁①，寒云衰草渐成秋②，漫因睡起又登楼。　　伴我萧萧惟代马③，笑人寂寂有牵牛④。劳人只合一生休⑤。

【题解】

是词作于七夕，其时词人身处牧场，有感于分离而作。康熙十九年(1680)前后，容若由司传宣改经营内厩马匹，常至昌平、延庆、怀柔、古北口等地督牧。姜宸英《纳兰君墓表》："尝司天闲牧政，马大蕃息。侍上西苑，上仓促有所指挥，君奋身为僚友先。上叹曰：'此富贵家儿，乃能尔耶！'"故此当作于康熙十九年(1680)后，写词人奔波牧场，长久与家人分离，满眼秋色，不胜劳苦，似乎连牵牛郎都比不上。因为即使是牵牛郎，也得以在这一天和织女相会。

【注释】

①韩元吉《鹧鸪天》："年年九日常抃醉,处处登高莫浪愁。"

②蔡伸《相见欢》："满目寒云衰草、使人愁。多少恨,多少泪,漫迟留。"

③桓宽《盐铁论·未通》："故代马依北风,飞鸟翔古巢,莫不哀其声。"代马,北方所产之马。《文选·曹植〈朔风诗〉》:"仰彼朔风,用怀魏都。愿骋代马,倏忽北徂。"刘良注:"代马,胡马也。"

④李商隐《马嵬二首》之二:"此日六军同驻马,当时七夕笑牵牛。"

⑤劳人:劳苦之人。梅尧臣《秦始皇驰道》:"秦帝观沧海,劳人何得修。"

【汇评】

黄天骥《纳兰性德和他的词》："这是写征戍者思念家乡的词。他在荒外,心情寂寞,觉得只有代马陪伴自己,觉得连那年年和织女分离的牛郎星,也来讪笑他的孤寂。五、六两句,写得凄苦。"

赵秀亭、冯统一《饮水词笺校》："此阕当作于七夕。据'伴我萧萧'句,似非扈从之作。姜宸英《纳腊君墓表》:'(性德)遇公事必虔,不避劳苦。尝司天闲牧政,马大蕃息。'词中有'惟代马'相伴之语,则或为出塞牧马之作。"

虞美人①

峰高独石当头起②,影落双溪水③。马嘶人语各西东④,行到断崖无路小桥通。 朔鸿过尽归期杳⑤,人向征鞍老⑥。又将丝泪湿斜阳⑦,回首十三陵树暮云黄⑧。

【题解】

词写羁旅行役之苦。独石当头而起,横亘道中;断崖无路,仅有小桥勾连;山路险峻,人马各自西东,人抄近路马绕行。上片写尽了旅途的艰难,又由双溪水所映照之人影,暗示出行役者孤寂的心情。下片进一步渲染这种孤寂的心情。年华流逝，归期不定。回首行经处，千里暮云，只得泪洒斜阳。赵秀亭等以为与牧马监有关，可为一说，作期则当在康熙十九年（1680）后。

【注释】

①《草堂嗣响》有副题"昌平道中"。

②峰高独石：汪刻本作"高峰独石"，又有双行小字校"风高崛立"。

③影落：汪刻本作"冻合"。严维《送人入金华》："明月双溪水，清风八咏楼。昔年为客处，今日送君游。"

④冯延巳《采桑子》："马嘶人语春风岸，芳草绵绵。"

⑤归期：汪刻本作"音书"。耿湋《塞上曲》："塞鸿过尽残阳里，楼上凄凄暮角声。"

⑥人向征鞍老：汪刻本作"客里年华悄"。

⑦湿斜阳：汪刻本作"洒斜阳"。翁元龙《水龙吟》："画楼红湿斜阳，素妆褪出山眉翠。"

⑧回首：汪刻本作"多少"；暮，作"乱"。王绩《过汉故城》："城寒日晚，平野暮云黄。"

【汇评】

张秉戍《纳兰词笺注》："这首词写行役中的感受和心情。上片写景，表现了行途之艰辛。下片侧重写途中的思归而不能归的苦情。结穴处再用景语渲染烘托，更突出了这种怀归的伤感。全篇轻灵质朴，纯真自然。"

点绛唇

黄花城早望①

五夜光寒②，照来积雪平于栈。西风何限？自起披衣看。　　对此茫茫③，不觉成长叹。何时旦④？晓星欲散，飞起平沙雁。

词写雪后风景。夜来大雪,连栅栏都深埋其中。雪后更觉凄寒,明月照耀之下,凉意更胜,何况一夜北风紧。拂晓时分,披衣眺望,白茫茫一片,大地真空旷。赵秀亭以为词为赴边牧马时所作,或是。

【注释】

①黄花城:在今北京怀柔县境内。一说在今山西省山阴县北黄花岭后。

②五夜:五更。陆倕《新刻漏铭》:"六日无辨,五夜不分。"李善注引卫宏《汉旧仪》:"五夜者,甲夜、乙夜、丙夜、丁夜、戊夜也。"

③《世说新语·言语》:"见此茫茫,不觉百端交集。"

④贺铸《秋风叹》:"长宵半,参旗烂烂,何时旦。"

【汇评】

唐圭璋《纳兰容若评传》:"不假雕琢,自见荒漠之境,苦寒之情,令人慷慨生哀。"

盛冬玲《纳兰性德词选》:"此词写明月照积雪,雁起平沙,而人立西风之中,独对茫茫长夜、茫茫大地,表达了一种空旷寂寞之感。情景相生,颇具感染力。"

浣溪沙

庚申除夜①

收取闲心冷处浓②,舞裙犹忆柘枝红③。谁家刻烛待春风。　　竹叶樽空翻采燕④,九枝灯炧颤金虫⑤。风流端合倚天公⑥。

【题解】

词写守岁的情形。人们手持美酒,笑语盈盈,欣赏着轻快的舞蹈,等待着新春的到来。

【注释】

①庚申除夜：康熙十九年(1680)除夕之夜。

②王彦泓《寒词》："个人真与梅花似，一日幽香冷处浓。"

③柘枝：柘枝舞。余琰《席上腐谈》："向见官伎舞柘枝，戴一红物，体长而头尖，俨如角形，想即是今之罟姑也。"

④葛立芳《韵语阳秋》："酒以绿者为贵，乐天所谓'倾如竹叶盈尊绿'是也。"

⑤九枝灯：古灯具。李商隐《楚宫》诗："如何一柱观，不碍九枝灯？"金虫，以黄金制成的虫形首饰。吴均《和萧洗马子显古意》之一："莲花衔青雀，宝粟钿金虫。"

⑥南卓《羯鼓录》："尝遇二月初，诘旦，(明皇)巾栉方毕，时当宿雨初晴，景色明丽，殿内庭柳杏将吐，睹而叹曰：'对此景物，岂得不为他判断乎？'左右相目，将命备酒。独高力士遣取羯鼓，上旋命之。临轩纵击一曲，曲名'春光好'，神思自得。及顾柳杏，皆已发坼，上指而笑谓嫔御曰：'此一事，不唤我作天公可乎？'"

【汇评】

张荫麟《纳兰成德传》："此所忆者为谁？若指前妻耶，则两广总督家之闺秀，当非舞女。殆容若悼亡之后，别有所恋而未遂耶？观其同时人之品评，谓容若：'负信陵之意气，而自隐于醇酒美人；有叔原之词章，而更妙于舞裙歌扇。'(吴绮募修《香界庵疏》，《林蕙堂集》续刻卷六)窃恐其悼亡以后，所欢必有在妻室之外者也，惟不必牵入宫嫔之事耳。"

青玉案

人　日①

东风七日蚕芽软②，青一缕③、休教剪。梦隔湘烟征雁远。那堪又是，鬓丝吹绿，小胜宜春颤④。　　绣屏浑不遮愁断，忽忽年华空冷暖，玉骨几随花换⑤。三春醉里，三秋别后，寂寞钗头燕。

【题解】

此词作于康熙二十年(1681)正月初七。旧俗人日妇女往往剪彩纸为华胜，戴于头上。上片写立春才七日，桑叶刚刚发出嫩芽，不堪剪作小胜。下片说春去秋来，韶华虚度，纵有彩胜相伴，也难掩闺中寂寞。

【注释】

①副题汪刻本作"辛酉人日"。人日：农历正月初七。宗懔《荆楚岁时纪》云："正月七日为人日。以七种菜为羹，剪彩为人或镂金箔为人，以贴屏风，亦戴之头鬓。又造华胜以相遗，登高赋诗。"

②蚕芽：桑叶之嫩芽。

③青一缕：汪刻本作"一缕"。

④李元卓《菩萨蛮》："一枝绛蜡香梅软，宜春小胜玲珑剪。"宗懔《荆楚岁时记》："立春之日，悉剪彩为燕，戴之，贴'宜春'二字。"小胜，妇女头饰。

⑤几随花换：《百名家词钞》等作"几随花骨换"。

【汇评】

张秉戌《纳兰词笺注》："本篇咏节序，但其旨是为伤离念远。正月初七是为'人日'，正是初春时节，桑吐新芽，青青一缕，而人却像南征之雁不在身边。纵绿鬓如云，春幡袅袅，也只有独怜自赏。"

梅梢雪①

元夜月蚀②

星球映彻③，一痕微褪梅梢雪。紫姑待话经年别④，窃药心灰⑤，慵把菱花揭⑥。　　踏歌才起清钲歇，扇纨仍似秋期洁⑦。天公毕竟风流绝，教看蛾眉，特放些时缺。

【题解】

　　词为正月十五月蚀而作,作期当在康熙二十年(1681)。在火树银花不夜天的特殊时刻,出现了月蚀,使如雪的梅花染上一道暗痕。这也许是月中的嫦娥悔偷灵药,心如死灰,无心梳妆而使菱花镜上了灰尘。又或者是天公偏爱蛾眉,特意放出这些欠缺。而满城士女以为是天狗贪心,则忙着敲击铜锣。

【注释】

　　①梅梢雪:汪刻本作"一斛珠"。

　　②元夜:即元宵。

　　③星球:花灯。康与之《瑞鹤仙》:"溢花衢歌市,芙蓉开遍。龙楼两观。见银烛、星球有烂。"

　　④宗懔《荆楚岁时记》:"正月十五日,其夕迎紫姑,以卜将来蚕桑并占众事。"

　　⑤李商隐《嫦娥》:"嫦娥应悔偷灵药,碧海青天夜夜心。"

　　⑥菱花:菱花镜。骆宾王《王昭君》:"古镜菱花暗,愁眉柳叶颦。"

　　⑦秋期:七夕。崔涂《七夕》:"年年七夕渡瑶轩,谁道秋期有泪痕。"

【汇评】

　　赵秀亭、冯统一《饮水词笺校》:"据沙罗周期计算,甲辰后的另一次元夜月蚀,当在康熙二十年辛酉。与性德同时之尤侗、查慎行均有'辛酉元夕月蚀'诗。"

清平乐

上元月蚀

　　瑶华映阙①,烘散萼埛雪②。比拟寻常清景别,第一团圆时节③。　　影娥忽泛初弦④,分辉借与宫莲。七宝修成合璧⑤,重轮岁岁中天。

【题解】

此首与前篇当为同时同题之作。前篇多联系神话传说,多从天上之月入手,想象丰富,描绘生动;此篇多从清辉入手,多着眼于人间宫殿,写出其非比寻常。词中所谓"初弦",指月蚀。七宝修补后,就又成了圆月。

【注释】

①瑶华:霜雪。张九龄《立春日晨起对积雪》:"忽对林亭雪,瑶华处处开。"

②蓂荚:一种瑞草。《竹书纪年》卷上:"有草夹阶而生,月朔始生一荚。月半而生十五荚;十六日以后,日落一荚,及晦而尽:月小,则一荚焦而不落。名曰蓂荚。"

③团圆:汪刻本作"团圞"。

④影娥:影娥池。《三辅黄图·未央宫》:"影娥池,武帝凿以玩月。其旁起望鹄台,以眺月影入池中,亦曰眺蟾台。"

⑤段成式《酉阳杂坦·天咫》:"君知月乃七宝合成乎?月势如丸,其影日烁其凸处也,常有八万二千户修之。"

【汇评】

张秉戌《纳兰词笺注》:"此篇全用白描,不加雕琢。上片前一句描绘了月全蚀时所见的景象,后二句赞美其景象不比寻常,即更富朦胧感、梦幻感。下片写月出蚀之情景;前二句写月蚀渐出呈现'初弦'之景,后二句写蚀出复圆。前后八句,写了月蚀的全过程及其不同的景象。"

木兰花慢

立秋夜雨,送梁汾南行

盼银河迢递①,惊入夜,转清商。乍西园蝴蝶②,轻翻麝粉,暗惹蜂黄③。炎凉。等闲瞥眼,甚丝丝、点点搅柔肠。应是登临送客,别离滋味重尝。　　疑将。水墨画疏窗,孤影淡潇湘。倩一叶高梧,半条残烛,做尽商量。荷裳。被风暗剪④,问今宵、谁与盖鸳鸯⑤。从此羁愁万叠,梦回分付啼螀⑥。

【题解】

康熙二十年(1681)立秋之夜,顾贞观因母丧,仓皇雨中南归,容若赋此词送之。秋风萧索,蝴蝶翻飞,一片凄凉。秋雨丝丝点点,更增添了几分凄迷的氛围。此时登高送别,可谓柔肠寸断。词人此间所写《送梁汾》诗,可对读:"西窗凉雨过,一灯乍明灭。沉忧从中来,绵绵不可绝。如何此际心,更当与君别。南北三千里,同心不得说。秋风吹蓼花,清泪忽成血。"

【注释】

①曾觌《瑞鹤仙》:"银河迢递,种玉群仙,共骖鸾鹤。"

②李白《长干行》:"八月蝴蝶黄,双飞西园草。"

③周密《桂枝香》:"麝痕微沁,蜂黄浅约,数枝秋足。"

④张炎《凄凉犯》:"西风暗剪荷衣碎,柔丝不解重缉。"

⑤郑谷《莲叶》:"多谢浣溪人不折,雨中留得盖鸳鸯。"

⑥吴融《西陵夜居》:"尽夜成愁绝,啼螀莫近庭。"

【汇评】

赵秀亭、冯统一《饮水词笺校》:"康熙二十年夏,吴兆骞入塞事已定,年内即将至京。梁汾原拟与兆骞会于北京,忽得母丧之耗,遂仓卒南归。"

于中好①

送梁汾南还,为题小影②

握手西风泪不干,年来多在别离间。遥知独听灯前雨,转忆同看雪后山。　凭寄语,劝加餐③,桂花时节约重还④。分明小像沉香缕⑤,一片伤心欲画难⑥。

【题解】

是词为秋日送顾贞观南还时所作,大约作于康熙二十年(1681)。上片说秋风萧瑟,友人南归,本自落寞,何况这些年来聚少离多,无不令人惆怅。分离后,想必雨下灯前的寂寥时刻,友人也会记起往日相聚的温馨,聊作安慰。下片希望友人一去,多加珍重,明年桂花飘香的时候再来相聚。并题小影一帧,留作纪念。

【注释】

①于中好:《昭代词选》等作"鹧鸪天"。

②副题《昭代词选》作"送顾梁汾南还",汪刻本作"送梁汾南还,时方为题小影"。

③王彦泓《满江红》:"欲寄语,加餐饭。难嘱托,鱼和雁。"

④约重还:《昭代词选》作"定重还"。

⑤李贺《答赠》:"沉香熏小像,杨柳伴啼鸦。"

⑥高蟾《金陵晚望》:"世间无限丹青手,一片伤心画不成。"

【汇评】

赵秀亭、冯统一《饮水词笺校》:"此词作期必为康熙十七年正月。所谓'小影',乃容若画像,即后梁汾存于无锡惠山贯华阁者。"

长相思①

山一程,水一程,身向榆关那畔行②,夜深千帐灯。
风一更,雪一更,聒碎乡心梦不成,故园无此声。

【题解】

康熙二十一年(1682)二月,容若扈驾东巡,出山海关而有是作。上片写跋涉行军与途中驻扎,颇多无奈情绪,仿佛看见了词人疲惫的身影。下片写夜来风雪交加,搅碎了乡梦,倍觉惆怅。词作语言淳朴而意味深长,取景宏阔而对照鲜明。

【注释】

①《草堂嗣响》有副题"出塞"。

②榆关:山海关。那畔,那边。

【汇评】

王国维《人间词话》:"'明月照积雪'、'大江流日夜'、'中天悬明月'、'长河落日圆',此中境界,可谓千古壮观,求之于词,唯纳兰性德塞上之作,如《长相思》之'夜深千帐灯'、《如梦令》之'万帐穹庐人醉,星影摇摇欲坠'差近之。"

盛冬玲《纳兰性德词选》:"在短短的一首三十六字的小令中,道眼前景,抒胸中情,熨帖自然,全无雕琢的痕迹,则正如王国维《人间词话》所言,缘'初入中原,未染汉人习气,故能真切如此'。"

严迪昌《金元明清词精选》:"清初词人多于小令每多新创意境。这首《长相思》以具体时空推移过程,及视听感受,既表现景象的宏阔观感,更抒露着情思深苦绵长心境,允称即小见大之佳作。……纳兰身为一等侍卫,却极厌烦'扈从'公差,于是构成传统羁旅题材的又一种类型。"

赵秀亭《纳兰丛话》:"容若豪宕之作,往往只得半阕,后半即衰飒气弱。如《长相思·山一程》、《采桑子·丁零词》皆如是。"

如梦令

万帐穹庐人醉①,星影摇摇欲坠。归梦隔狼河②,又被河声搅碎。还睡,还睡,解道醒来无味。

【题解】

此篇亦作于康熙二十一年(1682)二月,大约与《长相思》"山一程"同时而作,其意旨也颇为相近,既表现出茫茫草原辽阔壮丽的景象,又透露出浓郁的思乡情绪,显露出疲惫而无奈的羁旅情怀。

【注释】

①穹庐:毡帐。《汉书·匈奴传下》:"匈奴父子同穹庐卧。"颜师古注:

"穹庐,旃帐也。其形穹隆,故曰穹庐。"

②狼河:白狼河,今辽宁省之大凌河。沈佺期《古意呈补阙乔知之》:"白狼河北音书断,丹凤城南秋夜长。"

【汇评】

黄天骥《纳兰性德和他的词》:"1682年三月,纳兰性德随从康熙皇帝出山海关,到辽东一带巡视。在征途中,诗人面对气象豪雄的营地,于是把奇景摄入诗笔。但他又怀念自己的家园,不禁以酒遣闷,希望沉醉不醒。但是,大凌河水,惊涛拍岸,把梦中人催醒了。当一觉醒来,这思乡者又赶紧叮嘱自己再睡一会儿,因为睡着了总比眼睁睁地思乡好过一些。这首词,意境阔达而带悲凉,是独辟蹊径之作。"

盛冬玲《纳兰性德词选》:"这是一阕颇具特色的边塞词,景象与心境交织交感,既雄浑又悲凉。"

浣溪沙

姜女祠①

海色残阳影断霓②,寒涛日夜女郎祠。翠钿尘网上蛛丝。　澄海楼高空极目③,望夫石在且留题④。六王如梦祖龙非⑤。

【题解】

词作于康熙二十一年(1682),时扈驾东巡。词人来到山海关,谒姜女庙,见其衰败破落,布满灰尘蛛网,不禁心有所感。当年秦始皇穷极国力,建立不世之功,使"六王毕,四海一",如今都做了尘土,惟余孟姜女一祠矗立斜阳中,伴随阵阵寒涛。词中多残阳、尘网之类意象,自是如梦似幻之叹,无称颂新朝之意。

【注释】

①姜女祠：孟姜女庙，在山海关欢喜岭以东凤凰山上。

②断霓：断虹。元稹《赠毛仙翁》："花前挥手迢遥去，目断霓旌不可陪。"

③《清一统志·永平府》："澄海楼，在临榆南宁海城上，前临大海，明兵部主事王致中建。"

④望夫石：在孟姜女庙主殿后，有一巨石，刻有"望夫石"三字。

⑤祖龙：秦始皇。

【汇评】

黄天骥《纳兰性德和他的词》："纳兰性德到了山海关，登临眺望，凭吊了凄凉冷落的姜女祠。他想起了孟姜女的悲惨遭遇，也想到当时劳役人民的统治者如今也不复存在，因而不胜感慨。"

南歌子

古 戍

古戍饥乌集①，荒城野雉飞②。何年劫火剩残灰③。试看英雄碧血、满龙堆④。　　玉帐空分垒⑤，金笳已罢吹。东风回首尽成非⑥。不道兴亡命也、岂人为⑦。

【题解】

词写于康熙二十一年(1682)春，其时容若扈驾随行塞外，见古戍荒城，战火余烬，有兴亡沧桑之感。赵秀亭等《饮水词笺校》，以为其背景即高士奇《扈从东巡日录》所载："三月丁巳(初九)，銮舆发盛京，过抚顺。旧堡败垒，蓁莽中居人十余家，与鬼伥为邻。前朝版图尽于此矣。"良是。

【注释】

①杜甫《晚行口号》："落雁浮寒水，饥乌集成楼。"

②刘禹锡《荆门道怀古》:"马嘶古道行人歇,麦秀空城野雉飞。"

③劫火:战火。顾炎武《恭谒天寿山十三陵》:"康昭二明楼,并遭劫火亡。"

④龙堆:白龙堆,古西域之沙丘。

⑤玉帐:主帅所居之军帐。明焦坊《焦氏笔乘续集·玉帐》:"玉帐乃兵家厌胜之方位,主将于其方置军帐,则坚不可犯,如玉帐然。其法出于《黄帝甲申》,以月建前三位取之,如正月建寅,则巳为玉帐。"

⑥李煜《虞美人》:"小楼昨夜又东风,故国不堪回首月明中。"

⑦《国语·晋语》:"范成子曰:国之存亡,天命也。"

【汇评】

叶恭绰《〈解佩令〉"题吴观岱贯华阁图"词序》:"纳兰容若风流文采几冠当时,其好与诸名流纳交,余以为别有气类之感,以其上代金台石部固为后金所殄灭也。余诵其词,有'不道兴亡也岂人为'句而憬然。"

张草纫《纳兰词笺注》:"词中有'龙堆'及'东风回首'之语,可能作于康熙二十二年二月扈驾去五台山、长城岭、老泉关时。"

浣溪沙

小兀喇①

桦屋鱼衣柳作城,蛟龙鳞动浪花腥,飞扬应逐海东青②。　　犹记当年军垒迹,不知何处梵钟声③。莫将兴废话分明。

【题解】

康熙二十一年(1682)春,康熙北巡,祭祀祖先陵墓,至乌拉行猎。容若扈驾,有感而赋此词。桦木为屋、鱼皮为衣、植柳为城的小乌拉一带,如今是猎鹰飞扬,鱼浪翻滚,一派祥和气象。当年大战的痕迹早已不见,耳旁传来悠扬的佛寺钟声,代替了往日战斗的呐喊。这种沉重的兴亡之感,让他一言难尽。

【注释】

①小兀喇:当指吉林乌拉,大约在今吉林省吉林市松花江畔。萨英额《吉林外记》:"吉林乌拉为满洲虞猎之地。"

②海东青:雕之一种,产于黑龙江下游一带之海岛上,或驯以为狩猎之用。庄季裕《鸡肋篇》卷下:"鸷鸟来自海东,唯青鹘最佳,故号海东青。"

③梵钟声:佛寺僧人诵经时敲击的钟声。

【汇评】

黄天骥《纳兰性德和他的词》:"纳兰性德来到了乌拉城地区,面对着海阔天空的原野,想起了当时女真族在统一过程中战斗的情景,不禁有点感伤。他似乎听到了远处的钟声,佛教与世无争的宗旨又触动了他的思想。于是,他觉得最好不要把兴亡问题说清楚,因为说清楚了,反觉伤心。"

忆秦娥①

龙潭口②

山重叠③,悬崖一线天疑裂。天疑裂,断碑题字,古苔横啮。　　风声雷动鸣金铁,阴森潭底蛟龙窟。蛟龙窟,兴亡满眼④,旧时明月⑤。

【题解】

康熙二十一年(1682)春,容若随驾至龙潭山口。龙潭山,距离容若祖居之地较近。其曾祖父所依附的海西女真叶赫部,终为努尔哈赤率众所灭。容若见断碑苍苔,不由得想起当日各部落争斗之事,故有兴亡满眼之叹。旧时明月,转过女墙,不无苍凉悲怆之感。

【注释】

①忆秦蛾:汪刻本等作"忆秦娥"。

②龙潭口:位于今辽宁铁岭境内。贾弘文《铁岭县志》:"龙潭山口,城东南五十八里。"

③施肩吾《山中送友人》:"乱山重叠云相掩,君向乱山何处行。"

④赵长卿《醉花阴》:"六代旧江山,满眼兴亡,一洗黄花酒。"

⑤仲殊《诉衷情》:"六朝旧时明月,清夜满秦淮。"

【汇评】

黄天骥《纳兰性德和他的词》:"过去的人,把龙比喻为真命天子,诗人来到龙潭口,先描绘景色的险峻,进而联想到兴亡问题。词的格调苍老沉郁,在纳兰词中别具一格。"

盛冬玲《纳兰性德词选》:"此作雄峻冷峭,与容若平素之作风迥异。值得深索的是容若何以在龙潭会有'兴亡满眼'之叹,这反映了一种十分复杂的心情。……容若的曾祖父金台什即在努尔哈赤率部众攻破叶赫老城时拒绝投降,自焚而死。事过六十余年,金台什当侍卫的曾孙,却扈从努尔哈赤当皇帝的曾孙来到当年海西女真的根本要地,容若思及往事,面对史迹,心中或有隐痛。"

菩萨蛮①

问君何事轻离别②?一年能几团圆月③。杨柳乍如丝④,故园春尽时。　　春归归不得⑤,两桨松花隔⑥。旧事逐寒潮⑦,啼鹃恨未消⑧。

【题解】

康熙二十一年(1682)三月二十五日,康熙皇帝一行抵达吉林乌拉,在松花江岸举行了望祭长白山等仪式。是词当作于此间。上片表达了对亲人的思想,对离多聚少的喟叹,所谓杨柳如游丝,故园春将尽等,多惜春伤春情怀。下片啼鹃、旧事等语词,使感慨更为深沉。毕竟望祭处为其祖居之地,先世之事或对他有所触动。

【注释】

①《瑶华集》有副题"大兀喇"。

②问君:《瑶华集》作"人生"。

③能几:《瑶华集》作"几度";圆,汪刻本作"圜"。

④温庭筠《菩萨蛮》:"杨柳又如丝,驿桥春雨时。"

⑤不得:《昭代词选》作"未得"。郎士元《郢城秋望》:"白首思归归不得,空山闻雁雁声哀。"

⑥松花隔:《瑶华集》作"空滩黑"。

⑦旧事逐:《瑶华集》作"急雨下"。吴大有《点绛唇》:"断肠柔橹,相逐寒潮去。"

⑧啼鹃:《瑶华集》作"精灵"。

【汇评】

陈廷焯《白雨斋词话》卷三:"'杨柳乍如丝。故园春尽时',亦凄婉,亦闲丽,颇似飞卿语,惜通篇不称。"

吴梅《词学通论》"概论四":"'杨柳乍如丝,故园春尽时',凄婉闲丽,较'驿站春雨'更进一层。"

菩萨蛮

朔风吹散三更雪,倩魂犹恋桃花月①。梦好莫催醒,由他好处行。 无端听画角,枕畔红冰薄②。塞马一声嘶③,残星拂大旗。

【题解】

词写塞外思乡。北风呼啸,大雪纷飞,苦寒中的词人却在梦里回到了家乡,正与亲人欢聚,享尽了温暖甜蜜,迟迟不愿醒来。晓风吹画角,塞马长嘶,梦后风景全然不同,自是满怀惆怅。此词作期难定,情绪、意象均与

《菩萨蛮》"问君何事轻离别"相近，或同时而作。

【注释】

①倩魂：少女的梦魂。《离魂记》载，衡州张镒之女倩娘与镒之甥王宙相恋，后倩娘另许他人，王宙将至蜀地，倩娘之魂追随至船上而同去。五年后归家，方与房中卧病之倩娘合而为一。

②红冰：泪水。王仁裕《开元天宝遗事·红冰》："杨贵妃初承恩召，与父母相别，泣涕登车，时天寒，泪结为红冰。"

③韦庄《浣溪沙》："日暮饮归何处客，绣鞍骢马一声嘶，满身兰麝醉如泥。"

【汇评】

黄天骥《纳兰性德和他的词》："北风劲吹，寒威凛冽，征人却做着温暖的梦。梦醒了，眼前耳畔呈现的是边塞的景象。"

盛冬玲《纳兰性德词选》："在寒风凛冽的冬夜，一位少妇怀念军中的丈夫，并为之梦魂萦绕，忽而仿佛重现了夫妇在一起时花好月圆的良辰美景，忽而又恍惚身去边塞，寻找日夜思念的他……这又是一阕写思妇之情的词。"

菩萨蛮①

催花未歇花奴鼓②，酒醒已见残红舞。不忍覆余觞③，临风泪数行。　　粉香看又别④，空剩当时月。月也异当时，凄清照鬓丝。

【题解】

此词与《菩萨蛮·梦回酒醒》立意遣词相同处较多，盛冬玲《纳兰性德词选》推测"可能一是初稿，一是改稿，结集时又并收两存"。词由伤春而惜别。繁花似锦，令人心惊。酒醒梦回，落红满地。惜春而不愿花开早，但时光催人老，花儿无可奈何而落去，正如同人亦牵扯不住而终将远离。惟恐此去一无踪迹，且将杯中残酒，留待他日再聚。凝眸处，依依而别，踽踽前行。即使有当年明月相伴,但没有佳人的日子,这明月也与往时大不相同。"临风数行泪"、"月也异当时"等,本为习见之语,一经词人道出,略加点染,便成佳句,齿颊生香。

【注释】

①汪本下有按语:"按上二阕异同参半,故两存之。"

②花奴鼓:唐玄宗时汝阳王李琎的小字,善羯鼓。

③覆余觞:喝完杯中的残酒。鲍溶《秋暮山中怀李端公益》:"君言此何言,且共覆前觞。"

④粉香:代指女性。赵子发《桃源忆故》:"粉香度曲嬉游女,草草相逢无据。""又别",汪本作"欲别"。

【汇评】

钱仲联《清词三百首》:"这是在塞外怀念其爱侣之作。原词第一首有'春归归不得,两江松花隔'之句。松花是松花江,流经黑龙江、吉林两省。盖自春至秋,久在东北。短幅而语多曲折,能透过一层写。"

卜算子

塞梦①

塞草晚才青,日落箫笳动。慽慽凄凄入夜分②,催度星前梦③。　　小语绿杨烟④,怯踏银河冻。行尽关山到白狼,相见惟珍重。

【题解】

词写行役中的思家情怀,颇为巧妙。词人不写自己因为旅途劳顿而如何恋家,而是从对方写来,写自己刚刚进入梦中,妻子就从绿杨烟外,不辞辛劳,一路追随,来到塞外与自己团聚,劝慰自己要多多保重。

①副题汪刻本等作"塞寒"。

②恓恓:悲伤的样子。杜甫《严氏溪放歌行》:"况我飘蓬无定所,终日恓恓忍羁旅。"

③《牡丹亭·游魂》:"生性独行无那,此夜星前一个。"

④小语:《百名家词钞》作"小雨"。薛能《杨柳枝》:"朝阳晴照绿杨烟,一别通波十七年。"

【汇评】

张草纫《纳兰词笺注》:"词中有'行尽关山到白狼'之语,可能作于康熙二十一年三月至四月扈驾东出山海关去盛京时。"

张秉戌《纳兰词笺注》:"作者厌于扈从生涯,时时怀恋妻子,故虽身在塞上而念怀萦绕,遂朝思暮想而至于常常梦回家园,梦见妻子。此篇即记录了他的这种凄惘的情怀。"

青玉案

宿乌龙江①

东风卷地飘榆荚②,才过了、连天雪。料得香闺香正彻,那知此夜,乌龙江畔③,独对初三月。　　多情不是偏多别,别离只为多情设④。蝶梦百花花梦蝶⑤,几时相见,西窗剪烛,细把而今说⑥。

【题解】

词写作者人在塞外,春日思家。连绵的大雪刚刚停下来,恍然发现已经到了三月。关内的三月,早已是春暖花开、香飘万里了,而自己还独自滞留在塞外苦寒之地。多情总是伤离别。词人牵挂家中,也知道闺中人正思念着自己。惟有希望相聚之日,再细细分说今日之情思。赵秀亭等引高士奇《扈从东巡日记》"泛舟江中,草舍渔庄映带,冈阜岸花初放,错落柔烟,似江南杏花春雨时,不知身在绝塞也",以为容若此词全为写实,但全词殊少绘景,其意在情而不在景。词作于康熙二十一年(1682)春。

【注释】

①乌龙江:黑龙江。

②卷地:《瑶华集》等作"划地"。

③江畔:汪刻本作"江上"。

④"别离只为":底本原夺"离只"二字,据汪刻本等增补。

⑤"蝶梦百花":汪刻本作"蝶梦百梦"。《庄子·齐物论》:"昔者庄周梦为胡蝶,栩栩然胡蝶也,自喻适志与! 不知周也。俄然觉,则蘧蘧然周也。不知周之梦为胡蝶与,胡蝶之梦为周与? 周与胡蝶,则必有分矣。此之谓物化。"

⑥李商隐《夜雨寄北》:"何当共剪西窗烛,却话巴山夜雨时。"

【汇评】

黄天骥《纳兰性德和他的词》:"冬天,诗人到了乌龙江畔,远离家乡,思念自己的亲人,渴望着团聚。这词一气呵成,不事雕饰,是作者真朴感情的自然流露。"

采桑子①

塞上咏雪花②

非关癖爱轻模样③,冷处偏佳。别有根芽,不是人间富贵花。　　谢娘别后谁能惜④? 飘泊天涯。寒月悲笳,万里西风瀚海沙。

【题解】

词或作于康熙二十一年(1682)。上片说自己之所以喜爱雪花,不是因为它的轻盈飘洒，而是它的冰清玉洁，与滚滚红尘中的富贵之花不同。下片说自从谢道韫之后，还有谁能如此这般生动地描摹出它的风姿呢？如今自己身处塞外，寒风呼啸，冷月映照，悲笳交鸣，万里雪花都变成了瀚海之沙。

【注释】

①采桑子：《百名家词钞》作"罗敷春"。

②副题《百名家词钞》无"咏"字。

③癖爱：《百名家词钞》作"僻爱"。赵彦端《清平乐》："悠悠漾漾，做尽轻模样，昨夜潇潇窗外响。"

④谢娘：谢道韫。

【汇评】

林花榭《读词小笺》："纳兰容若咏雪花云：'冷处偏佳，别有根芽，不是人间富贵花。'综其身世观之，自是自家写照。"

黄天骥《纳兰性德和他的词》："诗人们往往喜欢咏菊花、咏梅花、咏梨花，用以表现自己品格的高洁。这首词，纳兰性德却以塞外雪花自比。词的上片写雪花；下片则咏塞外。词里提到谢娘，这不仅用典贴切，也暗喻自己离开了一位有才学的女子，含义相当深刻。"

洛阳春①

雪

密洒征鞍无数，冥迷远树。乱山重叠杳难分，似五里、濛濛雾②。　　惆怅琐窗深处，湿花轻絮。当时悠飏得人怜，也都是、浓香助。

【题解】

词作于康熙二十一年(1682)，与前篇均作于塞外，所用故实相同，意绪相近,惟所见景致不同。前者写广漠原野万里雪飘之势,或是安营扎寨时所见;此则描绘高山丛林雪花迷蒙之景,当时行军途中所感。

【注释】

①洛阳春:汪刻本作"一络索"。

②《后汉书·张楷传》:"张楷字公超,性好道术,能作五里雾。"

【汇评】

赵秀亭、冯统一《饮水词笺校》:"康熙二十一年春,性德扈驾东巡。高士奇《东巡日录》:'三月己未,告祭永陵,大雪弥天。七十里中,岫嶂嵯峨,溪间曲折,深林密树,四会纷迎,映带层峦,一里一转。时时隔树窥见行人,远从峰顶自上者下,自下者上。复有崖岫横亘,岭头雪霏云罩,登降殊观,恍如洪谷子《关山飞雪图》也。'所记与此词境酷肖。"

浪淘沙

望　海

蜃阙半模糊①,踏浪惊呼,任将蠡测笑江湖②。沐日光华还浴月,我欲乘桴③。　　钓得六鳌无④?竿拂珊瑚⑤,桑田清浅问麻姑⑥。水气浮天天接水,那是蓬壶⑦。

【题解】

康熙二十一年(1682),纳兰随皇帝东巡,来回皆历经山海关。高士奇《扈从东巡日录》有载:"(二月)壬寅迟旦,海日欲出,朝烟变幻,散若绮霞,接顾之顷,焱然四彻,海光浩森,极目无际。昔荀中郎羡在京口,登北固山望海,云虽未睹三山,便自使人有凌云之气。今东临碣石,近指扶桑,觉蓬莱方丈,隐隐欲出也。……四月朔戊寅(初一日),乙巳,驻跸中后所。丁未,将入山海关,过欢喜岭。……澄海楼在关西八里许,飞栋承霄,层檐接水,楼前有台,平临海岸,海水溯湃。台下初望,海水深碧,万里无波,天风忽来,殷雷四振,遥见海上,银涛矗立,少近岸则玄浪飚飞,颓波云驶。登楼下望,水及衣裾。"四月一日,康熙有《观海》诗,容若词或作于此日。

【注释】

①蜃阙:海市蜃楼。许敬宗《奉和春日望海》:"惊涛含蜃阙,骇浪掩晨光。"

②《汉书·东方朔传》:"以筦窥天,以蠡测海。"

③《论语·公冶长》:"子曰:道不行,乘桴浮于海。"

④六鳌:神话中负载五仙山的六只大龟。《列子·汤问》载:"渤海之东,有一深壑,中有岱舆、员峤、方壶、瀛洲、蓬莱五山,乃仙圣所居之地。然五山皆浮于海,常随潮波上下往还。……而龙伯之国有大人,举足不盈数步而暨五山之所,一钓而连鳌。"

⑤杜甫《送孔巢父谢病归游江东兼呈李白》:"诗卷长留天地间,钓竿欲拂珊瑚树。"

⑥葛洪《神仙传》:"(麻姑)自说云:接待以来,已见东海三为桑田。向到蓬莱,水又浅于往昔会时略半也,岂将复还为陵陆乎!"

⑦蓬壶:海上仙山。王嘉《拾遗记·高辛》:"三壶则海中三山也。一曰方壶,则方丈也;二曰蓬壶,则蓬莱也;三曰瀛壶,则瀛洲也。"

【汇评】

黄天骥《纳兰性德和他的词》:"诗人望着大海壮丽的景色,不禁浮想联翩。他感到没有人能理解他的抱负,便希望离开尘俗。他又想到事物的变化,理想的渺茫。词中的景语,也是情语。这是一首颇具浪漫主义色彩的词作。"

于在春《清词百首》:"大海渺渺茫茫,气象万千,当作者面对这种宏伟景色的当儿,自然要惊呼,要发出热情的赞颂。同时,作为一位词人,他一定会联想起从史书和诗篇中得到的有关海上仙山的美丽神话,并且让它奔凑到笔底下来。这首词就这样写得豪情迸发,浮想联翩。"

临江仙

永平道中①

独客单衾谁念我？晓来凉雨飕飕②。缄书欲寄又还休。个浓憔悴③，禁得更添愁。　　曾记年年三月病④，而今病向深秋。卢龙风景白人头。药炉烟里⑤，支枕听河流。

【题解】

康熙二十一年(1682)，罗刹觊觎清廷东北边境，副都统郎谈等前往黑龙江沿岸勘察，容若随行，途经永平一带时赋有此词。上片写词人远离家乡，在风飕飕、雨飕飕、天凉好个秋的时节，人单影只，茕茕孑立，想给家人写信以倾诉相思之苦，又怕给对方平添几分愁苦。下片从对方写来，说原来只有春愁，如今更有秋恨，为远在卢龙的亲人而相思成疾。

【注释】

①《大清一统志·永平府》："永平府，在直隶省治东八百三十里。"

②郑谷《鹭鸶》："闲立春塘烟淡淡，静眠寒苇雨飕飕。"

③个浓：那人。范成大《浣溪沙》："梦里粉香浮枕簟，觉来烟月满琴书，个浓情分更何如。"

④韩偓《春尽日》："把酒送春惆怅在，年年三月病厌厌。"

⑤王彦泓《澄江病疟口占诗》："归去不妨翻本草，药炉声里伴秋炉。"

【汇评】

盛冬玲《纳兰性德词选》："这一阕《临江仙》作于永平道中，时在初登程不久。词意颇为伤感，倾诉的是恋家之情，远别之恨。"

临江仙

卢龙大树①

雨打风吹都似此②,将军一去谁怜③?画图曾见绿阴圆④。旧时遗镞地⑤,今日种瓜田。　　系马南枝犹在否?萧萧欲下长川。九秋黄叶五更烟。只应摇落尽⑥,不必问当年。

【题解】

词作于康熙二十一年(1682)秋,时词人正赴梭龙。容若此行,凭吊感怀之作颇多,其情绪多低回,反复渲染世事无常、功业如幻。此词歌咏大树将军,不但没有大力赞颂其功绩,反而提出了自己的怀疑,"旧时遗镞地,今日种瓜田",当日的所作所为,尽被风吹雨打去,失去了意义。草木萧瑟,黄叶飘零,沧桑变换,概莫能外。当年事不必问,当今事会有后来者问吗?

【注释】

①卢龙:今河北省卢龙县。

②辛弃疾《永遇乐》:"舞榭歌台,风流总被,雨打风吹去。"

③《后汉书·冯异传》:"(冯)异为人谦退不伐,每所止舍,诸将并坐论功,异常独屏树下,军中号曰'大将军树'。"庾信《哀江南赋》:"将军一去,大树飘零。"

④曾见:汪刻本作"曾记"。

⑤旧时:汪刻本作"旧游"。

⑥只应:汪刻本作"止应"。

【汇评】

赵秀亭、冯统一《饮水词笺校》:"是阕为康熙二十一年秋赴梭龙途中所作。所咏'大将军'当为明清易代之际的人物。同时尤侗有《金人捧露盘》'卢龙怀古'词云'出长安,临绝塞,是卢龙。想榆关血战英雄,南山射虎将军'，又云'问当年、人安在，流水咽、古城空'，词境与容若词颇类，所涉史事或亦相同。又顾炎武有诗《雨田道中》亦为同一题材，与容若所咏或为同一人物。"

菩萨蛮①

　　荒鸡再咽天难晓②，星榆落尽秋将老③。毡幕绕牛羊，敲冰饮酪浆。　　山程兼水宿④，漏点清钲续⑤。正是梦回时⑥，拥衾无限思⑦。

【题解】

　　词写行役塞外之风尘仆仆，或当作于康熙二十一年(1682)秋。荒鸡报晓，群星落尽，旅人匆匆踏上征途。牛羊遍野，毡幕朵朵，倚岸敲冰，肉为食兮酪为浆，尽是异域风味。山一程，水一程，满身疲惫。午夜梦回，勾起无限乡思。

【注释】

　　①《瑶华集》有副题"水驿"。

　　②荒鸡：三更前啼鸣之鸡。葛胜仲《西江月》："鲤鱼风送木兰桡，回棹荒鸡报晓。"

　　③星榆：繁星。《玉台新咏·古乐府·陇西行》："天上何所有，历历种白榆。"

　　④兼：《瑶华集》作"寻"。

　　⑤漏点：漏壶滴水之声。

　　⑥梦回：《瑶华集》作"晚香"。

　　⑦拥衾：《瑶华集》作"临风"。李之仪《清平乐》："拥衾不比寻常，天涯无限思量。"

【汇评】

　　黄天骥《纳兰性德和他的词》："这词写征人行军露宿，午夜梦回的心情。词的最后才点出'思'字，但通篇所写边塞夜深荒漠的景色，都是为了衬托征人的'无限思'。"

菩萨蛮

　　白日惊飙冬已半^①，解鞍正值昏鸦乱。冰合大河流^②，茫茫一片愁。　　烧痕空极望^③，鼓角高城上^④。明日近长安，客心愁未阑^⑤。

【题解】

　　前词《菩萨蛮》"榛荆满眼山城路"有"何处是长安"之叹，此篇言"明日近长安"，则两词作期甚近，意绪亦相同，惟所见景物渐有差异。或许是从山城进入平原，词人视野随之开阔起来，茫茫一片，冰河也融入到平莽之中。但前词言悲秋，此词说"冬已半"，跨度太大。

【注释】

　　①白日惊飙冬已半：汪刻本等作"惊飙掠地冬已半"。殷仲文《解尚书表》："洪波振壑，川洪波振壑；一惊飙拂野，林无静柯。"

　　②冰合：冰封。徐夤《长安述怀》："黄河冰合尚来游，知命知时肯躁求。"

　　③烧痕：野火的痕迹。苏轼《正月二十日往歧亭》："稍闻决决流冰谷，尽放青青没烧痕。"

　　④杜甫《绝句》："风起春城暮，高楼鼓角悲。"

　　⑤汪元量《望江南》："永夜角声悲自语，客心愁破正思家。"

【汇评】

　　盛冬玲《纳兰性德词选》："从'冬将半'、'明日近长安'等语看，这阕《菩萨蛮》当作于黑龙江之行事毕归京途中，时间约在清康熙二十一年十一月初。词中所表现的情绪并不昂扬，这可能与容若多愁善感的性格有关；而'劳苦万状'的情景，则可从中窥得一二。"

　　赵秀亭、冯统一《饮水词笺校》："此阕当作于康熙二十三年冬南巡返程中。十一月初九至十一日，自清河至宿迁，圣祖巡查河工，沿黄河行。十二日始折入山东境。词上片'冬已半'、'大河流'皆属写实。"

一络索①

过尽遥山如画,短衣匹马②。萧萧落木不胜秋③,莫回首、斜阳下。　　别是柔肠萦挂,待归才罢。却愁拥髻向灯前,说不尽、离人话④。

【题解】

词或是康熙二十一年(1682)秋觇梭龙时所作。秋日里,夕阳下,短衣匹马,翻山越岭,风尘仆仆,不胜疲惫。夜晚安顿下来,乡思涌上心头。想佳人,正柔肠萦挂。只希望早日相聚,到那时拥髻灯前,再闲话当日别离之情事。则此时别离之苦痛,尽化为他日的温馨回忆。

【注释】

①一络索:《昭代词选》作"一落索",《草堂嗣响》作"洛阳春"。
②杜甫《曲江三章章五句》之三:"短衣匹马随李广,看射猛虎终残年。"
③杜甫《登高》:"无边落木萧萧下,不尽长江滚滚来。"
④刘辰翁《宝鼎现》:"又说向、灯前拥髻,暗滴鲛珠坠。"

【汇评】

张秉戍《纳兰词笺注》:"这首小词作法很别致,即虽然仍用上景下情的常见之法,但此篇却在落笔的角度上有所变化,词的上片写的是征途之景,其见闻感受皆从自己一方落墨,下片则是从闺中人一方写来的,是作者假想中的情景。所以此篇极有浪漫特色,极见情味。"

一络索①

野火拂云微绿,西风夜哭②。苍茫雁翅列秋空,忆写向、屏山曲③。　　　山海几经翻覆,女墙斜矗。看来费尽祖龙心,毕竟为、谁家筑④。

【题解】

此词与前首同调之作当为同时而作,但其意绪却与《浣溪沙·姜女祠》更为接近,旨在抒写兴亡之叹、古今之悲。其取景亦自苍茫辽阔,所谓野火拂云、西风夜哭等,无不显得沉重且压抑。词人最后问道:秦始皇费尽心机,劳民伤财,修筑了这一道屏障。如今来看,这长城究竟是为谁而修筑的呢? 这一问,问得惊心动魄。而明清易代,在他眼里,也不过是山海几经翻覆中的一次而已,似乎没有特别之处。

【注释】

①一络索:《昭代词选》作"一落索",《草堂嗣响》作"洛阳春"。《草堂嗣响》有副题"塞上",汪刻本有副题"长城"。

②许浑《重伤杨攀处士二首》:之一"今日悲前事,西风闻哭声。"

③史浩《杏花天》:"梦魂飞过屏山曲,见依旧、如花似玉。"

④祖龙:秦始皇。《史记·秦始皇本纪》:"(三十六年)秋,使者从关东夜过华阴平舒道,有人持璧遮使者曰:'为吾遗滈池君。'因言曰:'今年祖龙死。'裴骃集解引苏林曰:'祖,始也;龙,人君象。谓始皇也。'"

【汇评】

赵秀亭、冯统一《饮水词笺校》:"上片一、三句写日间所见,第二句写夜间所闻,故作交错,遂成迷离。前三句景致开阔无际,第四句忽又疑入小小屏山。伸缩驰策极灵动,时空变化全无挂碍,妥帖浑成,不着痕迹。姜白石'小窗横幅'之句,未可独擅于前。此阕与前一首作于同一行旅。"

沁园春

试望阴山①,黯然销魂②,无言徘徊。见青峰几簇,去天才尺;黄沙一片,匝地无埃。碎叶城荒③,拂云堆远④,雕外寒烟惨不开。踟蹰久,忽砯崖转石,万壑惊雷⑤。　　穷边自足秋怀。又何必、平生多恨哉。只凄凉绝塞,蛾眉遗冢⑥;销沉腐草,骏骨空台⑦。北转河流,南横斗柄,略点微霜鬓早衰。君不信,向西风回首,百事堪哀。

【题解】

词写边地绝域风光,借以抒心中不平,吐胸中块垒,故阴山、碎叶、青冢等具有深厚历史文化底蕴的古地名一一展现笔底。开疆拓土,曾是多少英雄豪杰的梦想;驰骋沙场,是被视为壮烈之举的理想归宿。但山海翻覆,豪杰志士尽同腐草,只剩下凄凉的青冢与空寂的黄金台。如今自己也来到穷漠边地,尘满面,鬓已霜,回首西风,遗恨无穷。词或作于康熙二十一年(1682)秋,纳兰奉命出使梭龙之时。

【注释】

①李益《拂云堆》:"汉将新从虏地来,旌旗半上拂云堆。单于每近沙场猎,南望阴山哭始回。"

②江淹《别赋》:"黯然销魂者,唯别而已。"

③碎叶:唐代古城,在今吉尔吉斯共和国托克马克附近。戎昱《塞上曲》:"胡风略地烧连山,碎叶孤城未下关。"

④拂云堆:在内蒙古自治区境内。杜牧《题木兰庙》:"度思归还把酒,拂云堆上祝明妃。"

⑤李白《蜀道难》:"连峰去天不盈尺,枯松倒挂倚绝壁。飞湍瀑流争喧豗,砯崖转石万壑雷。"

⑥蛾眉遗冢:王昭君死后,葬于南匈奴,人称"青冢"。

⑦骏骨空台:此用燕昭王求贤之事。《战国策·燕策》谓燕昭王欲得天下贤者,筑黄金台以求之,置千金于其上。

【汇评】

赵秀亭、冯统一《饮水词笺校》:"词写秋日远行极边之地,惟康熙二十一年觇梭龙足以当之。词多用边外古地名,皆非实指。按,古诗词中用地名,每不合于地理,惟取兴到神会,以求词境辽阔高壮。"

南乡子

何处淬吴钩①？一片城荒枕碧流②。曾是当年龙战地③，
飕飕，塞草霜风满地秋。　　霸业等闲休，跃马横戈总白头。
莫把韶华轻换了，封侯，多少英雄只废丘。

【题解】

深秋时刻，词人来到塞外当年龙战之处，只见寒风萧萧，衰草遍野，一
派冷落景象，真感觉尘事如梦。当代多少英雄，横戈跃马，力图建立霸业，
为封侯留名耗尽心血，转眼之际就成了一杯黄土。词中所言"当年龙战
地"，是他于康熙二十一年(1682)觇梭龙时所见。

【注释】

①吴钩：兵器，形似剑而曲。春秋吴人善铸钩，故有此称，后泛指利剑。
李益《边思》："腰悬锦带佩吴钩，走马曾防玉塞秋。"
②吴融《王母庙》："鸾龙一夜降昆丘，遗庙千年枕碧流。"
③《易·坤》："龙战于野，其血玄黄。"胡曾《题周瑜将军庙》："共说生前
国步难，山川龙战血漫漫。"

【汇评】

黄天骥《纳兰性德和他的词》："诗人望着古战场，感慨万千。他觉得在
战场上，过去多少英雄横戈跃马，而现在，英雄们老的老了，死的死了，战场
上只剩下荒烟蔓草。词的调子，显得悲凉，寄托着凭吊兴亡的哀思。"

于中好①

冷露无声夜欲阑②，栖鸦不定朔风寒。生憎画鼓楼头
急③，不放征人梦里还。　　秋淡淡，月弯弯，无人起向月中

看④。明朝匹马相思处,如隔千山与万山⑤。

【题解】

词写于康熙二十一年(1682)秋,为容若觇梭龙时途中所作。朔风飞扬,栖鸦徘徊不定。寒露滑落,夜色将尽未尽。梦中征人正要归乡,却为城楼画角悲鸣惊醒。冷月无声,秋色渐浓,明朝又要继续远行,与家乡越来越远了。

【注释】

①于中好:《昭代词选》等作"鹧鸪天"。
②王建《十五夜望月寄杜郎中》:"中庭地白树栖鸦,冷露无声湿桂花。"
③生憎画鼓楼头急:此句汪刻本下有双行小字校"楼头画鼓三通急"。
④裴士淹《白牡丹》:"别有玉盘乘露冷,无人起就月中看。"
⑤岑参《原头送范侍御》:"别君只有相思梦,遮莫千山与万山。"

【汇评】

张秉戌《纳兰词笺注》:"塞上早寒,冷露先滴,朔风猎猎,可憎的画鼓偏又楼头急响,声声恼人,令'征人'无法入梦还乡。如此寒夜惆怅,况味自是可想。下片点出月儿弯弯,进一步绘景并烘托氛围。而无人看月句则突出了孤独寂寞,凄清伤感。最后虚出,料想明朝更会越行越远,归程阻隔,相思更烈,归思难收了。"

于中好①

别绪如丝睡不成,那堪孤枕梦边城②。因听紫塞三更雨③,却忆红楼半夜灯④。　　书郑重⑤,恨分明,天将愁味酿多情。起来呵手封题处,偏到鸳鸯两字冰。

【题解】

身处边城,别绪如丝,孤枕难眠,听潇潇夜雨,想红楼佳人,直到三更。

离情正苦,借书信聊寄相思。但紫塞天寒,连墨砚都结上了冰。梦做不了,信也写不了,边城凄清孤寂的滋味可想而知。词或作于康熙二十一年(1682)秋月去梭龙勘察时。

【注释】

①于中好:《瑶华集》等作"鹧鸪天"。

②孤枕梦边城:《草堂嗣响》作"孤枕梦难凭";《昭代词选》作"孤枕枕边城"。卢殷《遇边使》:"累年无的信,每夜梦边城。袖掩千行泪,书封一尺情。"

③罗邺《边将》:"若无紫塞烟尘事,谁识青楼歌舞人。"

④韩偓《倚醉》:"静中楼阁深春雨,远处帏帐半夜灯。"

⑤李商隐《无题》:"锦长书郑重,眉细恨分明。"

【汇评】

赵秀亭、冯统一《饮水词笺校》:"此阕亦为塞上之作。上片写塞上怀家中,下片写闺中怀远人。"

唐多令

雨　夜

丝雨织红茵,苔阶压绣纹。是年年、肠断黄昏。到眼芳菲都惹恨,那更说,塞垣春①。　　萧飒不堪闻,残妆拥夜分。为梨花、深掩重门②。梦向金微山下去③,才识路,又移军④。

【题解】

词写闺怨,为传统题材。纳兰性德曾于康熙二十一年(1682)奉命出使梭龙,或是有感而发。霏霏细雨如丝,满地落红似茵。碧窗斜日,梨花春雨,芳菲渐褪,本已令人黯然销魂,而此时丈夫出使边塞,更使人柔肠寸断。夜半难眠,拥衾独坐,听户外风雨肆虐,猜想丈夫所在之处,不知不觉梦入边塞,魂越关山,来到她所认定的戍守之所,丈夫却已经离开了那个地方。梦魂都无法追逐到丈夫的踪迹,心中的凄苦可想而知。

【注释】

①那更说:《草堂嗣响》作"那更识"。

②戴叔伦《春怨》"金鸭香消欲断魂,梨花春雨掩重门。"

③金微山:阿尔泰山。张仲素《秋思二首》之一:"碧窗斜日蔼深晖,愁听寒螿泪湿衣。梦里分明见关塞,不知何路向金微。"

④张仲素《秋思二首》之二:"秋天一夜静无云,断续鸿声到晓闻。欲寄征衣问消息,居延城外又移军。"

【汇评】

盛冬玲《纳兰性德词选》:"此词题为'雨夜',实写思妇伤春怀远。雨丝、苔痕,烘托出一种凝重寂寞的气氛。从黄昏到夜半,孤独的她听风听雨,触目成恨。好不容易入梦了,梦魂飞度关山,来到丈夫戍守的边地,偏偏'才识路,又移军',要找的人又离开了那个地方。"

张秉戍《纳兰词笺注》:"雨夜而起相思,落笔含思隽永,朦胧要眇。作者全从对方写来,假想黄昏时候的闺人思我之情景。结句更进一层,谓即使相思也是所思无处,这便更增添了伤痛之苦情。"

相见欢①

微云一抹遥峰②,冷溶溶③。恰与个人清晓画眉同。

红蜡泪,青绫被,水沉浓④。却向黄茅野店听西风⑤。

【题解】

山抹微云,天连衰草,声断斜阳,一片凄寒。旅人不禁想起了闺中的妻子,便觉远处的山峰,分明是她的眉黛。又想起这时的佳人,也正沉水香中,独自面对红烛,苦苦地思念奔波在荒野之中的自己。

【注释】

①相见欢:张刻本作"乌夜啼"。

②秦观《满庭芳》:"山抹微云,天连衰草,画角声断谯门。"

③冷溶溶:《草堂嗣响》作"淡溶溶"。

④水沉:水沉香。王涣《念奴娇》:"水沉香霭,满钱塘千里,秋烟如织。"

⑤却向:汪刻本作"却与"。黄茅野店,荒郊驿站。李商隐《灯》:"冷暗黄茅驿,暄明紫桂楼。"

【汇评】

黄天骥《纳兰性德和他的词》:"这词上下阕分写两个人的心情。丈夫在野外,看到远山便想起了妻子;妻子在闺中,点起红烛,盖着锦被,熏着沉香,但灵魂儿却跑到荒郊野店,和丈夫一起听着西风的嘶叫。这一写法,构思相当精巧。"

张草纫《纳兰词笺注》:"此亦为出塞之作,但词中有'却向黄茅野店'之句,不像是扈驾随行时所作。疑作于康熙二十一年八月去梭龙时,时令亦合。"

浪淘沙①

野宿近荒城②,砧杵无声。月低霜重莫闲行。过尽征鸿书未寄,梦又难凭③。　　身世等浮萍④,病为愁成。寒宵一片枕前冰⑤。料得绮窗孤睡觉⑥,一倍关情。

【题解】

词写羁旅情怀。只身在外,夜宿荒城,月色如水,霜华满树。数家砧杵,引起无穷乡思。征鸿过尽,归梦总是难成。词人自叹身如浮萍,总为雨打风吹去。寒夜中已经不胜相思之凄苦,又想到闺中佳人也正倚窗眺望,独自难眠,苦苦期待自己的归来,更觉凄楚。词与《相见欢》"微云一抹遥峰",同写夜宿黄茅野店之荒凉与乡思,或为同时之作。

【注释】

①浪淘沙:《昭代词选》作"浪淘沙令"。

②野宿:汪刻本作"野店"。

③毛文锡《更漏子》:"人不见,梦难凭,红纱一点灯。"

④净圆《望江南》:"娑婆苦,身世一浮萍。"

⑤刘商《古意》:"风吹昨夜泪,一片枕前冰。"

⑥绮窗:《昭代词选》作"倚窗"。

【汇评】

张秉戍《纳兰词笺注》:"寄身塞上而心系闺中妻子,遂填此以抒相思相念之怀。上片由描述野宿孤寂入手,转而写月夜相思。虽然鸿雁过尽,然而书信不达;纵有好梦也难遣愁怀。下片推开去写身世之感和此刻的凄清孤独,愁苦成病。后三句则转为从对方写来,料想此时闺中的妻子更会伤情动感,这就加倍地表达出相思的恨怨之情。"

满庭芳

埃雪翻鸦①,河冰跳马,惊风吹度龙堆②。阴磷夜泣③,此景总堪悲。待向中宵起舞④,无人处、那有村鸡⑤。只应是,金笳暗拍,一样泪沾衣。　　须知今古事,棋枰胜负,翻覆如斯。叹纷纷蛮触⑥,回首成非。剩得几行青史,斜阳下、断碣残碑。年华共,混同江水⑦,流去几时回。

【题解】

词为凭吊感怀之作。大战的硝烟早已褪尽,斜阳下只有断碣残碑,得以依稀仿佛想见当日之惨烈。夜晚磷火荧荧,鬼哭声声,更增添无数悲怆。莫要说自己早已失去了闻鸡起舞的豪情壮志,即使能一展抱负又如何呢?天地翻覆,事过境迁,是非成败往往失去了意义,当日的争斗与执着,也不过是青史上的几行字而已,滚滚东流水,淘尽了英雄。

【注释】

①鸦:《词雅》作"雅"。曹溶《踏莎行》:"埃雪翻鸦,城冰浴马,捣衣声里重门闭。"

②龙堆：白龙堆。《汉书·匈奴传》扬雄谏书云："岂为康居、乌孙能逾白龙堆而寇西边哉，乃以制匈奴也。"颜师古注引孟康曰："龙堆形如土龙身，无头有尾，高大者二三丈，埤者丈余，皆东北向，相似也，在西域中。"

③阴磷：磷火，俗谓鬼火。李益《从军夜次六胡北饮马磨剑石为祝殇辞》："君宁独不怪阴磷？吹火荧荧又为碧。"

④《晋书·祖逖传》："（祖逖）与司空刘琨俱为司州主簿，情好绸缪，共被同寝。中夜闻荒鸡鸣，蹴琨觉，曰：'此非恶声也。'因起舞。"辛弃疾《贺新郎·同父见和再用前韵》："我最怜君中宵舞，道男儿、到死心如铁。"

⑤村鸡：《词雅》作"荒鸡"。

⑥《庄子·则阳》："有国于蜗之左角者，曰触氏；有国于蜗之右角者，曰蛮氏，时相与争地而战，伏尸数万。"

⑦混同江：松花江。

【汇评】

黄天骥《纳兰性德和他的词》："纳兰性德到了松花江畔。这一带，正是满族在入关前各个部落互相吞并斗争的地方。诗人凭吊古战场，满怀心事，情绪悲怆。当然，纳兰性德不懂得满族内部统一的历史意义，但是，战乱总给人民带来损害，所以诗人也有他不满的理由。读了这首词，我们多少可以体会到残酷的战争在人们心上留下的创伤。"

赵秀亭、冯统一《饮水词笺校》："词作于康熙二十一年秋往觇梭龙时。身历祖先故地，因有古今之感；身为天涯羁旅，因有年华之叹。"

浣溪沙

欲寄愁心朔雁边①，西风浊酒惨离颜②，黄花时节碧云天③。　　古戍烽烟迷斥堠，夕阳村落解鞍鞯。不知征战几人还④。

【题解】

词作于康熙二十一年(1682)秋，容若赴梭龙勘察途中。任务紧急，一路奔波,至夕阳西下,才得以休息于村落之中。古来出塞征战,埋骨荒原者众多,如今身怀重任,不免有些忐忑。浊酒一杯,离家已万里。西风渐紧,大雁南飞,也希望带去自己对亲人的惦念。

【注释】

①李白《闻王昌龄左迁龙标遥有此寄》:"我寄愁心与明月,随风直到夜郎西。"

②离颜:《草堂嗣响》等作"离筵"。

③王实甫《西厢记》:"碧云天,黄花地,西风紧,北雁南飞。"

④王翰《凉州词二首》之一:"醉卧沙场君莫笑,古来征战几人回。"

【汇评】

张草纫《纳兰词笺注》:"这首词中有'黄花时节',可知作于九月。作者于九月份出塞有三次:一次是康熙十六年九月扈驾巡边至喜峰口;一次是二十二年九月扈驾至五台山、龙泉关、长城;另一次是二十一年八月至十二月赴梭龙侦察。此词作期当属后者,因为'夕阳村落解鞍鞯'不像是扈驾出巡的情景,而且由于任务比较危险,所以有'不知征战几人还'的慨叹。"

浣溪沙

身向云山那畔行①,北风吹断马嘶声②,深秋远塞若为情③。　　一抹晚烟荒戍垒,半竿斜日旧关城④。古今幽恨几时平。

【题解】

康熙二十一年(1682)八月,纳兰与副都统郎谈等觇察梭龙,十二月还京,是词作于途中,见深秋边塞而发思古之幽情。北风呼啸声中,夹杂着马嘶人语,这样远赴穷漠,本有一种悲怆之怀。途经边塞,西风残照,静穆荒垒,见证多少人事变迁,不由顿生沧桑之感。

【注释】

①那畔：那边。辛弃疾《采桑子》："青旗卖酒，山那畔、别有人间，只消山水光中，无事过一夏。"

②岑参《胡笳歌送颜真卿使赴河陇》："凉秋八月萧关道，北风吹断天山草。"

③崔日用《饯唐永昌》："冬至冰霜俱怨别，春来花鸟若为情。"

④吴融《便殿候对》："待得华胥春梦觉，半竿斜日下厢风。"

【汇评】

赵秀亭、冯统一《饮水词笺校》："'身向云山那畔行'，实自其自撰《长相思》之'身向榆关那畔行'出，惟前次为春，此则深秋而已。'旧关城'仍为榆关，否则'古今幽恨'四字不称。此阕盖有明清易代之感慨在焉。其作期，当为康熙二十年觇梭龙时。"

采桑子①

严霜拥絮频惊起②，扑面霜空。斜汉朦胧③，冷逼毡帷火不红。　　香篝翠被浑闲事④，回首西风⑤。何处疏钟⑥，一穗灯花似梦中⑦。

【题解】

词写行役北地时苦寒与凄凉，或当作于康熙二十一年(1682)。秋日的北地，已经是严霜扑面，冷得毡帷都挡不住寒气的侵逼，跳动的火苗也带不来一丝暖意。拥紧絮被，依然频频冻醒。想起平素拥翠被、对着熏笼的生活，真是恍如梦中。

【注释】

①《瑶华集》等有副题"丁零词"。

②严霜：汪刻本作"严宵"。

③斜汉：秋天的银河。谢庄《月赋》："于时斜汉左界，北陆南躔。"

④香篝:熏笼。周邦彦《花犯》:"更可惜,雪中高树,香篝熏素被。"

⑤西风:《词雅》作"东风"。李弥逊《一寸金》:"佳辰近,回首西风,渐喜秋英弄霜蕊。"

⑥何处疏钟:汪刻本等作"数尽残钟"。

⑦穟:同"穗"。

【汇评】

赵秀亭、冯统一《饮水词笺校》:"此词《瑶华集》有副题作'丁零词',当有据。所记则当为塞北较遥远处,非近边可拟。性德秋日向北远行仅一次,则康熙二十一年觇梭龙,词即作于是役。"

采桑子

九　日①

深秋绝塞谁相忆②,木叶萧萧③。乡路迢迢,六曲屏山和梦遥④。　　佳时倍惜风光别,不为登高。只觉魂销,南雁归时更寂寥。

【题解】

康熙二十一年(1682)九月九日,容若出使北塞途中,登高怀远,思及亲人,有是词。在木叶萧萧的深秋,还有谁在想念深入绝塞的自己呢?路途如此遥远,恐怕连梦中都难以相聚。到了重阳佳节,这种远离亲人的孤独感就更为强烈了,而风景的萧瑟,加重了凄清的氛围,更使人黯然魂销。

【注释】

①九日:农历九月九日,重阳节。

②陈师道《清平乐》:"折得有谁相忆,却须还与秋风。"

③刘沧《雨后游南门寺》:"木叶萧萧动归思,西风画角汉东城。"

④六曲屏山:六扇之屏风。赵孟坚《花心动》:"斗帐半搴,六曲屏山,憔

悴似不胜衣。"

【汇评】

张草纫《纳兰词笺注》:"作者于九月份在塞外有两次,一次是康熙二十一年八月至十二月去梭龙侦察,一次是二十二年扈驾去五台山。去五台山时已在九月中旬,故此词当作于二十一年九月。"

南楼令①

塞外重九②

古木向人秋③,惊蓬掠鬓稠④。是重阳、何处堪愁。记得当年惆怅事,正风雨,下南楼。　　断梦几能留,香魂一哭休⑤。怪凉蝉⑥、空满衾裯⑦。霜落乌啼浑不睡⑧,偏想出,旧风流。

【题解】

词写重九日对亡妻的怀念。塞外古木萧索,惊风飞旋,蓬草漫天,已使人心情黯淡。恰逢重阳佳节,不由想起亲人,想起往日与亡妻的点点滴滴,颇令人心碎。夜来梦断,温馨难以挽留,只能让香魂在泪水中飘散。而无情的明月,依然照在清冷的衾被之上,使词人今夜无眠。词或与《采桑子·九日》同作于康熙二十一年(1682)。

【注释】

①南楼令:《瑶华集》作"唐多令"。

②《瑶华集》副题作"塞外重阳"。

③刘长卿《将赴岭外留题萧寺远公院》:"内史旧山空日暮,南朝古木人秋。"

④黄升《长相思》:"催得吴霜点鬓稠,香笺莫寄愁。"

⑤温庭筠《过华清宫二十二韵》:"艳笑双飞断,香魂一哭休。"

⑥怪凉蝉:汪刻本作"怪凉蟾";《瑶华集》作"奈银蟾"。

⑦衾裯:《瑶华集》作"寒裯"。

⑧霜落:《瑶华集》作"霜紧"。张继《枫桥夜泊》:"月落乌啼霜满天,江枫渔火对愁眠。"

【汇评】

赵秀亭、冯统一《饮水词笺校》:"此调亦作悼亡语,'记得当年',口气已非一年,当作于卢氏卒后数年。康熙二十四年之前,圣祖无重阳出塞巡边事,故此调非随扈之作。康熙二十一年秋往觇梭龙,或可当之。"

蝶恋花①

尽日惊风吹木叶。极目嵯峨,一丈天山雪②。去去丁零愁不绝③,那堪客里还伤别。　　若道客愁容易辍,除是朱颜,不共春销歇。一纸乡书和泪摺④,红闺此夜团栾月⑤。

【题解】

康熙二十一年(1682)十月十五日,有名为经纶者先行返京,时奉命"觇梭龙"的容若与之话别,赋词而赠,表达了依依难舍之情及对京城亲人的牵挂。远巡极北寒荒之地,触目尽是皑皑冰雪,耳畔总是狂风呼啸,已经令人不堪。此时此刻,友人得以南归,怎能不让人羡慕。家中的妻子正翘首以待,自己未能启程,惟有托友人捎家书一封,以解相思之苦。

【注释】

①《瑶华集》有副题"十月望日与经岩叔别"。经岩叔,经纶,姚江人,曾随容若觇梭龙,容若有诗《梭龙与经岩叔夜话》,诗有云:"草白霜气空,沙黄月色死。哀鸿失其群,冻翮飞不起。"

②李端《雨雪曲》:"天山一丈雪,杂雨夜霏霏。"

③丁零:古民族名,汉时游牧于我国北部和西北部。《史记·匈奴列传》:"后北服浑庾、屈射、丁零、鬲昆、薪犁之国。"张守义《正义》:"已上五国在匈奴北。"司马贞《索隐》引《魏略》:"丁零在康居北,去匈奴庭接习水七千里。"

④孟郊《闻夜啼赠刘正元》:"愁人独有夜灯见,一纸乡书泪滴穿。"

⑤团栾:团圆。牛希济《生查子》词:"新月曲如眉,未有团栾意。"

【汇评】

张秉戌《纳兰词笺注》:"这里所表现的是一幅天涯羁旅、游子落拓的凄凉悲伤的意绪和景象。也有人以为此篇是一首怀念妻子的情词,这从篇末的描写看也是可以吻合的。不过赠别也好,情词也好,率露之语,温柔蕴藉,是其突出的特色。"

百字令①

宿汉儿村②

无情野火,趁西风烧遍、天涯芳草。榆塞重来冰雪里③,冷入鬓丝吹老。牧马长嘶,征笳乱动④,并入愁怀抱。定知今夕,庾郎瘦损多少⑤。　　便是脑满肠肥⑥,尚难消受,此荒烟落照。何况文园憔悴后,非复酒垆风调⑦。回乐峰寒,受降城远⑧,梦向家山绕。茫茫百感⑨,凭高惟有清啸。

【题解】

词写容若再度赴边时的感触。重来山海关,已是寒风呼啸,冰天雪地,加之朔风吹叶,万里尘昏,胡笳四起,牧马长鸣,真可谓"笳声未断肠先断",不由深深体会到了当年庾信羁留北地的心情。这种荒芜凄凉的场景,即使脑满肠肥者也难以消受,更何况这些年来自己也日益憔悴,不复往日青春年少,风流不羁。词之作期,较难确定,或当为康熙二十一年(1682)秋冬。

【注释】

①百字令:《草堂嗣响》等作"念奴娇"。

②汉儿村:河北省迁安县有汉儿乡。

③榆塞:榆关。杨宾《柳边纪略》:"古来边塞种榆,故曰榆塞。"此处谓

山海关。

④征笳乱动:汪刻本等作"征笳互动"。

⑤庾郎:北周诗人庾信,因羁留北地而悲愁忧思,深怀故土。

⑥《北齐书·琅琊王传》:"琅琊王年少,肠肥脑满,轻为举施。"

⑦《史记·司马相如列传》载,司马相如曾为孝文园令。又,司马相如与文君避居临邛,尝"身自著犊鼻裈,与保庸杂作,涤器于市中"。

⑧李益《夜上受降城闻笛》:"回乐峰前沙似雪,受降城外月如霜。"回乐峰,指回乐县烽火台,故址在今宁夏回族自治区灵武之西南。受降城分为三段,唐景龙二年(708)所建,在今内蒙古黄河沿岸一带,此泛指边塞。

⑨茫茫:《草堂嗣响》作"迢迢"。

【汇评】

张草纫《纳兰词笺注》:"按词中描写的是秋冬景色,且曰'榆塞重来',可知是指作者于康熙二十一年八月至十二月随副都统郎谈赴梭龙时第二次至山海关,故应系于该年八、九月份。"

赵秀亭、冯统一《饮水词笺校》:"词云'重来',即一年中两度汉儿村。清圣祖惟康熙二十年两度赴遵化沿边,一为三月至五月,一为十一月至十二月。词写冬日至汉儿村事。"

清平乐

发汉儿村题壁

参横月落①,客绪从谁托。望里家山云漠漠②,似有红楼一角③。　　不如意事年年,消磨绝塞风烟。输与五陵公子④,此时梦绕花前。

【题解】

此篇与前首均作于汉儿村,从副题来看,似乎是前后相承接,内容也多

173

有绾合之处。前词言"梦绕家山",此篇言望家山而"梦绕花前",意绪一致。而年年不如意,"消磨绝塞风烟",则可以视作对上篇内容的总括。不过,前词多写实,以景融情,情感更为慷慨;此篇直抒胸臆,简洁直致,殊少盘旋。前词多烘托奔波的疲惫与情绪的无奈,此篇更突出思家的情怀。茫茫云海中,似乎看见了红楼一角,可见相思之极。

【注释】

①曾觌《水调歌头》:"参横月落,耿耿河汉近人流。堪叹人生离合,后日征鞍西去,别语却从头。"

②吴融《和杨侍郎》:"目极家山远,身拘禁苑深。"

③李白《陌上赠美人》:"美人一笑褰珠箔,遥指红楼是妾家。"

④五陵公子:京都中的富豪子弟。五陵,汉唐帝王陵墓,后代指京都繁华之地。

【汇评】

黄天骥《纳兰性德和他的词》:"天将破晓,思家的人从汉儿村出发,遥望家乡,产生了好像望见红楼一角的幻觉。进一步,他又把自己的遭遇与在京师里过着悠闲生活的人对比。这词的特点是,言浅而意深,表面上,诗人情绪平静,其实是牢骚满腹。"

太常引

自题小照①

西风乍起峭寒生,惊雁避移营。千里暮云平②,休回首、长亭短亭③。　　无穷山色,无边往事④,一例冷清清。试倩玉箫声,唤千古、英雄梦醒。

【题解】

康熙二十一年(1682)秋,容若赴梭龙,归后友人绘有《楞伽山人出塞图》。吴雯与姜宸英等均有题画之作,前者如:"出关塞草白,立马独伤心。秋风吹雁影,天际正茫茫。岂念衣裳薄,还惊鬓发苍。金闺千里月,中夜拂流黄。"此词为容若自题之作,记录他对此次行役的感受。千里奔波,长亭短亭,带来的是劳顿与无奈;无穷山色,给人的感受是冷清凄凉;无边往事,唤醒的是英雄之梦,即对曾经发生的战争的意义表示质疑。

【注释】

①《草堂嗣响》等无副题。

②王维《观猎》:"回看射雕处,千里暮云平。"

③黄简《柳梢青》:"天涯翠巘层层,是多少、长亭短亭。"

④向子諲《秦楼月》:"无边烟水,无穷山色。"

【汇评】

盛冬玲《纳兰性德词选》:"历来自题画像的诗词,立意不外乎以下数端:或慷慨述志,奋发自勉;或志得意满,欣然自慰;或感叹生平,低回自伤;或故作豁达,诙谐自嘲。容若此作,似可归入'自伤'一类,但就其格调而言,则是冷峭多于低沉。"

浣溪沙①

万里阴山万里沙②,谁将绿鬓斗霜华③,年来强半在天涯。　　魂梦不离金屈戌④,画图亲展玉鸦叉⑤。生怜瘦减一分花⑥。

【题解】

词或为题画之作,大约作于康熙二十一年(1682)冬后,时容若自梭龙返京不久。容若此次出使,时间颇长,地域偏远,时人绘有《楞伽出塞图》,并多歌咏。容若亦借此缅怀当日万里奔波之苦。

【注释】

①《瑶华集》有副题"塞外"。

②王昌龄《出塞》:"秦时明月汉时关,万里长征人未还。但使龙城飞将在,不教胡马度阴山。"

③绿鬓:《国朝词综》作"绿发"。

④屈戌:门窗上的环钮、搭扣。李商隐《骄儿》:"凝走弄香奁,拔脱金屈戌。"

⑤亲展:《瑶华集》作"重展"。玉鸦叉:一说为玉丫叉,首饰名;一说为画叉,张挂书画所用,此处当以后者为是。

⑥《牡丹亭·写真》:"春梦暗随三月景,晓寒瘦减一分花。"

【汇评】

陈廷焯《云韶集》卷十五:"一片凄感。笔笔凄艳,是容若本色。"

赵秀亭、冯统一《饮水词笺校》:"康熙二十一年二月至五月,纳兰性德随扈吉林;九月至腊月,又奉使梭龙,与'强半在天涯'句合。梭龙遥远,与'万里阴山'句合。自梭龙归,倩人绘《楞伽出塞图》,此阕有'画图亲展'句,当为题图之作。"

点绛唇

寄南海梁药亭①

一帽征尘,留君不住从君去②。片帆何处③,南浦沉香雨④。　　回首风流⑤,紫竹村边住。孤鸿语,三生定许⑥,可是梁鸿侣⑦。

【题解】

是词为送梁佩兰回归广东南海而作。梁入京应试求举,怅然而归。容若赋此词相送,表达出自己的惋惜之意,并以梁鸿为喻,安慰与鼓励对方。上片说自己千方百计挽留友人,最终没有能够挽留住。友人一路风尘,直抵万里之外的南海,从此远隔天涯,只能在梦中相见了。下片说友人失利于场屋,那是因为他与梁鸿有缘,都是尚节不俗之士。此去隐居,也不失为风雅高洁之事。词的作期,当在康熙二十一年(1682)。

【注释】

①梁药亭:梁佩兰(1629—1705),字芝五,号药亭,广东南海人。与屈大钧、陈恭尹并称为"岭南三大家",康熙二十七年(1688)进士,有《六莹堂集》。

②蔡伸《踏莎行》:"百计留君,留君不住。留君不住君须去。望君频问梦中来,免教肠断巫山雨。"

③刘长卿《瓜洲道中送李端公南渡后归扬州道中寄》:"片帆何处去,匹马独归迟。"

④江淹《别赋》:"送君南浦,伤如之何。"沉香,沉香浦,在广东南海。

⑤戴叔伦《江上别刘驾》:"回首风流地,登临少一人。"

⑥三生:佛家语。指前生、今生、来生。

⑦梁鸿:字伯鸾,东汉扶风平陵人。家贫尚节,娶同县孟光女,咏诗弹琴自娱。

【汇评】

张草纫《纳兰词笺注》:"据梁祭纳兰性德祭文:'呜呼,我离京师,距今思念。此来见公,欢倍于前。'祭文作于二十四年,可知梁离京当在二十年。"

赵秀亭、冯统一《饮水词笺校》:"梁佩兰《六莹堂二集》卷五《寄延儿》诗序:'予自辛酉冬底入北,迨明年壬戌二月始至都下……已而燕山秋老,满地鹰风……将驾吴船,泛月清淮,采莼笠泽矣。维时身留吴下……'据知梁氏离京在壬戌即康熙二十一年秋。词云'留君不主','片帆何处',是乍别未久之作。"

浣溪沙

古北口①

杨柳千条送马蹄②,北来征雁旧南飞③,客中谁与换春衣④。　终古闲情归落照,一春幽梦逐游丝⑤。信回刚道别多时。

【题解】

容若身处边地,接到家中书信,思乡之情更浓,故有此思念之作。词人念及春来,杨柳飘拂,旧雁南飞,而自己独处关口,自是郁郁难乐。家中来信,更增添自己的牵挂之情。一春幽梦,何以寄托,更逐游丝乱。词或作于康熙二十三年(1684)五月。

【注释】

①古北口:长城隘口之一。顾炎武《昌平山水记》:"唐庄宗取幽州,辽太祖取山南,金之破辽兵、败宋取燕京,皆由古北口。"

②刘方平《代春怨》:"庭前时有东风入,杨柳千条尽向西。"

③旧南飞:袁刻本作"向南飞"。

④皇甫冉《送裴阐》:"道向毗陵岂是归,客中谁与换春衣。"

⑤晏殊《踏莎行》:"炉香静逐游丝转。一场愁梦酒醒时,斜阳却照深深院。"

【汇评】

陈廷焯《云韶集》:"情景兼胜。"

黄天骥《纳兰性德和他的词》:"这是纳兰性德随从康熙皇帝巡视古北口时思家之作。春天到了,北雁南飞,他却孤单地留在北方,不禁春愁兀兀。"

赵秀亭、冯统一《饮水词笺校》:"性德初充侍卫,曾司马曹,此调或口外牧马时作。清圣祖往古北口,一为康熙二十二年,一为二十三年,皆为避暑。起程皆在旧历五月末,早过换春衣之季,故此词非扈从之作。家中来信,只道久别相思,于诗人之闲情幽梦,却浑然无所知,见信虽少慰藉,终有怅焉。"

浣溪沙

　　肠断斑骓去未还①,绣屏深锁凤箫寒②,一春幽梦有无间。　　逗雨疏花浓淡改③,关心芳草浅深难④。不成风月转摧残。

【题解】

　　嘶骑一去,征辔不还,玉楼歌吹已经随风飘散。佳人高楼望断,静掩屏帏,愁对绮窗,黯然神伤。停灯向晓,抱影斜倚,半睡半醒之间,一帘幽梦,若隐若现。草熏风暖,春色日浓。一片相思,转成凄楚。"人生自是有情痴,此恨不关风与月",风月摧折,却使人憔悴。

【注释】

　　①李商隐《对雪二首》之二:"关河冻合东西路,肠断斑骓送陆郎。"李白《别内赴征三首》之一:"王命三征去未还,明朝离别出吴关。白玉高楼看不见,相思须上望夫山。"

　　②辛弃疾《江城子》:"绣阁香浓,深锁凤箫声。"

　　③张先《山亭宴慢》:"天意送芳菲,正黯淡、疏烟逗雨。"

　　④王彦泓《宾于席上徐霞话旧》:"时世妆梳浓改淡,儿郎情境浅深知。"

【汇评】

　　黄天骥《纳兰性德和他的词》:"这词写思妇对征人的思念。她把自己关在绣房里,心情迷惘。春雨绵绵,这景色使她觉得毫无意趣。"

　　赵秀亭、冯统一《饮水词笺校》:"此阕与前同调之'古北口'一阕对看,颇有意味。一为行人思家中,一为家中思行人;共有'一春幽梦',一逐游丝,一在有无间,虽云念远,实乃自惜之甚,其为继室官氏欤? 二词似作于同时。"

虞美人

银床淅沥青梧老①,屟粉秋蛩扫②。采香行处蹙连钱③,拾得翠翘何恨不能言④。　　回廊一寸相思地⑤,落月成孤倚。背灯和月就花阴,已是十年踪迹十年心⑥。

【题解】

词当是重游故地所作。十年漂泊,十年苦忆,如今回到当日相处之所,却难觅往时生活痕迹。青桐已老,辘轳架长期无人使用而变得干涩起来,转动时发出阵阵嘶哑的声音,庭院长满青苔,意中人的踪迹也消散在蟋蟀声中。惟有失落在草丛中的翠翘,似乎可以见证当时的青春。而让人魂牵梦绕的那处回廊,在月下显得那样清冷。

【注释】

①银床:辘轳架。杜甫《冬日洛城北谒玄元皇帝庙》:"风筝吹玉柱,露井冻银床。"仇兆鳌注:"朱注:旧以银床为井栏,《名义考》:银床乃辘轳架,非井栏也。"

②屟:木底鞋。秋蛩,蟋蟀。孟郊《西斋养病夜怀多感》:"一床空月色,四壁秋蛩声。"

③连钱:花纹、形状似相连的铜钱。文徵明《三宿岩》:"古树腾蛟根束铁,春苔蚀雨翠连钱。"

④翠翘:古代妇人首饰,状似翠鸟尾上的长羽。温庭筠《经旧游》:"坏墙经雨苍苔遍,拾得当时旧翠翘。"

⑤回廊:范成大《吴郡志》:"响屟廊,在灵岩山寺。相传吴王令西施辈步屟,廊虚而响,故名。"

⑥高观国《玉楼春》:"十年春事十年心,怕说湔裙当日事。"

【汇评】

赵秀亭、冯统一《饮水词笺校》:"拾得翠翘而不能言,盖以新人在侧。

与卢氏结缡在康熙十三年,据'十年踪迹'句,词作于康熙二十二年。"

张秉戍《纳兰词笺注》:"纳兰词中多次提到'回廊',其必有所实指,但又难以确知,惟其必是与一段恋情有关,这是确定无疑的。本篇中'回廊一寸相思地'再次写到了这令诗人伤心断肠的地方,而且从结句来看,那段恋情的逝去已十年之久,岁月忽忽,然而往事历历。此中况味使诗人依然难以忘怀,可见他的情痴,亦一可见这段爱情的创痛实在太深太重了。"

菩萨蛮

寄梁汾苕中①

知君此际情萧索,黄芦苦竹孤舟泊②。烟白酒旗青,水村鱼市晴③。　　柁楼今夕梦④,脉脉春寒送。直过画眉桥⑤,钱塘江上潮。

【题解】

词作于康熙二十二年(1683),时顾贞观尚滞留南方。词中情绪较为复杂,有两人不得相聚的惆怅与萧索,对友人身处江南的欣慰与艳羡,还有对友人书信的期待。

【注释】

①副题汪刻本作"寄顾梁汾苕中"。苕中,浙江湖州一带。

②白居易《琵琶行》:"住近湓江地低湿,黄芦苦竹绕宅生。"

③王禹偁《点绛唇》:"水村渔市,一缕孤烟细。"

④柁楼:船上尾部柁工所在之处。

⑤顾贞观《踏莎美人》:"双鱼好托夜来潮,此信拆看,应傍画眉桥。"其自注云:"桥在平望,俗传画眉鸟过其下即不能巧啭;舟人至此,必携以登陆云。"

【汇评】

陈廷焯《云韶集》:"画景。笔致秀绝而语特凝练。"

清平乐

忆梁汾

才听夜雨,便觉秋如许。绕砌蛩螿人不语①,有梦转愁无据②。　　乱山千叠横江,忆君游倦何方。知否小窗红烛③,照人此夜凄凉。

【题解】

是词或当写于康熙二十二年(1683)秋。秋雨过后,小窗红烛,听蟋蟀声起,凉意渐生,不禁想起了他乡的友人,不知他今夜飘零在何方,也不知道浪迹江湖的友人,是否知晓还有一人在秋夜中默默地思念着他,牵挂着他。

【注释】

①洪皓《木兰花慢》:"正卉木凋零,蛩螿韵切,宾雁南翔。"

②赵彦端《点绛唇》:"我是行人,更送行人去,愁无据。"

③白居易《惜落花赠崔二十四》:"晚来怅望君知否,枝上稀疏地上多。"

【汇评】

张草纫《纳兰词笺注》:"性德于康熙二十二年春寄《菩萨蛮》给梁汾后,有一段时间得不到梁汾消息。"

张秉戌《纳兰词笺注》:"这是一首秋夜念友之作,抒发了作者对顾梁汾深切的怀念和深挚的友情。全篇亦情亦景,交织浑融。上片从窗外写起,以实笔出之,由'夜雨'和'蛩螿'有声而'人不语'的秋声秋意中,引来了对故人的怀念。过片虚写,谓由于江山阻隔而与梁汾不得想见,遂点到'忆君'之题旨。最后又以'小窗红烛'之眼前景收束,更加突出了'此夜凄凉'的氛围和心境。"

清平乐

塞鸿去矣①,锦字何时寄②。记得灯前伴忍泪,却问明朝行未。　　别来几度如珪③,飘零落叶成堆。一种晓寒残梦,凄凉毕竟因谁。

【题解】

词写相思,但于所思者之身份有不同看法,或以为思念爱妻,或以为思念友人。而词人所处位置也相应有所不同,或以为容若身在塞外,或以为他随驾南巡。据词中语气,当以前者为是。分离数月之久,不知不觉中已经落叶飘零,寒意也日渐浓厚,拂晓时分便不耐清寒而梦中惊醒。塞鸿已去,不知家书何时到来。记得离别前夕,爱侣灯前佯装低头,忍住泪水,询问行程事宜,如今恐怕不胜离情之苦了。

【注释】

①刘克庄《贺新郎》:"应笑书生心胆怯,向车中、闭置如新妇。空目送,塞鸿去。"

②辛弃疾《蝶恋花》:"一雁西风,锦字何时遣。"

③珪:同"圭",一种玉器。《说文》:"圭,瑞玉也,上圆下方。"江淹《别赋》:"秋露如珠,秋月如珪。"

【汇评】

盛冬玲《纳兰性德词选》:"这是一阕塞外忆内词:盼家信不至,已有怅惘之意;忆别时情况,又增相思之情;当晓寒梦残时面对白月落叶,更是不胜凄凉之感。胸中挚情,笔底流露,语意宛转,层次分明。"

赵秀亭、冯统一《饮水词笺校》:"疑此阕及上阕(《清平乐·忆梁汾》)作于同时,皆为寄梁汾词。词中'锦字'、'灯前'等语,诗家亦多用于怀友。'几度如珪',谓分别数月云。"

蝶恋花

出　塞

今古河山无定据^①，画角声中^②，牧马频来去^③。满目荒凉谁可语，西风吹老丹枫树^④。　　从前幽怨应无数，铁马金戈，青冢黄昏路^⑤。一往情深深几许^⑥，深山夕照深秋雨。

【题解】

词为咏史之作，或当作于康熙二十二年（1683）秋。词人身处边塞，见牧马去来，不禁想起了马背上的征战，耳畔仿佛回响起金戈铁马之声。古往今来，塞北江南，或战或和，留下了多少悲欢离合。从前已有无数幽怨，今后又将如何呢？无论是金戈铁马，还是青冢黄昏，都为秋雨冲刷。

【注释】

①佚名《青玉案》："人生南北如歧路，世事悠悠等风絮，造化小儿无定据。"

②丘崈《西江月》："寒意梧桐叶上，客愁画角声中。"

③崔道融《归燕》："海燕频来去，西人独滞留。"

④唐温如《题龙阳县青草湖》："西风吹老洞庭波，一夜湘君白发多。"

⑤青冢：杜甫《咏怀古迹五首》之三："一去紫台连朔漠，独留青冢向黄昏。"

⑥欧阳修《蝶恋花》："庭院深深深几许，杨柳堆烟，帘幕无重数。"

【汇评】

黄天骥《纳兰性德和他的词》："作者出塞时，遥望河山，不禁无限感慨。他从塞外的山河联想到为争斗河山而爆发的战争，联想到当年跃马横戈的将士，现在都像王昭君那样埋骨于青冢。这词意境慷慨苍凉，结句写得特别深沉含蓄。"

吴士昌《词林新话》："此首通体俱佳。唯换头'从前幽怨'不叶,可倒为'幽怨从前'。"

钱仲联《清词三百首》："这首小令,是性德侍从康熙皇帝出塞之作。表面是吊古,但有伤今之意,刚健中含有婀娜。说从前幽怨,也不是很古的从前,铁门金戈,青冢黄昏,隐约透视着满清入关以前各族间的战争痕迹。'今古河山无定据',含而不露,不让人得以指摘。纳兰氏与爱新觉罗氏是世仇,性德虽仕于清廷,怕还是'别有一番滋味在心头'。"

台城路①

塞外七夕

白狼河北秋偏早②,星桥又迎河鼓③。清漏频移,微云欲湿,正是金风玉露④。两眉愁聚。待归踏榆花⑤,那时才诉。只恐重逢,明明相视更无语。　　人间别离无数⑥,向瓜果筵前⑦,碧天凝伫,连理千花,相思一叶,毕竟随风何处。羁栖良苦,算未抵空房,冷香啼曙。今夜天孙⑧,笑人愁似许。

【题解】

纳兰词中"七夕"之日所作,大约有三首,以此篇最晚,或当作于康熙二十二年(1683)。词中说"只恐重逢,明明相视更无语",令人想到苏轼《江城子》"十年生死两茫茫"一阕之"夜来幽梦忽还乡,小轩窗,正梳妆。相顾无言,惟有泪千行",那么是词当为悼亡。而归踏榆花之日,再来倾诉别离之苦,则近乎强作安慰。

【注释】

①台城路:汪刻本等作"齐天乐"。

②白狼河:今辽宁省之大凌河。沈佺期《古意呈补阙乔知之》:"白狼河北音书断,丹凤城南秋夜长。"

③星桥:鹊桥。贺铸《乌夜啼》:"牛女相望处,星桥不碍东西。"河鼓,星官名,即何鼓。《尔雅·释天》:"何鼓谓之牵牛。"徐凝《七夕》:"一道鹊桥横渺渺,千声玉佩过玲玲。别离还有经年客,怅望不如河鼓星。"

④李商隐《辛未七夕》:"由来碧落银河畔,可要金风玉露时。"

⑤曹唐《织女怀牛郎》:"欲将心就仙郎说,借问榆花早晚秋。"

⑥秦观《鹊桥仙》:"金风玉露一相逢,便胜却人间无数。"

⑦向瓜果筵前:袁刻本作"向堆筵瓜果"。

⑧天孙:织女星。《史记·天官书》:"河鼓大星……其北织女。织女者,天孙也。"

【汇评】

朱庸斋《分春馆词话》卷三:"纳兰以小令之法为长调,故其调气格薄弱。即如其《台城路》'塞外七夕'词,谭献评曰'逼真北宋慢词',其实距离周、秦之作何止以道里计。近人每惜其'享年不永,力量未充',未能臻于'沉著浑至'之境,其实纳兰长处正以凄惋清丽动人,何必定以'沉著'律之也。"

满江红

代北燕南,应不隔、月明千里①。谁相念、胭脂山下②,悲哉秋气③。小立乍惊清露湿,孤眠最惜浓香腻。况夜乌、啼绝四更头,边声起④。 销不尽,悲歌意。匀不尽,相思泪。想故园今夜⑤,玉阑谁倚。青海不来如意梦,红笺暂写违心字。道别来、浑是不关心,东堂桂⑥。

【题解】

词作于康熙二十二年(1683)秋,时纳兰性德随扈五台山。上片说代北燕南,离家尚不甚远,说不上明月千里寄相思,但终究是听闻边声四起,为萧瑟的氛围所包裹,更何况客居孤眠,秋意渐浓,一片衰飒,怎能不令人怆然？下片说想必故园今夜,玉人斜靠阑干,望尽天涯路。为了避免勾起对方的牵挂,词人故意在家信中显得漫不经心。

【注释】

①牛峤《定西番》:"紫塞月明千里,金甲冷,戍楼寒,梦长安。"

②胭脂山:燕支山,在古匈奴境内,因产胭脂草而得名。

③《楚辞·九辩》:"悲哉秋之为气也。"

④范仲淹《渔家傲》:"四面边声连角起,千嶂里,长烟落日孤城闭。"

⑤杜荀鹤《题新雁》:"想得故园今夜月,几人相忆在江楼。"

⑥李频《赠桂林友人》:"君家桂林住,日伐桂枝炊。何事东堂树,年年待一枝。"

【汇评】

黄天骥《纳兰性德和他的词》:"秋天,诗人到了塞外,思念故园,不禁悲从中来。他想得很多,边声秋意,更勾起了诗人的离情别绪。但是,为了减轻闺中人的烦恼,诗人写家信时,故意显得薄情寡恩,偏偏说自己一点儿也不想家。这种姿态,反进一步表明了他内心的痛苦。"

月上海棠

中元塞外①

原头野火烧残碣②。叹英魂,才魄暗销歇③。终古江山,问东风、几番凉热。惊心事,又到中元时节。　　凄凉况是愁中别。枉沉吟、千里共明月④。露冷鸳鸯,最难忘、满地荷叶。青鸾杳⑤,碧天云海音绝。

【题解】

此词作于康熙二十三年(1684)七月十五日,其时容若随驾塞外。原野上,荒草间,残碑断碣隐约可见。词人由此想到多少英烈忠魂,埋没草野之间，无人祭奠。而山海翻覆，几番凉热，世事播迁，所谓功业，有何值得留恋？此时此刻，更使他伤感的，不是功业难就，而是客中凄凉，音书渺茫，故希望千里共明月，人长久如荷池鸳鸯。

【注释】

①中元：中元节，农历七月十五日。此日佛家作盂兰盆会，道家作斋醮，民间祭祖扫墓等。

②刘克庄《长相思》："野火原头烧断碑。不知名姓谁。"

③韩偓《金陵》："自古风流皆暗销，才魂妖魂谁与招。"

④谢庄《月赋》："隔千里兮共明月。"苏轼《水调歌头》："人有悲欢离合，月有阴晴圆缺，此事古难全。但愿人长久，千里共婵娟。"

⑤吴文英《六丑》："青鸾杳、细车音绝。"

【汇评】

张草纫《纳兰词笺注》："作者于康熙二十二年六月及二十三年五月都跟随康熙帝去古北口避暑，但二十二年的一次在中元节前回京，二十三年的一次在七月下旬回京，故本词系作于二十三年七月。"

临江仙

塞上得家报云秋海棠开矣，赋此①

六曲阑干三夜雨②，倩谁护取娇慵。可怜寂寞粉墙东。已分裙衩绿，犹裹泪绡红。　　曾记鬓边斜落下③，半床凉月惺忪。旧欢如在梦魂中④。自然肠欲断，何必更秋风。⑤

【题解】

词咏秋海棠。容若在塞上，得到家书，获知家中秋海棠已开，由花及人，不胜慨叹。上片拟想秋海棠盛开的情形。秋来凄风凉雨，盛开在六曲阑干下的秋海棠，又有谁去怜惜呢？自己远在边塞，它的娇慵也只得在寂寞中消散了,想必花蕊上的露水就是它凄楚的泪珠吧。下片记起与佳人夜半同赏秋海棠的往事,凉月似水,花开如旧,而佳人只能在梦中相聚了。不必等到秋风萧瑟,花落人悲,单单是这迎风摇曳的海棠花,就已经令人愁肠欲断了。词或作于康熙二十三年(1684)。

【注释】

①副题《草堂嗣响》仅"海棠"两字。

②朱希真佚调名:"归期誓约十馀朝,去后又经三四月,鱼沉雁杳,空倚著六曲阑干。"三夜雨,《词雅》作"三伏雨"。

③王彦泓《临行阿琐欲尽写前诗》:"可记鬓边花落下,半身凉月靠阑干。"

④温庭筠《更漏子》:"春欲暮,思无穷,旧欢如梦中。"

⑤秋海棠又名断肠花。《嫏嬛记》卷中引《采兰杂志》:"昔有妇人思所欢不见,辄涕泣,恒洒泪于北墙之下。后洒处生草,其花甚媚,色如妇面,其叶正绿反红,秋开,名曰断肠花,又名八月春,即今秋海棠也。"曹寅《留题香叶山堂》诗:"当户幽丛红滴滴,西风开满断肠花。"

【汇评】

盛冬玲《纳兰性德词选》:"秋海棠是一种多年生草本植物,秋天开花。容若因眷恋旧人,可能对家中院内的秋海棠抱有特殊的感情,他续弦的妻子知道这一点,所以在家信中特意把秋海棠开花的消息告诉他。容若在塞上得信,拟想秋海棠开花的神态,又因花及人,思绪万千,埋藏在心底的亡故多年的前妻的形象似乎活现在眼前,不由慨叹旧欢如梦,沉浸在悲痛的感情之中。"

金缕曲

寄梁汾

木落吴江矣①。正萧条、西风南雁,碧云千里②。落魄江湖还载酒③,一种悲凉滋味。重回首、莫弹酸泪。不是天公教弃置,是南华、误却方城尉④。飘泊处,谁相慰。　　别来我亦伤孤寄。更那堪、冰霜摧折,壮怀都废。天远难穷劳望眼,欲上高楼还已⑤。君莫恨、埋愁无地。秋雨秋花关塞冷,且殷勤、好作加餐计⑥。人岂得,长无谓⑦。

【题解】

此词寄与时在江南的顾贞观,一方面以杜牧、温庭筠为比照,对其流落不偶、滞留南方的萧索处境给予安慰,另一方面抒发自己别来的苦闷和思念,同时对其即将北上道一声珍重。"秋雨秋花关塞冷"并非描述词人自身的处境,而是提醒即将北来的对方,希望友人多加保重。本词大约作于康熙二十三年(1684)秋。

【注释】

①吴江:江苏南部,顾贞观原籍无锡。王之道《长相思》:"吴江枫,吴江风,索索秋声飞乱红。"

②许浑《寄从兄遵》:"沧海十年龙景断,碧云千里雁行疏。"

③杜牧《遣怀》:"落魄江湖载酒行,楚腰纤细掌中轻。"

④南华:《南华经》,汪刻本等作"才华"。方城尉:温庭筠曾为方城(今河南省方城县)尉。《唐才子传·温庭筠》:"举进士,数上又不第。出入令狐相国书馆中,待遇甚优。时宣宗喜歌《菩萨蛮》,绹假其新撰进之,戒令勿泄,而遽言于人。绹又尝问玉条脱事,对以出《南华经》,且曰:'非僻书,相公燮理之暇,亦宜览古。'又有言曰:'中书省内坐将军。'讥绹无学,由是渐疏之。自伤云:'因知此恨人多积,悔读《南华》第二篇。'"

⑤辛弃疾《满江红》:"天远难穷休久望,楼高欲下还重倚。"

⑥《古诗十九首》之一:"弃捐勿复道,努力加餐饭。"

⑦李商隐《无题》:"人生岂得长无谓,怀故思乡共白头。"

【汇评】

张草纫《纳兰词笺注》:"顾贞观(梁汾)于康熙二十年秋因母丧南归,二十二年春,作者有《菩萨蛮·寄梁汾苕中》,苕中与本词中的'吴江'近在咫尺。本词有'秋雨秋花关塞冷'之句,因此可能作于二十二年九月至十月扈驾至五台山时。"

赵秀亭、冯统一《饮水词笺校》："顾梁汾与成德结识近十年间,至少有四年秋季在南,即康熙十七年、二十年、二十一年、二十二年。另二十三年九月底之前亦在南,词之作期难以骤定。观性德二十三年九月二十七日致梁汾简,有'从前壮志,都已飏尽'语,与此词中'冰霜摧折,壮怀都废'意仿佛;'秋雨秋花关塞冷'句,则合梁汾即将北上进京事;书中又云'中秋后曾与大恩僧舍以一函相寄',词或即随僧舍函寄出。"

金缕曲

未得长无谓①。竟须将、银河亲挽,普天一洗②。麟阁才教留粉本③,大笑拂衣归矣。如斯者、古今能几。有限好春无限恨,没来由、短尽英雄气。暂觅个,柔乡避④。　　东君轻薄知何意。尽年年、愁红惨绿,添人憔悴⑤。两鬓飘萧容易白,错把韶华虚费。便决计、疏狂休悔。但有玉人常照眼⑥,向名花、美酒拚沉醉⑦。天下事,公等在。

【题解】

词当作于康熙二十三年(1684)。容若此间曾致书顾贞观,多有感喟:"从前壮志,都已飏尽。昔人言,身后名不如生前一杯酒,此言大是。弟是以甚慕魏公子之饮醇酒、近妇人也。沦落之余,方欲葬身柔乡,不知安得如鄙人之愿否?"是词情绪之低回,及逃身于温柔之乡的愿望,都十分明显。词中说他曾经也豪情壮志,企盼多一番事业,然后功成身退,留名青史。只可惜这样的事情从古到今都没有几个例子。眼看一年年韶华虚度,青春即将耗尽而依然无所作为,不免英雄气短,只得把希望寄情于名花、美酒与红粉知己,以忘却世事。

【注释】

①李商隐《无题》:"人生岂得长无谓,怀故思乡共白头。"

②杜甫《洗兵马》:"安得壮士挽天河,净洗甲兵长不用。"

③《汉书·苏武传》:"甘露三年,单于始入朝。上思股肱之美,乃图画其人于麒麟阁。"颜师古注引张晏曰:"武帝获麒麟时作此阁,图画其像于阁,遂以为名。"

④伶玄《赵飞燕外传》:"是夜进合德,帝大悦,以辅属体,无所不靡,谓为温柔乡。语嫚曰:'吾老是乡矣,不能效武皇帝求白云乡也。'"

⑤杨无咎《阳春》:"尽憔悴、过了清明候,愁红惨绿。"

⑥王彦泓《梦游》:"但有玉人长照眼,更无尘务暂经心。"

⑦王子容《满庭芳》:"且向露桃花底,拚沉醉,频举觥舡。"

【汇评】

赵秀亭、冯统一《饮水词笺校》:"此阕沮丧情绪甚浓,与致顾贞观手简如出一辙,作期亦当相近。'觅柔乡'、'玉人照言',非泛言,乃谓欲纳沈宛事。"

虞美人

彩云易向秋空散①,燕子怜长叹②。几番离合总无因,赢得一回偻㑼一回亲③。　　归鸿旧约霜前至,可寄香笺字?不如前事不思量,且枕红蕤欹侧看斜阳④。

【题解】

是词为闺中女子的口吻。美好的事物总难持久,就好比天空的彩云,固然灿烂,也易消散。我们的感情就这样结束,让人不甘又无奈。几番折腾,分分合合,剩下的并不全是愁苦与心碎,还有温馨与甜蜜。夜间长吁短叹,连梁上的燕子也被惊扰得难以安宁。清晨起来思量,对方应该不会就此松手吧?按照惯例,他的书信就快到了,今天还会有信来吗?思来想去,夕阳西下还没理清头绪。

【注释】

①白居易《简简吟》:"大都好物不坚牢,彩云易散琉璃脆。"

②李商隐《无题四首》之四:"归来辗转到五更,梁间燕子闻长叹。"

③僝僽:烦恼;愁苦。周紫芝《宴桃源》:"帘幕疏疏风透,庭下月寒花瘦,宽尽沈郎衣,方寸不禁僝僽。"

④红蕤:红蕤枕,传说中的仙枕。毛滂《小重山·春雪小醉》:"十年旧事梦如新,红蕤枕,犹暖楚峰云。"

【汇评】

赵秀亭、冯统一《饮水词笺校》:"以恋人口吻作寄友诗,亦释家常伎。此阕实为寄顾贞观词。性德康熙二十三年春寄顾贞观书云'杪夏新秋,准期握手',即词'旧约霜前至'事;词'几番离合'句,亦与梁汾曾数度南返合。词或二十三年春随书以寄。"

张秉戍《纳兰词笺注》:"这首词是从闺中人的角度写的,写她相思的愁情难耐,写她痛苦矛盾的心理。最后二句的自宽自慰之语,很有'愁多翻自笑'的妙趣,使词情更其深婉透过。"

梦江南(十首)

其 一

江南好,建业旧长安①。紫盖忽临双鹢渡②,翠华争拥六龙看③。雄丽却高寒。

【题解】

康熙二十三年(1684)九月末至十一月,康熙首次南巡,容若扈驾随行,先后曾至南京、苏州、无锡、扬州、镇江等江南名城,十首《梦江南》即因此行而作。其《与顾梁汾书》亦对此行有所描述:"至于铁锁横江,金焦矗日,倚妙高之台畔,访瘗鹤之遗踪。瓜步雄风,神鸦社鼓;扬州逸兴,坐月吹箫。听六代之钟声,半沉流水;望三山之云影,时动寒裳。此亦可以兴吊古之思,发游仙之梦矣。更有鹤林旧刹,甘露精蓝,近海岳之幽偏,多老颠之遗墨。零缣断素，虽不可求；薜碣牛磨，时有可同。此又仆所徘徊慨慕而不自已者也。"此首写御驾宸游、万人空巷的盛况，以及词人对金陵古都总体感受。

【注释】

①建业：南京。旧长安，喻南京为故都。李白《金陵三首》之一："晋家南渡日，此地旧长安。"

②紫盖：斗牛之间的云气，后傅会为王者之气。《三国志·吴志·吴主传》"以太常顾雍为丞相"裴松之注引《吴书》："以尚书令陈化为太常……为郎中令使魏，魏文帝因酒酣，嘲问曰：'吴魏峙立，谁将平一海内者乎？'化对曰：'《易》称帝出乎震，加闻先哲知命，旧说紫盖黄旗，运在东南。'"王勃《常州刺史平原郡开国公行状》："龙骧凤起，霸图存玉垒之云；紫盖黄旗，王迹著金陵之野。"

③翠华：帝王仪仗。司马相如《上林赋》："建翠华之旗，树灵鼍之鼓。"颜师古注："翠华之旗，以翠羽为旗上葆也。"六龙，天子车驾。马八尺称龙。杜牧《长安晴望》："回识六龙巡幸处，飞烟闲绕望春台。"

【汇评】

张秉戍《纳兰词笺注》："康熙二十三年(1684)九月末至十一月末，纳兰扈从圣驾第一次巡幸江南，先后到达南京、苏州、无锡、扬州、镇江等地。这组《梦江南》即写于此时。词共十首，皆以'江南好'句发端。如此联章之作，显然是仿效欧阳修歌咏颍州西湖十首《采桑子》的写法。纳兰这组词的前三首是写南京的。《其一》歌咏建业(南京)的雄丽，但又说它毕竟是'旧长安'，繁华早谢，纵然是皇帝宸游，盛况空前，却仍生起'高寒'之叹。"

其　二

江南好，城阙尚嵯峨①。故物陵前惟石马②，遗踪陌上有铜驼③。玉树夜深歌④。

【题解】

词写金陵城池的宏阔壮丽，以及游览历史古迹所引发的兴亡之感。陵前石马、陌上铜驼，揭示了这所城池的历史底蕴，而响彻古今的《玉树后庭花》似乎表明在经历了无数风风雨雨、起起落落之后而故事依旧。

【注释】

①刘禹锡《杨柳枝》:"扬子江头烟景迷,隋家宫树拂金堤。嵯峨犹有当时色,半蘸波中水鸟栖。"

②杜甫《玉华宫》:"当时侍金舆,故物独石马。"

③《晋书·索靖传》:"靖有先识远量,知天下将乱,指洛阳宫门铜驼,叹曰:'会见汝在荆棘中耳。'"

④玉树:《玉树后庭花》曲,南朝陈后主所制。《陈书·皇后传·后主张贵妃》:"后主每引宾客对贵妃等游宴,则使诸贵人及女学士与狎客共赋新诗,互相赠答。采其尤艳丽者以为曲词,被以新声……其曲有《玉树后庭花》、《临春乐》等,大致所归,皆美张贵妃、孔贵嫔之容色也。"杜牧《泊秦淮》:"商女不知亡国恨,隔江犹唱后庭花。"

【汇评】

黄天骥《纳兰性德和他的词》:"清康熙二十三年九月,纳兰性德跟随康熙皇帝到江南一带巡视。途中作了《忆江南》词十一首,描述江南景色,抒发南行观感。这词里提到城阙,当时指明故都金陵。作者看到明故都的情景,不禁产生了兴亡之感。"

其 三

江南好,怀古意谁传。燕子矶头红蓼月①,乌衣巷口绿杨烟②。风景忆当年。

【题解】

词写"怀古"之意,凭吊乌衣巷口、燕子矶头等历来诗家吟唱之地,亦无不盛衰变迁之慨。故曰"风景忆当年"而非"似当年"。

【注释】

①燕子矶:在江苏南京东北郊,三面悬绝临江,宛如飞燕。红蓼,水边草本植物,花呈淡红色。许浑《鹭鸶》:"何限归心倚前阁,绿蒲红蓼练塘秋。"

②乌衣巷:在江苏南京城内东南,曾为晋宋时期王谢等望族所居之地。刘禹锡《金陵五题·乌衣巷》:"朱雀桥边野草花,乌衣巷口夕阳斜。旧时王谢堂前燕,飞入寻常百姓家。"

【汇评】

赵秀亭、冯统一《饮水词笺校》:燕子矶二句,一写城外,一写城内;一写秋,一写春,约略道出江宁风致。清圣祖南巡,十一月初一至江宁,初二谒明孝陵,初四出城,驻跸燕子矶。在江宁凡四日。

其 四

江南好,虎阜晚秋天①。山水总归诗格秀,笙箫恰称语音圆。谁在木兰船②。

【题解】

词写苏州秋景。其山水之清秀,催生了多少俊逸诗篇,又酝酿了多少婉转的乐曲,连吴语都是那么轻柔迷人。纳兰性德另有《绿水亭杂识》,对虎丘有细致描述:"虎丘山在吴县西北九里,先名海涌山,高一百三十尺,周二百十丈。遥望平田中一小丘,比入山,则泉石奇诡,应接不暇。"

【注释】

①虎阜:虎丘,在江苏苏州西北阊门外。

②梁孝威《采莲曲》:"金桨木兰船,戏采江南莲。"

【汇评】

况周颐《蕙风词话》卷二:"罗子远《清平乐》'两江能吴语'五字甚新。杨柳渡头,荷花荡口,暖风十里,剪水呷呀,声愈柔而景愈深。尝读《饮水词·望江南》云……'笙调'与此'两江'句同一妙于领会。"

其 五

江南好,真个到梁溪①。一幅云林高士画②,数行泉石故人题③。还似梦游非。

【题解】

词写抵达无锡的喜悦。张草纫《纳兰词笺注》以为此处"故人"专指严绳孙,良是。其友严绳孙为无锡人,词人曾有词《临江仙·寄严荪友》云"生小不知江上路,分明却到梁溪"。以前梦中到此一游,如今真正踏上这块土地,惊喜之余,不免恍惚。

【注释】

①梁溪:在江苏无锡西门外。

②云林:元代画家倪瓒,字云林,江苏无锡人。

③《清史列传》卷七十《严绳孙传》:"兼工书画,梁溪人争以倪云林目之。"

【汇评】

黄拔荆《中国词史》(下卷):"第二首(即此词)写严绳孙归隐江南以书画自娱。'云林'即元代著名画家倪瓒。元亡后,他退隐家园,以书画为乐。他的作品风格幽淡,深得隐逸雅趣。严绳孙是梁溪人,也擅长山水画,故梁溪人视之为倪云林之继承者。此词借赞美严氏书画才能,表达作者思友之心。篇幅虽短,意蕴却丰富。"

其 六

江南好,水是二泉清①。味永出山那得浊②,名高有锡更谁争③。何必让中泠④。

【题解】

词写无锡泉水之清冷,虽有天下第二之称,实不让第一,当是单纯咏叹而已。

【注释】

①二泉:江苏无锡西郊的惠山泉,陆羽品其为"天下第二泉"。

②杜甫《佳人诗》:"在山泉水清,出山泉水浊。"

③陆羽《游慧山寺记》:"慧山,古华山也。……山东峰当周秦间,大产铅锡,故名锡山。汉兴,锡方殚,故创无锡县。王莽时锡复出,改县名曰有

锡。至孝顺之世，锡果竭，顺帝更为无锡县。"

④中泠：中泠泉，在江苏镇江西北，曾被称为"天下第一泉。"

【汇评】

赵秀亭、冯统一《饮水词笺校》："杜诗《佳人》'在山出山'句，仇兆鳌注：'谓守正清而改节浊也。'性德友人多前明旧人，纷纷'出山'入仕清朝，词因反杜诗意而用之。"

其 七

江南好，佳丽数维扬①。自是琼花偏得月②，那应金粉不兼香③。谁与话凄凉。

【题解】

词写扬州为六朝金粉之地，风景旖旎，自古繁华。有佳丽无数，有满目春色之琼花，更有凄清幽美的月下之景。

【注释】

①维扬：江苏扬州市。《尚书·禹贡》有云"淮海惟扬州"，"惟"、"维"互通，后人即以"维扬"代扬州。

②周密《齐东野语·琼花》："扬州后土祠琼花，天下无二本，绝类聚八仙，色微黄而有香。仁宗庆历中，尝分植禁苑，明年辄枯，遂复载还祠中，敷荣如故。……今后土之花已薪，而人间所有者，特当时接本，仿佛似之耳。"徐凝《忆扬州》："天下三分明月夜，二分无赖是扬州。"

③吴伟业《残画》诗："六朝金粉地，落木更萧萧。"

【汇评】

赵秀亭、冯统一《饮水词笺校》："此阕写扬州。结句以问语出之，似颇寂寞。"

其 八

江南好，铁瓮古南徐①。立马江山千里目②，射蛟风雨百灵趋③。北顾更踟蹰。

【题解】

是词写作为兵家要地的镇江,曾有多少英雄豪杰立马横槊于此,踌躇满志。

【注释】

①铁瓮:铁瓮城,古润州子城。杜牧《润州》之二:"城高铁瓮横强弩,柳暗朱楼多梦云。"其自注云"润州城,孙权筑,号为铁瓮。"南徐,今江苏省镇江市。

②《汉书·武帝纪》:"(元封)五年冬,行南巡狩……自浔阳浮江,亲射蛟江中,获之。"百灵,百神。

③北顾:北固山,在江苏镇江市北。《世说新语·言语》:"荀中郎在京口,登北固望海,云:'虽未睹三山,便自使人有凌云意。'"

【汇评】

艾治平《清词论说》:"康熙二十三年十一月的扈驾南巡(《清实录》称东巡),他用[忆江南]调一下写了十首'江南好':明孝陵、燕子矶、虎丘山、惠山泉、'佳丽数维扬'、'铁瓮古南徐'(镇江)等等江南的名山胜水城郭风情,写来无不珠圆玉润,文采缤纷,情韵悠悠。"

其　九

江南好,一片妙高云①。砚北峰峦米外史②,屏间楼阁李将军③。金碧矗斜曛。

【题解】

是词写镇江景色之优美,尤其是登上妙高峰,浮云缭绕,烟雾缥缈,宛如米芾之山水画,而夕阳西下,金光四射,显得富丽辉煌,又如李将军的金碧山水画。纳兰有诗《圣驾临江恭赋》:"却上妙高台,悠悠天水碧。"

【注释】

①妙高云:江苏镇江金山之最高处,上有妙高台。

②砚北:几案面南,人作砚之北。米外史,米芾,字元章(1051—1107),号鹿门居士,又称海岳外史、襄阳漫士,北宋书画家。

③李将军:李思训(651—716),字健,唐代画家,曾官武卫大将军。

【汇评】

赵秀亭、冯统一《饮水词笺校》:"以上二阕写镇江。圣祖南巡,十月二十三日自仪真渡江抵镇江,二十四日游金山、焦山,午后启行。另'一片妙高云'阕显然曾受宋琬《浪淘沙》词影响,宋词载纳兰性德与在、顾贞观同编之《今词初集》。"

其 十

江南好,何处异京华。香散翠帘多在水,绿残红叶胜于花。无事避风沙①。

【题解】

此词为江南诸篇的综述,写江南的山清水秀胜过京华,却无风沙之苦。所谓风沙,当是写实而已。

【注释】

①无事:无须。

【汇评】

赵秀亭、冯统一《饮水词笺校》:"比照京华,写初至南中之感会。"

浣溪沙

十里湖光载酒游①,青帘低映白苹洲②,西风听彻采菱讴。 　　沙岸有时双袖拥,画船何处一竿收③。归来无语晚妆楼。

【题解】

词写于康熙二十三年(1684)十月,时容若扈驾南巡。词中所绘湖光山色,既有其亲眼目睹,也不乏详细虚拟之辞。采菱、画船等,即使未必作者所亲见,也被认为是江南理应拥有之景。词人所谓"十里湖光载酒游",亦不无杜牧"江湖载酒行"之意,所表达的是传统文人意欲沉湎于青山秀水,以获得心灵自由的一种梦想。杜牧在江南的风流倜傥,曾引领出多少怅惘。如今终于践履其间,进入画境了,这是何等幸福的事情。

【注释】

①张孝祥《西江月》:"满载一船秋色,平铺十里湖光。"

②白苹洲:长满白色苹花的沙洲,江南水乡的特有景致。张祜《江南逢故人》:"春风故人夜,又醉白苹洲。"

③罗隐《曲江春感》:"一船明月一竿竹,家住五湖归去来。"

【汇评】

赵秀亭、冯统一《饮水词笺校》:"此阕写于苏州无锡间见闻,作于康熙二十三年十月底。采菱虽似稍迟,然同时作诗云:'棹女红妆映茜衣,吴哥清切傍斜晖。'"

浣溪沙

红桥怀古,和王阮亭韵①

无恙年年汴水流②,一声水调短亭秋③,旧时明月照扬州④。　　曾是长堤牵锦缆⑤,绿杨清瘦至今愁⑥。玉钩斜路近迷楼⑦。

【题解】

康熙元年(1662),时任扬州府推官的王士禛,与袁于令、陈维崧等游红桥,作《红桥倡和》诗,赋《浣溪沙》三首。康熙二十三年(1684),容若扈驾至扬州,用王士禛《浣溪沙》第一首之韵而作此词,凭吊遗迹,感怀隋炀帝旧事。王士禛原词为："北郭青溪一带流，红桥风物眼中秋。绿杨城郭是扬州。西望雷塘何处是？香魂零落使人愁。淡烟芳草旧迷楼。"

【注释】

①红桥：吴绮《扬州鼓吹词序》："红桥在城西北二里。崇祯间形家设以锁水口者，朱栏数丈，远通两岸。而荷香柳色，雕楹曲槛，鳞次环绕，绵亘十余里。春夏之交，繁弦急管，金勒画船，掩映出没于其间，诚一郡之丽观也。"又王士禛有《红桥游记》云："出镇淮门，循小秦淮而北，陂岸起伏多态，竹木翁郁，清流映带。人家多因水为园，亭榭溪塘，幽窈而明瑟，颇尽四时之美。挐小舟，循河西北行，林木尽处，有桥，宛然如垂虹下饮于涧，又如丽人靓妆袨服流照明镜中，所谓红桥也。游人登平山堂，率至法海寺舍舟而陆，径必出红桥。下桥四面皆人家荷塘，六七月间，菡萏作花，香闻数里，青帘白舫，络绎如织，良谓胜赏矣。"王阮亭，王士禛(1634—1711)，字子真、贻上，号阮亭、渔洋山人，山东新城人。著有《渔洋山人精华录》《池北偶谈》《香祖笔记》《居易录》《带经堂集》等多种。

②汴水：古水名，连接黄淮。许棠《汴河十二韵》："昔年开汴水，元应别有由。或兼通楚塞，宁独为扬州。"

③胡震亨《唐音癸签·乐通二》："《海录碎事》云：'隋炀帝开汴河，自造《水调》。'《水调》及《新水调》，并商调曲也。唐曲凡十一迭，前五迭为歌，后六迭为入破。"杜牧《扬州》："谁家唱水调，明月满扬州。"

④钱谦益《抵广陵》："旧时明月空在眼，新愁水调欲沾衣。"

⑤曾是长堤牵锦缆：汪刻本作"惆怅绛河何处去"。《隋炀帝开河记》："龙舟既成，泛江沿淮而下。至大梁，又别加修饰，砌以七宝金玉之类。于吴越间取民间女年十五六岁者五百人，谓之殿脚女。至于龙舟御楫，即每船用彩缆十条，每条用殿脚女十人，嫩羊十口，令殿脚女与羊相间而行，牵之。时恐盛暑，翰林学士虞世基献计，请用垂柳栽于汴梁两堤上。"

⑥至今：汪刻本作"绾离"。

⑦玉钩斜路近迷楼：汪刻本作"至今鼓吹竹西楼"。玉钩斜，隋代葬埋宫女的墓地。陈师道《后山诗话》："广陵亦有戏马台，其下有路，号玉钩斜。"迷楼，在今扬州西北。冯贽《南部烟花记·迷楼》："迷楼凡役夫数万，经岁而成。楼阁高下，轩窗掩映，幽房曲室，玉栏朱楯，互相连属。帝大喜，顾左右曰：'使真仙游其中，亦当自迷也。'故云。"

陈水云《唐宋词在明末清初的传播与接收》:"纳兰性德不仅步和阮亭其韵,而且在写法上也是有意模仿王士禛,由眼前之明月引发人们对旧时之扬州的回想,这里曾是隋炀帝泛舟之地和官女牵缆之堤,如今这些曾有的繁华都已成为过眼云烟,字里行间流露出一种深邃的历史感,比较而言,纳兰性德的词较王士禛的词意义更为显豁。"

浣溪沙

脂粉塘空遍绿苔①,掠泥营垒燕相催,妒他飞去却飞回。 一骑近从梅里过②,片帆遥自藕溪来③。博山香烬未全灰④。

【题解】

词写因病滞留无锡的惆怅。江南文物古迹与千里风光,曾引领无限向往。如今身处无锡,却困守房中,望炉烟袅袅,所以对飞来飞去的燕子不无妒意。一骑过梅里,片帆度藕溪,则是他的畅想与期待了。

【注释】

①脂粉塘:相传为西施沐浴之溪。任昉《述异记》:"吴故宫有香水溪,俗云西施浴处,又呼脂粉塘。吴王宫人濯妆于此溪上源,至今馨香。"

②《史记·吴太伯世家》张守节《正义》:"太伯居梅里,在常州无锡县东南六十里。"

③藕溪:在无锡西北三十里。

④《西京杂记》卷一:"长安巧工丁缓者……又作九层博山香炉,镂为奇禽怪兽,穷诸灵异,皆自然运动。"

【汇评】

张草纫《纳兰词笺注》:"此词作于康熙二十三年十月扈驾南巡时。"

赵秀亭、冯统一《饮水词笺校》:"此阕与上阕'十里湖光载酒行'作于同时。南巡扈驾似难独自出行,惟偶患病,方得片刻栖迟自适。性德有《病中过无锡》诗二首,可为此二阕词注脚。……词云'妒他飞去却飞回',盖燕可依留从容,人却须一骑匆匆,未能尽其徘徊慨慕之情。"

采桑子

那能寂寞芳菲节①,欲话生平。夜已三更,一阕悲歌泪暗零。 须知秋叶春华促②,点鬓星星。遇酒须倾,莫问千秋万岁名。③

【题解】

词意较为颓废。词人嗟叹人生短暂,春花秋叶转眼飘零,青春不再,雄心壮志亦随之流逝,颇有劳顿疲惫之感。赵秀亭等引容若《致顾贞观书》为证,以为是词作于康熙二十三年(1684)九月,但开篇所言"芳菲节",分明言春天景色。

【注释】

①芳菲节:花儿盛开的时节,即春天。武元衡《寒食下第》:"柳挂九衢丝,花飘万家雪。如何憔悴人,对此芳菲节。"

②萧统《有所思》:"别前秋夜落,别后春花芳。"

③《晋书·张翰传》:"使我有身后名,不如即时一杯酒。"李白《行路难》其三:"且乐生前一杯酒,何须身后千载名?"

【汇评】

赵秀亭、冯统一《饮水词笺校》:"康熙二十三年九月,性德《致顾贞观书》:'弟比来从事鞍马间,益觉疲顿;发已种种,而执殳如昔;从前壮志,都已镶尽。昔人言身后名不如生前一杯酒,此言大是。'书中消斫情绪,与此词相仿佛,词之作期盖与《致顾贞观书》相近。"

鹊桥仙①

月华如水，波纹似练，几簇淡烟衰柳。塞鸿一夜尽南飞，谁与问、倚楼人瘦②。　　韵拈风絮③，录成金石④，不是舞裙歌袖。从前负尽扫眉才⑤，又担阁、镜囊重绣。

【题解】

月下怀人之作。上片铺叙。月华如水，月色似练，淡烟衰柳，塞鸿南飞，人倚高楼，无非渲染岑寂之境，逗引出相思之情。下片表白。称道对方有谢道韫、李清照之才，不让须眉，非等闲寻常舞裙歌袖之女所能比，惋惜这些才华，迫于身份所限而不得施展，言语中多同情之意。

【注释】

①鹊桥仙：《通志堂集》误作"踏莎行"，据《瑶华集》、汪刻本改。《瑶华集》有副题"秋夜"。

②辛弃疾《满江红》："人去后，吹箫声断，倚楼人独。"

③《世说新语·言语》："谢太傅(安)寒雪日内集，与儿女讲论文义。俄而雪骤，公欣然曰：'白雪纷纷何所似？'兄子胡儿曰：'撒盐空中差可拟。'兄女曰：'未若柳絮因风起。'公大笑乐。"

④李清照著有《金石录后序》。

⑤胡曾《赠薛涛》："扫眉才子知多少，管领春风总不如。"

【汇评】

张秉戌《纳兰词笺注》："秋夜月下怀念妻子之作。上片前二句写月下之景，烘托出怀思念远的氛围。景情俱见。后二句先景后情，点出愁人的形象。下片写追怀所思之人，并追悔对往日美好时光的辜负，其不胜痛惜之情溢于言外。通篇前景后情，低回深婉。"

赵秀亭、冯统一《饮水词笺校》："词言及'风絮'、'金石'、'扫眉'诸语，疑为沈宛作，性德妻妾中，唯沈氏堪称才女。宛于康熙二十三年秋九月随顾贞观北上入都，性德方迫于随扈南巡，至十一月底方归。词末句'担阁镜囊'语，拟想沈氏在京等候情形。词应作于此时。"

采桑子

谢家庭院残更立^①，燕宿雕梁。月度银墙，不辨花丛那辨香^②。　　此情已自成追忆^③，零落鸳鸯。雨歇微凉，十一年前梦一场。

【题解】

词多化用元稹《杂忆》、李商隐《锦瑟》等诗成句，亦当为悼念亡妻之作。又云"十一年前梦一场"，则当作于卢氏亡故十一年后，即康熙二十三年（1684）。上片追忆往事，雕梁画栋，燕子双宿，月下回廊，花丛暗香，何等温馨。下片写长歌之悲，鸳鸯零落，阴阳殊途，前事如潮，涌上心头，真如一场梦。

【注释】

①谢家庭院：佳人所住之处。张泌《寄人》："别梦依依到谢家，小廊回合曲阑斜。多情只有春庭月，犹为离人照落花。"

②元稹《杂忆》："寒轻夜浅绕回廊，不辨花丛辨暗香。"

③李商隐《锦瑟》："此情可待成追忆，只是当时已惘然。"

【汇评】

徐裕昆《纳兰容若评传》："此盖生诀之情，非死别之恨。惟其事迹，则今殊不可考。仅《赁庑剩笔》中尝云纳兰眷一女，绝色也，有婚姻之约。旋此女入宫，顿成陌路。容若愁思郁结，誓必一见，了此宿因。会遭国丧，喇嘛每日应内宫唪经，容若贿通喇嘛，披袈裟，居然入宫，果得一见彼姝。而宫禁森严，竟如汉武帝重见李夫人故事，始终无由通一词，怅然而出。词或咏其事也。"

张任政《纳兰性德年谱·丛录》："后之读此词者，无不疑及与悼亡有关，并引以推证其悼亡年月。余近读梁汾《弹指词》有和前韵一首，词云：

'分明抹丽开时候，琴静东厢。天样红墙，只隔花枝不隔香。檀痕约枕双心字，睡损鸳鸯。孤负新凉，淡月疏棂梦一场。'观上二首，咏事则一，句意又多相似，如谓容若词为悼亡妻作，则闺阁中事，岂梁汾所得而言之。"

　　赵秀亭《纳兰丛话》："作诗而言涉他人闺阁者，古已有之。所谓'代赠'、'代悼亡'，世累世之，原不足诧。至明清之际，为他人赋悼亡之章，乃文士一时习尚。"

浣溪沙

　　欲问江梅瘦几分①，只看愁损翠罗裙，麝篝衾冷惜余熏②。　　可耐暮寒长倚竹③，便教春好不开门。枇杷花底校书人④。

【题解】

　　词为沈宛而作。赵秀亭等以为作于沈氏归性德之前，张草纫等以为作于沈氏从性德身边回江南之时，揣摩词意，当以前者为是。人比梅花瘦，虽不离相思，如程垓《摊破浣溪沙》"一夜无眠连晓角，人瘦也，比梅花瘦几分"，下文也明言"愁损罗裙"，衣带渐宽，但只是概言而已，意在渲染其瘦削之风韵，一如日暮天寒倚修竹，烘托其林下风致，赞誉她如绝代佳人，幽独空谷。所谓"春好不开门"，亦是耐得住寂寞之意，有出尘之态。

【注释】

　　①叶梦得《临江仙》："学士园林人不到，传声欲问江梅。"

　　②麝篝：燃麝香的熏笼。余熏，余薰。张元干《浣溪沙》："清润巧萦金缕细，氤氲偏傍玉脂温。别来长是惜余熏。"

　　③可耐：汪刻本作"可奈"。杜甫《佳人》："天寒翠袖薄，日暮倚修竹。"

　　④《唐才子传》卷六："(薛)涛，字洪度，成都乐妓也。性辨惠，调翰墨。居浣花里，种菖蒲满门。傍即东北走长安道也，往来车马留连。元和中，元微之使蜀，密意求访，府公严司空知之，遣涛往侍。微之登翰林，以诗寄之曰：'锦江滑腻峨嵋秀，幻出文君与薛涛。言语巧偷鹦鹉舌，文章分得凤凰

毛。纷纷词客皆停笔，个个公侯欲梦刀。别后相思隔烟水，菖蒲花发五云高。'及武元衡入相，奏授校书郎。蜀人呼妓为校书，自涛始也。后胡曾赠诗曰：'万里桥边女校书，枇杷树下闭门居。扫眉才子知多少，管领春风总不知。'"

【汇评】

赵秀亭、冯统一《饮水词笺校》："性德《致顾贞观手简》云：'又闻琴川沈姓有女颇佳，亦望吾哥略为留意。'又云：'吾哥所识天海风涛之人，未审可以晤对否？沦落之余，方欲葬身柔乡，不知得如鄙人之愿否耳。'所言沈氏女，即沈宛。宛能诗词，有《选梦词》。据'天海风涛'句，知沈氏本江南女校书一流人物。致顾贞观手简作于康熙二十三年，此词或缘沈氏作，则亦为二十三年词。沈后归性德。"

张草纫《纳兰词笺注》："此处以江梅喻离去的侍妾沈宛。"

忆江南

江南忆，鸾辂此经过①。一掬胭脂沉碧甃②，四围亭壁幛红罗③。消息暑风多。

【题解】

词追忆在金陵时的见闻感受，当作于康熙二十三年（1684）冬后。堂堂天子，最后避身于胭脂井中，留下历史笑柄。当初他极尽奢华时，是否想到了这种结局呢？

【注释】

①鸾辂：天子之车驾。《吕氏春秋·孟春纪》："天子居青阳左个。乘鸾辂，驾苍龙。"高诱注："辂，车也。鸾鸟在衡，和在轼，鸣相应和。后世不能复致，铸铜为之，饰以金，谓之鸾辂也。"

②胭脂：胭脂井。《南畿志》："景阳井在台城内，陈后主与张丽华、孔贵嫔投其中，以避隋兵。旧传栏有石脉，以帛拭之，作胭脂痕，名胭脂井。"碧甃，青绿色的井壁。

③徐轨《词苑丛谈》卷六《潘佑小词》:"后主于宫中作红罗亭,四面栽种红梅,作艳曲歌之。"

【汇评】

赵秀亭、冯统一《饮水词笺校》:"此阕写康熙二十三年冬南巡至江宁事,据首二句,似北还后追忆之作。次年五月底性德卒,故末句'暑风'云云殊不可解。此词首见于光绪间许增刻本,许氏依据何书,亦未标明,或有讹传。"

眼儿媚

林下闺房世罕俦①,偕隐足风流。今来忍见,鹤孤华表②,人远罗浮③。　　中年定不禁哀乐④,其奈忆曾游。浣花微雨,采菱斜日,欲去还留⑤。

【题解】

词写触景伤怀。重至当日与佳人偕隐之处,不禁黯然神伤。风色依然,而佳人已逝,只剩下自己独自重游,心情颇为复杂,既想重温当日温馨,寻觅往时旖旎风情;又怕触景伤情,凄清之下难以驻留,所以徘徊不定,欲去还留。

【注释】

①《世说新语·贤媛》:"谢遏绝重其姊,张玄常称其妹,欲以敌之。有济尼者,并游张、谢二家。人问其优劣。答曰:'王夫人神情散朗,故有林下风气;顾家妇清心玉映,自是闺房之秀。'"

②《搜神后记》:"丁令威,本辽东人,学道于灵虚山。后化鹤归辽,集城门华表柱。时有少年,举弓欲射之。鹤乃飞,徘徊空中而言曰:'有鸟有鸟丁令威,去家千年今始归。城郭如故人民非,何不学仙冢垒垒。'遂高上冲天。"

③《龙城录·赵师雄醉憩梅花下》:"隋开皇中,赵师雄迁罗浮。一日天

寒日暮，在醉醒间，因憩仆车于松林间酒肆旁舍。见一女人，淡妆素服，出迓师雄。与之语，但觉芳香袭人，语言极清丽。因与之扣酒家门，得数杯，相与饮。……顷醉寝，雄师以懵然，但觉风寒相袭久之。时东方已白，师雄起视，乃在大梅花树下。"

④《世说新语·言语》："谢太傅语王右军曰：'中年伤于哀乐，与亲友别，辄作数日恶。'"

⑤陆游《老学庵笔记》卷八："四月十九日，成都谓之浣花遨头，宴于杜子美草堂沧浪亭。倾城皆出，锦绣夹道。自开岁宴游，至是而止，故最盛于他时。予客蜀数年，屡赴此集，未尝不晴。蜀人云：'虽戴白之老，未尝见浣花日雨也。'"

【汇评】

赵秀亭、冯统一《饮水词笺校》："偶至旧日同游之地，物是人非，不禁怀想，所谓'一般风情，两种心情'。不忍触旧痛，故曰'欲去'；不能忘情，故曰'欲留'。作词时，卢氏已逝去多年，词中有'中年'二字，殆三十岁欤？"

满江红

茅屋新成，却赋①

问我何心，却构此、三楹茅屋。可学得、海鸥无事，闲飞闲宿。百感都随流水去，一身还被浮名束。误东风、迟日杏花天②，红牙曲③。　　尘土梦，蕉中鹿④。翻覆手⑤，看棋局⑥。且耽闲孴酒⑦，消他薄福。雪后谁遮檐角翠，雨余好种墙阴绿。有些些⑧、欲说向寒宵，西窗烛。

【题解】

容若另有诗《寄梁汾并葺茅屋以招之》，学者据此以为是词与顾贞观有关联。词中表达了容若高蹈遁世的愿望。世事如棋，人生如梦，身处局中，为浮名所束缚，极为抑郁，不如忘却机心，忘怀世事，倜傥风流于天地之间，学堂前燕、海中鸥，自来自去，相亲相近。其作期，或以为是康熙十七年(1678)，或以为是康熙二十年(1680)或二十三年(1684)，当以较晚为是。

【注释】

①副题《瑶华集》无"却赋"二字。成，《百名家词》作"城"。

②迟日：《瑶华集》作"残月"，《百名家词》作"残日"。《诗经·豳风·七月》："春日迟迟，采蘩祁祁。"

③红牙：檀木做的拍板。赵福元《鹧鸪天》："歌翻檀口朱缨小，拍弄红牙玉笋纤。"

④《列子·周穆王》："郑人有薪于野者，遇骇鹿，御而击之，毙之。恐人见之也，遽而藏诸隍中，覆之以蕉，不胜其喜。俄而遗其所藏之处，遂以为梦焉。"张孝祥《满江红》："思归梦，天边鹄。游宦事，蕉中鹿。"

⑤《史记·郦生陆贾列传》："汉诚闻之，掘烧王先人冢，夷灭宗族，使一偏将将十万众临越，则越杀王降汉，如反覆手耳。"杜甫诗《贫交行》："翻手作云覆手雨，纷纷轻薄何须数。"

⑥杜甫《秋兴八首》之四："闻道长安似弈棋，百年世事不胜悲。"

⑦杜牧《送别》："莫殢酒杯闲过日，碧云深处是佳期。"

⑧白居易《闰九月九日独饮》："黄花丛畔绿尊前，犹有些些旧管弦。"

【汇评】

黄天骥《纳兰性德和他的词》："纳兰性德曾有《寄梁汾并葺茅屋以招之》一诗。这首词想必也是寄给顾贞观的。词中表达出作者希望离开险恶的现实，去过清静生活的愿望。"

张草纫《纳兰词笺注》："作者有《寄梁汾并葺茅屋以招之》之诗，诗中有'三年此离别，作客滞何方。……聚首羡麋鹿，为君构草堂'之句。梁汾离京在康熙十七年初，则构草堂当在十九年末或二十年初。"

赵秀亭、冯统一《饮水词笺校》："康熙十六年，梁汾南归；十七年，性德为之筑草堂以邀之；十九年，梁汾复至京师。性德致张见阳手札第一简末有梁汾跋语云：'卿自见其朱门，贫道如游蓬户。容兄因仆作此语，构此见招。'词当作于康熙十七年内。"

南乡子①

　　烟暖雨初收,落尽繁花小院幽②。摘得一双红豆子,低头,说着分携泪暗流③。　　人去似春休,卮酒曾将酹石尤④。别自有人桃叶渡,扁舟⑤,一种烟波各自愁⑥。

【题解】

　　词当为送别而作,张草纫据词中所言"红豆"与"桃叶渡",推测为送沈宛,或为一说。惟"酹石尤"等语词,暗示送行者当为女性,似乎又扞格难通。上片言雨后初霁,幽静的小院里落花满地,此时此际,情人泪眼相别,赠与红豆以寄相思之情。下片伤春复伤别,无可奈何春归去,身不由己,人亦远离。当年桃叶渡,扁舟远逝,黯然销魂。今日一别,烟波依然,惆怅依旧。

【注释】

　　①《瑶华集》有副题"孤舟"。

　　②"烟暖雨初收,落尽繁花小院幽":《瑶华集》作"风暖霁难收,燕子归时小院幽"。

　　③说着:《瑶华集》作"忆着"。王维《相思》:"红豆生南国,秋来发几枝。劝君多采撷,此物最相思。"

　　④卮酒:《瑶华集》作"别酒"。石尤:石尤风,即逆风或顶头风。《琅嬛记》引《江湖纪闻》载:石尤风者,传闻为石氏女嫁尤郎,情好甚笃,为商远行,石氏阻之,不从。尤经久不归,石氏思而致病亡,终前曰:"吾恨不能阻其行,以至于此。今凡有商旅远行,吾当作大风为天下妇人阻之。"

　　⑤"别自有人桃叶渡,扁舟":《瑶华集》作"惆怅空江烟浪里,孤舟"。桃叶渡,在南京秦淮河畔,王献之曾于此送其爱妾桃叶。

　　⑥烟波:《瑶华集》作"相思"。

【汇评】

　　张秉戍《纳兰词笺注》:"此篇写离愁别恨。《瑶华集》有副题《孤舟》。"

从词意看,或人在舟中,或人见孤舟而起兴云。上片追忆往日分携红豆之情景;下片写别后的幽情怨恨。其结句'一种烟波各自愁'道出自家之愁非同一般,似有更深的隐忧。意含深婉,耐人寻味。"

张草纫《纳兰词笺注》:"当为送别侍妾而作,可能作于康熙二十四年春,送沈宛归江南。……'别自'句谓昔年王献之曾于桃叶渡送别侍妾桃叶,今又有人送别侍妾矣。'一种'句谓同样为烟波所隔,离别者与送别者各自有忧愁。"

赵秀亭、冯统一《饮水词笺校》:"此为送友南归词。虽不忍分携,念其中'别自有人'盼夫归,故惟祷其一路顺风而已。以词中节令看,似作于康熙十五年夏严苏友南归之际。"

菩萨蛮

乌丝画作回纹纸①,香煤暗蚀藏头字②。筝雁十三双③,输他作一行。　　相看仍似客,但道休相忆。索性不还家,落残红杏花。

【题解】

词以妻子埋怨之语,写其相思之情。在妻子看来,那些含蓄的情词,早已无法表达心中的苦楚。长期的等待,使她不愿再作温婉之态,于是干脆在信中大发牢骚,说丈夫不必再惦记家中了,反正家在你眼中只是旅店而已,甚至也不必匆匆忙忙赶回家了,因为等你回来的时候,花早就凋零了,我也人老珠黄了。赵秀亭等以为此词为沈宛而作,作于康熙二十四年(1685),聊备一说(《饮水词笺校》)。

【注释】

①乌丝:即乌丝栏,印有墨线格子的纸。谢薖《浣溪沙》:"赋丽谁为梁苑客,调高难和郢中词,且烦呵笔写乌丝。"回纹,回文诗,借指相思之作。晏几道《虞美人》:"湿红笺纸回纹字,多少柔肠事,去年双燕欲归时。"

②香煤:和着香料的烟煤。张先《宴春台慢·东都春日李阁使席上》:

"金猊夜暖,罗衣暗裹香煤。"藏头,藏头诗。吕渭老《水龙吟·寄竹西》:"相思两地,无穷烟水,一庭花雾。锦字藏头,织成机上,一时分付。"

③筝雁:筝柱,柱行斜列如雁阵。赵以夫《烛影摇红》:"何人金屋,巧啭歌莺,慢调筝雁。"

【汇评】

毛泽东《毛泽东读文史古籍批语集》:"悼亡。"

张秉戍《纳兰词笺注》:"此篇写春暮时节闺人怀远的孤寂情景。上片借物托比,写其孤独寂寞,无聊无绪。下片折转,先写分别时的情景,再转到写此时此际。低回婉曲,结处含悠然不尽之意,耐人寻味。"

赵秀亭、冯统一《饮水词笺校》:"性德妻妾惟沈宛擅诗,疑此词为赠沈宛作。康熙二十三年,成、沈结缡,观此词,沈氏似于二十四年春间归省江南,性德劝慰之。婚才数月,故'相看似客';'休相忆'者,谓勿怀江南故家,索性待杏花落尽,再作归计可也。"

浣溪沙

五月江南麦已稀,黄梅时节雨霏微①,闲看燕子教雏飞②。　　一水浓阴如罨画③,数峰无恙又晴晖。溅裙谁独上渔矶④。

【题解】

词写五月江南的特有风景。黄梅时节,细雨霏微,近处燕子来回穿梭,远处数峰立夕阳。景致如画,画中人独上小渔矶,似有所待。容若未曾亲见江南五月风致,自是想象之辞。康熙二十四年(1685)春,沈宛归江南,学者张草纫以为是此年五月思念沈氏而作。

【注释】

①赵师秀《约客》:"黄梅时节家家雨,青草池塘处处蛙。"

②辛弃疾《山花子》:"日日闲看燕子飞,旧巢新垒画帘低。"

③杨慎《丹铅总录·订讹·罨画》:"画家有罨画,杂彩色画也。"

④溅裙:汪刻本等作"湔裙"。顾贞观《画堂春》:"湔裙独上小渔矶,袜罗微溅春泥。一篙生绿画桥低,昨夜前溪。回首楝花风急,催归暮雨霏霏。扑天香絮拥凄迷,南北东西。"

【汇评】

赵秀亭、冯统一《饮水词笺校》:"容若五月未尝往江南,词非写实。顾贞观有《弹指词》一阕,其首句云'湔裙独上小渔矶',与容若此调末句约略相同。两词刻画景致亦相类,疑同为题画之作。"

遐方怨

欹角枕①,掩红窗。梦到江南,伊家博山沉水香②。
浣裙归晚坐思量③。轻烟笼浅黛④,月茫茫。

【题解】

轩窗下,斜靠角枕,幽思沉沉,不知不觉,梦魂飘荡,千里驰飞,来到了烟火迷离的江南,与心中人缠绵厮守,如胶似漆。但"睡里销魂无说处,觉来惆怅销魂误",美梦醒来,更觉惆怅。浣衣归来,朦胧月色中静默独坐,仔细思量:梦中人在他乡,现如今是何种情状?词化用乐府《杨叛儿》,原词颇为炽热,李白所咏"乌啼隐杨花,君醉留妾家。博山炉中沉香火,双烟一气凌紫霞。"也是动情之至,而是词如蜻蜓点水,别有风致。

【注释】

①角枕:用角装饰的枕头。朱敦儒《念奴娇》:"可惜良宵人不见,角枕兰衾虚设。"

②博山:博山炉。乐府《杨叛儿》:"欢作沉水香,侬作博山炉。"

③浣裙:汪刻本作"湔裙"。郑熏初《一萼红》:"空恁误、湔裙暗约,最无奈、好梦易惊回。"

④浅黛:汪刻本作"翠黛"。

215

赵秀亭、冯统一《饮水词笺校》:"此阕似赠沈宛之作。"

减字木兰花①

相逢不语,一朵芙蓉著秋雨②。小晕红潮③,斜溜鬟心只
凤翘④。　　待将低唤,直为凝情恐人见⑤。欲诉幽怀,转过
回阑叩玉钗⑥。

【题解】

词写少女与意中人相逢的羞涩之态。情人见面,似乎应该是炽热激烈
的,如胜却人间无数的金风玉露之相逢。但娇羞的少女,没有这么大胆热
情。小脸上的红潮,如秋雨中的芙蓉。望着朝思暮想的意中人,有心上前,
双脚却总也没有气力,不能向前挪动半分,低头偷觑,生怕有人关注到自己
的异样,于是假装不经意转身靠着回栏,漫不经心地敲击着玉钗。学者以
为这是词人自己的亲身经历,或为不妄言。但据《精选国朝诗余》所载"选
梦"一词,推断其为与沈宛结缡之作,似乎有待于进一步证实,因为这一版
本分明有副题"离思",表明为别后相思之作。

【注释】

①《精选国朝诗余》有副题"离情"。

②一朵:《精选国朝诗余》作"一抹"。方千里《浣溪沙》:"面面虚堂水照
空,天然一朵玉芙蓉,千娇百媚语惺憁。"

③小晕:《精选国朝诗余》作"眉眼"。

④鬟心只:《精选国朝诗余》作"金钗与"。李清照《点绛唇》:"见客人
来,袜剗金钗溜。和羞走。倚门回首。却把青梅嗅。"又周邦彦《南乡子》:
"不道有人潜看著,从教。掉下鬟心与凤翘。"

⑤直为凝:《精选国朝诗余》作"无限疑"。

⑥转过回阑叩玉钗:《精选国朝诗余》作"选梦凭他到镜台"。

赵秀亭、冯统一《饮水词笺校》："校文所列《精选国朝诗余》异文,可见此词之初稿面貌。煞拍原作'选梦凭他到镜台','选梦',沈宛之号,并为沈氏词集名,此词并渊沈氏而作。'镜台'亦用温峤娶妇典故,正切容若纳沈氏为妾事。沈宛自江南来京师,成、沈结缡,在康熙二十三年、二十四年交岁之际,词之作期,大略可知。"

盛冬玲《纳兰性德词选》："一个少女,与恋人蓦然相逢,既不肯轻易放过这一难得的倾诉衷肠的机会,又怕被人撞见,欲语不语,娇羞之态可掬。这是作者亲身经历的情事,他记下了这动人的一幕,心中充满了柔情。"

满江红

为曹子清题其先人所构楝亭,亭在金陵署中①

籍甚平阳②,羡奕叶、流传芳誉。君不见、山龙补衮③,昔时兰署④。饮罢石头城下水⑤,移来燕子矶边树。倩一茎、黄楝作三槐⑥,趋庭处⑦。　　延夕月,承晨露。看手泽,深余慕。更凤毛才思⑧,登高能赋。入梦凭将图绘写,留题合遣纱笼护⑨。正绿阴、青子盼乌衣,来非暮⑩。

【题解】

楝亭,为曹玺修于江宁署衙,后曹寅重筑,并绘有《楝亭图》。康熙二十三年(1684),纳兰性德扈驾南巡,曾会曹寅于江宁织造府。次年五月,曹寅来京,携所作《楝亭图》,纳兰为之题咏,顾贞观亦有唱和。词以楝树为线索,对曹家家世反复称颂,盛赞曹寅能秉承其父之志,不辜负先人之期待。词人有《曹司空手植楝树记》记其事。

【注释】

①曹子清:曹寅(1658—1712),字子清,号楝亭,曾任江宁织造等。

②平阳:汉代曹参封平阳侯。

③山龙:绣有山、龙图案的衮服。《晋书·舆服志》:"王公衣山龙以下九章,卿衣华虫以下九章。"补衮,补救规劝帝王的过失。《诗·大雅·烝民》:"衮职有阙,维仲山甫补之。"

④兰署:兰台。汉代宫中收藏典籍之处,后亦指御史台,唐曾改秘书省为兰台。

⑤《太平广记》卷三九九引《中朝故事》:"赞皇公李德裕,博达士。居廊庙日,有亲知奉使于京口,李曰:'还日,金山下扬子江中泠水,与取一壶来。'其人举棹日,醉而忘之。泛舟止石城下,方忆。乃汲一瓶于江中,归京献之。李公饮后,叹讶非常,曰:'江表水味,有异于顷岁矣。此水颇似建业石城下水。'其人谢过,不敢隐也。"

⑥三槐:周代宫外有三棵槐树,三公朝天子时,面向三槐而立,后因以三槐喻三公。《周礼·秋官·朝士》:"面三槐,三公位焉。"

⑦《论语·季氏》:"(孔子)尝独立,鲤趋而过庭。曰:'学诗乎?'对曰:'未也。''不学诗,无以言。'鲤退而学诗。他日,又独立,鲤趋而过庭。曰:'学礼乎?'对曰:'未也。''不学礼,无以立。'鲤退而学礼。"王勃《滕王阁序》:"他日趋庭,叨陪鲤对;今晨捧袂,喜托龙门。"

⑧《世说新语·容止》:"王敬伦风姿似父,作侍中,加授桓公,公服从大门入。桓公望之,曰:'大奴固自有凤毛。'"

⑨王定保《唐摭言》:"王播少孤贫,尝客扬州惠昭寺木兰院,随僧食飱。诸僧厌之,播至,已饭矣。后二纪,播自重位出镇是邦,因访旧游,问之,题已皆碧纱幕其上,播继以二绝句曰:'……上堂已了各西东,惭愧阇黎饭后钟。二十年来尘扑面,如今始得碧纱笼。'"

【汇评】

纳兰性德《曹司空手植楝树记》:"余友曹君子清,风流儒雅,彬彬乎兼文学政事之长,叩其渊源,盖得之庭训者居多。子清为余言:其先人司空公当日奉命督江宁织造,清操惠政,久著东南。于时尚方资黼黻之华,间阎鲜杼轴之叹,衡斋萧寂,携子清兄弟以从,方佩觿佩鲽之年,温经课业,靡间寒暑。其书室外,司空亲栽楝树一株,今尚无恙。当夫春葩未扬,秋实不落,冠剑廷立,俨如式凭。嗟乎!曾几何时,而昔日之树,已非拱把之树;昔日之人,已非童稚之人矣。语毕,子清愀然念其先人。予谓子清:'此即司空之日棠也。惟周之初;召伯与元公尚父并称,其后伯禽抗世子法,齐侯仅任虎贲,直宿卫,惟燕嗣不甚著。今我国家重世臣,异日者子清奉简书乘传而出,安知不建牙南服,踵武司空?则此一树也,先人之泽,于是乎延;后世之泽,又于是乎启矣。可无片语以志之!'因为赋长短句一阕。同赋者,锡山顾君梁汾。"

秋千索①

渌水亭春望②

炉边唤酒双鬟亚③,春已到、卖花帘下。一道香尘碎绿萍,看白袷④、亲调马。　　烟丝宛宛愁萦挂,剩几笔、晚晴图画。半枕芙蕖压浪眠,教费尽、莺儿话⑤。

【题解】

词人于自家渌水亭,手持酒杯,悠然而望,见春景如画,芙蕖半枕,烟丝萦绕,鸭鹅戏水,莺啭风暖,极为自得。赵秀亭据孙致弥《拨香灰》"容若侍中索和楞伽山人韵"词,考订容若此词作于康熙二十四年(1685)。

【注释】

①秋千索:《百名家词钞》作"拨香灰"。

②渌水亭:纳兰性德家中的园亭,在北京什刹海后海,今已无存。其《渌水亭》诗有云:"野色湖光两不分,碧云万顷变黄云。分明一幅江村画,着个闲亭挂夕曛。"

③唤酒:汪刻本作"换酒"。辛延年《羽林郎》:"胡姬年十五,春日独当炉。双鬟何窈窕,一世良所无。"

④白袷:白色夹衣。陆龟蒙《闺怨》:"白袷行人又远游,日斜空上映花楼。"

⑤教费:袁刻本作"听不"。王安石《清平乐》:"留春不住,费尽莺儿语。"

【汇评】

黄天骥《纳兰性德和他的词》:"纳兰性德很喜欢在他家里的渌水亭留连。这首词从几个画面写他从渌水亭眺望春天郊野的种种景色,在隽永的笔触里夹杂着淡淡的哀愁,别具一番韵味。"

盛冬玲《纳兰性德词选》:"此作点染春色,笔笔如画,风格清新俊逸。惯作伤感语的容若原来也能弹出轻快的春之旋律,使人耳目为之一新。"

未编年词

梦江南①

昏鸦尽,小立恨因谁? 急雪乍翻香阁絮,轻风吹到胆瓶梅②,心字已成灰③。

【题解】

这是一首凄美迷离的相思之词。日落时分,众鸟散尽,各自投林。主人公伫立香阁,极目远眺,心上人迟迟不见踪影。惟有急速旋转的飞雪,似翩翩起舞的柳絮,随风飘进香阁,缓缓沾落到花瓶中的梅花上,使斜欹的梅花更显凄迷。心字香早已燃尽,使昏暗的室内更为冷清,主人公的心情也在失望中变得灰暗。

【注释】

①梦江南:汪刻本作"忆江南"。

②胆瓶:长须大腹,形如悬胆的花瓶。杨无咎《点绛唇·赵育才席上用东坡韵赠歌者》:"小阁清幽,胆瓶高插梅千朵。"

③心字:即心字香。宋蒋捷《一剪梅·舟过吴江》:"何日归家洗客袍,银字笙调,心字香烧。"

【汇评】

黄天骥《纳兰性德和他的词》所引一段文字改为:

"这首词,写的是一颗怨恨的心.栖鸦已定,日色已晚,要等待的人却迟迟未。在雪花飞舞的隆冬时节,插在胆瓶里的梅枝,被轻风一吹,似乎将要露出一丝春意。可是,面对着梅枝的人,心如死灰,失去了温暖,失去了希望。词的韵味,是那样的伤黯,叫你简直不相信它是出自家势显赫的公子哥儿之手。"

忆江南

春去也①,人在画楼东②。芳草绿黏天一角,落花红沁水三弓③。好景共谁同。

江城子

咏史①

湿云全压数峰低。影凄迷，望中疑②。非雾非烟③，神女欲来时。若问生涯原是梦④，除梦里，没人知⑤。

涉。词中所言,只是对情事有所感而已,似花非花,似雾非雾,道不明,理不清,并非一定眼见雨中数峰矗立之景。

【注释】

①汪刻本等无副题。

②杜甫《咏怀古迹五首》之二:"最是楚宫俱泯灭,舟人指点到今疑。"

③柳永《竹马子》:"览景想前欢,指神京,非雾非烟深处。"

④李商隐《无题二首》之二:"神女生涯原是梦,小姑居处本无郎。"

⑤韦庄《女冠子》:"除却天边月,没人知。"

【汇评】

盛冬玲《纳兰性德词选》:"此词《通志堂集》卷六录之,有题作'咏史',而他本多无此题。据词内容来看,所咏与史事了无干涉,原题疑是误加,今不取。词中用了巫山神女的典故,但容若生平行履,未到过三峡一带,当是在别处遇到了欲雨不雨的天气,望着遮掩在浓云密雾中的群峰,联想到那位'旦为行云,暮为行雨'的神女,又联想到自己过去的恋人和情事,感而赋此。全词语意迂曲,使人有'影凄迷。望中疑'的感觉,可能作者有难言之隐,所以采取这种表现手法。"

采桑子

彤霞久绝飞琼字①,人在谁边,人在谁边,今夜玉清眠不眠②。　　香消被冷残灯灭③,静数秋天,静数秋天,又误心期到下弦④。

【题解】

词写离别相思,用道家故事,词意字面,都恰到好处。而文笔回环,辞复层深,尤其给人留下了深刻印象。上片思绪皆由眺望秋空所引发,丝丝入扣,婉转凄恻。晚霞满天,七彩变幻,让他记起了远在天涯的伊人。音讯久绝,也不知她究竟身处何方? 这样的夜晚,是否和我一样徘徊难眠? 下片叙说情深意苦,径遂直陈,情感凄厉。香消被冷、残灯又灭,写尽凄凉之意。更使人难堪的是,整个秋天就这样消失在期待与失望之中,而相见之日,仍遥遥无期。

【注释】

①彤霞:汪刻本作"彤云"。飞琼,仙女许飞琼,西王母之侍女。许浑《记梦》:"晓入瑶台露气清,座中唯有许飞琼。尘心未尽俗缘在,十里下山空月明。"

②玉清:仙境,一说指仙女。徐凝《和嵩阳客月夜忆上清人》:"独夜嵩阳忆上仙,月明三十六峰前。瑶池月胜嵩阳月,人在玉清眠不眠。"

③李清照《念奴娇》:"被冷香消新梦觉,不许愁人不起。"

④心期:心愿。晏几道《采桑子》:"夜痕记尽窗间月,曾误心期。"

【汇评】

赵秀亭、冯统一《饮水词笺校》:"此阕多用道家传说,以咏所思之人。近人多揣测其本事,皆无确凭。"

采桑子

谁翻乐府凄凉曲①,风也萧萧,雨也萧萧②,瘦尽灯花又一宵③。　　不知何事萦怀抱④,醒也无聊,醉也无聊,梦也何曾到谢桥⑤。

【题解】

词人以萧索之景,寓怏怏之怀,令人感喟不已。雨夜潇潇,孤苦无聊,对灯黯然独坐,触目一片衰飒,看那灯花点点剥落,听那风声、雨声与凄凉的乐曲声重叠而来,可谓诉尽心中的凄苦与悲凉。彻夜难眠,说是不知为何事所萦绕,实际上是不好说或不愿说。他感叹连梦也到不了谢桥,还是透露了其中的消息。之所以"醒也无聊,睡也无聊",不知如何是好,终究还是因为分离相思的缘故。

采桑子①

拨灯书尽红笺也②，依旧无聊。玉漏迢迢，梦里寒花隔玉萧③。　　几竿修竹三更雨，叶叶萧萧。分付秋潮④，莫误双鱼到谢桥⑤。

【题解】

梦回谢桥，诗家恒用之语，至今已觉不新鲜。词人换过一层，说吩咐秋潮送信至谢桥，同样以极玄幻之笔写极痴情之想，便见别致。秋潮虽有信，却难以承担此重任。长夜漫漫，漏声迢迢，灯下相思无奈，修书以遣怀。但写尽平生相思之意,却无由送达。落寞凄苦,可想而知。

【注释】

①采桑子:《百名家词钞》作"罗敷媚"。

②红笺:红色笺纸,多用以题写诗词或作名片等。元孚《送李四校书》:"朱丝写别鹤泠泠,诗满红笺月满庭。"

③寒花:寒冷时节所开的花,一般指菊花。薛涛《九日遇雨二首》:"茱萸秋节佳期阻,金菊寒花满院香。"

④分付:嘱托。王彦泓《错认》:"夜视可怜明似月,秋期只愿信如潮。"

⑤双鱼:指书信。《古乐府》:"尺素如残雪,结成双鲤鱼。要知心中事,看去腹中书。"

【汇评】

张秉戌《纳兰词笺注》:"这首词是写给谁的,难以确知。从词意看,像是对某一恋人而发。上片说灯下修书,即使写遍了信纸也难尽意,惆怅无聊之极。而此际偏又漏声迢迢相伴,不但添加愁绪,而且令人如醉如痴,仿佛见到了她的踪影。下片折转,又回到现实中来,写室外秋雨敲竹,点点声声,更增添了凄苦的氛围。结处将其渴盼相逢的心愿径吐,虽用典,但疏淡中见密丽,自然浑成。"

采桑子①

凉生露气湘弦润②,暗滴花梢。帘影谁摇,燕蹴风丝上柳条③。 舞鹓镜匣开频掩④,檀粉慵调。朝泪如潮,昨夜香衾觉梦遥⑤。

【题解】

绮梦褪去,春情萦绕,词写闺中芳恻之怀,寄怀缥缈,词心婉妙。上片说琴声低回,是因为凉生庭院,露气氤氲,并以花梢上滚动滑落的露珠为证,似乎与知己缺席无关。但燕蹴花落,风吹帘动,恍惚之间,若有所待,又透露了其间的消息。可见佳人独处,因柳感怀,幽思难耐,故以琴瑟抒怀。下片写佳人为情所困,焦虑不安。她几度打开镜奁,又随手合上。她有心精心修饰,以迎接情人的归来,但心底里却清楚知道,那只是自己的美梦而已。想到这里,又失去了梳妆打扮的勇气。

【注释】

①采桑子:《百名家词钞》作"罗敷媚"。

②湘弦:湘瑟。孟郊《湘弦怨》:"湘弦少知意,孤响空踟蹰。"

③杜甫《城西陂泛舟》:"鱼吹细浪摇歌扇,燕蹴飞花落舞筵。"

④舞鸥:袁刻本等作"舞余"。开,袁刻本等作"闲"。公孙乘《月赋》:"鹍鸡舞于兰渚,蟋蟀鸣于西堂。"又《艺文类聚》卷九十引南朝宋范泰《鸾鸟诗序》:"昔罽宾王结罝峻邙之山,获一鸾鸟。王甚爱之,欲其鸣而不能致也。乃饰以金樊,飨以珍羞,对之愈戚,三年不鸣。其夫人曰:'尝闻鸟见其类而后鸣,何不悬镜以映之?'王从其意。鸾睹形悲鸣,哀响中霄,一奋而绝。"

⑤香奁:汪刻本作"香轻"。

【汇评】

赵秀亭、冯统一《饮水词笺校》:"此首以女性口吻出之,盖拟思妇之辞。"

采桑子

土花曾染湘娥黛,铅泪难消①。清韵谁敲,不是犀椎是凤翘②。　　只应长伴端溪紫③,割取秋潮。鹦鹉偷教④,方响前头见玉箫。

【题解】

此词或以为写隐秘的恋情,或以为悼亡,或以为咏物。端详词意,当以后者为是。词中明言"不是犀椎是凤翘",意思说看这古物的模样,不明就里的人还以为它是一只凤翘,哪里会把它当做犀椎？或者说,轻轻敲击,其声响分明如凤翘的颤栗撞击。可见所咏之物为方响之一种的犀椎。整首词也主要围绕音乐入手。上片以湘妃竹,喻犀椎之浸渍。下片以端砚秋潮,形容犀椎之碧绿。玉箫清韵,则模想其敲击之清音。

【注释】

①李贺《金铜仙人辞汉歌》："画栏桂树悬秋香,三十六宫土花碧。""空将汉月出宫门,忆君清泪如铅水。"

②犀椎:犀角制的小槌,又称响犀,打击乐器方响中的一种。苏鹗《杜阳杂编》卷中:"(阿翘)俄遂进白玉方响,云本吴元济所与也,光明皎洁,可照十数步。言其犀槌,即响犀也,凡物有声,乃响应其中焉。"蒋捷《木兰花慢》："暗冲片响,似犀椎,带月静敲秋。"

③李贺《青花紫石砚歌》："端州石工巧如神,踏天磨刀割紫云。"

④偷教:偷学。《古今诗话·蔡确诗》："蔡确贬新州,侍儿名琵琶,有鹦鹉甚慧。确每扣响板,鹦鹉呼其名。琵琶卒后,响板扣犹传呼。"

【汇评】

张秉戌《纳兰词笺注》："这首词是写一段深隐的恋情的。上片说与那可爱的人偷偷幽会的情景。下片说他们本应该成为相伴相守的伴侣,但却分离了。结二句用偷教鹦鹉学舌的痴情之举,表达了对她的刻骨相思。词很含蓄,很婉曲,但真情灼人,动人心魄。"

赵秀亭、冯统一《饮水词笺校》："此为咏物词。所咏为一金石故物,疑为玉枕或古镜。"

采桑子

白衣裳凭朱阑立①,凉月趍西②。点鬓霜微,岁晏知君归不归③？　　残更目断传书雁,尺素还稀。一味相思,准拟相看似旧时④。

词当为思念友人所作。一袭白衣,凭栏独立,望寒月西沉,怀远之思不可遏抑。鬓霜皆白,则伫立已久;一年将终,则分离更久。音信殊绝,人事阻隔,友人境况难以明了。只愿相接之时,对方能风采依然。

【注释】

①王彦泓《寒词》:"况复此霄兼雪月,白衣裳凭赤栏杆。"

②趁:快速移动。欧阳炯《南乡子》:"藤杖枝头芦酒滴,铺葵席,豆蔻花间趁晚日。"

③王维《送别》:"春草明年绿,王孙归不归。"

④刘得仁《悲老宫人》:"白发宫娃不解悲,满头犹自插花枝。曾缘玉貌君王宠,准拟人看似旧时。"

【汇评】

赵秀亭、冯统一《饮水词笺校》:"是阕为怀念南方友人之作。"

采桑子

而今才道当时错①,心绪凄迷。红泪偷垂②,满眼春风百事非③。　　情知此后来无计,强说欢期。一别如斯,落尽梨花月又西④。

【题解】

词以懊恼之意写分离之苦,语少而意足,辞新而情悲,有跌宕摇曳之姿。上片说曾经以为分离是一件简单容易的事情,临到离别之际,盈盈伫立,无言有泪,心迷意乱,草色烟光都成春愁,才知道做出这种决定是多么错误的事情。下片说大错已经铸成,分离已是无法避免,只好强颜欢笑,约好他日再聚首以重续前缘,虽然双方都清楚地知道,这不过是一种安慰之辞罢了,但此情此景,还有什么比这种安慰更能抚慰凄迷伤感的心绪呢?

采桑子

明月多情应笑我①,笑我如今②。辜负春心,独自闲行独自吟③。　　近来怕说当时事,结遍兰襟④。月浅灯深,梦里云归何处寻⑤。

【题解】

此词或以为写相思,或以为谈友情,原因在于对"兰襟"一词的理解有所不同。兰襟,本意是芬芳香洁的衣襟,男、女性都有应用的范例,如"遽痛兰襟断,徒令宝剑悬"(卢照邻《哭明堂裴主簿》)、"眉叶颦愁,泪痕红透兰襟润"(陈允平《点绛唇》)。容若此词多隐括晏几道词意,当是追悔往日情事。晏几道曾在《小山词》自序中说:"考其篇中所记,悲欢离合之事,如幻,如电,如昨梦前尘,但能掩卷怃然,感光阴之易迁,叹境缘之无实。"昨梦前尘,容若亦不无是感。

【注释】

①苏轼《念奴娇》:"故国神游,多情应笑我,早生华发。"

②晏几道《采桑子》:"莺花见尽当时事,应笑如今。一寸愁心。"

③元稹《智度师二首》之一:"石榴园下擒生处,独自闲行独自归。"

④晏几道《采桑子》:"别来长记西楼事,结遍兰襟。遗恨重寻。"

⑤晏几道《清平乐》:"梦云归处难寻。微凉暗入香襟。犹恨那回庭院,依前月浅灯深。"

【汇评】

赵秀亭、冯统一《饮水词笺校》:"此阕多用晏几道语意,当为写情之作。"

张秉戍《纳兰词笺注》:"此词意是为怀友之作。纳兰是极重友情之人,其'结遍兰襟'并非夸饰之语,但重情又往往成了负担,常常带来失落和惆怅。本篇即是抒写此种情怀的小词。"

采桑子

居庸关①

巂周声里严关峙②,匹马登登③。乱踏黄尘,听报邮签第几程④。　　行人莫话前朝事,风雨诸陵。寂寞鱼灯⑤,天寿山头冷月横⑥。

【题解】

词写容若过居庸关时对历史的反思与感喟。居庸关两山夹峙,一水旁流,悬崖峭壁,极为险要,历来为兵家重镇。斜阳下,黄尘飞舞,词人匹马而来。杜鹃声里,夜宿严关,听晓筹阵阵,望山头冷月,不胜兴亡之感。天寿山下,前明皇陵依然在风吹雨打中静穆地矗立,传说中不灭的鱼烛守望着它们。其实鱼烛燃烧的时间并不长久,但大明的岁月似乎更短。居庸关这样的险关,又能有多大作用呢?

【注释】

①居庸关:在北京昌平县境,是长城的重要关口。

②鶺周:子规鸟。秦观《踏莎行》:"可堪孤馆闭春寒,杜鹃声里斜阳暮。"

③登登:马蹄声。董解元《西厢记诸宫调》卷六:"骑着瘦马儿圪登登的又上长安道。"

④邮签:驿馆驿船等夜间报时之器。杜甫《宿青草湖》:"宿桨依农事,邮签报水程。"

⑤鱼灯:即鱼烛。《史记·秦始皇本纪》:"葬始皇骊山……以人鱼膏为烛,度不灭者久之。"

⑥天寿山:《明史·地理志·顺天府》:"昌平州,北有天寿山,成祖以下寝陵咸在。"

【汇评】

张秉戍《纳兰词笺注》:"此篇上景下情的写法,上片写居庸关之险要严峻,征途仆仆风尘,鞍马劳顿之情景。下片忽而转入对'前朝事'的感怀抒慨。'风雨诸陵'以下用了'诸陵'、'鱼灯'、'山头冷月'几个意象,构成了一幅萧条冷落、凄清荒寂之景,其中蕴含了几多历史的沉思和幽怨,几多对兴亡胜衰的哀感。这种哀伤幽怨的情调,可以说是纳兰此类词中共有的特色。"

采桑子①

咏春雨②

嫩烟分染鹅儿柳③,一样风丝④。似整如欹,才着春寒瘦不支。　　凉侵晓梦轻蝉腻⑤,约略红肥⑥。不惜葳蕤,碾取名香作地衣⑦。

【题解】

词写春雨带来的种种变化与所营造出的迷离惝恍的氛围。上片写雨中之柳。春雨霏微，飘散在空中，沾染在弱嫩的柳枝上，使它们泛起了鹅黄。春风拂来，柳枝轻轻摇摆，似不胜春寒。下片写雨后之花。细雨润物，花肥绿瘦，落红满地，化作一层地衣。

【注释】

①采桑子：《百名家词钞》作"罗敷春"。

②副题《百名家词钞》：无"咏"字。

③刘弇《清平乐》："东风依旧，着意随堤柳，搓得鹅儿黄欲就。"

④雍陶《天津桥望春》："津桥春水浸红霞，烟柳风丝拂岸斜。"

⑤晁冲之《上林春慢》："素蛾绕钗，轻蝉扑鬓，垂垂柳丝梅朵。"

⑥蒋捷《高阳台》："待归时，叶底红肥，细雨如尘。"

⑦陆游《感昔》："尊前不展鸳鸯锦，只就残红作地衣。"

【汇评】

张秉戌《纳兰词笺注》："春雨如何表现？借雨中物象和咏物者的心理感受去摹写刻画。此篇中之物象是为初春之弱柳，又将弱柳拟人；此中之感受者是托以闺中女子，说她感到红花将绽，又感到雨落花残，残花满地。个中不免惜春伤春之怨。由此描摹刻画便将春雨之形神表现得尽致淋漓。"

台城路[①]

上　元

阑珊火树鱼龙舞[②]，望中宝钗楼远[③]。靺鞨余红[④]，琉璃剩碧，待嘱花归缓缓[⑤]。寒轻漏浅。正乍敛烟霏，陨星如箭。旧事惊心，一双莲影藕丝断。　　莫恨流年逝水[⑥]，恨销残蝶粉，韶光忒贱。细语吹香，暗尘笼鬓，都逐晓风零乱。阑干敲遍[⑦]。问帘底纤纤[⑧]，甚时重见。不解相思，月华今夜满。

词写上元节怀人。上片写上元节灯火辉煌、凤箫声动的景象,让人陶醉不已。琉璃光射、烟火怒放之际,词人突然想起了"旧事",心中不免一阵痛楚。下片说时光真如流水,当日情事都已经在雨丝风片中飘散,如今把栏杆敲遍,也不知何日重见。

【注释】

①台城路:汪刻本等作"齐天乐"。

②辛弃疾《青玉案·元夕》:"那人却在,灯火阑珊处。"

③蒋捷《女冠子·元夕》:"春风飞到,宝钗楼上,一片笙箫,琉璃光射。"

④靺鞨:红靺鞨,红色宝石。《旧唐书·肃宗纪》:"上元二年壬子,楚州刺史崔侁献定国宝玉十三枚……七曰靺鞨,大如巨栗,赤如樱桃。"

⑤苏轼《陌上花诗引》:"游九仙山,闻里中儿歌《陌上花》。父老云:吴越王妃,每岁必归临安。王以书遗妃曰:'陌上花开,可缓缓归矣。'吴人用其语为歌,含思宛转,听之凄然,而其词鄙野。"

⑥逝水:汪刻本作"似水"。

⑦韩偓《倚醉》:"分明窗下闻裁剪,敲遍阑干唤不应。"

⑧辛弃疾《念奴娇》:"闻道绮陌东头,行人长见,帘底纤纤月。"

【汇评】

盛冬玲《纳兰性德词选》:"词的主旨,是追怀自己从前的那一段未得美满结果的恋情。前后感情不一,跳跃较大,但用'旧事惊心,一双莲影藕丝断'二句过拍,衔接自然,颇有章法。"

赵秀亭、冯统一《饮水词笺校》:"'旧事惊心',用语颇重,非徒衍数故实。'莲影'、'帘底'句,必涉情事。既问'甚时重见',尚有期企之盼,所谓相思,当为在世之人。"

谒金门

风丝袅①,水浸碧天清晓②。一镜湿云青未了③,雨晴春草草④。 梦里轻螺谁扫⑤,帘外落花红小。独睡起来情悄悄⑥,寄愁何处好⑦。

【题解】

春日雨后,柳丝袅袅,碧空似洗。闺中少妇梦见丈夫,醒来不胜忐忑。她想将自己的愁绪寄予对方,但却不知良人身处何方。"春草草",一方面说明离恨恰如春草,铺天盖地,无处可逃;另一方面是说春天就这样一闪而过,她似乎还没有做好准备,所以觉得太草草。

【注释】

①黄机《浣溪沙》:"柳转光风丝袅娜,花明晴日锦斓斑。一春心事在眉尖。"

②欧阳修《蝶恋花》:"水浸碧天风皱浪,菱花荇蔓随双桨,红粉佳人翻丽唱。"

③杜甫《望岳》:"岱宗夫如何? 齐鲁青未了。"

④仇远《更漏子》:"春草草,草离离,离人归未归。"

⑤螺:螺黛,女子画眉之墨。扫:描画。王沂孙《水龙吟》:"淡妆不扫蛾眉,为谁伫立羞明镜。"

⑥冯延巳《更漏子》:"情悄悄,梦依依,离人殊未归。"

⑦李白《闻王昌龄左迁龙标遥有此寄》:"我寄愁心与明月,随风直到夜郎西。"

【汇评】

陈廷焯《云韶集》卷十五:"'草草'二字甚妙。"

黄天骥《纳兰性德和他的词》:"在雨过天晴的春晨,闺中的少妇一觉醒来,不仅愁思缭乱,'独睡起来情悄悄'是全诗的核心。这词格调轻巧俊美,和晏几道的词味很接近。"

四和香①

麦浪翻晴风飐柳,已过伤春候。因甚为他成僝僽②,毕竟是、春迟逗③。　　红药阑边携素手④,暖语浓于酒。盼到园花铺似绣⑤,却更比、春前瘦。

【题解】

词写相思怀人。麦浪翻滚,轻絮飞扬,似乎是过了伤春时节,但佳人依然憔悴如昔,因为她尚未从春愁中解脱出来。神思恍惚之际,她仿佛又回到了红药阑边携手漫步的日子,耳旁也隐约传来情人的呢喃细语。就这样,在苦苦期待中,她度过了漫长的春天,一直等到"万花如绣,海棠经雨胭脂透",情人依然远在天涯,她却比春前更为消瘦了。

【注释】

①四和香:汪刻本作"四犯令"。

②僝僽:憔悴。王质《清平乐》:"从来清瘦,更被春僝僽,瘦得花身无可有。"

③迤逗:汪刻本等作"拖逗"。

④赵长卿《长相思》:"药阑东,药阑西,记得当时素手携,弯弯月似眉。"

⑤原词夺一"园"字,据汪刻本等增补。

【汇评】

张秉成《纳兰词笺注》:"春去夏来,伤春的季节已经过了,而他还是烦恼异常,故上片结句点出伤春意绪仍在。而这'春'字又不止于自然之春,个中亦含'春怀'、'春情'的内蕴。因而下片前二句之回忆语便承'春迤逗'而来,点明烦恼之由,即是她那美好的意态令人动情又使人伤感。结二句再转回写此时的情景与感受,翻转之中更透过一层地表达出斯人独憔悴的情态,苦恋的悲哀。"

点绛唇①

一种蛾眉,下弦不似初弦好。庾郎未老②,何事伤心早? 素壁斜辉,竹影横窗扫③。空房悄,乌啼欲晓,又下西楼了。

238

同样是弯月，词人认为下弦月不如上弦月好，为什么呢？因为下弦月是残月，是团圆分离之后的景象，而上弦月终有团聚的希望。词人独在空房，此时惟有这下弦月相伴随，以及疏窗上的竹影。到了拂晓时分，它们也离词人远去。词人感到自己连庾信也比不上。庾信"追悼前亡，惟觉伤心"，是在他的暮年。而自己正处壮年，竟已经遭此劫难。词是悼亡之作。

【注释】

①汪刻本有副题"对月"。

②庾郎：即庾信，晚年作有《伤心赋》。

③佚名《蓦山溪》："小山苍翠，竹影横窗畔。"

【汇评】

张草纫《纳兰词笺注》："庾信著有《伤心赋》，其序曰：'一女成人，一外孙孩稚，奄然玄壤，何痛如之。既伤即事，追悼前亡，唯觉伤心，遂以伤心为赋。'此词可能作于妻子卢氏死后不久，故有'未老'、'伤心'、'空房'之语。"

浣溪沙

消息谁传到拒霜①？两行斜雁碧天长，晚秋风景倍凄凉。　　银蒜押帘人寂寂②，玉钗敲竹信茫茫③。黄花开也近重阳。

【题解】

究竟是谁传来消息，言之凿凿地说木芙蓉花开的时候，他就会归来？眼看到了重阳，满地菊花盛开，而心中人依然杳无踪迹，这如何不叫人伤心失望？帘幕低垂，玉钗敲竹，飞云归尽，佳期难会"信茫茫"，这大雁也让她爱恨交加。

【注释】

①拒霜：木芙蓉。李时珍《本草纲目·木三》："木芙蓉八月始开，故名

拒霜。"

②银蒜：蒜形的银块，系于帘下压重，以免帘幕被风吹起。苏轼《哨遍》："睡起画堂，银蒜押帘，珠幕云垂地。"

③敲竹：汪刻本作"敲烛"。王彦泓《即事》："玉钗敲竹立旁皇，孤负楼心几夜凉。"

【汇评】

吴世昌《词林新话》卷五："此必有相知名'菊'者为此词所属意，惜其本事已不可考。"

浣溪沙

雨歇梧桐泪乍收①，遣怀翻自忆从头，摘花销恨旧风流②。　　帘影碧桃人已去③，履痕苍藓径空留。两眉何处月如钩④?

【题解】

词写人去楼空的孤寂。夜长衾寒，离情正苦，听雨声点点，从有到无。暗伤心事，旧欢如梦。当年"舞低杨柳楼心月，歌尽桃花扇低风"，曾以为与萱草无缘，如今碧桃犹在，苍痕空留，惟有独上西楼，寂寞清秋，咀嚼别是一般滋味的离愁。

【注释】

①温庭筠《更漏子》："梧桐树，三更雨，不道离情更苦。"

②王仁裕《开元天宝遗事》卷二《销恨花》："明皇于禁苑中，初有千叶桃盛开。帝与贵妃日逐宴于树下。帝曰：'不独萱草忘忧，此花亦能销恨。'"

③赵长卿《虞美人》："碧桃销恨犹堪爱，妃子今何在。"

④李煜《乌夜啼》："无言独上西楼，月如钩。"

【汇评】

张秉戌《纳兰词笺注》："此词上片景起，情景交织，'泪乍收'已是伤情毕现,又接之以'遣怀'二句,点明伤感之由。'摘花销恨'中有人有己,低回惆怅。下片写眼前空寂之景。前二句'帘影碧桃'、'屐痕苍藓'表现人去楼空的寂寞,结句又以遥遥生问表达了深深的怀念之情。"

浣溪沙

泪浥红笺第几行①,唤人娇鸟怕开窗,那能闲过好时光②。　　屏障厌看金碧画③,罗衣不奈水沉香④。遍翻眉谱只寻常⑤。

【题解】

词写深闺孤寂无聊之状。年少易别离,大好春光就此辜负。闺中度日如年,看尽屏障山山水水,也难觅荡子行踪。换尽头饰衣妆,又有谁来欣赏?画眉一事,自是奢望。拟把相思写入信中,笔未落而泪已千行。

【注释】

①欧阳修《南乡子》:"莲子深深隐翠房。意在莲心无问处,难忘。泪裛红腮不记行。"

②那能:《昭代词选》等作"那更"。李隆基《好时光》:"彼此当年少,莫负好时光。"

③金碧画:《昭代词选》作"金碧尽"。

④水沉香:沉水香。李珣《定风波》:"沉水香消金鸭冷,愁永,候虫声接杵声长。"

⑤眉谱:古代女子画眉图样。

【汇评】

张秉戌《纳兰词笺注》:"这首词仍是从对面写起,写妻子对我之深切怀念。她写信寄怀,但边写边流泪,以至无法写下去了。于是又感到是处无聊,索寞情伤,无由排遣。明明是我在思念妻子,却偏从设想中妻子念我写来,如此则更为深挚屈曲。"

浣溪沙

睡起惺忪强自支，绿倾蝉鬓下帘时[①]，夜来愁损小腰肢。　　远信不归空伫望，幽期细数却参差[②]。更兼何事耐寻思。

【题解】

词写闺中佳人睡后初起恍惚之状。梦中醒来，惺眼迷离，慵懒无力，勉强起身弄妆梳洗，对镜自伤，夜来又消瘦几分。屈指一算，郎君似乎当应归来，而今不闻郎马之嘶，他究竟为何而滞留呢？或许是算错了时日，但迟迟不归，终究是让人揪心的事情。

【注释】

①蝉鬓：古代妇女的发式，两鬓薄如蝉翼。苏轼《浣溪沙》："道字娇讹苦未成，未应春阁梦多情。朝来何事绿鬟倾。"

②柳永《倾杯乐》："对千里寒光，念幽期阻、当残景。早是多情多病。那堪细把，旧约前欢重省。"

【汇评】

张秉戍《纳兰词笺注》："这首词是为伤离之作，写女子思念丈夫的幽独孤凄的苦况。上片写她的形貌，下片写她的心理。'幽期细数却参差'，一个细节的捕捉和描画，便将她思念过度而致痴迷的情态和心理表现得淋漓尽致。"

浣溪沙[①]

记绾长条欲别难[②]，盈盈自此隔银湾[③]，便无风雪也摧残[④]。　　青雀几时裁锦字[⑤]，玉虫连夜剪春幡[⑥]。不禁辛苦况相关⑦。

词写将要分别之场景与心情。上片写折柳赠别,欲行不行,各自伤心。自此一别,淡云孤雁,寒日暮天,千山万水,阻隔云霄,恐怕就要在相思中憔悴到老。下片说佳人在家时时刻刻惦记对方,希望行者早日寄家书归来,以慰离恨愁肠。

【注释】

①《瑶华集》有副题"欲别"。

②记绾:《瑶华集》作"折得"。白居易《青门柳》:"为近都门多送别,长条折尽减春风。"

③自此:《瑶华集》作"从此"。《古诗十九首》之十:"迢迢牵牛星,皎皎河汉女。盈盈一水间,脉脉不得语。"

④便无风雪也摧残:《瑶华集》作"天将离恨老朱颜"。

⑤青雀:青鸟,西王母之信使。《艺文类聚》卷九一引旧题班固《汉武故事》:"七月七日,上于承华殿斋,正中,忽有一青鸟从西方来,集殿前。上问东方朔,朔曰:'此西王母欲来也。'有顷,王母至,有两青鸟如乌,侠侍王母旁。"顾敻《浣溪沙》:"青鸟不来传锦字,瑶姬何处锁兰芳?忍教魂梦两茫茫。"裁锦字,《瑶华集》作"传锦字"。

⑥玉虫连夜:《瑶华集》作"绿窗前夜"。玉虫,灯花。韩愈《咏灯花同侯十一》:"黄里排金粟,钗头缀玉虫。更烦将喜事,来报主人公。"范成大《客中呈幼度》:"今朝合有家书到,昨夜灯花缀玉虫。"春幡,立春日或挂春旗于树,或剪小幡戴于头上与缀花枝之下,以示迎春。牛峤《菩萨蛮》词之三:"玉钗风动春幡急,交枝红杏笼烟泣。"

⑦不禁:《瑶华集》作"愁他";况相关,作"梦相关"。

【汇评】

盛冬玲《纳兰性德词选》:"这首词讲别时情状、别后境况,全从对方着笔,却又处处渗透着自己的思念关怀之情。在纳兰众多的描写别情的作品中,别具一格,宛转可喜。"

浣溪沙

　　五字诗中目乍成①,尽教残福折书生②,手挼裙带那时情③。　　别后心期和梦杳④,年来憔悴与愁并。夕阳依旧小窗明⑤。

【题解】

　　词写由偶遇到别后相思。当日宴会,当筵赋诗,诗成而得美人青目。佳人手握裙带,含情凝睇,不胜娇柔,结得半宵之缘。别后一寸相思,千头万绪,都付给半帘幽梦,只落得触目凄凉,满身疲惫。想佳人,也当含颦傍窗,目极天涯。

【注释】

　　①五字诗:五言诗。王彦泓《有赠》:"矜严时已逗风情,五字诗中目乍成。"目成,以目定情。《楚辞·七歌·少司命》:"满堂兮美人,忽独与余兮目成。"朱熹集注:"言美人并会,盈满于堂,而司命独与我睨而相视,以成亲好。"

　　②王彦泓《梦游》:"相对只消香共茗,半宵残福折书生。"

　　③袁去华《倾杯乐》:"尽无言,手挼裙带绕花径。酒醒时,梦回处,旧事何堪省。"

　　④韩翃《送齐明府赴东阳》:"别后心期如在眼,猿声烟色树苍苍。"

　　⑤方械《失题》:"午醉醒来晚,无人梦自惊。夕阳如有意,长傍小窗明。"

【汇评】

　　张秉戍《纳兰词笺注》:"这首词写别后相思。上片写追忆往日的恋情。下片写今日的相思。上片用了两个细节描绘,便刻画出当日相恋的幸福情景,其结句尤为鲜活动人。下片侧重此时的心理刻画,结句用一景语,余有不尽之意。上下片的情景形成鲜明的对比,其相思苦恋的痛苦忧伤更为突出了。"

浣溪沙

谁念西风独自凉^①？萧萧黄叶闭疏窗，沉思往事立残阳^②。　　被酒莫惊春睡重^③，赌书消得泼茶香^④。当时只道是寻常^⑤。

【题解】

词当是悼亡之作。用李清照之典，赌书泼茶，暗指往日闺中琴瑟相和、情趣相投之甜蜜。但这温馨甜蜜，现如今已成云烟般的往事。词人独立残阳，秋风渐紧而黄叶漫天飞舞，寒意袭来而无人关怀，自然思悠悠，恨悠悠，忆起往日情事而哽咽无言。曾经以为，生活中不经意的那些点点滴滴，只是寻常之事，无须在意，失去之后，才恍然发现它们值得倍加珍惜。

【注释】

①秦观《减字木兰花》："天涯旧恨，独自凄凉人不问。"

②李珣《浣溪沙》："镂玉梳斜云鬓腻，缕金衣透雪肌香。暗思何事立残阳。"

③被酒：中酒，酒醉。程垓《愁倚阑》："昨夜酒多春睡重，莫惊他。"

④李清照《金石录后序》云："余性偶强记，每饭罢，坐归来堂烹茶，指堆积书史，言某事在某书某卷第几页第几行，以中否角胜负，为饮茶先后。中即举杯大笑，至茶倾覆怀中，反不得饮而起，甘心老是乡矣。"

⑤只道：袁刻本作"止道"。

【汇评】

况周颐《蕙风词话》卷一："易被《喜迁莺》云：'记得年时，胆瓶儿畔，曾把牡丹同嗅。'语小而不纤，极不经意之事，信手拈来，便觉旖旎缠绵，令人低徊不尽。纳兰性德《浣溪沙》云：'被酒莫惊春睡重，赌书消得泼茶香，当时只道是寻常。'亦复工于写情，视此微嫌词费矣。"

况周颐《蕙风词话》卷一："黄东甫《柳梢青》云：'天涯翠层层，是多少长亭短亭。《眼儿媚》云：'当时不道春无价，幽梦费重寻。'此等语非深于词不能道，所谓词心也。《柳梢青》又云：'花惊寒食，柳认清明。''惊'字、'认'字，属对绝工。昔人用字不苟如是，所谓词眼也。纳兰容若《浣溪沙》云：'被酒莫惊春睡重，赌书消得泼茶香，当时只道是寻常。'即东甫《眼儿媚》句意。酒中茶半，前事伶俜，皆梦痕耳。"

　　吴世昌《词林新话》卷五："上结沉思往事，下联即述往事，故歌拍有'当时'云云。'赌书'用易安《金石录后序》中故事，知此首亦悼亡之作。况氏乃谓'酒中茶半'又嫌费词，况君于前人书所记不多。"

　　黄天骥《纳兰性德和他的词》："这词写一个孤独的人对往事的思念。今天的孤独，使他分外珍视过去的幸福。而过去，又身在福中不知福。一旦失去了幸福，就感到十分懊恼。下半阕，在平淡中见沉重，深刻而又婉曲地表达出这孤独的心情。"

　　盛冬玲《纳兰性德词选》："西风、黄叶、疏窗、残阳。秋凉人独，作者触景生情，又回想起当初与亡妻相处时的情景，抚今追昔，不禁勾起淡淡的哀愁，真是别样一番滋味在心头。"

浣溪沙

　　莲漏三声烛半条①，杏花微雨湿红绡②，那将红豆记无聊③。　　春色已看浓似酒，归期安得信如潮④。离魂入夜倩谁招。

【题解】

　　词写离别相思之情。杏花微雨，沾衣不湿，吹面不寒，春色渐浓。销魂时节，断肠人漂泊天涯，有家难回。灯下独坐，红烛烧残，芳心一点，顾影自怜，恨不能如倩女离魂，惟有把玩红豆以寄相思。

【注释】

　　①莲漏：莲花漏。毛滂《武陵春》："留取笙歌直到明，莲漏已催春。"
　　②红绡：红色花朵。卢士衡《题牡丹》："万叶红绡剪尽春，丹青任写不

如真。"

③王维《相思》:"红豆生南国,春来发几枝。愿君多采撷,此物最相思。"

④王彦泓《错认》:"夜视可怜明似月,秋期只愿信如潮。"

【汇评】

黄天骥《纳兰性德和他的词》:"本篇写春夜怀人的心情。在春色溶溶的晚上,对着家中寄来的红豆,心情实在难堪。'春色已看浓似酒,归期安得信如潮'两句,清隽自然,有如行云流水。"

浣溪沙

凤髻抛残秋草生①,高梧湿月冷无声②,当时七夕记深盟③。　　信得羽衣传钿合④,悔教罗袜葬倾城⑤。人间空唱雨淋铃⑥。

【题解】

词咏杨贵妃之事,或借以感怀亡妻。上片说唐明皇再回长安大内之中,佳人已逝,秋草蔓生,落叶满阶,"芙蓉如面柳如眉,对此如何不泪垂"。记起七月七日长生殿夜半无人时之海誓山盟,不由得长恨绵绵。下片说倾城一葬,辗转难忘。方士所传"但令心似金钿坚,天上人间会相见"之语,只是安慰之词罢了,一如《雨霖铃》,空自怅悔,无法共叙幽情。

【注释】

①凤髻:古代妇女的一种发型。宇文氏《妆台记》载:"周文王于髻上加珠翠翘花,傅之铅粉,其髻高名曰凤髻。"《新唐书·五行志》:"杨贵妃常以假髻为首饰,时人为之语曰:'义髻抛河里,黄裙逐水流。'"秋草,白居易《长恨歌》:"西宫南内多秋草,落叶满阶红不扫。"

②白居易《长恨歌》:"春风桃李花开日,秋雨梧桐叶落时。"

③记深盟:汪刻本作"有深盟"。陈鸿《长恨歌传》:"玉妃茫然退立,若

有所思,徐而言曰:'昔天宝十载,侍辇避暑于骊山宫。秋七月牵牛织女相见之夕,秦人风俗,是夜张锦绣,陈饮食,树瓜华,焚香于庭,号为乞巧,宫掖间尤尚之。时夜殆半,休侍卫于东西厢,独侍上。上凭肩而立,因仰天感牛女事,密相誓心,愿世世为夫妇。言毕,执手各呜咽。此独君王知之耳。'"李商隐《马嵬》:"此日六军同驻马,当时七夕笑牵牛。"

④陈鸿《长恨歌传》:"适有道士自蜀来,知上心念杨妃如是,自言有李少君之术。玄宗大喜,命致其神。方士乃竭其术以索之,不至。又能游神驭气,出天界,没地府以求之,不见。又旁求四虚上下,东极天海,跨蓬壶。见最高仙山,上多楼阙,西厢下有洞户,东向,阖其门,署曰'玉妃太真院'。方士抽簪扣扉,有双鬟童女,出应其门。方士造次未及言,而双鬟复入。俄有碧衣侍女又至。诘其所从。方士因称唐天子使者,且致其命。碧衣云:'玉妃方寝,请少待之。'于时云海沉沉,洞天日晓,琼户重阖,悄然无声。方士屏息敛足,拱手门下。久之,而碧衣延入,且曰:'玉妃出。'见一人冠金莲,披紫绡,佩红玉,曳凤舄,左右侍者七八人,揖方士,问皇帝安否,次问天宝十四载以还事。言讫,悯然。指碧衣女取金钗钿合,各析其半,授使者曰:'为我谢太上皇,谨献是物,寻旧好也。'"白居易《长恨歌》:"唯将旧物表深情,钿合金钗寄将去。"

⑤乐史《太真外传》:"妃子死日,马嵬媪得锦袜袜一双,相传过客一玩百钱,前后获钱无数。"

⑥郑处诲《唐明皇杂录补遗》:"明皇既幸蜀,西南行,初入斜谷,属霖雨涉旬,于栈道雨中闻铃音,与山相应。上既悼念贵妃,采其声为《雨霖铃》曲以寄恨焉。"

【汇评】

赵秀亭、冯统一《饮水词笺校》:"此阕为感怀唐明皇、杨贵妃事作。"

浣溪沙

容易浓香近画屏,繁枝影著半窗横,风波狭路倍怜卿①。　　未接语言犹怅望②,才通商略已蓬腾③。只嫌今夜月偏明④。

【题解】

词写情人月下偶遇。疏影横斜,暗香浮动,蓦地在小径与心上人相遇,惊喜之余竟不知所措。未见面时,曾经设想过千百种情形,觉得有无数的话儿要倾诉。如今面对面,刚寒暄完毕,就变得懵里懵懂,手足无措,不知如何是好。不怪自己失去了往日的伶俐,只怪这天上的圆月过于明亮,让自己变得紧张。

【注释】

①王彦泓《代所思别后》:"风波狭路惊团扇,风月空庭泣浣衣。"

②王彦泓《和端己韵》:"未接语言当面笑,暂同行坐凤生缘。"

③王彦泓《赋得别梦依依到谢家》:"今日眼波微动处,半通商略半矜持。"

④嫌:汪刻本双行小字校"言"。

【汇评】

张秉戍《纳兰词笺注》:"这里描绘了一个恋人初逢的场面。上片前二句写景,渲染环境气氛。第三句写初见时的情景。其'风波'二字意味深长,既有恋情的艰险,亦含有难言的隐忧。下片写相逢后乍喜乍悲,心绪慌乱的复杂情感,结句则宕出一笔,用'月偏明'之景表达出'偷恋'者几重复杂的心理。小词而能描摹如画,生动传神,确是精妙。"

浣溪沙

旋拂轻容写洛神①,须知浅笑是深颦②,十分天与可怜春。　　掩抑薄寒施软障③,抱持纤影藉芳茵。未能无意下香尘④。

此为题画之词,所画为一佳丽。有学者言画中人为其爱妻,似与洛神身份不合。上片言画中女子美若天仙,满脸春色,不知是颦是笑。下片说她袅娜多姿,掩映花中,仪静体闲,柔情绰态,罗袜生尘,似乎要从画中走出来。

【注释】

①轻容:薄纱。周密《齐东野语·轻容方空》:"纱之至轻者,有所谓轻容,出唐《类苑》云:'轻容,无花薄纱也。'"王建《宫词一百首》之九十七:"缣罗不著索轻容,对面教人染退红。"洛神,洛水女神,名宓妃。曹植有《洛神赋》。

②佚名《点绛唇》:"浅笑深颦,便面机中素。"

③软障:古代用作画轴,杜荀鹤《松窗杂录》:"唐进士赵颜于画工处得一软障,图妇人甚丽。"

④香尘:女子步履而起之尘土。王嘉《拾遗记·晋时事》:"(石崇)又屑沉水之香如尘末,布象床上,使所爱者践之。"李白《感兴》:"洛浦有宓妃,飘飘雪争飞。……香尘动罗袜,绿水不沾衣。"

【汇评】

赵秀亭、冯统一《饮水词笺校》:"此为咏美人图而作。'未能无意'是有意也,语涉轻佻,所绘必风流故事中之人物。又自首句知非古画,乃当时友朋中善绘事者为之。"

浣溪沙

十二红帘窣地深①,才移划袜又沉吟②,晚晴天气惜轻阴。　珠袯佩囊三合字③,宝钗拢鬓两分心④。定缘何事湿兰襟。

【题解】

词写春情闺思。所谓"定缘何事"而湿透兰襟,乃是追问女子为何而泪珠滑落,并非姻缘前定还黯然心伤。头上双髻,腰悬双囊,都表明了少女的身份。但轻阴弄晴,秀色空山,春色已深,少女心头上的那一丝丝飘忽的愁绪便拂之难去了。不过,此时此刻,这样的心思又怎能让人知晓呢?欲说还休,欲去还留,她用踌躇犹豫表达出了自己的羞涩。

【注释】

①十二红:即小太平鸟,体似太平鸟而稍小,尾羽末端呈红色。吴文英《喜迁莺》:“万顷素云遮断,十二红帘钩处。”窣,垂。

②刬袜:只穿袜子着地行走。李煜《菩萨蛮》:“袜刬步香阶,手提金缕鞋。”

③珠祛:缀有珠玉的裙带。杜甫《丽人行》:“背后何所见,珠压腰祛稳称身。”三合字,女子将三个字,绣在一双香囊上,己留一香囊,赠一香囊与所欢,两囊合则三字显。

④白维国《金瓶梅词典》:“分心,首饰。戴在正面,用来使头发从中缝分开。”

【汇评】

张秉戍《纳兰词笺注》:“此篇写闺怨。词只就少女的形貌作了几笔的勾勒,犹如两组影像的组接:闺中场景和她犹豫不定的行动,而后是其梳妆打扮的特写。如此精妙的刻画,使其形神毕见了。‘惜轻阴’与‘湿兰襟’则点醒了题旨。”

浣溪沙

一半残阳下小楼①,朱帘斜控软金钩,倚阑无绪不能愁。　　有个盈盈骑马过②,薄妆浅黛亦风流。见人羞涩却回头。

【题解】

词颇轻盈别致,一顿一挫,风情婉然。黄昏时分,凭栏独立,怅然无绪。

正心意阑珊时刻,忽见楼下一貌美女子,淡妆素裹,骑马款款而过,暗里回眸,别具一番娇羞滋味。

【注释】

①杜牧《题扬州禅智寺》:"暮霭生深树,斜阳下小楼。"

②盈盈:仪态万方之女子。《古诗十九首》之二:"盈盈楼上女,皎皎当窗牖。"严绳孙《虞美人》:"有个盈盈相并说游人。"

【汇评】

赵秀亭《纳兰丛话》:"性德曼殊翘楚,今人有论其词之'民族特色'者,每举《浣溪沙》'有个盈盈骑马过'为论,盖以女子骑马为满俗也。然'吴姬十五细马驮',见太白诗;'骑马佳人卷画衫',见卢延让诗,妇人骑乘乃古来常事也,非必满族。又尤侗《女冠子·美人骑马》:'春芽拥翠会,香汗发红潮。媭儿跑不住,抱鞍桥。'焉可认尤侗具'满族特色'耶!"

浣溪沙

锦样年华水样流,鲛珠迸落更难收①,病余常是怯梳头。 一径绿云修竹怨,半窗红日落花愁。愔愔只是下帘钩②。

【题解】

词写"日月其除"之惘然。花样年华,似水流年,青春如鸟儿一去不回,时光如鲛珠一般迸落难收。畏见落发而惧怕梳头,坐看落花而触景伤情。生命亦如半窗夕阳,转眼遁入虚空。修竹美似绿云,更平添几分惆怅。

【注释】

①张华《博物志》:"南海水有鲛人,水居如鱼,不废织绩,其眼能泣珠。"

②愔愔:幽深、娴静的样子。

【汇评】

张秉戍《纳兰词笺注》:"春闺寂寞,春愁无奈。本篇便是描绘这样的闺怨之作。上片写为年华易逝,流年似水而伤怀,而多愁多病,疏慵无绪。下片写是处无聊,只有寂寞地帏中独处。清怨绵绵,几类'花间'语。"

浣溪沙

肯把离情容易看①,要从容易见艰难,难抛往事一般般②。　今夜灯前形共影,枕函虚置翠衾单。更无人与共春寒。

【题解】

词写离情别思。"年少抛人容易去","始共春风容易别",离别总是那样简简单单,总是不经意间就发现自己已经孤孤单单。而相逢却是如此艰难,不由得追悔万分,当初话别太容易。今夜灯下,抱影独坐,谙尽孤眠滋味。枕虚衾寒,一件件往事涌上心头,"眉间心上,无计相回避"。到此时才真正懂得,惟有离别最销魂。

【注释】

①戴叔伦《织女词》:"难得相逢容易别,银河争似妾愁深。"

②一般般:一件件。王周《道中未开木杏花》:"粉英香萼一般般,无限行人立马看。"

【汇评】

张秉戌《纳兰词笺注》:"词多以景语发端,而此篇上片却出之以议论,说怎能把离情看得太简单了,太容易禁受呢,要知应从容易中见到它的艰难,即离情的艰苦难耐的况味是使人难以禁受的。接下一句又继之以叙述语。下片则亦情亦景。写其形只影单,无人与共的凄清孤独。词虽如此直白率露,但情韵不减,其孤凄婉转,悱恻缠绵之情溢于言外,不失为佳作。"

浣溪沙

败叶填溪水已冰①,夕阳犹照短长亭②,何年废寺失题名③。　　　　倚马客临碑上字④，斗鸡人拨佛前灯⑤。净消尘土礼金经⑥。

【题解】

词人奔波于旅途，偶见荒败不知名之野寺，因有所感。于斜阳残照中，容若不知见得几多长短亭，正为自己的劳碌奔波而感到心碎无奈，只觉得忙碌于红尘琐事中毫无所谓。残枝败叶之外，偶然瞥见古刹一座，不由记起当年斗鸡人贾昌，富贵之际，以至于时人感叹"生儿不用识文字，斗鸡走马胜读书"，却最终依然栖宿于古寺，蔬食粗饭。这使他对自己的忙碌更加怀疑起来。

【注释】

①唐求《和舒上人山居即事》："败叶填溪路，残阳过野亭。"
②王从叔《阮郎归》："斜阳路上短长亭，今朝第几程。"
③何年：汪刻本作"行来"。
④倚马：汪刻本作"驻马"。
⑤陈洪《东城父老传》载，唐人贾昌因驯鸡如神，得玄宗宠幸，享尽荣华富贵。后安史乱起，家无兵掠，一物无存，皈依佛寺，昼汲水灌竹，夜正观于禅室，日食粥一杯。
⑥净消尘土礼金经：汪刻本作"劳劳尘世几时醒"。金经，即《金刚经》。

【汇评】

黄天骥《纳兰性德和他的词》："这词估计是作者随从康熙皇帝出巡时写的。词的情调比较消沉。在凄凉的荒郊，天气阴冷，夕阳斜照。诗人面对荒废了的寺院，不禁黯然神伤。其中，'斗鸡人拨佛前灯'一句，很值得注意。生长在富贵之家的人，拨弄着佛像前那朵幽冷的灯火，情调很不协调。而作者正是要通过这不协调的意境，表达自己特定的心境。"

浣溪沙

残雪凝辉冷画屏①，落梅横笛已三更②，更无人处月胧明③。 　　我是人间惆怅客,知君何事泪纵横。断肠声里忆平生。

【题解】

词写月下闻笛而生悲凉落寞之感。月华似水,洒在残雪之上,使天地都为凄清的氛围所笼罩,连室内的画屏都泛着阵阵寒意。远处传来的一曲《落梅花》,到三更尤显悠扬婉转,仿佛在倾诉着满腹辛酸。同是天涯沦落者,这凄楚的曲调亦让词人泪湿青衫,他感受到曲调中饱含的凄凉在这断肠之声中使平生痛楚都闪现在他眼前。

【注释】

①杜牧《秋夕》:"银烛秋光冷画屏,轻罗小扇扑流萤。"

②落梅:《梅花落》,横笛吹奏。高适《和王七玉门关听吹笛》:"胡人吹笛戍楼间,楼上萧条海月闲。借问落梅凡几曲,从风一夜满关山。"

③白居易《人定》:"人定月胧明,香消枕簟清。"

【汇评】

段晓华,龚岚《清词三百首详注》:"纳兰惊才绝艳,清高绝尘,对世事龌龊常难忍耐。故他虽居富贵,但人间世事的不完满,常常使他心绪感伤,莫名生悲。本篇就是他的这种身世之感的代表词作之一。《浣溪沙》是词人最喜用的词牌之一,又是抒发自己内心深处最真切的情怀,故小词写来境界幽渺,有无限低徊之致。其境与岳飞《小重山》所云'昨夜寒蛩不住鸣,惊回千里梦,已三更。起来独自绕阶行,人悄悄,帘外月胧明'颇为相似。虽是直抒胸臆,但其情真意深,故能生动感人,颇有感发的力量。"

浣溪沙

咏五更,和湘真韵①

微晕娇花湿欲流,簟纹灯影一生愁,梦回疑在远山楼②。　　　　残月暗窥金屈戌③，软风徐荡玉帘钩。待听邻女唤梳头④。

【题解】

词为花间余绪，写闺中闲愁，着力于女子慵懒情态，色彩华美，辞藻艳丽。与陈子龙原词相对照，更柔而软，只是绮思艳情，脂粉更重。陈子龙原作为："半枕轻寒泪暗流，愁时如梦梦时愁，角声初到小红楼。风动残灯摇绣幕，花笼微月淡帘钩。陡然旧恨上心头。"

【注释】

①湘真：陈子龙（1608—1647），字人中、卧子，号大樽、轶符等，松江华亭人，有《湘真阁存稿》。

②王彦泓《梦游》："绣被鄂君仍眺赏，篷窗新署远山楼。"

③屈戌：屈戌，即搭扣。朱彝尊《菩萨蛮》："重重金屈戌，门掩黄昏月。"

④吴伟业《戏赠》："管是深夜娇不过，隔帘小婢唤梳头。"

【汇评】

陈廷焯《云韶集》卷十五："秀绝矣，亦自凄绝。结句从旁面生情。"

陈廷焯《词则·闲情集》："调和意远，似此真不愧大雅矣，古今艳词亦不多见。惜全篇平平。"

画堂春

一生一代一双人①，争教两处销魂。相思相望不相亲②，天为谁春。　　　　浆向蓝桥易乞③，药成碧海难奔④。若容相访饮牛津⑤，相对忘贫。

【题解】

词写生离死别之怅恨，或为悼亡之作。词人说本以为今生今世，不离不弃，携手白头，谁知天不遂人愿。若是黯然离别，天各一方，两地相思相望,哪怕如蓝桥觅梦,终有万一相见之希望;如今天人阻隔,阴阳殊途,相见无果,即使得到不死之药,也只落得碧海青天夜夜相思而已,这不能不令他撕心裂肺,百感交集,难乎为情。他唯有希冀乘槎而去,直至饮牛之津,与对方厮守于银河。

【注释】

①骆宾王《代女道士王灵妃赠道士李荣》:"相怜相念倍相亲,一生一代一双人。"

②王勃《寒夜怀友杂体》:"故人故情怀故宴,相望相思不相见。"

③蓝桥:在陕西蓝田县东南蓝溪上,相传为裴航遇仙女云英处。《太平广记》卷十五引裴铏《传奇》云,裴航于蓝桥驿因求水喝,得遇云英,向其母求婚,其母要以玉杵臼为聘。裴航终寻访得玉杵臼,遂与云英成婚,双双仙去。

④《淮南子·览冥训》:"羿请不死之药于西王母,姮娥窃之,奔月宫。"高诱注:"姮娥,羿妻,羿请不死之药于西王母,未及服之。姮娥盗食之,得仙。奔入月宫,为月精。"李商隐《嫦娥》:"嫦娥应悔偷灵药,碧海青天夜夜心。"

⑤张华《博物志》:"旧说云天河与海通。近世有人居海渚者,年年八月,有浮槎来去,不失期。人有奇志,立飞阁于槎上,多赍粮,乘槎而去。……奄至一处,有城郭状,屋舍甚严。遥望宫中有织妇,见一丈夫牵牛渚次饮之。"韩偓《无题》:"棹寻闻犬洞,槎入饮牛津。"

【汇评】

赵秀亭、冯统一《饮水词笺校》:"此阕写恋人在天,欲访而无由。苏雪林以为此恋人为'入官女子','浆向蓝桥易乞'似说恋人未入官前结为夫妇是很容易的;'药成碧海'则用李义山诗,似说恋人入官,等于嫦娥奔月,便难再回人间;李义山身入离官与官嫔恋爱,有《海客》一绝,纳兰容若与入官恋人相会,也用此典,居然与李义山暗合(见《清代男女两大词人恋史的研究》,载在旧武大《武汉大学文哲季刊》一卷三号)。按,苏雪林考诗人恋史,多傅会;义山《海客》诗,亦非恋诗。'入官女子'云云,姑妄听之而已。实际上,人既在天上,即言不在人间,解作悼亡之作,最近事实。"

257

蝶恋花

准拟春来消寂寞。愁雨愁风①，翻把春担阁。不为伤春情绪恶，为怜镜里颜非昨。　　毕竟春光谁领略。九陌缁尘②，抵死遮云壑③。若得寻春终遂约，不成长负东君诺④。

【题解】

原以为春天的到来，可以借以排遣心中的烦闷。可是接连几天风风雨雨，使自己的期待落空。眼看韶华流逝，朱颜已改，自己却还在尘世中消磨，纠缠于琐事俗务，不得高蹈世外，避居云壑之间。词人最终感叹，何日才能寻春归去，拂衣委巷，渔樵江渚。

【注释】

①张榘《浪淘沙》："春梦草茸茸，愁雨愁风。"

②九陌：京都大道。《三辅黄图·长安八街九陌》："《三辅旧事》云：长安城中八街、九陌。"缁尘，黑色尘土。谢朓《酬王晋安》："谁能久京洛，缁尘染素衣。"

③云壑：云雾遮覆的山谷，借指隐居之所。孔稚圭《北山移文》："诱我松桂，欺我云壑。"

④东君：司春之神。晏殊《采桑子》："春风不负东君信，遍拆群芳。"

【汇评】

张秉戍《纳兰词笺注》："纳兰厌于侍卫生涯，渴慕离开市朝，过清幽平静的生活。但这种愿望又难以实现，蹉跎日老，不能不令其生出几多悲慨。本篇所要表达的题旨在此。写法上则是以辜负春光、伤春亦不足惜来反衬之，其转折衬垫，层层入深地抒写，更突出了所要表达的情怀。"

蝶恋花

眼底风光留不住①，和暖和香，又上雕鞍去②。欲倩烟丝遮别路,垂杨那是相思树。 惆怅玉颜成闲阻,何事东风,不作繁华主③。断带依然留乞句④,斑骓一系无寻处。

【题解】

　　词写闺情,或有寄托。上阕写离别场面。暖洋洋的初春时刻,原野上散发着春草的阵阵香气。就在这草熏风暖之中,恋人跨上马鞍而去。佳人挽留不住心上人,就好像无限春光无法留住,终将逝去一样。她希望这烟丝柳条遮蔽住恋人离去的踪迹,免得勾起伤心的记忆,但那依依杨柳,在泪眼朦胧中,又分明成为了相思之树。下阕写别后的惆怅。花开总有花落,春风如客,做不了繁华之主。离别已成事实,相见遥遥无期。当初写下的诗句历历在目,耳旁似乎还回响着呢喃细语,但人却早已杳无踪影了。

【注释】

　　①辛弃疾《蝶恋花》:"泪眼送君倾似雨。不折垂杨,只倩愁随去。有底风光留不住。烟波万顷春江橹。"

　　②王彦泓《骊歌二叠送韬仲春往秣陵》:"怜君辜负晓衾寒,和暖和香上马鞍。"

　　③严蕊《卜算子》:"花落花开自有时,总是东风主。"

　　④李商隐《柳枝词序》:"柳枝,洛中里娘也。……余从昆让山,比柳枝居为近。他日春曾阴,让山下马柳枝南柳下,咏余《燕台诗》。柳枝惊问:'谁人有此? 谁人为是?'让山谓曰:'此吾里中少年叔耳。'柳枝手断长带,结让山为赠叔乞诗。"

【汇评】

　　黄天骥《纳兰性德和他的词》:"这首词环绕着'留不住'三个字抒写,集中表现送行者的心情。她留不住恋人,觉得眼底风光,心头温暖,都被马匹带走了。她埋怨东风不肯为春光作主,把繁华和幸福挽留下来。现在,人一走,就只剩下他留下的诗句。这词写得流畅自然,又曲尽婉转低回之妙。"

蝶恋花

萧瑟兰成看老去①,为怕多情,不作怜花句。阁泪倚花愁不语②,暗香飘尽知何处。　　重阳旧时明月路,袖口香寒③,心比秋莲苦。休说生生花里住,惜花人去花无主④。

【题解】

据词中所言"惜花人"已离去,或当为悼念亡妻之作。上片说自己日渐落寞萧瑟,这萧瑟不是如庾信那般由乡关之思所催成,而是为情所伤。这伤痕如此之深,即使徘徊花下,任由那香飘万里,花瓣萎落在地,也惟有默默不语,生怕牵动那根心弦。下片说再次走在月下那条熟悉的小路上,还是忍不住想起了那些往事。袖口仿佛还残留着佳人把握过的余香,心中却是一片凄苦。当年佳人爱花惜花,笑言生生世世要与花为伴。如今花依然在风中摇曳,人却早已不在身旁,这如何让人不感伤。

【注释】

①兰成:庾信之小字。陆龟蒙《小名录》:"庾信幼而俊迈,聪敏绝伦。有天竺僧呼信为兰成,因以为小字。"杜甫《咏怀古迹五首》之一:"庾信生平最萧瑟,暮年诗赋动江关。"

②阁泪:噙泪。夏竦《鹧鸪天》:"蹲前只恐伤郎意,阁泪汪汪不敢垂。"

③晏几道《西江月》:"醉帽檐头风细,征衫袖口香寒。"

④辛弃疾《定风波》:"毕竟花开谁作主,记取,大都花属惜花人。"

【汇评】

谭献《箧中词》:"势纵语咽,凄淡无聊。延巳、六一而后,仅见湘真。"

蝶恋花①

露下庭柯蝉响歇,纱碧如烟,烟里玲珑月②。并著香肩无可说,樱桃暗解丁香结③。　　笑卷轻衫鱼子缬④,试扑流萤⑤,惊起双栖蝶。瘦断玉腰沾粉叶⑥,人生那不相思绝。

【题解】

词写与情人共度夏夜的一个生活片段,极富浪漫气息。朦胧的月光下,两人挨肩而坐,庭中树上的知了也停止叫嚷,一切都是那么安静。并不需要有太多的话语,心中的愁绪在这一刻都随风远去。佳人调皮地卷起衣袖,蹑手蹑脚地去捕捉闪动的萤火虫,没想到惊动了早已栖息的一双蝴蝶。

【注释】

①蝶恋花:《百名家词钞》作“鹊踏枝”。汪刻本有副题“夏夜”。

②李白《玉阶怨》:“却下水晶帘,玲珑望秋月。”庭柯:庭院中的树木。

③暗解:汪刻本作“暗吐”。樱桃,女子口唇。孟棨《本事诗》:“白尚书姬人樊素善歌,妓人小蛮善舞。尝为诗曰:‘樱桃樊素口,杨柳小蛮腰。’”丁香结,丁香的花蕾。李商隐《代赠诗》:“芭蕉不展丁香结,同向春风各自愁。”

④鱼子缬:一种绢织物。段成式《嘲飞卿》诗之二:“醉袂几侵鱼子缬,飘缨长胃凤皇钗。”

⑤杜牧《秋夕》:“银烛秋光冷画屏,轻罗小扇扑流萤。”

⑥玉腰:蝴蝶。陶谷《清异录》:“温庭筠尝得一句云:‘蜜官金翼使。’偏干知识,无人可属。久之,自联其下曰:‘花贼玉腰奴。’予以谓道尽蜂蜨。”

【汇评】

张秉戌《纳兰词笺注》:“这首词描绘了一个令人难忘的夏夜,诗人与所爱女子共度的情景。上片前三句描画夏夜之景色、氛围,后二句刻画了二人相并、默默厮守的往事。下片承前,记叙和描画她在朦胧月下美好的音容笑貌。上下浑成,笔调轻捷欢快,结二句则陡然转折,前扬后抑,前述之欢乐愈甚,则后来之悲痛愈烈,故言‘相思绝’。”

落花时①

夕阳谁唤下楼梯,一握香荑②。回头忍笑阶前立,总无语,也依依③。　　笺书直恁无凭据④,休说相思。劝伊好向红窗醉,须莫及,落花时。

【题解】

词写偶遇后相思难忘。上片描述当日邂逅的温馨场面。最令人销魂的,是阶前忍笑回头的那一刹那。那个时候,正值夕阳西下,佳人为人所唤,从小楼缓步而下,伫立阶前,回眸一笑,秋波一转,"便铁石人也意惹情牵"。下片写别后苦苦相思,但此情无由相通,令人沮丧,不如向红窗一醉,以化解心中愁怅,莫待花落空折枝。

【注释】

①落花时:汪刻本有双行小字校"好花时"。

②柳永《塞孤》:"相见了,执柔荑,幽会处,偎香雪。"

③依依:汪刻本作"相宜"。

④笺书:汪刻本作"相思"。晏几道《鹧鸪天》:"相思本是无凭语,莫向花笺费泪行。"

【汇评】

张秉戍《纳兰词笺注》:"这首小词很有情趣,也很有些戏剧化的情景。词里所刻画的是恋人相会时既相亲又娇嗔的场面。上片说在夕阳中她手握一把香草,从楼上被人唤出。下得楼来,她却'回头忍笑阶前立',一语不发。下片说她嗔怪信中相约而爽约,故请不必再说我的相思了。下二句一转,以调皮的口吻作了一番劝慰。其中她的形貌神情,彼此且亲且嗔的复杂心态,活灵活现。小词而能如此刻画传神,的是妙造。"

踏莎美人

清 明

拾翠归迟①,踏青期近,香笺小叠邻姬讯②。樱桃花谢已清明,何事绿鬓斜亸、宝钗横③。　　浅黛双弯,柔肠几寸④,不堪更惹其他恨⑤。晓窗窥梦有流莺,也觉个依憔悴、可怜生⑥。

【题解】

清明时节,烂漫的邻家小妹,迫不及待来信邀约,同去野外踏青。但闺中少女正为春恨所缠绕,芳心无主,终日怏怏,愁眉不展,连梳妆打扮的心情都没有,更不用说去见那残红愁绿,牵引出无数新恨。她的慵懒与娇弱,让滑过窗外的黄莺见了,也禁不住分外怜惜:何等春愁,憔悴如斯!

【注释】

①拾翠:拾取翠鸟的羽毛作首饰,后多指女子游春。吴融《闲居有作》:"踏青堤上烟多绿,拾翠江边月更明。"

②朱淑真《约游春不去二首》之一:"邻姬约我踏青游,强拂愁眉下小楼。"

③斜亸:散乱下垂。周邦彦《浣溪沙慢》:"灯尽酒醒时,晓窗明,钗横鬓亸。"

④欧阳修《踏莎行》:"寸寸柔肠,盈盈粉泪。楼高莫近危阑依。"

⑤其他:汪刻本作"青春"。

⑥也觉:汪刻本作"也说"。

【汇评】

张秉戌《纳兰词笺注》:"清明正是游春踏青的好时节,纵有邻家女伴相邀,但奈何疏慵倦怠,本就愁绪满怀,故不愿再去沾惹新恨了。而此情谁又知道呢,惟有那清晓窗外的流莺明了。全篇幽思含婉,清丽轻灵,表达出百无聊赖的阑珊意绪。"

红窗月

燕归花谢,早因循、又过清明①。是一般风景,两样心情②。犹记碧桃影里、誓三生③。　　鸟丝阑纸娇红篆,历历春星④。道休孤密约,鉴取深盟⑤。语罢一丝香露、湿银屏⑥。

【题解】

词写女子独处闺中时纷扰的思绪。又到了燕子归来的时候,又到了桃花零落雨纷纷的清明时节,一样的风景,却是两种心情了。想想去年桃花丛中,说尽千般誓愿的情绪,她既感到甜蜜,又有些担心:我在这里痴痴地等着,对方究竟会不会辜负当时的盟约呢?看看信中的甜言蜜语,她似乎释然了。

【注释】

①燕归花谢:汪刻本作"梦阑酒醒"。又过,汪刻本作"过了"。王雱《倦寻芳》:"算韶光,又因循过了,清明时候。"

②风景:汪刻本作"心情"。心情,汪刻本作"愁绪"。

③碧桃:汪刻本作"回廊"。三生,汪刻本作"生生"。《青琐高议·贤鸡君传》:"酒酣,(鲁敢)复入一洞,碧桃艳杏,香凝如雾。西真曰:'他日与君人间还,双栖于此。'君乃辞归。"

④鸟丝阑纸娇红篆:汪刻本作"金钗钿盒当时赠"。春星,汪刻本作"青星"。

⑤鉴取:《草堂嗣响》作"系取"。

⑥香露:汪刻本作"清露"。

【汇评】

张秉戌《纳兰词笺注》:"这首词写离情,大约是写给某一恋人的。上片写此时情景,点出本题,即风景如旧而人却分飞,不无伤离之哀叹。下片忆旧,追忆当时相亲相爱的往事。词取今昔对比之法。起而意在笔先,结则意留言外,确为佳构。"

赤枣子

惊晓漏①,护春眠。格外娇慵只自怜②。寄语酿花风日好,绿窗来与上琴弦③。

【题解】

春天到了,少女的心事复杂起来,娇憨之外开始顾影自怜。风和日丽的日子,拿出琴弦,慢慢调理,心中若有所思。

【注释】

①惊晓漏:《瑶华集》作"听夜雨"。

②格外:《瑶华集》作"端的";只自怜,作"也自怜"。

③来与:《瑶华集》作"来看"。赵光远《咏手二首》之二:"撚玉搓琼软复圆,绿窗谁见上琴弦。"

【汇评】

张秉戌《纳兰词笺注》:"此篇与下一篇《赤枣子》都是以少女的形象、口吻写春愁春感的。此篇写其春晓护眠,娇慵倦怠,又暗生自怜的情态与心理。"

赤枣子

风淅淅,雨纤纤①。难怪春愁细细添。记不分明疑是梦,梦来还隔一重帘②。

【题解】

春愁涌来,少女幽独自怜。柔和之风,细密之雨,给她造成一种惝恍迷离的氛围。似睡非睡,似醒非醒,莫可名状。

【注释】

①苏轼《江城子》:"黄昏犹是雨纤纤,晓开帘。欲平檐。"

②许棐《喜迁莺》:"一重帘外即天涯,何必暮云遮。"

【汇评】

张秉戌《纳兰词笺注》:"这一篇还是写春愁,又以春日之风雨烘衬,遂不单自怜幽独,且怀思之情又添,由愁浓而致似梦非梦的幻觉生起了,这是一种朦胧恍惚的境界,这境界表达了一种莫可名状惆怅。小词深而婉,清丽自然,若'花间'词语。"

眼儿媚

重见星峨碧海槎①,忍笑却盘鸦②。寻常多少,月明风细,今夜偏佳。 休笼彩笔闲书字③,街鼓已三挝。烟丝欲袅,露光微泫④,春在桃花⑤。

【题解】

词写久别重逢的旖旎场面,或以为是回家与爱人团聚,恐未得当。词中言历经艰辛,终得见面,会聚之夕,满心喜悦。心情舒畅,便觉风日也好过往时。最后化用周邦彦词意,写室内青烟袅袅,暗香浮动,夜深人静,终于到了两人休息的时间了。

【注释】

①碧海槎:底本原作"碧海查",据汪刻本等改。《国朝词综》等作"碧海楂"。李商隐《海客》:"海客乘槎上紫氛,星娥罢织一相闻。"

②盘鸦:妇女头上盘卷而成的发髻。仇远《小秦王》:"眼溜秋潢脸晕霞。宝钗斜压两盘鸦。"

③赵光远《咏手二首》之二:"慢笼彩笔闲书字,斜指瑶阶笑打钱。"

④周邦彦《荔枝香近》:"夜来寒侵酒席,露微泫。鸳履初会,香泽方熏,无端暗雨催人,但怪灯偏帘卷。"

⑤周邦彦《少年游》:"而今丽日明金屋,春色在桃枝。"

【汇评】

盛冬玲《纳兰性德词选》:"远游归来,作者心中充满了欢乐之情,觉得眼前一切事物都是那么美好,面对久别重逢的爱妻,他完全沉浸于幸福之中了。"

眼儿媚

独倚春寒掩夕扉①,清露泣铢衣②。玉箫吹梦,金钗划影③,悔不同携④。　　刻残红烛曾相待,旧事总依稀⑤。料应遗恨⑥,月中教去,花底催归。

【题解】

词写往日情事。当年月下花前,匆匆为人催去,不得同携而归,留下无限怅恨。如今只能独立夕阳,寂寞掩扉,任凭清露尽湿薄衣。

【注释】

①独倚:汪刻本下有双行小字校"依约"。"掩"字下校"敛","夕扉"下校作"夕霖"。

②清露泣:汪刻本下双行小字校"露上五"。铢衣,仙人所穿之衣,极轻极薄。《长阿含经》:"忉利天衣重六铢,炎摩天衣重三铢,兜率天衣重三铢半,化乐天衣重一铢,他化自在天衣重半铢。"

③钗划:汪刻本下双行小字校"觞斝"。

④同:汪刻本下双行小字校"重"。

⑤"刻残红烛曾相待,旧事总依稀":汪刻本下双行小字校"闲思往事曾相待,央及小风吹"。

⑥遗:汪刻本下双行小字校"同"。

【汇评】

赵秀亭、冯统一《饮水词笺校》:"此阕乃怀人之作,所怀之人关涉作者早年情事,词中'玉箫吹梦,金钗划影'、'月中教去,花底催归'诸句,都是写实,并非引用古典,即所谓'今典'。这些今典,恐怕只有作者和所怀之人方可解得。"

眼儿媚

咏　梅

莫把琼花比淡妆①,谁似白霓裳②。别样清幽,自然标格③,莫近东墙④。　　冰肌玉骨天分付,兼付与凄凉⑤。可怜遥夜,冷烟和月,疏影横窗⑥。

【题解】

宋代以来,文人多咏梅以表达自己孤芳自赏的情怀,此词亦如是。上片先极力摹写其白,以展示其冰清玉洁,不沾染一点尘埃,再渲染其别有清香,有"雪却输梅一段香"之意。下片写其清幽自适,无意苦争春,亦无意和光同尘。

【注释】

①莫把琼花比淡妆:张刻本作"莫将琼蕊比残妆"。欧阳修《渔家傲》:"人仙格淡妆天与丽。谁可比。……红琼共作熏熏媚。"

②《楚辞·九歌·东君》:"青云衣兮白霓裳,举长矢兮射天狼。"

③曾觌《忆秦娥》:"正飞雪。园林一样梨花白。……浅红转黛,自然标格。"

④宋玉《登徒子好色赋》:"天下之佳人莫若楚国,楚国之丽者莫若臣里,臣里之美者莫若臣东家之子。东家之子,增之一分则太长,减之一分则太短,著粉则太白,施朱则太赤……然此女登墙窥臣三年,至今犹未许也。"

⑤葛长庚《洞仙歌》:"向竹梢疏处,瘦影横斜,真个是、潇洒冰肌玉骨。黄昏人静,踏碎阶前月。"

⑥林逋《山园小梅》:"疏影横斜水清浅,暗香浮动月黄昏。"

【汇评】

唐圭璋《纳兰容若评传》:"'别样清幽,自然标格,莫近东墙',则就花之神情描写而隐有寄托者,皆一面写花,一面自道也。"

木兰花令①

拟古决绝词②

人生若只如初见,何事秋风悲画扇③。等闲变却故人心,

却道故心人易变④。　　骊山语罢清宵半⑤,泪雨零铃终不
怨。何如薄幸锦衣郎,比翼连枝当日愿。

【题解】

　　此词虽传诵甚广,但历来似乎多有误读。对于它的主旨,向来有两种
说法。一种是论交友之道当始终不渝,因为有一刻本的副题明确注明"柬
友"两字。友情的始终如一与爱情的始终不渝,两者确实有相同之处,但
"柬友"之"友",并非一定要理解为友情,恐怕理解为友人更为恰当。那也
就是说,这首词可能是用来劝慰友人的,如劝慰他在某些方面,诸如爱情等
问题上不可过于执拗。另一种说法认为是在以女子的口吻驳斥薄情郎,从
词中所用典故及词意来看,似乎不无不可。但作者说他是"拟《古决绝
词》",非拟《决绝词》或"拟古"。这两者意思刚好相反。古辞《白头吟》是因
为变心而提出分手;元稹的《古决绝词》,则是相思难耐,无法承受,恨不得
决绝来求得解脱,所谓"有此迢递期,不如死别离。天公隔是妒相怜,何不
便教相决绝"。这显然是一种遁词,终究是以极端的方式表达他们的执著
罢了。容若所模拟的,从各方面来看,似乎是后者。元稹说"一年一度暂相
见,彼此隔河何事无",两地分别,很多事情都会发生,这也就是容若所说的
"等闲变故",不过两人的感情不会变,亦即元稹所谓"七月七日一相见,相
见故心终不移"。词人强调"等闲",强调"却道",分明是说如果真为这些变
故所影响,那这爱情也好,友情也罢,其实也就不值得珍惜了。因为"不
变",所以才"不怨"。班婕妤有怨,因为她预见了变故的发生;李隆基不怨,
虽然有了变故发生,但他没有忘记往日的誓愿,他的痴情没有改变。元稹
所痛斥的,是那种"分不两相守,恨不两相思"的漠然,李隆基或许算"薄
幸",但他的长相思还是让人感动。

【注释】

　　①木兰花令:汪刻本作"木兰花"。

　　②拟古决绝词:汪刻本作"拟古决绝词柬友"。古辞《白头吟》有"闻君
有两意,故来相决绝",元稹有《古决绝词》,如其一:"夜夜相抱眠,幽怀尚沉
结。那堪一年事,长遣一宵说。但感久相思,何暇暂相悦。虹桥薄夜成,龙
驾侵晨列。生憎野鹤性迟回,死恨天鸡识时节。曙色渐瞳瞳,华星欲明灭。

一去又一年,一年何可时彻。有此迢递期,不如死生别。天公隔是妒相怜,何不便教相决绝。"

③班婕妤《怨歌行》:"新裂齐纨素,皎洁如霜雪。裁为合欢扇,团团似明月。出入君怀袖,动摇微风发。常恐秋节至,凉飙夺炎热。弃捐箧笥中,恩情中道绝。"

④故心:汪刻本作"故人"。

⑤陈鸿《长恨歌传》载杨贵妃语云:"昔天宝十载,侍辇避暑于骊山宫。秋七月牵牛织女相见之夕……上凭肩而立,因仰天感牛女事,密相誓心,愿世世为夫妇。"

【汇评】

盛冬玲《纳兰性德词选》:"决绝意谓决裂,指男女情变,断绝关系。唐元稹曾用乐府歌行体,模拟一女子的口吻,作《古决绝词》。容若此题为'拟古决绝词',也以女子的声口出之。其意是用男女间的爱情为喻,说明交友之道也应该始终如一,生死不渝。"

于在春《清词百首》:"题目写明:模仿古代的《决绝词》。那是女方恨男方薄情,断绝关系的坚决表态。这里是用汉成帝女官班婕妤和唐玄宗杨玉环的典故来拟写古词。虽说意在'决绝',还是一腔怨情,这就更加深婉动人。"

朝中措①

蜀弦秦柱不关情②,尽日掩云屏③。已惜轻翎退粉④,更嫌弱絮为萍⑤。　　东风多事,余寒吹散,烘暖微醒。看尽一帘红雨⑥,为谁亲系花铃。

【题解】

词写暮春情思。花粉已然褪尽,浮萍悄然泛出。东风虽然吹走余寒,但也送走了芬芳,使落红满地,一片狼藉。心中愁闷难遣,蜀弦秦柱也无法诉说寂寥情怀,惟有静掩云屏,幽思盈盈。

【注释】

①《瑶华集》有副题"春暮"。

②唐彦谦《汉代》:"别随秦柱促,愁为蜀弦幺。"

③欧阳炯《春光好》:"垂绣幔,掩云屏,思盈盈。"

④已惜:《瑶华集》作"只惜"。罗大经《鹤林玉露》:"《道藏经》云:蝶交则粉退,蜂交则黄退。"

⑤弱絮:《瑶华集》作"飞絮"。《群芳谱》:"萍,一名水花。春初始生,杨花入水所化。"

⑥李弥逊《清平乐》:"一帘红雨,飘荡谁家去。"

【汇评】

张秉戌《纳兰词笺注》:"《瑶华集》此篇题作'春暮'。从词意来看是写暮春之景和抒发伤春怨春之情的。上片写春日寂寂,百无聊赖,纵是有动听的乐曲也引不起愉悦。面前已是'轻翎退粉'、'弱絮为萍',春事消歇了。这景色中已蓄伤春之意。下片怨东风送去了明媚的春光,尽管它吹散了余寒,送来了温暖,但它又摧残花落,令人心伤。结处大有愁绪无着,愁怀难遣的寂寞感和失落感。小词亦景亦情,其情中景,景中情自然浑融,空灵蕴藉,启人退思。"

秋千索

锦帷炜初卷蝉云绕①,却待要、起来还早。不成薄睡倚香篝②,一缕缕、残烟袅。　　绿阴满地红阑悄,更添与、催归啼鸟③。可怜春去又经时④,只莫被、人知了。

【题解】

词写佳人伤春。上片写佳人黎明醒来,躺着全无睡意,起床又实在太早,真可谓睡也无聊,醒也无聊,只好斜倚熏笼,呆望着那缕缕残烟,想着自己的心事。下片写春愁。听着室外鸟儿的啼叫,想着绿阴下定然是落红满

271

地,佳人知道这春天又要归去了,她不禁有些气恼:春天既然要离去,何不悄悄一走了之? 如今慢腾腾折腾出这般动静,让人何以为情?

【注释】

①锦帷:锦帐。李商隐《牡丹》:"锦帷初卷卫夫人,绣被犹堆越鄂君。"蝉云,头发松散,盘绕如乌云。

②香篝:熏笼。刘仙伦《菩萨蛮》:"吹箫人去行云杳,香篝翠被都闲了。"

③韩愈《游城南十六首·赠同游》:"唤起窗全曙,催归日未西。无心花里鸟,更与尽情啼。"

④经时:历久。权德舆《玉台体》之九:"莫作经时别,西邻是宋家。"

【汇评】

张秉戌《纳兰词笺注》:"伤春之作词中常见的题材。本篇即是借闺中女子形象抒写这种春感的。词清丽而空灵,上片写室内清景,疏慵无绪,香篝烟袅,已是愁情满怀。下片写室外,绿肥红瘦,春事悄歇,又加鸟儿啼叫,更衬托出恬寂,也更使愁人加倍地伤感。"

秋千索①

药阑携手销魂侣②,争不记、看承人处③。除向东风诉此情,奈竟日、春无语④。 悠扬扑尽风前絮⑤,又百五、韶光难住⑥。满地梨花似去年,却多了、廉纤雨⑦。

【题解】

此词追忆去年情事。去年寒食日,与佳人携手,漫步药栏,何等温馨浪漫。今年又到了清明时分,漫天柳絮飞舞,满地梨花依旧,佳人却杳无踪影。濛濛细雨中,词人默默伫立,不胜惆怅。

【注释】

①秋千索:《词雅》等作"拨香灰"。《瑶华集》有副题"无题",《国朝词

综》有副题"渌水亭春望"。

②赵长卿《长相思》："药阑东,药阑西,记得当时素手时。"

③争不记:《瑶华集》等作"怎不记"。看承,照顾。吴淑姬《祝英台近》:"断肠曲曲屏山,温温沉水,尽是旧看承人处。"

④春无语:《草堂嗣响》作"花无语"。

⑤风前絮:《草堂嗣响》作"春前絮"。

⑥百五:寒食日,在冬至后的一百零五天。白居易《寒食夜》:"四十九年身老日,一百五夜月明天。"

⑦却多了:《瑶华集》等作"只多了"。廉纤雨,濛濛细雨。孙洙《菩萨蛮》:"回头肠断处,却更廉纤雨。"

【汇评】

陈廷焯《云韶集》卷十五:"悲惋。曰'似去年',已不胜物是人非之感,再加上廉纤雨,有心人何以为情也。"

秋千索①

游丝断续东风弱,浑无语、半垂帘幕②。茜袖谁招曲槛边③,弄一缕、秋千索④。　　惜花人共残春薄⑤,春欲尽、纤腰如削。新月才堪照独愁,却又照、梨花落。

【题解】

东风无力,百花凋残,春天将去,衣带渐宽,人亦将老。帘幕低垂,闺中人独坐楼中,正百无聊赖之际,有女伴前来相邀,于曲槛处戏耍秋千。白天好不容易打发过去,漫长的夜晚紧随而来,人散后新月如钩。这样的夜晚,如何排遣?纳兰词中反复出现"梨花落"、"惜花人",或当别有所指。

【注释】

①秋千索:《瑶华集》作"拨香灰",且有副题"春闺"。

②浑无语:《瑶华集》等作"悄无语"。朱淑真《即事》:"帘幕半垂灯烛暗,酒阑时节未炊眠。"

③茜袖:《瑶华集》等作"红袖"。韦庄《菩萨蛮》:"骑马倚斜桥,满楼红袖招。"

④弄一缕:《瑶华集》等作"飏一缕",《昭代词选》作"怪一缕"。

⑤谢懋《蓦山溪》:"愁里见春来,又只恐、愁催春去。惜花人老,芳草梦凄迷,题欲遍,琐窗纱,总是伤春句。"

【汇评】

谢章铤《赌棋山庄词话》卷七:"毛稚黄尝自度曲名《拨香灰》,其句法字数与《忆王孙》俱同,但平仄稍异。容若《渌水亭春望》即填此调,因其中有'飏一缕、秋千索'句,故自名《秋千索》。"

盛冬玲《纳兰性德词选》:"这首词咏的是少妇春愁:白天帘幕半垂,无语独坐,显见长日无聊,但有女伴相招,还可强打精神一起游戏;到晚间独对新月落花,惜春伤春之情难以自抑,可就'这次第,怎一个愁字了得'了。上阕的红袖曲槛,绿杨秋千,下阕的楼头新月,庭中梨花,都是历历如画;而通篇寓情于景,写得十分含蓄。"

茶瓶儿

杨花糁径樱桃落①。绿阴下、晴波燕掠。好景成担阁。秋千背倚,风态宛如昨②。 可惜春来总萧索。人瘦损、纸鸢风恶③。多少芳笺约。青鸾去也,谁与劝孤酌④?

【题解】

词写别离相思,即"春来总萧索"之情。杨花铺满小路,樱桃落尽,蝴蝶翻飞,晴光潋滟,燕子从水面轻快地划过。春光灿烂,想必佳人,也如春风,依然风姿绰约。只可惜面对如此美景,词人却心情落寞,日渐憔悴。因为佳人一去,从此他孤酌独饮,分外萧索。

【注释】

①糁径:铺洒在小路上。杜甫《绝句漫兴》:"糁径杨花铺白毡,点溪荷

叶叠青钱。"李煜《临江仙》："樱桃落尽春归去,蝶翻轻粉双飞。"

②李商隐《无题》："十五泣春风,人在秋千背。"

③陆游《钗头凤》："东风恶,欢情薄。"

④青鸾:此处指女子。柳永《木兰花》："坐中年少暗消魂,争问青鸾家远近。"

【汇评】

张秉戌《纳兰词笺注》："此篇写离愁别怨。上片写景,前三句实写眼前之景,后二句虚写,写想象之景。'好景成担阁'点出伤离的意绪。下片亦景亦情,'可惜'之语承上片'成担阁'而来,又启开下片所抒孤独自伤之情。最后之反诘更显伤感郁勃,孤独难耐了。"

太常引①

晚来风起撼花铃②,人在碧山亭。愁里不堪听,那更杂、泉声雨声③。 无凭踪迹,无聊心绪,谁说与多情。梦也不分明④,又何必、催教梦醒。

【题解】

词写无聊心绪。上片先极力描摹环境的幽静,用微风中颤动的风铃声、泉水的叮咚声及细雨的淅沥声加以反衬,但由于词人心情的愁闷,这清脆的声响反而让他烦闷焦虑。下片交代焦躁不安的原因:日有所思,夜有所梦,但梦中的愿望尚未实现就醒了过来,更使人无限惆怅。

【注释】

①《国朝词综》有副题"自题小照"。

②撼花铃:《昭代词选》作"护花铃"。张炎《浣溪沙》："燕归摇动护花铃。"

③泉声:《草堂嗣响》作"风声"。

④张泌《寄人》："倚柱寻思倍惆怅,一场春梦不分明。"

陈廷焯《云韶集》卷十五："只'那更'七字,便是情景兼到,真达人语。"

陈廷焯《白雨斋词话》卷三："容若《饮水词》,在国初亦推作手,较《东白堂词》(佟世南撰)似更闲雅。然意境不深厚,措词亦浅显。……又《太常引》云'梦也不分明,又何必催教梦醒',亦颇凄警,然意境已落第二乘。"

黄天骥《纳兰性德和他的词》:"离家的人,在风雨中思念家乡,心绪十分无聊,上半阕写铃声、泉声、雨声交集,搅乱了离人的心情,词的表现手法比较细腻。"

转应曲①

明月,明月。曾照个人离别。玉壶红泪相偎②。还似当年夜来③。来夜,来夜。肯把清辉重借。

【题解】

此词看似浅约,明白如话,实则情极深婉,意味悠长。"玉壶红泪"、"夜来"等典故,巧妙地嵌入其中,可谓淡语天成,妙合无垠。佳人一入深宫,便音容渺茫。即使天遂人愿,清辉照见当年离人,也只徒增烦忧而已。难言之事与难堪之情,都得以展露。

【注释】

①转应曲:汪刻本作"调笑令"。

②相偎:张刻本作"相猥"。玉壶红泪:美人的眼泪。王嘉《拾遗记》卷七:"文帝所爱美人,姓薛,名灵芸,常山人也。……时文帝选良家女子以入六宫,习以千金宝赂聘之,既得,乃以献文帝。灵芸闻别父母,歔欷累日,泪下沾衣。至升车就路之时,以玉唾壶承泪,壶则红色。既发常山,及至京师,壶中泪凝如血。"

③夜来:王嘉《拾遗记》卷七:"灵芸未至京师十里,帝乘雕玉之辇以望车徒之盛,嗟曰:'昔者言:朝为行云,暮为行雨,今非云非雨,非朝非暮。'改灵芸之名曰'夜来',入宫后居宠爱。"

张秉戍《纳兰词笺注》:"词虽短制而能深婉,语浅而能意远,自是精妙之作。本篇即有这一特色。"

山花子①

林下荒苔道韫家②,生怜玉骨委尘沙③。愁向风前无处说,数归鸦④。 半世浮萍随逝水,一宵冷雨葬名花⑤。魂似柳绵吹欲碎,绕天涯⑥。

【题解】

此词为悼亡之作。上片说可怜才女香消玉碎,自己顿失知音,满腹心事无处诉说,日暮乡关,数尽寒鸦。下片写词人半生飘零,彷徨无依,好不容易找到情感归宿,却又在一夜之中丧失知己,此后梦魂便如柳絮杨花,漂泊天涯。

【注释】

①山花子:汪刻本作"摊破浣溪沙"。

②道韫:谢道韫,谢安侄女,王凝之的妻子,有诗才。

③尘沙:《草堂嗣响》作"泥沙"。

④辛弃疾《玉蝴蝶》:"暮云多,佳人何处?数尽归鸦。"

⑤韩偓《哭花》:"若是有情争不哭,夜来风雨葬西施。"

⑥魂似:汪刻本作"魂是"。顾夐《虞美人》:"玉郎还是不还家,教人魂梦逐杨花,绕天涯。"

【汇评】

张秉戍《纳兰词笺注》:"此篇颇含伤悼之意,大约是为亡妻而赋。词之上下片结构很有特色,即皆以景语收束,遂致扑朔迷离,含思要眇,情致更加深婉,耐人寻味。"

山花子

小立红桥柳半垂,越罗裙飏缕金衣①。采得石榴双叶子②,欲贻谁? 便是有情当落日,只应无伴送斜晖。寄语东风休着力,不禁吹。

【题解】

词写春日少女的情思。独立小桥,柳条半垂,微风吹过,罗裙轻飏。这样美好的日子,少女却心事重重。当日杜秋娘高唱"劝君莫惜金缕衣,劝君惜取少年时。花开堪折直须折,莫待无花空折枝",如今少女也不愿年华虚掷。她想尽快寻找到自己的归宿,但又能托付给谁呢?眼看春天又要被东风吹走,她依然有情而无伴,不禁有些急了。

【注释】

①越罗:越地所产之丝织物,轻柔精美。牟融《禁烟作》:"尊酒临风酬令节,越罗衣薄觉春寒。"缕金衣,金缕衣。

②段成式《酉阳杂俎·木篇》:"石榴,一名丹若。梁大同中东州后堂石榴皆生双子。南诏石榴子大,皮薄如藤纸,味绝于洛中。"黄庭坚《江城子》:"寻得石榴双叶子,凭寄与、插云鬟。"

【汇评】

盛冬玲《纳兰性德词选》:"翠柳掩映之中,一个身穿华丽衣衫的女子红桥小立,裙裾轻扬……此词写来有入画之妙,布景设色,俱见匠心。又用欲寄双叶见其情思,用弱不禁风见其憔悴,则伊人的心理活动,精神状态也浮现纸上了。"

菩萨蛮

窗前桃蕊娇如倦①,东风泪洗胭脂面②。人在小红楼③,离情唱《石州》④。　　　夜来双燕宿,灯背屏腰绿⑤。香尽雨阑珊⑥,薄衾寒不寒⑦。

【题解】

词写闺中女子孤寂无奈之状。春雨过后,窗前的桃花一番冲刷,显出几分零落与散乱,往日熠熠的风采也为倦怠的神色所替代,好比浓妆艳抹的女子,脸上挂满道道泪痕。春意阑珊,闺中人百无聊赖,惟有高唱《石州曲》来抒发别离之情。夜晚降临,更觉孤苦。燕子尚且双宿双飞,人不如燕,幽凄独处,在昏暗的灯光中,辗转难眠。

【注释】

①窗前:《百名家词钞》、汪刻本作"窗间"。温庭筠《春暮宴罢寄宋寿先辈》:"窗间桃蕊宿妆在,雨后牡丹春睡浓。"

②胭脂面:白居易《后宫词》:"三千宫女胭脂面,几个春来无泪恨。"

③施枢《摸鱼儿》:"人在小红楼,朱帘半卷,香注玉壶露。"

④《石州》:乐府商调曲名,多表达凄怆哀怨之情。李商隐《代赠二首》之二:"东南日出照高楼,楼上离人唱《石州》。"

⑤屏腰:屏风的中间部分。

⑥雨阑珊:皮日休《重题后池》:"细雨阑珊眠鹭觉,钿波悠漾并鸳娇。"

⑦张籍《宛转行》:"远漏微更疏,薄衾中夜凉。"

【汇评】

张秉戍《纳兰词笺注》:"此篇从闺阁中女子角度描写,写一丽人在乍暖还寒的春天里孤寂无聊的情态。"

菩萨蛮

萧萧几叶风兼雨,离人偏识长更苦①。欹枕数秋天,蟾蜍早下弦②。　　　夜寒惊被薄,泪与灯花落③。无处不伤心,轻尘在玉琴④。

词写离别相思之苦，短幅中有无数曲折。风雨交加，萧萧叶落，漫漫长夜，孤枕难眠，数着飘零的落叶打发时间。一片一片，不知不觉就到了后半夜。寒意上来，独守空房的日子更为凄苦。伤心的泪珠悄然滑下，与跳落的灯花一样无人知晓。泪眼之中，触目尽是难堪的回忆，连往日抒发心曲的玉琴，也布满了灰尘。

【注释】

①长更苦：《古今词选》作"愁滋味"。韦应物《上皇三台》："不寐倦长更，披衣出户行。"

②蟾蜍：代指月亮。李石《临江仙》："日暮不来朱户隔，碧云高挂蟾蜍。"

③花仲胤妻《伊川令·寄外词》："教奴独自守空房，泪珠与灯花共落。"

④"玉琴"句：《古今词选》作"风吹壁上琴"。

【汇评】

张秉戌《纳兰词笺注》："通篇用白描的写法，但愁人苦夜长，相思不已，无处不伤心的苦况、氛围却刻画得淋漓尽致"。

菩萨蛮

春云吹散湘帘雨，絮粘蝴蝶飞还住。人在玉楼中①，楼高四面风。　　柳烟丝一把，暝色笼鸳瓦②，休近小阑干③，夕阳无限山。

【题解】

此词纯粹写景，但惆怅的情怀依然隐约可见。春云飘浮，去留无意；蝴蝶双飞，乍走乍还。佳人独坐玉楼，见春色渐深，一阵风，一阵雨，风雨之后，匆匆春又归去。在濛濛烟雾之中，婆娑的柳丝若隐若现，慢慢模糊一片，最终连小楼也沉浸在暮色之中。山映斜阳，人在斜阳外。即使靠近阑干去眺望,也难觅踪影,只徒增惆怅罢了。

【注释】

①玉楼:华丽的楼阁。晁端礼《春晴》:"泪眸回望,人在玉楼深处。"

②鸳瓦:鸳鸯瓦。柳永《斗百花》:"飒飒霜飘鸳瓦,翠幕轻寒微透,长门深锁悄悄,满庭秋色将晚。"

③休近:《昭代词选》作"休问"。

【汇评】

黄天骥《纳兰性德和他的词》:"这是楼头思妇怀念远方游子的词。云收雨散,春意阑珊,她登上高楼,遥望远方。在苍茫的暮色中,她只见杨柳如烟,看不清楚。于是,她叮嘱自己,不要凭栏纵目了。因为,那夕阳落在无限山之中,而行人更在无限山之外,怎么也望不见!"

菩萨蛮

隔花才歇廉纤雨①,一声弹指浑无语②。梁燕自双归③,长条脉脉垂。　　小屏山色远,妆薄铅华浅。独自立瑶阶,透寒金缕鞋④。

【题解】

词写闺中女子的春愁别恨。弹指一算,离别已久。千愁万绪,涌上心头。室内室外,闺阁庭院,几处徘徊。独立石阶,看燕子双飞微雨中,柳条摇摆春风里,不觉湿透了鞋袜。

【注释】

①廉纤雨:濛濛细雨。孙洙《菩萨蛮》:"回头肠断处,却更廉纤雨。"

②一声:《百名家词钞》作"一身"。弹指,极言其短。司空图《偶书五首》之四:"平生多少事,弹指一时休。"

③温庭筠《菩萨蛮》:"杨柳色依依,燕归君不归。"

④《西厢记》:"立苍苔,将绣鞋儿冰透。"

赵秀亭、冯统一《饮水词笺校》:"此为拟思妇词,意近温飞卿同调诸词境。所谓纳兰词逼真花间遗意者,殆指此类作品。"

菩萨蛮

阑风伏雨催寒食①,樱桃一夜花狼藉。刚与病相宜,锁窗薰绣衣②。　　画眉烦女伴③,央及流莺唤。半晌试开奁,娇多直自嫌。

【题解】

词写少女思春的情态。寒食时节,风雨不定,气候多变换,极易生病。少女身体刚刚有所好转,就急急忙忙打开奁笼,迫不及待地试穿春衣。由于大病初愈,气力不足,连画眉都得让女伴帮忙,开箱捡衣这样的小事也让她气喘吁吁,她自己对这娇弱的身躯也有些不满了。

【注释】

①阑风伏雨:夏秋之交的风雨,后指风雨不止。杜甫《秋雨叹》:"阑风伏雨秋纷纷。"赵子栎注:"阑珊之风,沉伏之雨,言其风雨不已也。"周端臣《清夜游》:"西园昨夜,又一番,阑风伏雨。"

②薰绣衣:用香料薰衣。赵令畤《菩萨蛮》:"两岸野蔷薇,翠笼薰绣衣。"

【汇评】

赵秀亭、冯统一《饮水词笺校》:"此类描写女性生活的词,纳兰词中屡见,风格颇近温韦。以容若词比《花间》,即谓此。"

菩萨蛮

梦回酒醒三通鼓,断肠啼鴂花飞处①。新恨隔红窗,罗衫泪几行。　　相思何处说,空有当时月^②。月也异当时,团圆照鬓丝。

【题解】

词写刻骨相思。酒醒时分,三更已过。本想借酒浇愁,拟一醉方休以解难耐相思,谁知夜半醒来,相思涌上心头,更为难耐。恰在此时,窗外传来杜鹃悲啼,似乎也在叫着不如归去,但自己归向何方呢?满腹心事,又能向谁诉说?前人曾言"当时明月在",但现在连这明月,也与往日不同了。

【注释】

①《汉书·扬雄传》注:"啼鴂,一名子规,一名杜鹃,常以立夏鸣,鸣则众芳皆歇。"苏轼《蝶恋花》:"小院黄昏人忆别,落红处处闻啼鴂。"

②晏几道《临江仙》:"当时明月在,曾照彩云归。"

【汇评】

张秉戌《纳兰词笺注》:"此月夜怀人之作,凄惋缠绵之至。三鼓之时酒醒梦回,显然是伤痛之怀难耐,彻夜无眠,而此刻偏又传来杜鹃的悲啼之声,伤情愈增,离愁倍添,于是清泪涟涟。而此情此怨又无处可说,当头之明月犹在,但却与别时不同,它现在只是照映着孤独一人了。词情伤感彻骨,沁人心脾。"

菩萨蛮

晓寒瘦著西南月,丁丁漏箭余香咽^①。春已十分宜,东风无是非^②。　　蜀魂羞顾影^③,玉照斜红冷^④。谁唱后庭花^⑤,新年忆旧家。

【题解】

词言"新年忆旧家",或是新春之际流落在外,佳节思亲,难忘故里,正独自惆怅,而他人不解自己心中凄苦,犹唱《玉树后庭花》欢庆新春。

【注释】

①张仲素《秋夜曲》:"丁丁漏水夜何长,漫漫轻云露月光。"

②于鄴《书怀》:"好与孤云住,孤云无是非。"

③蜀魂:指杜鹃鸟。传说蜀主杜宇,号望帝,死后化为杜鹃,春天日夜悲啼,蜀人称之为"望帝之魂"。李中《暮春吟怀寄姚端先辈》:"庄梦断时灯欲烬,蜀魂啼处酒初醒。"

④张镃《玉照堂品梅记》:"淳熙己巳,得苑圃于南湖之滨,有古梅数十,增取西湖北山红梅合三百余本,筑堂数间,花时居宿其中,环洁辉映,夜对如月,因名曰玉照。"

⑤后庭花:《玉树后庭花》曲。李白《金陵歌送别范宣》:"天子龙沉景阳井,谁歌玉树后庭花。"

【汇评】

赵秀亭、冯统一《饮水词笺校》:"此阕甚为可疑。置胜明遗老集中,恐不能辨识。"

张秉戍《纳兰词笺注》:"春夜将晓,春天已残了。诗人在这幽凄孤独的氛围里,一面怨'东风无是非',将美好的春光送去了;一面又生发了'新年忆旧家'的悲感。词极朦胧含婉,其'寒'与'冷'的意象刻画和心理描绘,突出了此际忆家的情怀,'蜀魂'二句托意幽婉,其中有人有己,耐人咀嚼。"

菩萨蛮

回　文①

雾窗寒对遥天暮,暮天遥对寒窗雾。花落正啼鸦,鸦啼正落花。　　袖罗垂影瘦,瘦影垂罗袖。风剪一丝红②,红丝一剪风。

"回文"诗词,大都为游戏之作,用以显示其文字技巧。此篇与以下二首《菩萨蛮》,亦不例外。

【注释】

①回文:顺读与回读都能通顺的语句或诗文。

②王周《霞》:"天风剪成片,疑作仙人衣。"

【汇评】

盛冬玲《纳兰性德词选》:"这是一阕回文词,每句都颠倒可诵,一句化为两句,两两成义有韵。回文作为诗词的一种别体,历来不乏作者,但要做到字句回旋往返,屈曲成文,并不是容易的事。有些人把这当做文字游戏,不免因词害义,以至文理凝涩,牵强难通,结果是欲显聪明,反而给人以捉襟见肘的感觉。容若此作虽然并无特别值得称颂之处,但清新流畅,运笔自如,在同类作品中自属佼佼者。"

菩萨蛮

回　文

客中愁损催寒夕,夕寒催损愁中客。门掩月黄昏,昏黄月掩门①。　　翠衾孤拥醉,醉拥孤衾翠。醒莫更多情,情多更莫醒。

【题解】

容若此作,虽无深刻意义,但其凄婉格调与主导风格依然保持了一致,结尾两句也颇耐咀嚼。

【注释】

①朱彝尊《菩萨蛮·回文》:"门掩乍黄昏,昏黄乍掩门。"

徐元《回文诗词五百首》："两首词都是写乡愁。第一首是从旅人方面着笔。旅途寂寞,愁绪萦怀,黄昏月夜,借酒浇愁,终于喝醉了,醒后却更添愁思。"

菩萨蛮

回　文

研笺银粉残煤画①,画煤残粉银笺研。清夜一灯明②,明灯一夜清。　　片花惊宿燕,燕宿惊花片。亲自梦归人,人归梦自亲。

【题解】

接到情人来信,灯下翻来覆去,一直读到了拂晓,将燕子折腾得一夜都无法安定。黎明时分,终于进入了梦乡,梦见情人笑嘻嘻地回来了。

【注释】

①研笺:压印有图案的信笺。银粉,颜料。煤,墨。

②戴叔伦《宿天竺寺晓发罗源》:"黄昏投古寺,深院一灯明。"

【汇评】

徐元《回文诗词五百首》："第二首(此词)是从对方着笔,想象家人在灯下以银粉残墨在研笺上作画,梦中与归人相亲。写对方正是写自己。'片花'二句则点明季节是暮春。"

醉桃源①

斜风细雨正霏霏②,画帘拖地垂。屏山几曲篆香微③,闲

亭柳絮飞。　　　新绿密,乱红稀。乳莺残日啼。余寒欲透缕
金衣④,落花郎未归。

【题解】

词写闺情。斜风细雨,帘幕低垂,闺中人以手支颐,驻目春柳,久久不
动,惆怅若失。想必那风雨之后,即是绿肥红瘦,阵阵莺啼,急忙送春归去。
流光易逝,芳年易老,大好青春又在等待中虚掷了。

【注释】

①醉桃源:汪刻本作"阮郎归"。

②张志和《渔父词》:"青箬笠,绿蓑衣,斜风细雨不须归。"《诗经·采
薇》:"今我来思,雨雪霏霏。"

③篆香:汪刻本作"篆烟"。陈子龙《醉落魄》:"几曲屏山,竟日飘
香篆。"

④余寒:汪刻本作"春寒"。顾复《荷叶杯》:"夜久歌声怨咽,残月。菊
冷露微微,看看湿透缕金衣。"

【汇评】

中田勇次郎《论词人纳兰性德》:"清风吹拂,细雨微洒,画帘直垂到地
面,几扇屏风散出微微的香烟,庭院里柳絮在飞舞。新叶绿得密,杂花红得
稀,落日雏莺正在啼鸣,春寒阵阵透过金缕衣,花虽落去可郎君未归。这完
全是学唐五代的闺怨风情之作。"

昭君怨

暮雨丝丝吹湿,倦柳愁荷风急①。瘦骨不禁秋②,总成
愁。　　　别有心情怎说,未是诉愁时节。谯鼓已三更③,梦须成。

【题解】

秋日黄昏,晚风正急,红衰绿败,秋意日重。微雨随风飘散,带来丝丝

凉意。秋风秋雨愁煞人,何况相思正浓。辗转难眠,折腾到夜半时分,谯楼已经传来三通鼓,这时候应该可以歇息了吧?

【注释】

①史达祖《秋霁》:"江水苍苍,望倦柳愁荷,共感秋色。"

②卢祖皋《卜算子》:"瘦骨从来不奈秋,一夜秋如许。"

③毛并《江城子》:"坐听三通,谯鼓报笼铜。"谯鼓,城门瞭望楼上的更鼓。

【汇评】

盛冬玲《纳兰性德词选》:"此词上阕写伤秋,下阕写怀人,总不离'相思'二字。虽然立意平平,但其构思和用字,尚有值得称道的地方。"

昭君怨

深禁好春谁惜,薄暮瑶阶伫立。别院管弦声①,不分明。　　又是梨花欲谢②,绣被春寒今夜③。寂寞锁朱门,梦承恩④。

【题解】

词写宫怨,当为传统题材。与白居易《宫词》"泪尽罗巾梦不成,夜深前殿按歌声"、韦庄《小重山》"一闭昭阳春又春,夜寒宫漏永,梦君恩"等,同出一机杼,惟情感更为蕴藉。但作宫词者,历来多借物以寓悲。故读者或以为抒写词人身世之感,寓其郁郁不得志之情。这或许为过度阐释。而前人又按之实事,声称纳兰所钟爱者被纳入宫中,故为词以写其遗恨,更不免失之附会。

【注释】

①别院:《词雅》作"隔院"。

②李清照《浣溪沙》:"远岫出山催薄暮,细风吹雨弄轻阴,梨花欲谢恐难禁。"

③史达祖《西江月》:"杨花芳草遍天涯,绣被春寒夜夜。"

④承恩:得到君王宠幸。皇甫冉《婕妤春怨》:"花枝出建章,风管发昭阳。借问承恩者,双蛾几许长。"

【汇评】

张任政《纳兰性德年谱·后记》:"容若古之伤心人,其失意之事,可得之于文字者,如《忆桃源慢》之'加餐千万,寄声珍重,而今始会当时意。'《菩萨蛮》之'记得别伊时,桃花柳万丝。'《念奴娇》之'怕见人去楼空,柳枝无恙,犹扫窗间月。无分暗香深处住,悔把兰襟亲结。'《浣溪沙》之'旧游时节好花天。断肠人去自经年。'《减字木兰花》之'自惜寻春来较晚。知道今生。知道今生那见卿!'《鹊桥仙》之'人去似春休,别自有人桃叶渡。'观上所述,似缔盟之后,事复不谐,故有'别自有人桃叶渡'与'自惜寻春来较晚'之句。又似一别之后,不复再见,故有'知道今生那见卿'之句。其尤显明而可以探索其事实者,则更有《昭君怨》一阕,词云云。其末了两句,最足注意,所谓'锁朱门',何地也?'梦承恩',何事也?除宫闱以外,更何有承恩之事?又观其赠梁汾《金缕曲》云:'御沟深、不似天河浅。'至是言皆有归,非泛为之辞矣。后宫深禁,故有不复再见之感……入宫之事,本诸相传,无确实证据,近读其词,特拈而书之,以见作者身世之感受。惜其时其人未得其详。"

蒋瑞藻《小说考证》引《海沤闲话》:"纳兰眷一女,绝色也,有婚姻之约,旋此女入宫,顿成陌路。容若愁思郁结,誓必一见,了此宿因。会遭国丧,喇嘛每日应入宫奉经,容若贿通喇嘛,披袈游泳衣,居然入宫,果得一见彼姝,而宫禁森严,竟如汉武帝重见李夫人故事,始终无由通一词,怅然而去。"

清平乐

凄凄切切,惨淡黄花节①。梦里砧声浑未歇,那更乱蛩悲咽。　　尘生燕子空楼②,抛残弦索床头。一样晓风残月,而今触绪添愁③。

词写物是人非之感，紧扣各种声响展开。开篇用李清照《声声慢·寻寻觅觅》词意，描绘秋意正浓，菊花满地，词人孤寂清冷，凄惨忧戚，陪伴他的惟有梦中的砧声，与夜半醒来后听闻的蟋蟀声。下片先用唐代关盼盼之典，暗指佳人逝去已久，当年爱侣抒写心曲的弦吹之声，早已没入漫漫长夜。再用柳永《雨霖铃》词意，引出清秋节冷落萧索之感，良辰美景，尽是虚设；千般凄楚，无人倾诉。

【注释】

①黄花节：谓深秋时节。黄花，菊花。

②燕子楼：在今江苏徐州。唐朝贞元年间，张尚书爱姜关盼盼居于此处。张死后，盼盼独居是楼十余年。周邦彦《解连环》："燕子楼空，暗尘锁，一床离索。"

③柳永《雨霖铃》："今宵酒醒何处，杨柳岸，晓风残月。"

【汇评】

林花榭《读词小笺》："凄楚绝似易安，置之《漱玉集》中，亦无逊色。"（指上片）

清平乐

青陵蝶梦①，倒挂怜幺凤②。退粉收香情一种③，栖傍玉钗偷共。　　惝惝镜阁飞蛾④，谁传锦字秋河。莲子依然隐雾⑤，菱花暗惜横波⑥。

【题解】

词写对往日爱侣的怀念。化蝶的传说虽然美好，却是心碎后的怅望，死别后的一种心理补偿。词人也知道梦想终究只是梦想，蓬莱珍禽，绿衣使者，固然非尘埃间之物，但毕竟是万一之希望。往事已成风，情意尚未消散，可是如何传达自己的这份牵挂呢？更让词人揪心的是，他在风中怅望，却不知对方的情感是否一如既往。看着架上停留的鹦鹉，词人感慨万端。

此词多化用李商隐之诗意,亦如李诗写得婉丽缠绵而又隐晦迷离,词人闪烁其辞,或当有所指。音信阻隔,可能是人鬼殊途,也可能是天各一方,"一入侯门深似海"。

【注释】

①李商隐《青陵台》:"青陵台畔日光斜,万古贞魂倚暮霞。莫讶韩凭为蛱蝶,等闲飞上别枝花。"《太平寰宇记·河南道十四·济州》"韩凭冢"引干宝《搜神记》:"宋大夫韩凭娶妻美,宋康王夺之。凭怨王,自杀。妻腐其衣,与王登台,自投台下,左右揽之,着手化为蝶。"

②倒挂:鸟名。苏轼《西江月》:"海仙时遣探芳丛,倒挂绿毛幺凤。"又其《十一月二十六日松风亭下梅花盛开》:"蓬莱宫中花鸟使,绿衣倒挂扶桑暾。抱丛窥我方醉卧,故遣啄木先敲门。麻姑过君急洒扫,鸟能歌舞花能言。酒醒人散山寂寂,惟有落蕊黏空樽。"自注云:"岭南珍禽有倒挂子,绿毛红喙,如鹦鹉而小,自东海来,非尘埃中物也。"

③《名物通》:"倒挂,即绿毛幺凤,性极驯,好集美人钗上。日闻好香,则收藏尾翼间,夜则张翼以放香。"

④李商隐《镜槛》:"斜门穿戏蝶,小阁钻飞娥。"

⑤《子夜歌》:"雾露隐芙蓉,见莲不分明。"

⑥暗惜:汪刻本作"偷惜"。菱花,菱花镜。杨凌《明妃怨》:"匣中纵有菱花镜,羞对单于照旧颜。"

【汇评】

张秉戍《纳兰词笺注》:"此篇典丽深婉,词中运用数典,曲折而深挚地表达了对亡妻的怀念。很有清真词的风调。"

清平乐

风鬟雨鬓①,偏是来无准。倦倚玉兰看月晕②,容易语低香近③。　　软风吹遍窗纱④,心期便隔天涯⑤。从此伤春伤别⑥,黄昏只对梨花。

词或以为赠女友,或以为忆赠友人梁汾,但无论何者,均属伤春伤别。所谓"语低香近",乃是化用晏几道词意,写临别低回,行人为别绪所苦,故以"莫道后期无定,梦魂犹有相逢"强作安慰,似无缠绵旖旎之态。上片写久约不至,顾盼之余,心思慵懒,倦倚小楼,望月怀人。下片写独坐窗前,任清风吹拂,相思愈浓,顿生咫尺天涯之感。"心期便隔天涯",道尽离人相思之苦。只要有离别,无论距离远近,相思涌上心头,便如隔天涯。

【注释】

①风鬟雨鬓:鬟鬓蓬松。李朝威《柳毅传》:"见大王爱女牧羊于野,风鬟雨鬓,所不忍睹。"李清照《永遇乐》:"如今憔悴,风鬟雾鬓。怕见夜间出去。"

②玉兰:《昭代词选》、《国朝词综》等作"玉阑"。

③晏几道《清平乐》:"心期休问,只有尊前分。勾引行人添别恨,因是语低香近。"

④软风:袁刻本作"轻风"。吹遍,《昭代词选》、《国朝词综》等作"吹过"。

⑤心期:相思。晏几道《采桑子》:"心期昨夜寻思遍,犹负殷勤。齐斗堆金。"

⑥李商隐《杜司勋》:"刻意伤春又伤别,人间惟有杜司勋。"

【汇评】

陈廷焯《云韶集》卷十五:"婉丽。'便'、'从此'中有多少沉痛。"

《毛泽东读文史古籍批语集》:"赠女友。"

盛冬玲《纳兰性德词选》:"从这一首《清平乐》中可以看出容若早年有过一段伤心的恋爱史。词中那位风鬟雨鬓前来赴约的少女,容若曾与之热恋,最终却有情人未成眷属。词上阕写二人月下并倚的柔情蜜意,下阕写重见无缘的满怀愁绪,前后恰成对照。虽是容若早期之作,却也明显具有'哀感玩艳'(陈维崧评纳兰词语)的特色。"

清平乐

画屏无睡①,雨点惊风碎②。贪话零星兰焰坠③,闲了半床

红被。　　生来柳絮飘零,便教咒也无灵。待问归期还未,
已看双睫盈盈。

【题解】

词写不胜娇柔的分别场景。临别前夜,双栖缱绻,絮絮低语,极尽缠
绵,以至灯花落尽,东方将晓,也不愿睡去。尽管无法面对,分离的时刻还
是要来临。身如柳絮,随风飘零,情人苦苦挽留,终是无济于事。分离既然
不可避免,待调转话头追问团聚之日。话未出口,泪水已经充盈眼眶。她
意识到:身不由己的他连分离都无法掌控,更遑论归程?

【注释】

①温庭筠《池塘七夕》:"香烛有花妨宿燕,画屏无睡待牵牛。"

②张辑《疏帘淡月》:"梧桐雨细。渐滴作秋声,被风惊碎。"

③兰焰:烛花。陈去疾《元夕京城和欧阳衮》:"兰焰芳芬彻晓开,珠光
新霭映人来。"

【汇评】

张秉戍《纳兰词笺注》:"这首词是写与妻子别后,追忆将别时的情景。
上片写别前之夜双双不寐,絮语绵绵,空使灯花零星坠落,红被空闲。发端
之语又为这眷别之情烘托了氛围。下片先写身不由己的慨叹。既然生来
就如柳絮一样飘忽不定,那么即使怎样赌誓也不行的,分离是不可免的。
接下来笔锋一转,写爱妻欲问归期而先已含情脉脉的情态。俏丽婉媚,是
为传神之笔。"

清平乐

烟轻雨小①,望里青难了②。一缕断虹垂树杪,又是乱山
残照。　　凭高目断征途,暮云千里平芜③。日夜河流东
下④,锦书应托双鱼⑤。

【题解】

词写客中思家。词人登高望远,千里暮云,大河东下,征途漫漫,难见归程。又是暮春时分,轻烟飘拂,细雨霏微,乱山残照,青草蔓生,而离恨恰如春草,更行更远还生。

【注释】

①晏几道《清平乐》:"烟轻雨小,紫陌香尘少。"

②杜甫《望岳》:"岱宗夫如何,齐鲁青未了。"

③荆叔《题慈恩塔》:"暮云千里色,无处不伤心。"平芜:指草木丛生的平旷原野。

④谢朓《暂使下都夜发新林至京邑赠西府同僚》:"大江流日夜,客心悲未央。"

⑤双鱼:书信。权德舆《贡院对雪以绝句代八行奉寄崔阁老》:"寓宿春闱岁欲除,严风密雪绝双鱼。"

【汇评】

张秉戍《纳兰词笺注》:"塞上写离情,而此情全凭景物化出。其景象苍茫凄凉,皆为实景,景中寓托了征人怀思的苦情。"

清平乐

麝烟深漾①,人拥缑笙氅②。新恨暗随新月长,不辨眉尖心上③。 六花斜扑疏帘④,地衣红锦轻沾⑤。记取暖香如梦,耐他一晌寒岩⑥。

【题解】

词写冬日佳人之相思。冬日里雪花飞舞飘扬,不断从稀疏的帘幕中窜入房中,轻盈地降落在红锦地毯之上。佳人一身大氅,将自己紧紧包裹,却似乎也难以抵御寒凉的侵袭。惟有寄希望以温馨的香梦,来挨过这漫长的严冬。

【注释】

①麝烟:焚烧麝香所散发出的烟。顾夐《杨柳枝》:"鸳帏罗幌麝烟销,烛光摇。"

②猴笙氅:长外套。刘向《列仙传·王子乔》:"王子乔者,周灵王太子晋也。好吹笙,作凤凰鸣。游伊洛之间,道士浮丘公接以上嵩高山。三十余年后,求之于山上,见桓良曰:'奉告我家,七月七日待我于猴氏山岭。'至时,果乘白鹤驻山头,望之不得到,举手谢时人,数日而去。"

③范仲淹《御街行》:"都来此事,眉间心上,无计相回避。"

④六花:雪花。贾岛《寄令狐绹相公》:"自著衣偏暖,谁忧雪六花。"

⑤地衣:地毯。李煜《浣溪沙》:"红日已高三丈透,金炉次第添香兽,红锦地衣随步皱。"

⑥寒岩:汪刻本作"寒严"。

【汇评】

张秉戍《纳兰词笺注》:"词中亦情亦景,交织浑融。语言明白如话,而情致绵长。"

清平乐

将愁不去①,秋色行难住。六曲屏山深院宇,日日风风雨雨。　　雨晴篱菊初香,人言此日重阳。回首凉云暮叶,黄昏无限思量②。

【题解】

秋色日深,情思日浓。庭院深处,独掩屏风,隔绝外面的风风雨雨,免得使淅淅沥沥的风雨声,搅碎人的好梦。雨过天晴,篱边的菊花散发出阵阵幽香。又到了重阳日,黄昏时候,凭栏眺望,凉云掠过,枯叶飘落,一派凄凉。

【注释】

①李群玉《汉阳太白楼》:"青枫绿草将愁去,远入吴云暝不还。"

②晏殊《诉衷情》:"凭高目断,鸿雁来时,无限思量。"

【汇评】

盛冬玲《纳兰性德词选》:"这阕《清平乐》写秋暮怀人之情,把秋风秋雨、凉云暮叶下的秋思离愁糅合在一起,清隽有味,有不尽之致。"

清平乐①

孤花片叶②,断送清秋节③。寂寂绣屏香篆灭④,暗里朱颜消歇。　　谁怜散髻吹笙⑤,天涯芳草关情。懊恼隔帘幽梦⑥,半床花月纵横⑦。

【题解】

词写秋日相思之情。清秋时节,万叶飞落,一片萧索。佳人独处深闺,眼看朱颜日趋憔悴。夜来一帘幽梦,又为月华搅碎。起坐散髻吹笙,情人远在天涯,幽独无人怜惜。

【注释】

①《瑶华集》等有副题"秋思"。

②孤花片叶:《瑶华集》等作"凉云万叶"。

③清秋节:重阳节。李白《忆秦娥》词:"乐游原上清秋节,咸阳古道音尘绝。"

④香篆:形似篆文之香。欧阳修《一斛珠》:"愁肠恰似沈香篆。千回万转萦还断。"

⑤散髻:《瑶华集》等作"照影"。

⑥秦观《八六子》:"夜月一帘幽梦,春风十里柔情。"

⑦半床:袁刻本作"半窗";花月,作"风月"。

张秉戌《纳兰词笺注》:"秋士易感,古诗词中常见之题材。本篇亦为这种悲秋之作,故《瑶华集》有副题作'秋思'。该词意确系抒写清秋懊恼之情怀。但其情婉而隐,词中只用清秋孤花片叶,天涯芳草,以及寂寂绣屏,香篆熄灭,半床花月之景,将深隐的愁情具象化,极迷离惝恍,极空灵含婉。"

淡黄柳

咏　柳①

三眠未歇②,乍到秋时节。一树斜阳蝉更咽③,曾绾灞陵离别④。絮已为萍风卷叶,空凄切。　　长条莫轻折,苏小恨⑤、倩他说。尽飘零、游冶章台客⑥。红板桥空,溅裙人去⑦,依旧晓风残月⑧。

【题解】

词咏秋日之柳。春日之柳,年年伤别,固然使人柔肠寸断,但毕竟曾执手相看;清秋时节,风卷残叶,人去楼空,只剩下斜阳与蝉声哽咽,欲折长条而不得,更令人深感凄婉。

【注释】

①《草堂嗣响》无副题。

②《三辅故事》:"汉苑中有柳状如人形,号曰人柳,一日三眠三起。"

③李商隐《柳》:"曾逐东风拂舞筵,乐游春苑断肠天。如何肯到清秋日,已带斜阳又带蝉。"

④《三辅黄图·桥》:"灞桥,在长安东,跨水作桥。汉人送客至此,折柳赠别。"刘禹锡《杨柳词九首》之八:"长安陌上无穷树,唯有垂杨绾别离。"

⑤苏小:苏小小。白居易《杭州春望》:"涛声夜入伍员庙,柳色春藏苏小家。"

⑥韩翃《寄柳氏》:"章台柳,章台柳,颜色青青今在否?纵使长条似旧垂,也应攀折他人手。"

⑦溅裙:《草堂嗣响》等作"渐裙"。王沂孙《南浦》:"柳下碧粼粼,认麴尘乍生,色嫩如染。……采香幽径鸳鸯睡,谁道渐裙人远。"

⑧柳永《雨霖铃》:"今宵酒醒何处,杨柳岸晓风残月。"

【汇评】

张秉戍《纳兰词笺注》:"此首所咏是为秋初之柳。上片写弱柳初秋,一派凄切悲凉之景。下片借柳托恨,无限人去楼空、孤苦无依之感。读之令人荡气回肠。"

满宫花

盼天涯,芳讯绝①,莫是故情全歇。朦胧寒月影微黄,情更薄于寒月。　　麝烟销,兰烬灭②,多少怨眉愁睫。芙蓉莲子待分明③,莫向暗中磨折。

【题解】

词写因长久相思所滋生的忐忑与疑虑,细腻生动,颇富民歌风致。天各一方,音讯久绝,女子心中不知不觉产生了丝丝疑虑:难道往日的情分就这样随着岁月流逝殆尽,竟无半点遗存,这么长时间怎么会没有半点消息?失望之下,她甚至对情感本身也产生了怀疑。往日柔情似水,如今想来,直似那寒夜中的朦胧月色,带来的是阵阵凉意。辗转反侧,思来想去,熬过了多少无眠长夜,仍然无法把握对方的想法。她祈求早日得到一个肯定的答案,使她能从痛苦的折磨中解脱出来,哪怕是一个并不太好的消息。

【注释】

①史达祖《双双燕》:"应是栖香正稳,便忘了天涯芳信。"

②兰烬:燃烬后烛心,状似兰花。皇甫松《梦江南》:"兰烬落,屏上暗红蕉。"

③芙蓉:喻"夫容"。莲子,怜子。《子夜歌》:"雾露隐芙蓉,见莲不分明。"又:"乘风采芙蓉,夜夜得莲子。"

【汇评】

盛冬玲《纳兰性德词选》:"此词写女子因久久得不到恋人音讯而产生的疑虑痛苦之情,层次递进,细致感人。末借用南朝吴声歌曲谐声双关的表现手法,更增添了婉曲缠绵的情致。"

洞仙歌

咏黄葵

铅华不御①,看道家妆就②,问取旁人入时否③。为孤情淡韵,判不宜春,矜标格、开向晚秋时候。　　无端轻薄雨④,滴损檀心⑤,小叠宫罗镇长皱⑥。何必诉凄清,为爱秋光,被几日、西风吹瘦。便零落、蜂黄也休嫌,且对依斜阳,胜偎红袖⑦。

【题解】

词咏黄葵。黄葵又名羊豆角,开黄花,历来并不为文人看重。容若由其黄色入手,写其不施铅华,不迎合潮流,自然标格,所以不在春天争奇斗妍,只在晚秋默默绽放。哪怕历经凄风苦雨,零落憔悴,也依然对秋光一往情深。

【注释】

①曹植《洛神赋》:"芳泽无加,铅华弗御。"

②王嘉《拾遗记》:"刘向于成帝之末,校书天禄阁,专精覃思。夜有老人,着黄衣,植青藜杖,登阁而进。见向暗中独坐诵书,老父乃吹杖端,烟然,因以见向……至曙而去,请问姓名,云:'我是太乙之精,天帝闻卯金之子有博学者,下而观焉。'"晏殊《菩萨蛮》:"秋花最是黄葵好,天然嫩态迎秋

早。染得道家衣,淡妆梳洗时,晓来清露滴。"

③朱庆馀《近试上张水部》:"妆罢低声问夫婿,画眉深浅入时无。"

④晏几道《生查子》:"无端轻薄云,暗作廉纤雨。翠袖不胜寒,欲向荷花语。"

⑤檀心:花心。王之道《浣溪沙》:"一样檀心半卷舒,淡黄衫子衬冰肤。"

⑥宫罗:质地较薄的丝织品。苏郁《咏和亲》:"关月夜悬青冢镜,寒云秋薄汉宫罗。"

⑦胜偎:汪刻本作"倦偎"。

【汇评】

张秉戍《纳兰词笺注》:"黄葵本不是名贵之花,而诗人歌咏之,便已见其超凡脱俗之意。且词中又极写其'孤情淡韵'、'开向晚秋'、'爱秋光','且对依斜阳'之孤高品格,足见诗人风流自赏,不肯媚俗的情怀了。"

秋　水

听　雨①

谁道破愁须仗酒,酒醒后,心翻醉②。正香销翠被,隔帘惊听,那又是、点点丝丝和泪③。忆剪烛、幽窗小憩④。娇梦垂成,频唤觉、一眶秋水。　　依旧乱蛩声里,短檠明灭,怎教人睡⑤。想几年踪迹,过头风浪,只消受、一段横波花底⑥。向拥髻、灯前提起⑦。甚日还来,同领略、夜雨空阶滋味⑧。

【题解】

词写雨夜独卧时的纷乱思绪,由雨声散发开去,想到了他风风雨雨的人生,想到风雨中佳人的期盼,想到何日能共剪西窗烛,话巴山夜雨。词人本拟借酒浇愁,酒醒时分,反而更觉凄凉。帘外雨声淅沥,点点滴滴,都是离人辛酸泪。灯火明灭,蛩声时起,雨声中回顾平生,有无数凄婉低回,也有几分温馨甜蜜。这些年来四处飘零,遭受多少无端风雨,但想起佳人顾盼的流波,那一泓秋水,怅然中平添了无数柔情。

【注释】

①听雨:《草堂嗣响》作"雨夜"。

②仗:汪刻本双行小字校"是"。翻醉,《草堂嗣响》作"翻碎"。赵长卿《南乡子》:"谁道破愁须仗酒,君看,酒到愁多破亦难。"

③施肩吾《夜起来》:"香销连理带,尘覆合欢杯。懒卧相思枕,愁吟夜起来。"

④幽窗:《草堂嗣响》作"西窗"。李商隐《夜雨寄北》:"何当共剪西窗烛,却话巴山夜雨时。"

⑤短檠:短柄之灯。

⑥想几年踪迹:《草堂嗣响》作"几年踪迹"。

⑦朱敦儒《浣溪沙》:"拥髻凄凉论旧事,曾随织女度银梭,当年今夕奈愁何。"

⑧夜雨空阶滋味:《草堂嗣响》作"夜雨空阶那滋味"。何逊《临别与故游夜别》:"夜雨滴空阶,晓灯暗离室。"

【汇评】

黄天骥《纳兰性德和他的词》:"这词写离人在听到雨声淅沥时的感受。他从雨水,想到她的眼波,又从和他相聚时的眼波流盼的情景,想到不知什么时候才能和她共听秋雨。整首词思绪萦回,摇曳生姿,在愁苦中夹着温馨滋味。"

虞美人

曲阑深处重相见,匀泪偎人颤①。凄凉别后两应同,最是不胜清怨月明中②。 半生已分孤眠过,山枕檀痕涴。忆来何事最销魂③,第一折枝花样画罗裙④。

我所对你念念不忘的究竟是什么？在这大半生都是踽踽独行的日子，刻骨铭心的记忆似乎就是你的罗裙，那画有折枝花样的罗裙，总是闪现在我脑海。而当庭院深处，两相依偎，重逢一旦成为现实，往日凄苦的思念都变成美好的回忆，泪水也不再因辛酸而流出。

【注释】

①李煜《菩萨蛮》："画堂南畔见，一晌偎人颤。"

②钱起《归雁》："二十五弦弹夜月，不胜清怨却飞来。"

③最销魂：《昭代词选》作"不销魂"。

④折枝：花卉画画法之一，即不画全株，只画连枝折下的部分。韩偓《已凉》诗："碧阑于外绣帘垂，猩血屏风画折枝。"

【汇评】

盛冬玲《纳兰性德词选》："此词上阕写重逢的喜悦，却忆及当初分别之后的相思之苦；下阕写离别的哀伤，又回味往日相聚之时的闺中之乐。这样交互言之，淋漓尽致地表达了依恋之情。作者写的是自身的感受，所以能真切如此。"

虞美人

秋夕信步

愁痕满地无人省，露湿琅玕影①。闲阶小立倍荒凉。还剩旧时月色在潇湘②。　　薄情转是多情累，曲曲柔肠碎。红笺向壁字模糊③，忆共灯前呵手为伊书。

【题解】

秋宵残月，信步于闲庭，竹影婆娑，露湿翠微。抬眼望去，荒寂无人，满目凄凉，除了水面上的明月与当年有几分相似，随着时间的流逝，一切都褪去了昔日的光彩。就连伊人所写的书信,字迹也变得模糊起来。原以为自己不算多情之人,过去的一切都已为时间所抹去,可当年灯下,呵手一同写字的画面,却是那样的清晰,让人柔肠寸断。

【注释】

①琅玕:翠竹。梅尧臣《和公仪龙图新居栽竹》之二:"闻种琅玕向新第,翠光秋影上屏来。"

②姜夔《暗香》:"旧时月色,算几番照我,梅边吹笛。唤起玉人,不管清寒与攀摘。"

③李白《草书歌行》:"起来向壁不停手,一行数字大如斗。"

【汇评】

苏雪林《清代男女两大词人恋史的研究》:"《红楼梦》宝玉曾在冬天呵手为晴雯写绛云轩的匾额。晴雯是黛玉的影子,曹雪芹写此事大约是影射这首词的后两句,所以宝玉写完之后恰巧黛玉走来,宝玉请他批评,黛玉便赞他书法有进步。"

虞美人

　　风灭炉烟残炧冷①,相伴惟孤影。判教狼藉醉清尊②,为问世间醒眼是何人③。　　难逢易散花间酒④,饮罢空搔首⑤。闲愁总付醉来眠,只恐醒时依旧到尊前。

【题解】

词写牢落不平之慨。灯残烟冷,人单影只,满腹牢骚,无以倾泻,只得借酒消愁。花间独饮,饮罢踌躇四顾。世人皆醉而己独醒,天地之大无用武之处,只得再图一醉以忘却世事。

【注释】

①风灭炉烟残炧冷:汪刻本等作"残灯风灭炉烟冷"。

②狼藉:张刻本作"浪藉"。

③屈原《楚辞·渔父》:"举世皆浊我独清,众人皆醉我独醒。"

④李白《月下独酌》:"花间一壶酒,独酌无相亲。"

⑤杜甫《楼上》:"天地空搔首,频抽白玉簪。"

【汇评】

张秉戌《纳兰词笺注》:"本篇颇含骚人之旨,大有举世沉醉我独醒,举世浑浊我独清的感慨。但清醒阅世,又总是带来'闲愁',所以孤清之感便总是萦怀,也总是难以排遣,遂借填词以宣泄了。"

雨中花①

楼上疏烟楼下路②,正招余、绿杨深处③。奈卷地西风④,惊回残梦⑤,几点打窗雨。　　　　夜深雁掠东檐去,赤憎是、断魂砧杵。算酌酒忘忧,梦阑酒醒,愁思知何许⑥。

【题解】

词写梦醒时分的惆怅。梦中正要与佳人相会,却被打落在窗棂上的几滴秋雨惊醒。西风卷地而来,大雁掠东檐去,捣衣声中,离人孤苦无告。

【注释】

①《精选国朝诗余》有副题"纪梦"。

②赵长卿《浣溪沙》:"楼上好风楼下水,雪前栏槛竹前窗。"

③白居易《杨柳枝》:"若解多情寻小小,绿杨深处是苏家。"

④辛弃疾《浪淘沙》:"惊起西窗眠不得,卷地西风。"

⑤晁端礼《浣溪沙》:"昼漏迟迟出建章,惊回残梦日犹长。"

⑥知何许:《精选国朝诗余》作"忘何许"。

【汇评】

施议对编选《纳兰性德集》:"秋夜愁思,由思入梦。谓楼上疏烟,楼下章台路。分明一处冶游场所。其时,红袖相招,正引领我,走向绿杨深处。怎奈何,卷地西风,打窗雨点,令得我,从残梦中惊起。这是上片。构筑梦境,为布景。下片说情,谓夜深不寐,鸿雁掠过东檐。幽静庭院,一阵阵砧杵声,从不远处传来。砧杵声教人断魂,就算是酌酒可以忘忧,但梦阑之时,酒醒之后,思量种种,又将如何?这是下片。于思量当中,又返回梦境。上片、下片,梦想、现实。真耶?幻耶?有如对痴人说梦。"

临江仙

点滴芭蕉心欲碎,声声催忆当初。欲眠还展旧时书。鸳鸯小字^①,犹记手生疏。　　倦眼乍低缃帙乱^②,重看一半模糊。幽窗冷雨一灯孤。料应情尽,还道有情无。

【题解】

雨打芭蕉,点点滴滴,催人心碎。想睡又无法安睡,不由自主地翻开往日的书信,回忆起当初飞鸿往来的日子。那个时候,她的字是那样的稚嫩,一如情感的淳朴。这些记忆一页页翻开,泪水立刻填满了眼眶。泪眼朦胧中,手中的书信也模糊起来。转头望向窗外,不仅苦笑:这么多年过去了,以为当初的痴情随风而逝了,谁知它们还深藏在心底。

【注释】

①鸳鸯字:表达情爱的文字。欧阳修《南歌子》:"弄笔偎人久,描花试手初。等闲妨了绣功夫。笑问双鸳鸯字、怎生书。"

②缃帙:浅黄色的书套,此泛指书籍。

【汇评】

施议对编选《纳兰性德集》:"此首歌词的中心意思是雨夜怀人。谓雨打芭蕉,点点滴滴,都在心头。回忆往事,临睡之前,仍然翻检旧时诗书。记得当初,鸳鸯二字,原本很熟悉,认真写起来,却感到有点生疏。这是上片。点滴心欲碎,还展旧时书。为布景,谓散乱的册卷,倦眼重看,已是模糊一片。黑夜里,雨窗前,孤灯一盏。原以为情已尽,缘已了,可怎知,有情、无情,多情、薄情,到底还是不能够讲清楚。这是下片。幽窗一灯孤,还道有情无。为说情。上片、下片,布景、说情,其所记叙,虽近在眼前,但其意旨,随着有与无的思量,却仍有馀地,可以推向久远。这应是纳兰言情词的艺术价值之所在。"

临江仙

　　昨夜个人曾有约,严城玉漏三更①。一钩新月几疏星。夜阑犹未寝,人静鼠窥灯②。　　原是瞿唐风向阻③,错教人恨无情④。小阑干外寂无声。几回肠断处,风动护花铃⑤。

【题解】

　　词写未能与情人约会的复杂心绪。昨晚相约见面,临行前却踌躇起来,鼓不起勇气,到了深夜还犹豫不决。第二天醒来,心中还徘徊不定,担心对方不能理解自己所承担的压力,从而责怪自己薄情。在荡漾的风铃声中,她还在苦苦思量:自己的选择真的是对的吗? 有没有两全其美的办法呢?

【注释】

　　①严城:戒备森严的城池。柳永《长相思》:"画鼓喧街,兰灯满市,皎月初照严城。"

　　②秦观《如梦令》:"梦破鼠窥灯,霜送晓寒侵被。无寐,无寐,门外马嘶人起。"

　　③李白《荆州歌》:"白帝城边足风波,瞿唐五月谁敢过?"

　　④王建《宫词》:"自是桃花贪结子,错教人恨五更风。"

　　⑤护花铃:为保护花朵驱赶鸟雀而设置的铃。王仁裕《开元天宝遗事·花上金铃》:"至春时,于后园中纫红丝为绳,密缀金铃,系于花梢之上。每有鸟鹊翔集,则令园吏掣铃索以惊之,盖惜花之故也。"张炎《浣溪沙》:"乍减楚衣收带眼,初匀商鼎爇香心。燕归摇动护花铃。"

【汇评】

　　张秉戌《纳兰词笺注》:"此篇写与情人相约又未能践约的且喜且怨的

情怀。上片说曾是相约黄昏后,然而迟迟未能成行。下片说不能如约'原是瞿唐风向阻',这里所谓瞿唐风向阻,是借喻人间别有难言的风险,显然非单指自然的险阻。此处借典示之,意含深婉,情韵深长。既未能践约,则一面是恨憾,一面是加倍地思念了。其结句更是清新含婉,余味悠长了。"

临江仙

寒　柳

飞絮飞花何处是,层冰积雪摧残①。疏疏一树五更寒②,爱他明月好,憔悴也相关。　　最是繁丝摇落后,转教人忆春山。湔裙梦断续应难③,西风多少恨,吹不散眉弯。

【题解】

纳兰词中咏柳之作较多,就季节而言,所咏有春日之柳、秋日之柳与寒冬之柳,其中以这首"寒柳"词最为人称颂。一方面固然是穷苦之言易好,而容若犹擅此郁悒之调;另一方面,则是这首"寒柳"词借物以寓性情,非单单咏一物,既能生动地展示出寒柳之姿态,又能不黏着于物上,透过所写之物展示出人的情操。有学者以"湔裙"暗指卢氏死于难产,似较牵强。

【注释】

①《楚辞·招魂》:"层冰峨峨,积雪千里。"

②李煜《浪淘沙》:"帘外雨潺潺,春意阑珊。罗衾不耐五更寒。"

③李商隐《柳枝五首·序》:"明日,余比马出其巷,柳枝丫环毕妆,抱立扇下,风鄣一袖指曰:'若叔是?后三日邻当去湔裙水上,以博山香待,与郎俱过。'"

【汇评】

杨希闵《词轨》卷七:"托驿柳以寓意,其音凄唳,荡气回肠。"

陈廷焯《白雨斋词话》卷八:"容若《饮水词》,才力不足。合者得五代人凄惋之意。余最爱其《临江仙·寒柳》云：'疏疏一树五更寒。爱他明月好，憔悴也相关。'言中有物，几令人感激涕零。容若词亦以此篇为压卷。"

陈廷焯《词则·大雅集》卷五："缠绵沉着，似此真可伯仲小山，颉颃永叔。"

黄天骥《纳兰性德和他的词》："他写的既是经受冰雪摧残的寒柳，也是一个遭到不幸的人。整首词，句句写柳，又句句写人，意境含蓄幽远，是一首写得比较成功的咏物词。"

临江仙

夜来带得些儿雪①，冻云一树垂垂②。东风回首不胜悲③。叶干丝未尽，未死只颦眉④。　　可忆红泥亭子外，纤腰舞困因谁？如今寂寞待人归，明年依旧绿，知否系斑骓⑤。

【题解】

此首与前篇意旨相近，当为同时同题之作。上片说夜来一阵风雪，寒柳饱受摧残，但枝干叶枯而丝未断，只要一气尚存，面对冰霜严寒，仅仅蹙柳叶眉而已。下片说明年春风吹来，依旧舞动纤腰，以葱葱绿荫与红泥亭子相映成趣，系住荡子斑骓，免除闺中寂寞。

【注释】

①夜来带得些儿雪：汪刻本等作"带得些儿前夜雪"。

②毛并《醉落魄》："雀啅江头，一树垂垂雪。"

③牟融《送罗约》："后夜定知相忆处，东风回首不胜悲。"

④李白《鲁郡尧祠送窦明府薄华还西京》："红泥亭子赤阑干，碧流环转青锦湍。"

⑤李商隐《无题》："斑骓只系垂杨岸，何处西南待好风。"

【汇评】

张秉戍《纳兰词笺注》："此篇亦为咏寒柳之作，同样意含悼亡之旨，可

308

与前首合读。上片写眼前景,下片追怀往事,其'叶干丝未尽,未死只颦眉'二句生动形象地表达了诗人刻骨的相思之情、不胜悲悼之意。"

临江仙

孤　雁

霜冷离鸿惊失伴,有人同病相怜①。拟凭尺素寄愁边,愁多书屡易,双泪落灯前②。　　莫对月明思往事,也知消减年年。无端嘹唳一声传③,西风吹只影④,刚是早秋天。

【题解】

词咏离群之孤雁,亦写其同病相怜之情怀。秋天刚到,只见西风中一只孤雁掠过,同时耳畔传来凄凉的哀鸣声。失去伴侣的哀雁,在归程中显得那样孤单,这使词人想到了自己的处境,听到这一声声哀鸣,禁不止泪落灯前。拿出纸笔,准备写信寄予远方,却因满腹心事,拿捏不定,提笔即反复篡易修改。

【注释】

①洪适《满庭芳》:"同病相怜,冻吟谁伴,漫怀举案齐眉。"

②张祜《宫词二首》之一:"一声河满子,双泪落君前。"

③常建《湖中晚霁》:"岂念客衣薄,将期永投袂。迟回渔父间,一雁声嘹唳。"

④杜牧《寄远》:"只影随惊雁,单栖锁画笼。"

【汇评】

张秉戍《纳兰词笺注》:"孤雁在古典诗文中有着特殊的意义,它或象征天涯孤客,或比喻夫妻失偶,或喻指友朋失伴,等等。故诗人咏孤雁实系咏孤独之凄怀。这首咏'孤雁'之作亦如是,诗人描绘了'刚是早秋天'里的一只孤独的大雁,又将人雁合一,情景合一,因而雁之孤影与人之孤独,交织浑融,抒发了孤寂幽独的情怀。"

临江仙

丝雨如尘云著水，嫣香碎拾吴宫①。百花冷暖避东风。酷怜娇易散②，燕子学偎红。　　人说病宜随月减，恹恹却与春同③。可能留蝶抱花丛。不成双梦影④，翻笑杏梁空。

【题解】

词写"落花人独立，微雨燕双飞"之情致。细雨如丝，悄无声息，润如尘土。东风无力，百花凋残，芬香四散。蝴蝶双双，穿梭于衰红翠绿之中。伤春情浓，词人终日恹恹。

【注释】

①嫣香：花瓣。李贺《南园十三首》之一："可怜日暮嫣香落，嫁与春风不用媒。"碎拾，汪刻本作"碎人"。吴宫，张刻本作"吴官"。

②张泌《寄人》："酷怜风月为多情，还到春时别恨生。"

③周密《眼儿媚》："不分不晓，恹恹默默，一段伤春。"

④晏殊《采桑子》："燕子双双，依旧衔泥入杏梁。"

【汇评】

张秉戍《纳兰词笺注》："此篇抒写暮春时节，愁病交加，万般无奈的情景。词中用'吴官'、'杏梁'等语皆作泛指，其中深含了兴亡之悲，似有深藏的隐忧，空灵含蕴而有味可咀。"

鬓云松令①

咏　浴

鬓云松②，红玉莹③。早月多情，送过梨花影。半晌斜钗慵未整,晕入轻潮,刚爱微风醒。　　露华清,人语静。怕被郎窥④,移却青鸾镜。罗袜凌波波不定⑤,小扇单衣,可耐星前冷。

【题解】

词写美人出浴的情景。上片写佳人鬓发蓬松,肤如红玉,脸有潮红,如刚刚睡醒的样子。下片写她身着单衣,赤足戏水。

【注释】

①鬓云松令:《草堂嗣响》等作"鬓云松",《清平初选后集》等作"苏幕遮"。

②周邦彦《鬓云松令》:"鬓云松,眉叶聚。"

③柳永《红窗听》:"如削肌肤红玉莹。举措有、许多端正。二年三岁同鸳寝。"

④伶玄《飞燕外传》:"昭仪夜入浴兰室,肤体发光,占烧烛。帝从帏中窃望之,侍儿以白昭仪。昭仪览巾,使撤烛。他日,帝约赐侍儿黄金,使无得言。私婢不豫约中,出帏值帝,即入白昭仪。昭仪遽隐避。自是,帝从兰室帏中窥昭仪,多袖金,逢侍儿私婢,辄牵止赐之。"

⑤曹植《洛神赋》:"凌波微步,罗袜生尘。"

【汇评】

张秉戌《纳兰词笺注》:"此篇粉香脂腻,近花间语,未免俗艳之气。"

于中好①

咏　史

马上吟成促渡江②,分明间气属闺房③。生憎久闭金铺暗④,花冷回心玉一床⑤。　　添哽咽,足凄凉。谁教生得满身香。只今西海年年月,犹为萧家照断肠。

【题解】

词咏萧观音事。辽懿德皇后萧观音，才色特出，曾为天佑帝赞为"女中才子"，却因劝阻其畋猎而遭厌弃，终受谗而死，令人叹息。纳兰有手书赠友人，至今犹存，字句稍有不同："马上吟成鸭绿江，天将间气付闺房。生憎久闭金铺暗，花笑三韩玉一床。添硬咽，足凄凉。谁教生得满身香。至今青海年年月，犹为萧家照断肠。"

【注释】

①于中好：《草堂嗣响》等作"鹧鸪天"。

②王鼎《焚椒录》："二年八月，上猎秋山，后（萧观音）率妃嫔从行在所至伏虎林。上命后赋诗，后应声曰：'威风万里压南邦，东去能翻鸭绿江。灵怪大千都破胆，那教猛虎不投降。'上大喜，出示群臣曰：'皇后可谓女中才子。'"

③分明间气属闺房：《草堂嗣响》等作"天将间气付闺房"。间气，英雄豪杰秉天地之气应世而出。《春秋演孔图》："正气为帝，间气为臣。"王彦泓《奏记妆阁六首》："间气不钟男子去，才情偏与内家传。"

④金铺：汪刻本等作"铜铺"。萧观音《回心词十首》其一："扫深殿，闲久铜铺暗。游丝络网尘堆，积岁青苔厚阶面。"

⑤萧观音《回心词十首》其七："展瑶席，花笑三韩碧。笑妾新铺玉一床，从来妇欢不终夕。"

【汇评】

赵秀亭《纳兰丛话》（续）："张纯修《饮水诗词集》与此字句多异。词盖咏辽懿德皇后萧观音奴事，近出饶宗颐《词籍考》卷七尝述及：案懿德后《辽史》有传，王鼎《焚椒录》记其事尤详。后工文，应对敏捷，尝从猎伏虎林，应制赋诗曰：'威风万里压南邦，东去能翻鸭绿江。灵怪大千俱破胆，那教猛虎不投降！'道宗大喜，呼为'女中才子'。性德词首二句即切此。'间气'，辞出《春秋演孔图》'间气为臣'，用赞萧后之才调杰出。张端义《贵耳集》赞李易安词'妇人中有此文笔，殆间气也'。同此，有以今口语解为'夫妻间生闲气'者，非独乖误词旨，亦令皮日休、高仲武错愕于千载之下。'花笑三韩'，出辽后《回心院词》；'谁教生得满身香'，则出所谓'十香淫词'。唯'青海'二句，嫌敷演成篇，漫无着落。"

于中好①

独背斜阳上小楼②,谁家玉笛韵偏幽③。一行白雁遥天暮,几点黄花满地秋。　　惊节序,叹沉浮,秾华如梦水东流④。人间所事堪惆怅⑤,莫向横塘问旧游⑥。

【题解】

词写对旧游者的怀念。秋日黄昏,词人独上小楼,见黄花点点,大雁南飞,耳畔又传来悠扬笛声,便惊诧于季节的变换、岁月的流逝,惆怅中不禁想起了南方的友人。

【注释】

①于中好:《昭代词选》等作"鹧鸪天"。

②斜阳:《昭代词选》等作"残阳"。

③李白《春夜洛城闻笛》:"谁家玉笛暗飞声,散入春风满洛城。"

④秾华:《昭代词选》作"秾花"。

⑤曹唐《张硕重寄杜兰香》:"人间何事堪惆怅,海色西风十二楼。"

⑥横塘:古堤名,所指非一,均在江南。温庭筠《池塘七夕》:"万家砧杵三篙水,一夕横塘似旧游。"

【汇评】

盛冬玲《纳兰性德词选》:"下阕写因节序变换、人事升降、繁华易逝、好景不常而引起的惆怅之情,这是全词主旨所在;而上阕的景物描写点染颇佳,为作品生色不少。"

于中好①

雁帖寒云次第飞②,向南犹自怨归迟③。谁能瘦马关山道④,又到西风扑鬓时⑤。　　人杳杳,思依依,更无芳树有乌啼⑥。凭将扫黛窗前月⑦,持向今宵照别离⑧。

【题解】

上片写词人羁旅情怀。秋风正浓,大雁迫不及待,匆促南飞,惟恐落后。而自己有家难回,犹自骑着瘦马,一年又一年,迤逦在古道之上,让西风扑面而来。下片写佳人幽思。离人杳无踪迹,佳人愁思依依,再无心情寻芳弄草,整日待在深闺中,任凭月落乌啼。无聊之极,随手闲拂窗前月光,想起这月光也正落在离人身上。

【注释】

①于中好:《瑶华集》等作"鹧鸪天"。副题《瑶华集》作"离思"。

②雁帖:《草堂嗣响》作"雁贴"。刘禹锡《秋江晚泊》:"暮霞千万状,宾鸿次第飞。"

③向南犹自怨归迟:《瑶华集》作"飘零最是柳堪悲"。

④瘦马:《瑶华集》作"匹马"。崔峒《宿江西窦主簿厅》:"月满关山道,乌啼霜树枝。"

⑤又到西风扑鬓时:《瑶华集》作"残阳雨过时";鬓,《草堂嗣响》作"面";西,《昭代词选》作"秋"。

⑥"人杳杳,思依依,更无芳树有乌啼":《瑶华集》作"魂黯黯,思凄凄。如今悔却一枝栖。"

⑦凭:《瑶华集》作"从"。

⑧宵:汪刻本等作"朝"。

【汇评】

黄天骥《纳兰性德和他的词》:"这也是思妇之作。上片说,大雁匆促飞走,它们尚且埋怨南归太迟了,而离人却骑着瘦马,行走在关山道上。去年是古道西风瘦马,今年又是西风扑鬓。这几句,感情层层深入,而又流畅自然,有如清溪泻玉。"

南乡子

秋暮村居

红叶满寒溪,一路空山万木齐。试上小楼极目望,高低,
一片烟笼十里陂①。　　吠犬杂鸣鸡,灯火荧荧归骑迷。乍
逐横山时近远,东西,家在寒林独掩扉。

【题解】

词写秋日山村之暮景。一路行来,空山寂寥,万木萧索,红叶满溪。词
人登楼眺望,暮色苍茫。犬吠鸡鸣声中,灯火已黄昏,星星点点,时近时远,
若隐若现。逶迤而行,他穿过寒林,回到了静谧的小屋。

【注释】

①韦庄《台城》:"无情最是台城柳,依旧烟笼十里堤。"

【汇评】

陈淏《精选国朝诗余》:"单道村居佳致。"

南乡子

为亡妇题照

泪咽却无声①,只向从前悔薄情②。凭仗丹青重省识③,盈
盈,一片伤心画不成④。　　别语忒分明,午夜鹣鹣梦早醒⑤。
卿自早醒侬自梦,更更,泣尽风檐夜雨铃。

【题解】

　　这是一首题画词,为亡妻而作。抚摸着亡妻的画像,悲上心头,无声抽泣。悔不该当初没能好好珍惜,如今只能凭借画像,回忆她的音容。但"意态由来画不成",这样的画像只会让自己更为悲伤。诀别时的话语还在耳畔回响,比翼齐飞的梦想早已破碎。亡妻终于脱离苦海,只剩下自己在这无味的尘世间煎熬。当年唐玄宗用《雨霖铃》来寄寓"天长地久有时尽,此恨绵绵无绝期"的悲恸心情,如今我拿什么来告慰你呢? 惟有无尽的热泪了。

【注释】

　　①却无声:袁刻本、汪刻本作"更无声"。

　　②只向:汪刻本作"止向"。

　　③杜甫《咏怀古迹五首》之三:"画图省识春风面,环佩空归月夜魂。"

　　④高蟾《金陵晚望》:"世间无数丹青手,一片伤心画不成。"

　　⑤鹣鹣:比翼鸟。《尔雅·释地》:"南方有比翼鸟焉,不比不飞,其名谓之鹣鹣。"

【汇评】

　　严迪昌《清词史》:"'卿自早醒侬自梦'也即对'人间无味'是否醒悟的表述。词人设想爱妻'早醒'(逝去)也就早离尘海、弃去无味之人间,自己却仍梦瞀独处其间,了无生趣。怨苦、怨怼转生出离世超尘的幻念,是古代文人通常谋求心态平衡、自我解脱的药剂。"

　　盛冬玲《纳兰性德词选》:"容若丧偶之后,一直难遣悲怀。在亡妻遗像上题词,犹如当面呼唤,相看泪眼,这时以笔代言,写下来自是字字牵情,语语酸心。"

南乡子

　　飞絮晚悠飏①,斜日波纹映画梁。刺绣女儿楼上立,柔肠,爱看晴丝百尺长②。　　风定却闻香,吹落残红在绣床③。休堕玉钗惊比翼④,双双,共啄苹花绿满塘⑤。

【题解】

词写刺绣女儿的春情幽思,灵气勃发。傍晚时候,柳絮漫天飞舞。微风轻轻拂过池塘,使画楼的倒影也随之荡漾。楼上刺绣的女孩,心有所思,柔肠百转,情思一缕,幽幽难言。风定花犹落,片片入绣床。也许该梳妆打扮一下了,但梳妆后给谁欣赏呢? 看看池塘并行的鸟儿,不由得痴了。

【注释】

①曾觌《诉衷情》:"几番梦回枕上,飞絮恨悠扬。"

②顾况《悲歌》其三:"新系青丝百尺绳,心在君家辘轳上。我心皎洁君不知,辘轳一转一惆怅。"

③权德舆《相思曲》:"鹊语临妆镜,花飞落绣床。"

④杜牧《入茶山下题水口草市绝句》:"惊起鸳鸯岂无痕,一去双飞却回头。"

⑤唼:水鸟吃食。

【汇评】

盛冬玲《纳兰性德词选》:"絮飞、花落、日斜、风定,一位少女倦绣无聊,楼头闲立,俯看鸳鸯,心有所思。此词写晚春情思,笔调轻快明朗。读者吟此,自然而然能在自己的脑海中勾勒出一幅色彩美丽、美丽生动的画面。"

南乡子

捣 衣①

鸳瓦已新霜,欲寄寒衣转自伤。见说征夫容易瘦,端相,梦里回时仔细量②。　　支枕怯空房③,且拭清砧就月光④。已是深秋兼独夜,凄凉,月到西南更断肠。

【题解】

副题既然是"捣衣",自然不外思妇之情、征夫之怨,所谓"捣衣砧外,总是玉关情"(晏几道《少年游》)。此词也不例外,但能将绮思柔意,写得饶有情致。尤其是"梦里回时仔细量"一句,写思妇决定去梦中仔细端详远戍的丈夫,以判定他是否消瘦了,真可谓腐草化萤,想落天外,把妻子的焦虑与牵挂表现得细致入微。

【注释】

①捣衣:洗衣时以木杵在砧上捶衣,使之干净。

②周邦彦《意难忘》:"夜渐深,笼灯就月,子细端相。"

③王涯《秋夜曲》:"银筝夜久殷勤弄,心怯空房不忍归。"

④张镃《柳梢青》:"满院西风,连宵良月,几处清砧。"

【汇评】

盛冬玲《纳兰性德词选》:"'九月寒砧催木叶,十年征戍忆辽阳'(沈佺期《古意呈补阙乔知之》)。'长安一片月,万户捣衣声。秋风吹不尽,总是玉关情'(李白《子夜吴歌》)。秋风一起,戍边军士们的妻子就要忙着为远方的亲人准备寒衣了。水边砧上,清杵声声,那月下捣衣的动人情景,包含着思妇们的深情,牵动了骚人们的诗思。容若这一首《南乡子》也是以此为题材创作的,而意境凄清,心理描写非常细腻,在众多的同题作品中,有其独创之处。"

南乡子

柳沟晓发①

灯影伴鸣梭②,织女依然怨隔河。曙色远连山色起,青螺③,回首微茫忆翠蛾。　　凄切客中过④,料抵秋闺一半多。一世疏狂应为著,横波⑤,作个鸳鸯消得么?

【题解】

进入仕途之后,容若或随扈,或出使,往往奔波于道路之中,不免身心俱疲,是词表现他的厌倦与无奈。曙色才动,已行迹匆匆。远山恰似青螺,让他忆起翘首以待的佳人。聚少离多,大好年华总是在客中度过。真希望能为粉红而疏狂,葬身温柔之乡。

【注释】

①柳沟:在今北京延庆八达岭北。副题汪刻本作"御沟晓发"。

②虞世南《中妇织流黄》:"衣香逐举袖,钏动应鸣梭。"

③刘禹锡《望洞庭》:"遥望洞庭山水翠,白银盘里一青螺。"

④李颀《送魏万之京》:"鸿雁不堪愁里听,云山况是客中过。"

⑤横波:眼神流动,如水闪波。许浑《晨起西楼》:"留情深处驻横波,敛翠凝红一曲歌。"

【汇评】

张秉成《纳兰词笺注》:"上片描绘了柳沟清晨晓发时的情景,下片言情抒慨,表达了与所恋之人被迫分离的隐恨和幽怨。一世疏狂与愿作鸳鸯正是纳兰厌倦仕途生涯,渴望消闲的痛苦心情的写照。"

踏莎行

春水鸭头①,春衫鹦嘴②,烟丝无力风斜倚③。百花时节好逢迎④,可怜人掩屏山睡⑤。　　密语移灯,闲情枕臂,从教酝酿孤眠味⑥。春鸿不解讳相思,映窗书破人人字。

【题解】

词写春情。春天到了,春水碧绿,烟丝袅袅,东风无力,春衫微飘。百花齐放的时节,正当饱览这大好春色,佳人却掩起屏风,倒头闷睡。因为这陌头杨柳之色,使她怅然若失。当年窗前灯下,夜半私语。如今挑尽残灯,斜欹枕头,尝尽了孤眠的滋味。她怕面对春色,躲进小楼,但大雁偏偏不遂人愿,非得排成人字从窗前飞过。

①鸭头:形容水色之绿。苏轼《送别》:"鸭头春水浓如染,水面桃花弄春脸。"

②春衫:汪刻本作"春山"。

③风斜倚:《昭代词选》作"东风依"。韩偓《春尽日》:"柳腰入户风斜倚,榆荚堆墙水半淹。"

④百花时节:旧俗以农历二月十五为百花生日。徐凝《读远书》:"两转三回读远书,画檐愁见燕归初。百花时节教人懒,云鬓朝来不欲梳。"

⑤温庭筠《菩萨蛮》:"无言匀脸谁,枕上屏山远。"

⑥范仲淹《御街行》:"残灯明灭枕头欹。谙尽孤眠滋味。"

【汇评】

盛冬玲《纳兰性德词选》:"有人不解欣赏大好春光,偏偏掩屏独睡。原来是春色撩动了春情,使她陷入相思的苦闷之中。此作写春景如画,摹春怨如见,清丽凄婉。这是纳兰词的当行本色。"

剪湘云

送 友①

险韵慵拈②,新声醉倚。尽历遍情场③,懊恼曾记。不道当时肠断事,还较而今得意。向西风、约略数年华,旧心情灰矣。　　正是冷雨秋槐,鬓丝憔悴。又领略、愁中送客滋味。密约重逢知甚日,看取青衫和泪④。梦天涯、绕遍尽由人,只尊前迢递⑤。

【题解】

"剪湘云"为顾贞观自度曲,乃是赋秋海棠之作,其词云:"瘦却胜烟,娇偏宜雨。傍窥宋墙阴,目断初遇。别是幽情脂粉外,那得红丝轻许。系天涯、归梦绿罗裙，添两眉愁聚。谁念补屋牵萝，卖珠回去。正袖薄天寒，风韵凄楚。小蹙凌波铅泪滴，剪破湘云一缕。向西风、密约美人蕉，和影儿私语。"容若是词，借此调以送别友人，按照旧例，或当为顾贞观远行而作。上片说他与友人倚新填词，阅尽欢场，其间虽有不少懊恼，但现在想来只剩下了得意。不过，这些都已经成为过去，如今再也没有这样的心绪了。下片说秋槐叶落、冷雨飘散的季节，在鬓丝憔悴、心情黯淡的时刻，登临送别，尝尽了苦涩滋味。相逢之日难期，只得更进一杯酒，从此让梦魂追随天涯海角。

【注释】

①《草堂嗣响》无副题。

②晏几道《六幺令》："昨夜诗有回文，韵险还慵押。"

③王彦泓《即事》："历尽情场滟滪滩，近来心性耐波澜。"

④白居易《琵琶行》："座中泣下谁最多，江州司马青衫湿。"

⑤吕岩《西江月》："世事不堪回首，梦魂犹绕天涯。"

【汇评】

张秉戌《纳兰词笺注》："本篇正可谓是跌宕有致，转折入深，其恋友惜别之情溢于言表。上片前二句说采用新声填词，继二句说往日情场失意之懊恼还记得，但再二句则翻转而出，谓今日之失意要比往日之失意更令人沉痛，而此中也暗透了送别的伤感。最后二句则总绾，说无论今昔皆是'心情灰矣'。下片转到送友、怨别、惜别等多种意绪的抒写，层层深入。这片承上片之意而翻转，接以'客中送客'便加深加浓怨别之愁情。又二句说盼望重逢却不知何时可见，其怨别、惜别之惆怅益见言外。最后再转，推出一笔去写，其情致绵长，伤感倍增，令人唏嘘情伤了。"

赵秀亭、冯统一《饮水词笺校》："'剪湘云'乃是梁汾自创词调。此副题为'送友'，或即为赠梁汾之作。"

鹊桥仙

梦来双倚，醒时独拥，窗外一眉新月①。寻思常自悔分明,无奈却、照人清切②。　　　一宵灯下,连朝镜里,瘦尽十年花骨③。前期总约上元时④,怕难认、飘零人物。

【题解】

梦中与爱人相依相拥,醒来却发现是孤枕独眠。望着窗外的那轮新月,不禁懊悔万分:当初月下共处,总是不甚珍惜,以为来日方长。转眼分离已经十年,灯下镜中,映出的是憔悴的身影。以往上元时节,灯、月依旧,不见伊人。今日纵使相见,也应难识我这飘零之人了。词为悼亡之作,结语有苏轼“纵使相逢应不识”之意。

【注释】

①孙棨《戏李文远》:“引君来访洞中仙,新月如眉拂户前。”

②史达祖《念奴娇》:“姮娥知否,照人如此清切。”

③苏轼《江城子》:“十年生死两茫茫,不思量,自难忘。”又史达祖《鹧鸪天》:“十年花骨东风泪,几点螺香素壁尘。”

④欧阳修《生查子·元夕》:“今年元夜时,月与灯依旧。不见去年人,泪湿春衫袖。”

【汇评】

张秉戌《纳兰词笺注》:“本篇像是悼亡之作,又像是写给分别十年之久的某一恋人的。词中既有哀婉的怀思,也有身世之感的隐怨。所谓‘飘零人物’,显然是有感慨的。”

鹊桥仙

倦收缃帙①,悄垂罗幕,盼煞一灯红小。便容生受博山香②,销折得、狂名多少。　　　是伊缘薄,是侬情浅?难道多磨更好?不成寒漏也相催,索性尽、荒鸡唱了③。

【题解】

词写痛失爱情后的不甘心理。上片描写欢情。夜深人定，漫卷诗书，等待佳人莅临，享尽人间至乐，不复有所拘检，赢得一时狂名。下片抒写失意。寒夜独坐，偏听阒寂，直至荒鸡长鸣而犹有不甘。到底是缘分太薄，还是你用情过浅？难道好事非得多磨？有人认为此词乃"将身世之感并打入艳情"，可备一说。

【注释】

①缃帙：浅黄色书套，用以代指书籍。李贺《示弟》："醽醁今夕酒，缃帙去时书。"

②博山香：博山炉所焚之香。李白《杨叛儿》："乌啼白门柳。乌啼隐杨花，君醉留妾家。博山炉中沉香火，双烟一气凌紫霞。"

③荒鸡：三更以前啼叫的鸡。刘埙《贺新郎》："梦里风云翻海岳，觉后狂歌坠帽。叹几度、荒鸡误晓。"

【汇评】

张秉戌《纳兰词笺注》："此篇描绘了与所爱之人（妻子或某一情人）如胶似漆的密意浓情和这段恩爱情缘失去后的痛苦、失落、迷惘的心情。上片忆旧，清丽欢快。下片抚今，忧伤抑郁。上下片对比出之。不过词中'销折得、狂名多少'，透露了消息，即作者将身世之感托以艳情。其意含骚雅，颇有风人之旨。但单把它看做情词亦无不可。"

添字采桑子①

闲愁似与斜阳约，红点苍苔，蛱蝶飞回。又是梧桐新绿影②，上阶来。　　天涯望处音尘断③，花谢花开④，懊恼离怀。空压钿筐金缕绣⑤，合欢鞋⑥。

【题解】

词写闺情离思。每当夕阳西下，就是离愁潜滋暗长的时候，何况此刻蛱蝶双双起舞,来回盘旋。月光徘徊,将梧桐新绿之影送上台阶,似乎也要告诉佳人又是一年春暮了。离人远在天涯,音信隔绝,不知何时能归来。而岁月如梭,人生又能历经多少花谢花开呢? 大好年华都在等待中虚掷了。佳人精心制作的合欢鞋,也无用武之地,被深藏在箱箧之中。

【注释】

①汪刻本下有按语曰:"按此调《词律》不载,《词谱》有《促拍采桑子》,字同句异,则或亦自度曲。"

②欧阳修《摸鱼儿》:"卷绣帘、梧桐秋院落,一霎雨添新绿。"

③吴文英《点绛唇》:"音尘断,画罗闲扇,山色天涯远。"

④史浩《花舞》:"叹尘寰,乌兔走,花谢花开能几许。"

⑤缕绣:汪刻本作"线缕"。

⑥王涣《惆怅诗十二首》之六:"薄幸檀郎断芳信,惊嗟犹梦合欢鞋。"

【汇评】

张秉戌《纳兰词笺注》:"此篇是为恋人而作,抑或是为友人而作,不明。词中所抒之'闲愁',即'懊恼离怀'之苦情,作者将此种情怀景物化。上片全为景语,过片点到离愁,结处又以景语出之。如此化情为景的手法是为此篇动人之妙处。"

望江南

咏弦月

初八月①,半镜上青霄②。斜倚画阑娇不语,暗移梅影过红桥③。裙带北风飘④。

【题解】

上弦之月,如半爿妆镜悬挂天空。月下娇人,伫立红桥,斜倚阑干,见月移梅花之影,任风吹裙带,默默无语。

①初八月：上弦月。

②梁简文帝《大同哀辞》："月半镜而开河，云罗柱而下岫。"

③赵长卿《鹧鸪天》："纱窗斜月移梅影，特地笼灯仔细看。"

④李端《拜月》："细语人不闻，北风吹裙带。"

【汇评】

施议对编选《纳兰性德集》："初八的月亮，有如半面明镜，悬挂云霄。月影变幻，一会儿像美人斜倚着画阑，娅姹含情，娇羞不语；一会儿暗中移动梅枝，越过红桥，悄然而去。北风吹拂，依稀可见，那飘飞的裙带。将月亮拟人化。无需凭借他物，只是状写过程，其姿态及神采自然涌现。一种白描手段，所谓当行出色，即此之谓也。"

百字令①

废园有感②

片红飞减，甚东风不语③，只催漂泊。石上胭脂花上露，谁与画眉商略。碧甃瓶沉④，紫钱钗掩⑤，雀踏金铃索。韶华如梦，为寻好梦担阁。　　又是金粉空梁⑥，定巢燕子，一口香泥落⑦。欲写华笺凭寄与，多少心情难托。梅豆圆时，柳棉飘处，失记当时约。斜阳冉冉⑧，断魂分付残角。

【题解】

词人来到废园，四处衰红败绿，枯井布满苔藓，惟有飞来飞去、叽叽喳喳的鸟雀，才给这片荒芜的园地带来一丝生机，这让他有韶华如梦、似水流年之感。柳絮飞舞，梅子青如豆，当日与友人的约定也已成空。他想把自己的感触写给对方，却又不知从何说起，断角残垣中，只好把一腔落寞寄与斜阳。

【注释】

①百字令:《瑶华集》等作"念奴娇"。

②副题《瑶华集》无"有感"二字。

③甚东风:《瑶华集》作"正东风",《百名家词钞》作"任东风"。

④瓶:汲水之瓶。崔备《清溪路中寄诸公》:"别来无信息,可谓井瓶沉。"

⑤紫钱:苔藓。李贺《过华清宫》:"云生朱络暗,石断紫钱斜。"

⑥空梁:《瑶华集》作"梁空"。

⑦一口:《瑶华集》作"一点",《国朝词综》作"满地"。陈亮《虞美人》:"水边台榭燕新归,一口香泥湿带落花飞。"

⑧赵以夫《龙山会》:"黯销魂,斜阳冉冉,雁声悲苦。"

【汇评】

黄天骥《纳兰性德和他的词》:"诗人凭吊一个荒废的庭院,情怀索莫。那一片衰败的景象,使他倍感凄凉。他想把自己的心情,告诉那离开了的朋友,但觉得书信难以表达衷曲,何况,分手时的话语,不知不觉地忘记了,不知对他说些什么才好。这首词,诗人极写庭院冷落,极写对庭院主人的怀念,同时又隐藏对人生的看法,隐藏着对兴废盛衰的悲哀。"

盛冬玲《纳兰性德词选》:"入废园,忆旧情,在荒芜丛中凭吊往时踪迹,顿觉韶华如梦,而早年的爱情也正像久已消失的好梦那样不可追寻。这一阕《念奴娇》以'废园有感'为题,表现一种强烈的失落感,是容若慢词中颇负盛名的作品。"

百字令①

人生能几,总不如休惹、情条恨叶②。刚是尊前同一笑③,又到别离时节。灯地挑残④,炉烟蒸尽,无语空凝咽⑤。一天凉露,芳魂此夜偷接⑥。　　怕见人去楼空,柳枝无恙,犹扫窗间月。无分暗香深处住⑦,悔把兰襟亲结。尚暖檀痕,犹寒翠影,触绪添悲切。愁多成病,此愁知向谁说。

【题解】

词写情人分离时的复杂心情。人生短暂,而快乐的日子尤为紧促。倘若情动于中,有所牵挂,更感觉时光如梭。似乎是刚刚聚首,就又到了匆匆话别的时刻。炉烟散尽,残灯将灭,已经没有停留的借口。执手相看,无语凝噎,泪眼蒙眬。既然有缘无分,当初真不该投入款款深情,致使胶漆难分。更令人心悸的是,从此人去楼空,惟有窗间明月与扶疏的柳条添悲惹绪,满腹的惆怅又能向谁说?

【注释】

①《昭代词选》、汪刻本作"念奴娇"。

②"总不如休惹、情条恨叶":汪刻本原校为"才一番好梦,烟云无迹"。洪璨《水龙吟》:"念平生多少,情条恨叶,镇长使、芳心困。"

③尊前同一笑:汪刻本原校为"心情凋落后"。王彦泓《续游十二首》之一:"又到尊前一笑同,屡萦经月断过同。"

④灯灺:灯烛将熄。吴伟业《萧史青门曲》:"花落回头往是非,更残灯灺泪沾衣。"

⑤柳永《雨霖铃》:"执手相看泪眼,竟无语凝噎。"

⑥史达祖《醉落魄》:"雨长新寒,今夜梦魂接。"

⑦暗香:张刻本、袁刻本作"香香",《昭代词选》作"和香"。

【汇评】

盛冬玲《纳兰性德词选》:"此词写别离之夜难舍难分的情景和怅恨愁苦的心情。词中'总不如休惹、情条恨叶'、'无分暗香深处住,悔把兰襟亲结'云云,正见笃于夫妇之爱的作者长隔闺帏的无可奈何的苦恼;官任侍卫,身不由己,所怨所悔,当于言外求之。"

沁园春

代悼亡①

梦冷蘅芜②,却望姗姗③,是耶非耶? 怅兰膏渍粉④,尚留犀合；金泥蹙绣，空掩蝉纱。影弱难持，缘深暂隔，只当离愁滞海涯。归来也，趁星前月底，魂在梨花。　　　鸾胶纵续琵琶⑤，问可及、当年萼绿华⑥。但无端摧折，恶经风浪；不如零落，判委尘沙。最忆相看，娇讹道字⑦，手剪银灯自泼茶。今已矣，便帐中重见，那似伊家。

【题解】

　　此词自是悼亡，极为幽怨凄暗。上片写梦醒时分的怅惋，以汉武帝思念李夫人之典，极写自己的惝恍迷离之感。梦中隐约见妻子姗姗而来，醒来依然迷迷糊糊，总觉得身边还散发着她的气息，抬眼望去，四处都是她留下的痕迹。也许她真的只是暂时远离，在星夜月下，回家来看望自己。下片以再婚后的失落，衬托对亡妻的痴情。身边纵然有了新人，就能忘记旧人吗？也许前妻的离去，说不定是更好的选择。否则留在这世间，遭受种种风波，更为痛苦。只是亡妻的一颦一笑，怎么也难以忘记。想一想这些年来的坎坷经历，又不免黯然，即使两人在帐中重见，也会感到陌生了。

【注释】

①汪刻本无"代悼亡"三字。

②蘅芜：香名。王嘉《拾遗记》卷五："（汉武）帝息于延凉室，卧梦李夫人授蘅芜之香。帝惊起，而香犹著衣枕，历月不歇。"

③《汉书·外戚传上·孝武李夫人》："上思念李夫人不已，方士齐人少翁言能致其神。乃夜张灯烛，设帷帐，陈酒肉，而令上居他帐，遥望见好如李夫人之貌，还幄坐而步。又不得就视，上愈益相思悲感，为作诗曰：'是邪非邪？立而望之，偏何姗姗其来迟？'"

④兰膏：一种润发的香油。温庭筠《张静婉采莲曲》："兰膏坠发红玉春，燕钗拖颈抛盘云。"渍粉，膏状的香粉。

⑤鸾胶：《海内十洲记·凤麟洲》载，西海中有凤麟洲，多仙家，煮凤喙麟角合煎作膏，能续弓弩已断之弦，名续弦胶，后多用以比喻续娶后妻。刘兼《秋夕书怀呈戎州郎中》："鸾胶处处难寻觅，断尽相思寸寸肠。"

⑥萼绿华:传说中的仙女名,自言为九嶷山中得道之女子罗郁。李商隐《重过圣女祠》:"萼绿华来无定所,杜兰香去未移时。"

⑦苏轼《浣溪沙》:"道字娇讹苦未成,未应春阁梦多情,朝来何事绿鬟倾。"

【汇评】

张秉戌《纳兰词笺注》:"这是一首悼亡之作。柔情绵渺,哀惋深致,凄清伤感,令人荡气回肠。……此篇可以说是诗人用血泪融铸的一首感人至为深切的作品。"

赵秀亭、冯统一《饮水词笺校》:"副题'代悼亡',通志堂本,张纯修本皆有之,必有据。以内容看,远不及《金缕曲·亡妇忌日有感》之真切动人。惟未悉所代者何人。"

东风齐著力

电急流光①,天生薄命,有泪如潮。勉为欢谑,到底总无聊。欲谱频年离恨,言已尽、恨未曾消。凭谁把、一天愁绪,按出琼箫。　　往事水迢迢,窗前月、几番空照魂销。旧欢新梦,雁齿小红桥②。最是烧灯时候③,宜春髻④、酒暖蒲萄。凄凉煞,五枝青玉⑤,风雨飘飘。

【题解】

词写离愁别绪。上片描绘百无聊赖的心情。光阴似箭,转眼分离多年,独处无精打采,强作欢悦总觉无聊。连抒写离愁也提不起兴致,因为万般话语都已说尽,心中的愁绪没有丝毫消解。下片抚今追昔,以昔日之欢快写当下之凄凉,倍增哀伤。宜春髻,葡萄酒,小红桥上鱼龙飞舞,极是人间乐事;五枝青玉,风雨飘摇,其景也哀。

①江总《置酒高楼》："盛时不再得，光景驰如电。"

②雁齿：桥的台阶。张先《破阵乐·钱塘》："雁齿桥红，裙腰草绿，云际寺、林下路。"

③烧灯时候：元宵节。蒋捷《绛都春》词："归时记约烧灯夜。早拆尽、秋千红架。"

④宜春髻：旧时春日妇女所梳的髻，即将"宜春"字样贴在彩胜上。宗懔《荆楚岁时记》："立春之日，悉剪彩为燕，戴之，贴'宜春'二字。"

⑤五枝青玉：一干枝五枝的花灯。《西京杂记》："高祖初入咸阳宫，周行府库，金玉珍宝，不可称言。其尤惊异者，有青玉五枝灯，高七尺五寸，下作盘龙，作蟠螭，以口衔灯。灯燃，鳞甲皆动。"

【汇评】

张秉戍《纳兰词笺注》："这首词可以说是作者用血泪滴洒而成的，其伤感之苦情，灼人心脾。"

摸鱼儿

午日雨眺①

涨痕添、半篙柔绿，蒲梢荇叶无数。台榭空濛烟柳暗②，白鸟衔鱼欲舞。红桥路③，正一派、画船箫鼓中流住④。呕哑柔橹，又早拂新荷，沿堤忽转，冲破翠钱雨。　　兼葭渚，不减潇湘深处。霏霏漠漠如雾，滴成一片鲛人泪⑤，也似汨罗投赋⑥。愁难谱，只彩线、香菰脉脉成千古⑦。伤心莫语，记那日旗亭⑧，水嬉散尽，中酒阻风去。

【题解】

词写端午节雨中眺望的感触。上片写雨中景色,颇富诗情画意,新荷、画船、红桥一一掠过,生机盎然。下片扣住端午,由后人的怀念隐约透露出一丝愁绪。

【注释】

①午日:五月初五端午节。

②台榭空濛烟柳暗:汪刻本等作"空濛台榭烟丝暗"。

③红桥路:汪刻本等作"桥外路"。

④中流住:张刻本作"中流柱"。

⑤张华《博物志》卷九:"南海外有鲛人,水居如鱼,不废织绩。……从水出,寓人家,积日卖绢。将去,从主人索一器,泣而成珠满盘,以与主人。"

⑥《汉书·贾谊传》:"谊既以适去,意不自得,及渡湘水,为赋以吊屈原。"

⑦《古今事物考》:"《续齐谐记》曰:'屈原五月五日投汨罗江死,楚人哀之,每贮米竹筒投祭。'汉建武中,长沙欧回见一人自称三闾大夫,曰:'常苦蛟龙所窃,更有惠者,以楝叶塞筒,五彩丝缚之,则蛟龙所惮也。世以菰叶黏米,今粽子是也。'"

⑧旗亭:酒肆。

【汇评】

赵秀亭、冯统一《饮水词笺校》:"此阕写都中午日,多言水上事,约略为什刹海附近风光。"

相见欢

落花如梦凄迷①,麝烟微②,又是夕阳潜下小楼西。愁无限,消瘦尽,有谁知?闲教玉笼鹦鹉念郎诗③。

落花时节,芳草凄迷。画堂深处,麝烟袅袅。闺中人每到春来,惆怅依旧,独立小楼,日渐消瘦。念及情人远在他乡,音容渺茫,唯有教鹦鹉共吟欢郎之诗,聊解心中相思之苦。

【注释】

①谢懋《蓦山溪》:"愁里见春来,又只恐、愁催春去。惜花人老,芳草梦凄迷,题欲遍,琐窗纱,总是伤春句。"

②顾敻《临江仙》:"画堂深处麝烟微。屏虚枕冷,风细雨霏霏。"

③柳永《甘草子》:"奈此个、单栖情绪。却傍金笼共鹦鹉,念粉郎言语。"

【汇评】

林花榭《读词小笺》:"柳耆卿:'却傍金笼教鹦鹉,念粉郎言语。'纳兰性德本之曰:'闲教玉笼鹦鹉念郎诗。'一艳丽,一淡雅,意趣自觉不同。"

黄天骥《纳兰性德和他的词》:"这首词写楼头思妇的愁闷。落花如梦,春天过了;夕阳西下,一天又过去了。她一直在孤独地等待。闲得无聊,便教鹦鹉念他留下的诗。最后一句,生动地表现出思妇的心理状态。"

锦堂春①

帘际一痕轻绿②,墙阴几簇低花。夜来微雨西风软③,无力任欹斜。　　仿佛个人睡起,晕红不著铅华④。天寒翠袖添凄楚⑤,愁近欲栖鸦⑥。

【题解】

容若词赋秋海棠者有三。前两者或赠人,或思家,皆为托物言志之作。此首则接近赋体,意在描摹海棠花本身形态,似无寄托。上片说海棠开在无人关注的墙阴之处,在微雨西风中,显得那样柔弱。下片说海棠娇弱的情态,似不施粉黛的美人,刚刚从睡梦中醒来不胜娇羞的样子,在这日暮天寒时分,更让人怜惜。

【注释】

①锦堂春:张刻本作"乌夜啼"。另,张刻本等有副题作"秋海棠"。

②帘际一痕轻绿:汪刻本作"帘外淡烟一缕"。

③西风软:汪刻本作"西风里"。

④惠洪《冷斋夜话》:"东坡《海棠》诗云:'只恐夜深花睡去,更烧银烛照红妆。'事见《太真外传》曰:'明皇登沉香亭,召太真。妃子时卯酒未醒,命力士使侍儿扶掖而至。妃子醉韵残妆,钗横鬓乱,不能再拜。'明皇笑曰:'是岂妃子醉,直海棠睡未醒耳。'"

⑤杜甫《佳人》:"天寒翠袖薄,日暮倚修竹。"

⑥白居易《冬日平泉路晚归》:"山路难行日易斜,烟村霜树欲栖鸦。"

【汇评】

张秉戌《纳兰词笺注》:"上片写花之色泽形貌,及其风雨凄凉的境遇。下片以人拟花,进一步刻画花之风采神韵。通篇深寓了孤凄无聊的情怀。"

忆秦娥

春深浅①,一痕摇漾青如剪。青如剪。鹭鸶立处,烟芜平远。　　吹开吹谢东风倦,缃桃自惜红颜变②。红颜变。兔葵燕麦③,重来相见。

【题解】

平芜尽处,春色荡漾,与天相连。桃红柳绿,景色如昔,让词人深感惆怅。

【注释】

①李持正《明月逐人来》:"星河明淡,春来深浅,红莲正满城开遍。"

②陈允平《恋绣衾》:"缃桃红浅柳退黄,燕初来、宫漏渐长。"

③刘禹锡《再游玄都观绝句·引》:"重游玄都,荡然无复一树,唯兔葵

燕麦,动摇于春风耳。"

【汇评】

张秉戍《纳兰词笺注》:"这首词的结穴处意含悠然令人深思。作者用刘禹锡玄都观诗之典实,暗透了今昔之感和不胜身世的孤往之情,耐人玩味。"

忆秦娥

　　长飘泊,多愁多病心情恶①。心情恶。模糊一片,强分哀乐。　　拟将欢笑排离索②,镜中无奈颜非昨。颜非昨。才华尚浅,因何福薄。

【题解】

　　词言其灰暗心情。上片说因多病多愁,再加上多年漂泊,所以情绪低落,即使想强作欢笑,也无甚滋味。下片说眼看韶华流逝,岁月虚掷,极为焦虑。最后自我解嘲,说自己并非才华超绝之人,为何也命运多舛呢?

【注释】

①柳永《安公子》:"当此好天好景,自觉多愁多病,行役心情厌。"

②陆游《钗头凤》:"东风恶,欢情薄,一怀愁绪,几年离索。"

【汇评】

张秉戍《纳兰词笺注》:"福薄二字是为感慨所在。'多愁多病'之身,长年飘泊之境,朱颜衰败之景,种种不如意事如此,遂令'心情恶',尽管'拟将欢笑'来排遣索寞难耐的离愁别绪,但奈何日月蹉跎,人生易老,故而只有自叹自恨福薄了!"

减字木兰花

　　烛花摇影,冷透疏衾刚欲醒。待不思量①,不许孤眠不断肠。   茫茫碧落②,天上人间情一诺③。银汉难通④,稳耐风波愿始从。

【题解】

词为悼亡而作。寒夜孤眠,难耐凄清。夜半时候惊醒,睡眼惺忪,见室内灯影明灭,不禁顿感凄凉,不知不觉思念起往日同枕的爱侣。但愿人间天上,终有相聚之日。倘若能同至牵牛织女之家,哪怕银河风波险恶,也要乘槎而上。

【注释】

①白居易《夜雨》:"肠深解不得,无夕不思量。况此残灯夜,独宿在空堂。"又苏轼《江城子》:"十年生死两茫茫。不思量,自难忘。"

②白居易《长恨歌》:"上穷碧落下黄泉,两处茫茫皆不见。"

③白居易《长恨歌》:"但教心似金钿坚,天上人间会相见。"

④王昌龄《萧驸马宅花烛》:"可怜今夜千门里,银汉星回一道通。"

【汇评】

张秉戍《纳兰词笺注》:"纳兰悼亡之作很多,本篇虽未标出,但显然又是一首怀念亡妻的作品。上片写冷夜孤眠,思量断肠的痛苦。下片点明与亡妻已是天上人间,生死异路,又痴情渴盼能够相逢重聚。悱恻低回,缠绵凄绝。结处尤为精采,他对亡妻的深情真可谓痴迷彻骨了。"

减字木兰花

断魂无据①,万水千山何处去②。没个音书③,尽日东风上绿除。   故园春好④,寄语落花须自扫。莫更伤春⑤,同是恹恹多病人。

【题解】

词为两地书。上片写妻子的哀怨。春风已绿小庭院,触目尽是惨红愁绿,春思渐浓,芳心不定。想起情郎一去,从此杳无音讯,不知千山万水,何处去寻觅他的踪迹,连梦魂也彷徨无依。下片写丈夫的劝慰。羁留他乡,见江上绿杨,芳草萋萋,顿有乡关之思,与妻子一样柔肠寸断。此时此刻,想必故园定是草长莺飞,花红柳绿,春意益然,这让他梦魂飞绕。可惜自个身不由己,不能早归家,与妻子同扫落花。不过,既然知晓对方都牵挂着自己,或许就不会那么伤感了。

【注释】

①万俟咏《卓牌儿》:"断魂凝伫。嗟不似飞絮。闲闷闲愁,难消遣、此日年年意绪。无据。奈酒醒春去。"

②高骈《入蜀》:"万水千山音信希,空劳魂梦到京畿。"

③柳永《定风波》:"恨薄情一去,音书无个。"

④吴潜《如梦令》:"江上绿杨芳草。想见故园春好。一树海棠花,昨夜梦魂飞绕。"

⑤莫更:汪刻本等作"莫恨"。

【汇评】

张秉戌《纳兰词笺注》:"这首词写法奇妙,像是夫妇书信往来问答。上片以闺中妻子的口吻说相思。下片以远行在外丈夫的口吻嘱对,说他与妻子一样地相思着。全用白描,明白如话,但真情弥满,十分感人。"

张草纫《纳兰词笺注》:"下片四句是丈夫来信劝慰妻子之词。"

减字木兰花

花丛冷眼①,自惜寻春来较晚②。知道今生,知道今生那见卿。　　天然绝代,不信相思浑不解。若解相思,定与韩凭共一枝③。

【题解】

词写相逢恨晚、无缘厮守之怅恨。上片说他长期以来,取次花丛,漫不经心,是因为一直没有找到令他倾心之人。曾经以为这样清冷平淡的生活会永远继续下去,没有想到今生今世会碰见你。痛苦的是相见已晚,恨不相逢未嫁之时。下片说他明知无缘,却不愿放弃。在他看来,两人真是"一生一代一双人",怎能"相思相望不相亲"呢?他不相信对方全然不理解这一片痴情,如果真为这情感所动,虽然活着的时候有缘无份,可以在死后如韩凭夫妇那样相爱相拥,长相厮守。

【注释】

①元稹《离思五首》之四:"取次花丛懒回顾,半缘修道半缘君。"又顾贞观《烛影摇红·立春》:"负却韶光,十年冷眼花丛里。"

②于邺《扬州梦记》:"太和末,牧自御史出佐宣州幕,虽所至辄游,终无属意。因游湖州,得鸦头女子十余岁,惊为国色。因语其母,将接至舟中,母女皆惧。牧曰:'且不即纳,当为后期,吾不十年,必守此郡。不来,乃从尔所适。'母许诺,为盟而别。故牧归,颇以湖州为念。……大中三年,始授湖州刺史,则已十四年矣。所约者已从人三载,而生二子。牧乃为诗曰:'自是寻春去较迟,不须惆怅怨芳时。狂风落尽深红色,绿叶成荫子满枝。'"

③干宝《搜神记》卷十一:"宋康王舍人韩凭,娶妻何氏,美,康王夺之。凭怨,王囚之,沦为城旦。……俄而凭乃自杀。其妻乃阴腐其衣,王与之登台,妻遂自投台下,左右揽之,衣不中手而死。遗书于带曰:'王利其生,妾利其死,愿以尸骨赐凭合葬。'王怒,弗听,使里人埋之,冢相望也。王曰:'尔夫妇相爱不已,若能使冢合,则吾弗阻也。'宿昔之间,便有大梓木生于二冢之端,旬日而大盈抱,屈体相就,根交于下,枝错于上。又有鸳鸯雌雄各一,恒栖树上,晨夕不去,交颈悲鸣,音声感人。宋人哀之,遂号其木曰'相思树'。"

【汇评】

张秉戌《纳兰词笺注》:"这首词大概是为某意中人而作。上片言苦恨相逢太晚。下片说与她难成佳配,于是怅恨绵绵。此篇虽是写爱情的失意,但不像作者其他爱情之作那样伤感。这在纳兰词中也是少见的。"

减字木兰花

从教铁石①，每见花开成惜惜②。泪点难消，滴损苍烟玉一条③。　　怜伊大冷，添个纸窗疏竹影。记取相思，环佩归来月上时④。

减字木兰花

新　月

晚妆欲罢，更把纤眉临镜画。准待分明，和雨和烟两不胜^①。 莫教星替^②,守取团圆终必遂。此夜红楼,天上人间一样愁。

【题解】

词咏新月。上片由新月形状,联想到其如美人之弯眉;再有新月之朦胧,写其在烟雨之中更显凄迷,令人不胜怅然。下片说新月虽亏,终有团圆之日,天上人间共期待着这一时刻的莅临。学者或以为悼念亡妻,可备一说。

【注释】

①郑谷《江梅》:"和雨和烟折,含情寄所思。"

②李商隐《李夫人三首》之一:"一带不结心,两股方安髻。惭愧白茅人,月没教星替。"

【汇评】

赵秀亭、冯统一《饮水词笺校》:"词上片写新月,新月如眉,遂思及亡妻。下片示无心再娶,幻想与亡妻尚有再见之日。揆性德诸词,继娶官氏似非主动,且至少在卢氏卒三年后。"

海棠春

落红片片浑如雾,不教更觅桃源路^①。香径晚风寒,月在花飞处。 蔷薇影暗空凝贮^②。任碧飐、轻衫萦住。惊起早栖鸦,飞过秋千去。

【题解】

刘晨、阮肇入天台山桃源洞,与仙女悠然生活于世外。词人亦有此奢望,想与心上人避居于桃源中。可是片片飞舞的落红,遮断了桃源路。月下徘徊的他,望着摇曳的花枝,心中有说不尽的惆怅。

①桃源有两出处,或出于陶渊明《桃花源记》,或出于《幽明录》载刘晨、阮肇入天台桃源洞。据词中所言"香径"等,当与后者相关。

②凝贮:汪刻本等作"凝伫"。

【汇评】

黄天骥《纳兰性德和他的词》:"暮春的月夜,诗人等待着他所爱的人,可是一直没有等到。全词以'空凝伫'三字为眼,意境含蓄。"

少年游

算来好景只如斯,唯许有情知。寻常风月,等闲谈笑,称意即相宜。 十年青鸟音尘断①,往事不胜思。一钩残月照,半帘飞絮,总是恼人时。

【题解】

这是词人回忆往日情事时的感喟,如脱口而出,洞彻心扉。时过境迁,多年以后再慢慢寻思,词人发现,所谓的温馨甜蜜,其实也无非是日常生活中的琐碎小事,一觞一饭,一颦一笑,诸如此类而已。只要是心意相通,就能感受到幸福。可惜这样的日子终不能长久,分别已经十年,往事还是不断涌上心头。残月、飞絮,当日的点点滴滴,"一处所,一物候",总勾起伤心的回忆。

【注释】

①青鸟:神话传说中为西王母取食、传信的神鸟,后指信使。李璟《摊破浣溪沙》:"青鸟不传云外信,芭蕉空结雨中愁。"

【汇评】

林花榭《读词小笺》:"纳兰容若《少女游》云:'寻常风月,等闲笑谈,称意即相宜。'《鹧鸪天》云:'休嗟髀里今生肉,努力春来自种花。'皆是真情流露语。"

忆王孙

暗怜双紃郁金香①,欲梦天涯思转长。几夜东风昨夜霜②,减容光③,莫为繁花又断肠。

【题解】

袜儿成双结对,人却茕茕孑立,思念便不可遏制。连续几夜东风,繁花又将凋零,闺中人自然粉泪盈盈,柔肠寸断。

【注释】

①紃:袜子。

②佚名《鹧鸪天》:"新月光寒昨夜霜,三年不一奉瑶觞。"

③太原妓《寄欧阳詹》:"自从别后减容光,半是思郎半恨郎。"

【汇评】

张秉戍《纳兰词笺注》:"见到成双成对的郁金香便生起怀人之情,但几夜的风霜又使美丽的花消褪了容光,故而不要再为花残而增添烦恼了。小词以淡语出之,平浅中见深婉,自然入妙。"

卜算子

五　日①

村静午鸡啼,绿暗新阴覆。一展轻帘出画墙,道是端阳酒。　　早晚夕阳蝉,又噪长堤柳。青鬓长青自古谁②,弹指黄花九③。

卜算子

咏　柳①

　　娇软不胜垂②，瘦怯那禁舞③。多事年年二月风，剪出鹅黄缕④。　　　一种可怜生，落日和烟雨。苏小门前长短条⑤，即渐迷行处。

【注释】

①副题《昭代词选》等作"新柳"，张刻本无。

②唐彦谦《寄怀》："梅向好风惟是笑，柳因微雨不胜垂。"

③华岳《瑞鹧鸪》："梅花体态香凝雪，杨柳腰肢瘦怯风。"

④贺知章《咏柳》："不知细叶谁裁出，二月春风似剪刀。"

⑤苏小：苏小小。温庭筠《杨柳枝八首》之三："苏小门前柳万条，毵毵金线拂平桥。黄莺不语东风起，深闭朱门伴细腰。"

【汇评】

黄天骥《纳兰性德和他的词》："词以'新柳'为题。表面上，作者描绘一株娇嫩柔弱的柳树，其实以柳喻人。意境相当优雅含蓄。"

满江红

为问封姨①，何事却、排空卷地。又不是、江南春好，妒花天气②。叶尽归鸦栖未得，带垂惊燕飘还起③。甚天公、不肯惜愁人，添憔悴。　　搅一霎，灯前睡。听半响，心如醉。倩碧纱遮断，画屏深翠。只影凄清残烛下，离魂飘缈秋空里。总随他、泊粉与飘香，真无谓。

【题解】

词写塞北风中涌现的思家情怀。塞上秋风呼啸而至，排空卷地，让词人颇感纳闷：江南的风雨，是嫉妒春暖花开；塞北的狂风，为何而来呢？莫非是为了扫尽落叶让寒鸦无枝可栖，还是故意搅乱离人灯前的乡梦，使他更加憔悴？不过，好在离魂还可以乘此秋风而去。

【注释】

①封姨：风神。谷神子《博异志·崔玄微》载，唐天宝中，崔玄微于春季月夜，遇美人绿衣杨氏、白衣李氏、绛衣陶氏、绯衣小女石醋醋和封家十八姨。后崔乃悟诸女皆花精，而封十八姨乃风神。

②方千里《风流子》:"看恋柳烟光,遮丝藏絮,妒花风雨,飘粉吹香。"

③梁绍壬《两般秋雨盦随笔·惊燕》:"凡画轴製裱既成,以纸二条附于上,若垂带然,名曰'惊燕'。其纸条古人不粘,因恐燕泥点污,故使因风飞动以恐之也。见高江邨《天禄识余》。"

【汇评】

谢桃坊评注《满江红》(《中国历代词分调评注》):"构思纤巧细腻,词意模糊凄迷。风声瑟瑟,势欲扫尽人间一切美好景物,而在夜间给愁人带来别恨与相思,无法排遣。这暗示了一种强暴的力量肆虐地摧毁着主体所珍贵的情感。它缠绵俳侧,诚挚深厚,然而相比之下却又是显得那么脆弱。词人敏锐的感觉与丰富的想象幻化成谜一样的作品。"

诉衷情

冷落绣衾谁与伴,倚香篝①。春睡起②,斜日照梳头。欲写两眉愁③,休休。远山残翠收,莫登楼。

【题解】

词写闺中少妇之春愁。春日迟迟,闺中空寂。衾单枕虚,无人与共。鬓云散乱,斜倚熏笼。夜半辗转难眠,白日慵懒无聊,午后长睡,起来无心梳妆。夕阳西下,寒山远翠,想到良人更在春山之外,自然愁上眉头而怕登高楼。

【注释】

①香篝:熏笼。俞国宝《风入松》:"下帏独拥香篝睡,春城外、玉漏声遥。"

②欧阳炯《西江月》:"镜中重画远山眉,春睡起来无力。"

③晏几道《少年游》:"有人凝澹倚西楼。新样两眉愁。"

【汇评】

盛冬玲《纳兰性德词选》:"此词写思妇春日无聊的情状。虽然着墨不多,但形象生动,呼之欲出。"

水调歌头

题西山秋爽图

空山梵呗静①,水月影俱沉。悠然一境人外,都不许尘侵。岁晚忆曾游处,犹记半竿斜照,一抹界疏林②。绝顶茅庵里③,老衲正孤吟。　　云中锡④,溪头钓,涧边琴。此生著几两屐⑤,谁识卧游心⑥。准拟乘风归去,错向槐安回首⑦,何日得投簪⑧。布袜青鞋约⑨,但向画图寻。

【题解】

词为题画之作。上片写所画之景。斜晖脉脉,山林萧疏,绝顶之上,一孤僧悠然闲坐,与尘世似乎没有半点牵连。下片写词人的感触。老僧闲云野鹤般的生活,让他无限向往。他也希望能够乘风而去,摆脱尘累,去享受恬淡平静的时光。

【注释】

①梵呗:僧人诵经之声。

②一抹界疏林:张刻本夺"界"字,袁刻本等作"一抹映疏林"。

③顾况《山僧兰若》:"绝顶茅庵老此生,寒云孤木伴经行。"

④锡:锡杖。

⑤《世说新语·雅量》:"祖士少好财,阮遥集好屐,并恒自经营,同是一累而未判其得失。人有诣祖,见料视财物……或有诣阮,见自吹火蜡屐,因叹曰:'未知一生当着几量屐。'神色闲畅。于是胜负始分。"几量屐,几双屐。

⑥卧游:欣赏山水图画。《宋书·宗炳传》:"有疾还江陵,叹曰:'老疾俱至,名山恐难遍睹,唯当澄怀观道,卧以游之。'凡所游履,皆图之于室。"

⑦槐安:槐安之梦,即南柯一梦。李公佐《南柯太守传》载,淳于棼饮酒

于古槐树下,醉后梦至槐安国,被招为驸马,任南柯太守三十年,极尽荣华。梦醒而见槐下有一大蚁穴,南枝有一小穴,即梦中之槐安国与南柯郡。

⑧投簪:弃官。苏轼《踏莎行》:"解佩投簪,求田问舍。黄鸡白酒渔樵社。"

⑨布袜青鞋:隐居。杜甫《奉先刘少府新画山水障歌》:"若耶溪,云门寺,吾独胡为在泥滓,青鞋布袜从此始。"

【汇评】

黄天骥《纳兰性德和他的词》:"纳兰性德委实是虔诚的佛教徒。他还以恬静的笔调描绘佛寺的清幽,向往虚空寂灭的境界。……词里说'何日得投簪',以践'布袜青鞋'之约,这也表明,他真希望有朝一日像画里入静的老僧那样,结庵于西山绝顶,享受着世外梵音。"

天仙子①

好在软绡红泪积②,漏痕斜冒菱丝碧③。古钗封寄玉关秋,天咫尺,人南北,不信鸳鸯头不白。

【题解】

此为山盟海誓之书,表白终身相守、决不分离之意。作者借乡关之思,表达了对爱妻的深情怀念,既于史无征,又与词中所"红泪"之典的官妓身份相去甚远。《昭代词选》曾有副题"古意",则是拟古之作,从《上邪》等脱化而来。"不信鸳鸯头不白"这一斩钉截铁的决绝之辞,分明是海枯石烂、此心永恒的誓言。有了这样的决心,即使春风不度的玉门关,也似咫尺之间,伸手可及,还有什么障碍能够隔断他们的情意呢?这不是用泪水浇透的缠绵软语,而是从心底发出的激情倾诉,所以似屋漏之痕,似古钗之态,一挥而成,草草写就。

【注释】

①《昭代词选》有副题"古意"。

②《丽情集》:"灼灼,锦城官妓也,善舞《柘枝》,能歌《水调》。御史裴质

与之善,后裴召还,灼灼以软绡聚红泪为寄。"毛滂《调笑令》:"憔悴,何郎地。密寄软绡三尺泪,传心语眼郎应记。"

③漏痕:屋漏之痕迹,与下句之"古钗"同指草书所写之字迹。陆羽《僧怀素传》:"至晚岁,太师颜真卿以怀素为同学邬兵曹弟子,问之曰:'夫草书于师授之外,须自得。张长史睹孤蓬、惊沙之外,见公孙大娘剑器舞,始得低昂回翔之状,未知邬兵曹有之乎?'怀素对曰:'似古钗脚,为草书竖牵之极。'颜公于是倘佯而笑,经数月不言其书。怀素又辞之去,颜公曰:'师竖牵学古钗脚,何如屋漏痕?'"

【汇评】

张秉戌《纳兰词笺注》:"《昭代词选》副题作《古意》。据词义确有拟古意味。但尽管浅叙白描,浑朴古拙,却不失情真意密。"

天仙子

月落城乌啼未了①,起来翻为无眠早。薄霜庭院怯生衣②,心悄悄③,红阑绕,此情待共谁人晓。

【题解】

词写寂寥之情。月落乌啼,夜来无眠。清晨早起,伫立于庭院,足履薄霜,凉意袭来,渐渐觉得夏衣不合时宜。季节将换,若有所失。"一日不见兮,我心悄悄",这是张玉娘为相思而踌躇;"山客心悄悄,常嗟岁序迁",这是寒山为滞留他乡而叹惋。词人"心悄悄",倚遍阑干,却是心中愁苦无人倾诉。

【注释】

①张继《枫桥夜泊》:"月落乌啼霜满天,江枫渔火对愁眠。"
②生衣:夏衣。王建《秋日后》:"立秋日后无多愁,渐觉生衣不著身。"
③寒山《诗三百首》之六十八:"山客心悄悄,常嗟岁序迁。"

【汇评】

张秉戌《纳兰词笺注》:"此篇表达了相思孤寂的情怀。小词空灵自然,全用白描,景情俱到,篇末点旨。"

天仙子

渌水亭秋夜①

水浴凉蟾风入衭②,鱼鳞蹙损金波碎③。好天良夜酒盈尊④,心自醉,愁难睡,西风月落城乌起。

【题解】

词写作者内心之惆怅。天是好天,夜是良夜,景是美景,还有满樽之酒,但词人愁闷难眠,听西风缠绵一宿,直至寒月落而城乌起。容若《渌水亭宴集诗序》曾言:"若使坐对亭前渌水,俱生泛宅之思,闲观槛外清涟,自动浮家之想。"其愁闷,抑或泛宅之思、浮家之想?

【注释】

①汪刻本无副题。

②周邦彦《过秦楼》:"水浴清蟾,叶喧凉吹,巷陌马声初断。"

③蹙损:袁刻本等作"触损"。白居易《东楼南望八韵》:"日脚金波碎,峰头钿点繁。"

④吕胜己《如梦令》:"可惜好春风,有酒无人同把。拚舍,拚舍,独醉好天良夜。"

【汇评】

黄天骥《纳兰性德和他的词》:"好天良夜,清风明月,使人心醉,但诗人却无法入睡。他对着月亮,从它升起到下坠。外界美妙的景色和诗人内心的愁闷,构成了鲜明的对比。"

浪淘沙

秋 思

霜讯下银塘①，并作新凉。奈他青女忒轻狂②，端正一枝荷叶盖，护了鸳鸯。　　燕子要还乡，惜别雕梁。更无人处倚斜阳，还是薄情还是恨，仔细思量。

【题解】

词写秋日离情。秋色已深，天气转凉，伫立池塘旁，见亭亭荷叶下鸳鸯成双，心中自是惆怅。霜冷风急，燕子也要还乡了，而自己惟有独立斜阳，默默无语，暗念故乡。仔细想来，竟然不知何故而羁留他方。

【注释】

①霜讯：霜信，霜期到来之消息。葛长庚《瑞鹤仙》："残蟾明远照，正一番霜讯，四山秋老。"银塘，清澄明净的池塘。柳永《如鱼水》："轻霭浮空，乱峰倒影，潋滟十里银塘。"

②青女：司霜雪之女神。《淮南子·天文训》："至秋三月……青女乃出，以降霜雪。"高诱注："青女，天神，青霄玉女，主霜雪也。"

【汇评】

施议对编选《纳兰性德集》："本词亦一悲秋之作。谓霜讯到达，银塘一带，并作新凉。青女轻狂，霜雪横陈。荷叶护盖下的鸳鸯，成双成对，处之泰然。这是上片。说鸳鸯。为布景。下片说燕子。谓惜别雕梁，何日还乡。于无人处，独倚斜阳。此时此刻，究竟是薄情，还是恨？须仔细想一想。这是下片。由当前景，联想到秋天以外的情事，为说情。题曰'秋思'，即于秋的情怀，将自身的身世之感打并入内，仍然不失为一可读作品。"

浪淘沙

清镜上朝云,宿篆犹熏。一春双袂尽啼痕①,那更夜来山枕侧②,又梦归人。　　花底病中身,懒约湔裙③。待寻闲事度佳辰④,绣榻重开添几线⑤,旧谱翻新⑥。

【题解】

此词写闺情。上片说闺中少妇夜来又梦见丈夫回家,醒来不胜伤感。看一看身上的衣衫,尽是这一春留下的泪痕。下片说她春来慵懒,万事提不起兴趣,湔裙等热闹的场合再也不想参与,只是独自一人在家中做做女红,以打发时光。

【注释】

①韦庄《小重山》:"罗衣湿,红袂有啼痕。"

②山枕:汪刻本作"孤枕"。顾夐《献衷心》:"金闺里,山枕上,始应知。"

③懒约湔裙:汪刻本作"懒画湘文"。湘文,丝织品。

④待寻闲事度佳辰:汪刻本作"藕丝裳带奈销魂"。

⑤重开:汪刻本作"定知"。

⑥旧谱翻新:汪刻本作"寂掩重门"。

【汇评】

张秉戍《纳兰词笺注》:"此篇也是借女子伤春伤离写作者之离恨的。词由景起,'一春'三句翻转折进,如此涉笔便更深透,更动人。'花底'以下是写其孤寂慵懒,并寻求排遣的无奈心情。词于平实率直中见真婉深致,且不乏情韵流羡。"

浪淘沙

双燕又飞还①,好景阑珊②。东风那惜小眉弯,芳草绿波吹不尽,只隔遥山。　　花雨忆前番,粉泪偷弹。倚楼谁与话春闲,数到今朝三月二③,梦见犹难。

【题解】

词为怀人之作。去年上巳之日,曾与欢郎一起度过了一个美妙的节日。今年眼看芳草凄凄,春意阑珊,她一天天数着日子,一直数到上巳节的前一天,去年的双燕都飞还了,而情郎还不知在何方。落花飘零之中,忆及前事,不禁粉泪盈盈。

【注释】

①晏几道《蝶恋花》:"双燕来时还念远。"

②李煜《浪淘沙》:"帘外雨潺潺,春意阑珊。"

③三月二:上巳节前一日。杜甫《丽人行》:"三月三日天气新,长安水边多丽人。"

【汇评】

张秉戍《纳兰词笺注》:"春将尽,春景将残,面对双燕飞还,芳草绿波,繁花零落的景象,她又深情地怀念起离人来了。此为本篇之旨。写法是为习见的上景下情。不过此篇之特色处是作者借'闺怨'的形式抒发自己的离愁罢了。"

浪淘沙①

　　眉谱待全删,别画秋山,朝云渐入有无间②。莫笑生涯浑似梦③,好梦原难。　　红咮啄花残,独自凭阑④,月斜风起袷衣单。消受春风都一例,若个偏寒⑤?

【题解】

月斜时分,独自凭栏,春风渐起,衣单人只,不禁感到丝丝凉意从心底生起。前人有言,风无雌雄。为什么他人如沐春风,而自己不胜凄寒呢?仔细想来,不是身寒,而是心寒。远山如黛,黛似秋山,含颦无限。巫山神女,因是梦中一厢情愿之事,为人嗤笑。但即使是梦,能够拥有它也是一种幸福。"直道相思了无益,未妨惆怅是清狂"。哪怕没有结局,总还有相思可以咀嚼。真正让人心寒的,是连梦都没做成,连相思也没有了。

【注释】

①浪淘沙:《昭代词选》作"浪淘沙令"。

②《文选》载宋玉《高唐赋序》云:"昔者楚襄王与宋玉游于云梦之台……梦见一妇人,曰:'妾,巫山之女也,为高唐之客。闻君游高唐,愿荐枕席。'王因幸之,去而辞曰:'妾在巫山之阳,高丘之阻,旦为朝云,暮为行雨,朝朝暮暮,阳台之下。'"

③李商隐《无题二首》之一:"神女生涯原是梦,小姑居处本无郎。"

④李煜《浪淘沙》:"独自莫凭阑,无限江山。别时容易见时难。"

⑤若个:哪个。李贺《南园十三首》其五:"请君暂上凌烟阁,若个书生万户侯。"

【汇评】

陈廷焯《云韶集》卷二十四:"妙在婉雅。凄婉不减古人。"

浪淘沙①

夜雨做成秋,恰上心头②,教他珍重护风流。端的为谁添病也③,更为谁羞④?　　密意未曾休,密愿难酬,珠帘四卷月当楼⑤。暗忆欢期真似梦⑥,梦也须留。

【题解】

秋雨缠绵,秋思正浓。佳人相思成疾,日益憔悴。可惜她一片痴情,却无法向对方倾诉。往日的情意未曾忘记,爱的心愿却难以实现。珠帘四卷,明月当楼,离人百无聊赖,早早上床独眠。当时的欢会,真如梦境一般。即使明知是梦,凄苦之极的她也宁愿留在梦里。

【注释】

①浪淘沙:《昭代词选》作"浪淘沙令"。

②"秋"在"心"上为"愁"字。吴文英《唐多令》:"何处合成愁,离人心上秋。"

③端的:究竟。添病,《古今词选》等作"成病"。

④更为:《古今词选》等作"却为"。

⑤李中《都下寒食夜作》:"自是离人睡长早,千家帘卷月当楼。"

⑥真似梦:《古今词选》等作"真是梦"。

【汇评】

唐圭璋《梦桐词话》卷二:"容若既笃於伉俪之情,故悼亡之词最哀痛。然观其词中,似别有爱恋之作……他如《浪淘沙》云'密意未曾休,密愿难酬',悔恨之意亦甚明,脱无所恋,何以仍谓'密愿难酬'。容若已有室,而又不能忘情于人,不忘惟亦无可奈何,只是徒唤'密愿难酬'。且容若并非不爱妻而爱他人。特既爱妻而又爱他人,此种心情冲突,此种难言之隐,或为终日愁病之一因也。"

浪淘沙

　　紫玉拨寒灰①,心字全非②,疏帘犹是隔年垂③。半卷夕阳红雨入④,燕子来时。　　回首碧云西,多少心期⑤,短长亭外短长堤。百尺游丝千里梦⑥,无限凄迷。

【题解】

　　佳人闲极无聊,用紫玉钗拨弄燃尽的香灰,心字的香灰被弄得一团糟,佳人的心也乱如麻。燕子来时,雨后清明,本是春光明媚,但佳人毫无喜悦之情。低垂帘幕,望日落日起,花开花谢,两眼凄迷。无数次的眺望,无数次的失望,良人依然远在千里之外,陪伴她的还是无穷无尽的思念。百尺游丝,系不住春晖,更系不住梦中之人,系住的只是她的春愁。

【注释】

①刘言史《长门怨》:"手持金箸垂红泪,乱拨寒灰不举头。"

②心字:心字香。黄机《沁园春》:"玉漏声沈,银潢影泻,殢酒犹烧心字香。"

③犹是:汪刻本作"犹自"。隔年垂,张刻本作"隔帘垂",袁刻本作"隔花垂"。

④李贺《将进酒》:"况是青春日将暮,桃花乱落如红雨。"

⑤卢祖皋《木兰花慢》:"正红叶漫山,清泉漱石,多少心期。"

⑥李弥逊《蝶恋花》:"百尺游丝当秀户,不系春晖,只系闲愁住。"

【汇评】

张秉戌《纳兰词笺注》:"写春怨可以有多种,本篇则是采用从对方落笔的手法,即写少妇于闺中索寞无聊,伤春伤情的形象。词之上片写她在室内百无聊赖的情景,下片写她所见的室外景象。结句'无限凄迷'与发端之'心字全非'相呼应,通篇情景浑融,凄迷动人。"

生查子①

短焰剔残花,夜久边声寂②。倦舞却闻鸡③,暗觉青绫湿④。　　　　天水接冥濛,一角西南白。欲渡浣花溪⑤,远梦轻无力⑥。

【题解】

此词或有副题"边声",词中又言"边声寂","边声"便成为解读是词的键辖。学者起初以为"边声"是词人亲耳所闻,则词中所言,是其身在边地而入夜徘徊,离忧难禁,惆怅难眠。嗣后,"边声"被认为是词人之虚拟,边地是其向往之地。词中又说"一角西南白",正点明了他想要去效力的地方,而其时恰逢三藩之乱。但"倦舞"一词,流出的倦怠之意,与塞外诸词中的情绪一致,实无踊跃之心。

【注释】

①《瑶华集》有副题"边声"。

②边声寂:《瑶华集》作"边声急"。

③倦舞:《瑶华集》作"未卧"。此句用祖逖闻鸡起舞事。

④暗觉:《瑶华集》作"惆怅"。青绫,青色的有花纹的丝织物,旧时或多用以制被服帷帐。庾信《谢赵王赉白罗袍袴启》:"永无黄葛之嗟,方见青绫之重。"

⑤欲渡浣花溪:《瑶华集》作"忽忆浣花人"。浣花溪,在四川成都西郊,为锦江支流,溪旁有杜甫草堂。

⑥远梦轻无力:《瑶华集》作"远梦浑无力"。

【汇评】

黄天骥《纳兰性德和他的词》:"远征的人,想念家乡。这词写他午夜无法入睡时的心情。下阕说边疆和家乡,相去千里,要望望不到,要梦也梦不到,情绪低落得很。"

盛冬玲《纳兰性德词选》:"这一阕写作者在边地深夜独处,面对残灯短焰,欲睡还醒的朦胧情态。上阕不言愁而愁苦自见,下阕如从梦乡思家下笔不免落于俗套,今竟以梦去浣花溪寻觅诗圣遗迹为言,真是诗人之思,诗人之语。"

赵秀亭、冯统一《饮水词笺校》:"时性德新举进士,亟欲立功疆场,屡请从戎,终未获允。赋闲在京,心中郁郁,每寄情于诗词。其诗如'平生纵有英雄血,无由一溅荆江水'(《送苏友》),即因荆楚战事作。此词则见其对川陕战场之关注,而请缨无路之慨,亦与诗同。"

生查子

散帙坐凝尘①,吹气幽兰并②。茶名龙凤团③,香字鸳鸯饼^④。　　　玉局类弹棋^⑤,颠倒双栖影。花月不曾闲,莫放相思醒。

【题解】

词写相思,极为浓艳,为花间余绪。龙凤、鸳鸯与双栖的鸟儿,正反衬着闺中人的孤单。这是深闺中的寂寞,玉局、香饼与名茶,都可以想见思念者的身份。

【注释】

①凝尘:聚积的尘土。《晋书·简文帝纪》:"帝少有风仪,善容止,留心典籍,不以居处为意,凝尘满席,湛如也。"

②郭宪《洞冥记》卷四:"帝所幸宫人名丽娟,年十四,玉肤柔软,吹气胜兰。"

③龙凤团:龙团凤茶,宋代贡茶。王辟之《渑水燕谈录·事志》:"建茶盛于江南,近岁制作尤精,龙凤团茶最为上品,一斤八饼。庆历中,蔡君谟为福建运使,始造小团以充岁贡,一斤二十饼,所谓上品龙茶者也。仁宗尤所珍惜,虽宰臣未尝辄赐,惟郊礼致斋之夕,两府各四人,共赐一饼。宫人剪金为龙凤花贴其上,八人分蓄之,以为奇玩,不敢自试,有嘉客,出而传玩。"

④鸳鸯饼:形似鸳鸯的焚香饼。

⑤玉局:棋盘。弹棋,古代一种博戏。李贤注《后汉书·梁冀传》引《艺经》曰:"弹棋,两人对局,白黑棋各六枚,先列棋相当,更先弹之。其局以石为之。"至魏改为十六棋,唐为二十四棋。后泛指弈棋。贺铸《南乡子》:"玉局弹棋无限意,缠绵,肠断吴蚕两处眠。"

【汇评】

黄天骥《纳兰性德和他的词》:"纳兰性德生活在富贵尊荣的环境中,自然可以享尽人间奢华。这一点,他在词里也有提及。像说'散帙坐凝尘……'你看,这年青诗人泡在温柔乡里,连字里行间也沾惹着脂香粉气。"

酒泉子①

谢却荼蘼②，一片月明如水。篆香消，犹未睡，早鸦啼。　　嫩寒无赖罗衣薄，休傍阑干角。最愁人，灯欲落，雁还飞。

【题解】

词写闺中寂寥之感，颇为凄婉。荼蘼花谢，春天已然成为过去。月明如水，搅得人无法安睡。罗衣轻纱，独依阑干，望极天涯。天渐晓，人无眠。

【注释】

①《瑶华集》有副题"无题"。

②荼蘼：春末夏初开花，凋谢后即表示花季的结束。王淇《春暮游小园》："开到荼蘼花事了，丝丝夭棘出莓墙。"

【汇评】

陈廷焯《词则·闲情》卷三："情词凄婉，似韦端己手笔。"

凤凰台上忆吹箫

守　岁①

锦瑟何年②，香屏此夕，东风吹送相思。记巡檐笑罢③，共捻梅枝。还向烛花影里④，催教看、燕蜡鸡丝⑤。如今但、一编消夜⑥，冷暖谁知。　　当时，欢娱见惯，道岁岁琼筵，玉漏如斯。怅难寻旧约，枉费新词。次第朱幡剪彩，冠儿侧、斗转蛾儿⑦。重验取、卢郎青鬓⑧，未觉春迟。

词写守岁时所感。上片先回忆往日与他人共同守岁时的温馨场面:手捻着梅花,穿梭于屋檐下;烛花影里,品评各种节日食品。如今独自一人,手持书一卷,坐待天明。下片说自己曾经以为这样的日子会一直延续下去,可既相暌违,旧约成空。不过,转眼即是元宵,到那时重新相聚,亦未为太迟。

【注释】

①《国朝词综》无副题。

②李商隐《锦瑟》:"锦瑟无端五十弦,一弦一柱思华年。"

③巡檐:来往于檐前。杜甫《舍弟观赴蓝田取妻子到江陵喜寄》之二:"巡愉索共海花笑、冷蕊疏枝半不禁。"

④烛花:《国朝词综》作"灯花"。韩淲《鹊桥仙》:"黄昏楼上,烛花影里,拼得那回滋味。"

⑤瞿祐《四时宜忌·正月事宜》谓:"洛阳人家,正月元日造丝鸡、蜡燕、粉荔枝。"

⑥一编:张刻本作"一遍"。王彦泓《灯夕悼感》:"痛逝无心走月明,一编枯坐过三更。"

⑦"冠儿侧、斗转":《国朝词综》作"重帘畔、又转。"康与之《瑞鹤仙·上元应制》:"风柔夜暖,花影乱笑声喧。闹蛾儿、满路成团打块,簇着冠儿斗转。"蛾儿,古代妇女于元宵节前后插戴在头上的剪彩小帽之类的应时饰物。

⑧钱易《南部新书》:"卢家有子弟,年已暮犹为校书郎,晚娶崔氏女,崔有词翰,结褵之后,微有慊色。卢因请诗以述怀为戏,崔立成诗曰:'不怨卢郎年纪大,不怨卢郎官职卑。自恨妾身生较晚,不见卢郎少时。'"

【汇评】

张秉戌《纳兰词笺注》:"从词题看是写节序,但作者的真旨仍是抒发怀人的伤感之作。上片侧重写往年守岁时欢娱的情景,'如今'二句转写今日孤独之感。过片承上片落句,伸续对往年旧事情景难寻的痛悔之情。接下去转入此时心境和眼前之景的描绘,如此便更突出了物是人非的悲慨。最后之落句意蕴悠然,可令人深长思之了。"

好事近

帘外五更风①,消受晓寒时节。刚剩秋衾一半②,拥透帘残月。　　争教清泪不成冰,好处便轻别③。拟把伤离情绪,待晓寒重说。

【题解】

词写由秋日乍寒引起的伤离情怀。所谓秋夜冰冷的被子刚好多出了一半,即指伊人孤枕独眠。她听着帘外萧瑟的寒风,愈发感到晓寒难耐,于是拥衾而坐,望着帘外的残月,一行清泪滑落下来。"算人生,悲莫悲于轻别。"(柳永《倾杯乐》)她只期待,下一个晓寒时分,她能与爱人双拥而坐,慢慢诉说今日别离的凄苦。

【注释】

①佚名《浪淘沙》:"帘外五更风,吹梦无踪。"

②佚名《洞仙歌》:"银缸挑尽,纱窗未晓,独拥寒衾一半。"

【汇评】

张秉戌《纳兰词笺注》:"此篇所抒大约是与妻子乍离之后的伤感。凄厉孤单,深婉哀怨之至。"

霜天晓角

重来对酒,折尽风前柳。若问看花情绪,似当日、怎能够①。　　休为西风瘦②,痛饮频搔首。自古青蝇白璧③,天已早、安排就。

词为劝解遭受冤屈的友人而作。友人蒙受不白之冤，含恨远去，词人置酒送别，折柳而赠。虽然再度举杯共饮，兴致不同往日高扬，但也不必就此沉沦。自古以来，青绳白璧，黑白倒置，已屡见不鲜。容若劝慰友人说，这些委曲，算来只是上天对你的磨砺。

【注释】

①佚名《尉迟杯》："把酒看花，无言有泪，还是那时情绪。"

②李清照《醉花阴》："莫道不消魂，帘卷西风，人似黄花瘦。"

③青蝇白璧：喻遭小人谗谤。刘向《九叹·怨思》："若青蝇之伪质兮，晋骊姬之反情。"王逸注："青蝇变白使黑，变白使黑，以喻谗佞。"陈子昂《宴胡楚真禁所》："青蝇一相点，白璧遂成冤。"

【汇评】

黄天骥《纳兰性德和他的词》："这是一首送别的词。友人被诬陷，不得不离去，诗人在安慰友人时，又为之愤愤不平。"

明月棹孤舟

海　淀①

一片亭亭空凝伫，趁西风、霓裳遍舞②。白鸟惊飞，菰蒲叶乱，断续浣纱人语③。　　丹碧驳残秋夜雨，风吹去、采菱越女。辘轳声断④，昏鸦欲起，多少博山情绪⑤。

【题解】

词写秋日于海淀眺望荷塘时所感。词中结合视野所及，多化用前人歌咏荷花名句，自然贴切。上片写秋风吹起，亭亭玉立的荷叶随风飘舞。下片由残驳的荷叶，联想到了采莲的江南，又想起了南去的佳人。

【注释】

①海淀:今北京西北郊。吴长元《宸垣识略》:"自怡园在海淀,大学士明珠别墅。"

②卢炳《满江红》:"倚翠盖、临风一曲,霓裳舞遍。"

③张炎《疏影》:"鸳鸯密语同倾盖,且莫与、浣纱人说。"

④范端臣《念奴娇》:"参横斗转,辘轳声断金井。"

⑤《杨叛儿》:"欢作沉水香,侬作博山炉。"

【汇评】

张秉戌《纳兰词笺注》:"上片写秋日海淀之景,下片写秋夜雨中之景。上片鲜活俏丽,下片凄迷索寞。上下片形成了对比。落句'多少博山情绪',显露出阑珊的意绪。"

水龙吟

题文姬图①

须知名士倾城②,一般易到伤心处。柯亭响绝③,四弦才断④,恶风吹去。万里他乡,非生非死⑤,此身良苦。对黄沙白草,呜呜卷叶,平生恨、从头谱。　　应是瑶台伴侣,只多了、毡裘夫妇。严寒觱篥⑥,几行乡泪,应声如雨。尺幅重披,玉颜千载,依然无主。怪人间厚福,天公尽付,痴儿騃女⑦。

【题解】

此首题画词,围绕画中人物蔡文姬,描写其悲惨的不幸遭遇,抒写对其坎坷命运的同情。蔡文姬博学才辩,妙于音律,原应受到珍爱敬重,谁知命运多舛,流落塞外,与黄沙白草为伍,饱尝异族异乡异俗生活之苦。这样凄惨的结局,千载之下,依然令人凄然。更让词人心痛的是,历来那些名士倾城,总是饱受生活的折磨,而那些痴儿呆女,却享尽了人间的厚福。

【注释】

①文姬:蔡琰,字文姬,陈留圉(今河南杞县)人,有《悲愤诗》二首。《后汉书·列女传》:"陈留董祀妻者,同郡蔡邕之女也,名琰,字文姬。博学有才辩,又妙于音律。适河东卫仲道。夫亡无子,归宁于家。兴平中,天下丧乱,文姬为胡骑所获,没于南匈奴左贤王,在胡中十二年,生二子。曹操素与邕善,痛其无嗣,乃遣使者以金璧赎之,而重嫁于祀。"

②顾贞观《梅影》:"须信名士倾城,相逢自古相怜。"

③柯亭:在今浙江绍兴西南,盛产良竹。伏滔《长笛斌》序云:"邕避难江南,宿于柯亭。柯亭之观,以竹为椽。邕仰而眄之曰:'良竹也。'取以为笛,奇声独绝。历代传之,以至于今。"

④《后汉书》李贤注引刘昭《幼童传》:"邕夜鼓琴,弦绝。琰曰:'第二弦。'邕曰:'偶得之耳。'故断一弦问之,琰曰:'第四弦。'并不差谬。"

⑤蔡琰《悲愤诗》:"欲死不能得,欲生无一可。"吴梅村《悲歌赠吴季子》:"山非山兮水非水,生非生兮死非死。"

⑥觱篥:筚管,出自西域龟兹。刘商《胡笳十八拍》第七拍:"龟兹觱篥愁中听,碎叶琵琶夜深怨。"

⑦宋自逊《贺新郎》:"巧拙岂关今夕事,奈痴儿骏女流传谬。"

【汇评】

黄天骥《纳兰性德和他的词》:"这虽然是题画词,但作者实有所感。他很同情蔡琰以及像她那样在蛮荒之地过着颠沛流离生活的人。他怨恨天公有眼无珠,总是赐福于那些愚昧麻木的人,而一味使有才之士备受折磨。在诗中,作者不满现实的情绪,跃然如见。"

赵秀亭、冯统一《饮水词笺校》:"此阕藉《文姬图》而咏吴兆骞事。'名士倾城','名士'即汉槎。'非生非死'句用梅村送汉槎诗句。'毡裘夫妇'谓汉槎妻葛氏随戍宁古塔。词多为汉槎感慨不平。"

罗敷媚

赠蒋京少①

如君清庙明堂器,何事偏痴。却爱新词,不向朱门和宋诗。　　嗜痂莫道无知己②,红泪偷垂。努力前期,我自逢人说项斯③。

【题解】

是词为人从《西余蒋氏宗谱》卷十六辑出,为容若与蒋景祁酬唱之作。据赵秀亭考证,"不向朱门和宋诗"涉及当时"有关清初文事变局,为全词关键。时渔洋'《衍波》以后禁不作词'(景祁《刻瑶华集述》),以文场尊主身份鄙弃作词,甚至'绝口不谈'(顾贞观《栩园词弃稿序》),转而专倡宋诗,高唱'神韵',以应清廷'盛世元音'之需,遂大得圣祖推赏,群僚响应。唯成德'性喜诗馀,禁之难止',不为所动;景祁亦'再进再黜,然后赋长短句,发愤自娱'。故成德此句并下句'嗜痂莫道无知己',乃引京少为同调"(《纳兰丛话》)。

【注释】

①蒋京少:蒋景祁(1646—1695),字京少,一作荆少,江苏宜兴人。以岁贡生至府同知,曾举博学鸿词。著有《东舍集》《梧月亭词》《罨画溪词》等,辑有《瑶华集》等。

②《宋书·刘邕传》:"邕所至嗜食疮痂,以为味似鳆鱼。尝诣孟灵休,灵休先患灸疮,疮痂落床上,因取食之。灵休大惊。答曰:'性之所嗜。'"

③杨敬之《赠项斯》:"几度见诗诗总好,及观标格过于诗。平生不解藏人善,到处逢人说项斯。"

【汇评】

赵秀亭《纳兰丛话》:"友人自网上录出成德佚词一阕,嘱予辨其真伪。词曰《罗敷媚》'赠蒋京少'……且注出处:上海图书馆藏《西余蒋氏宗谱》卷十六。初审之,在信疑参半间。词质直无味,'红泪'句尤滥熟可厌;然全词意旨非寻常浮泛,不容率加否认。遂亟询之上图谱志室,幸承见告:《西余蒋氏宗谱》,蒋聚祺辑,民初世德堂刊;该《谱》卷十六录熙朝名人如王渔洋、陈其年、洪昉思等赠蒋景祁诗词多首,此《罗敷媚》即在内,题下署名'成德'。出处既真,稍可却疑。更须佐以别证,始足确信。成德以词相赠,京少或有回赠。倘得见蒋氏回赠之作,便可证明此词之不伪。因检京少《耄画溪词》,翻阅数页,即赫然发现《采桑子》'答容若'四阕……此四词与《罗敷媚》词'赠''答'相关,同调同韵,正是一唱一和。至此,《罗敷媚》'赠蒋京少'为容若佚词,终得认定。"

再版后记

是书初版后，曾以之为教材，开设了纳兰词选讲的公选课。授课期间所获得的新感受，嗣后大多写入了为另一出版社所作的纳兰词赏析中。如"谁道飘零不可怜？旧游时节好花天，断肠人去自今年。一片晕红才著雨，几丝柔绿乍和烟。倩魂销尽夕阳前"一词，扣住所咏之花海棠又名断肠花，阐发其双关之妙。又如"昨夜浓香分外宜，天将妍暖护双栖。桦烛影微红玉软，燕钗垂。几为愁多翻自笑，那逢欢极却含啼。央及莲花清漏滴，莫相催"一词，抓住主角又涕又笑，力辨词中自是情人关系，非学者所谓新婚。《满庭芳·题元人芦洲聚雁图》则以"骚客"为词言，阐发其之所以迷蒙萧远："远处青峰默默矗立，山下为黄陵庙，庙前为夕阳斜照的江水；江中一片沙洲，上有排排丹枫；江边芦苇摇曳，数个飞鸿出没其间。此种景致，定是当日屈子行吟之处。"如是者不一而足。

此次再版，一是修正了不少舛误，包括语句佶屈聱牙、扞格难通之处，一是补足了汇评，以保证全书的体例一致。书中另有疏漏，望方家不吝指正。

闵泽平
二零一五年二月于浙江海洋学院

图书在版编目（CIP）数据

纳兰词全集 / 闵泽平编著． -- 武汉：崇文书局，
2015.7（2025.3 重印）
（中国古典诗词校注评丛书）
ISBN 978-7-5403-3157-3

Ⅰ．①纳… Ⅱ．①闵… Ⅲ．①词（文学）—作品集—
中国—清代 Ⅳ．① I222.849

中国版本图书馆 CIP 数据核字 (2015) 第 154401 号

选题策划　王重阳
项目统筹　程可嘉
责任编辑　程可嘉
责任印刷　李佳超

纳兰词全集
NALANCI QUANJI

出版发行　　长江出版传媒　崇文书局
地　　址　武汉市雄楚大街 268 号 C 座 11 层
电　　话　（027）87677133　　邮政编码　430070
印　　刷　中印南方印刷有限公司
开　　本　880mm×1230mm　1/32
印　　张　12.25
字　　数　350 千字
版　　次　2015 年 7 月第 1 版
印　　次　2025 年 3 月第 11 次印刷
定　　价　37.00 元
（如发现印装质量问题，影响阅读，由本社负责调换）

CHONGWENGUAN

中国古典诗词校注评丛书

（已出书目）

诗经全集	韩偓诗全集
汉乐府全集	李煜全集
曹操全集	花间集笺注
曹丕全集	林逋诗全集
曹植全集	张先诗词全集
陆机诗全集	欧阳修词全集
谢朓全集	苏轼词全集
庾信诗全集	秦观词全集
陈子昂诗全集	周邦彦词全集
孟浩然诗全集	李清照全集
王维诗全集	陈与义诗词全集
高适诗全集	张元幹词全集
杜甫诗全集	朱淑真词全集
韦应物诗全集	辛弃疾诗词全集
刘禹锡诗全集	姜夔词全集
元稹诗全集	吴文英词全集
李贺全集	草堂诗馀
温庭筠词全集	王阳明诗全集
李商隐诗全集	纳兰词全集
韦庄诗词全集	龚自珍诗全集
晏几道词全集	